Klarant Verlag

Bärbel Muschiol wurde 1986 in Weilheim, Oberbayern, geboren. Glücklich verheiratet lebt und arbeitet sie mit ihrem Mann und ihren zwei Kindern, heute noch immer im tiefsten Bayern. Im Genre Erotik und in der Belletristik hat sich die Autorin mittlerweile einen festen Platz in den Bestsellerlisten geschaffen.

Bärbel Muschiol

Rocker Dämon

Dead Riders

Klarant Verlag

Klarant Verlag, www.klarant.de
ISBN: 978-3-95573-549-4
1. Auflage, 2016
Umschlagabbildung: Klarant Verlag unter Verwendung des Bildes 380403091 von shutterstock.

Printed in the EU.

Besuchen Sie uns im Internet: www.klarant.de

A
DARK
A

Prolog

Amy

Meine Instinktc verraten mir, dass es nicht mehr lange dauern wird, bis mir die Scheiße um die Ohren fliegt.

Auch wenn mein Vater, Billy, mir andauernd erzählt, dass alles gut ist, bedeutet das noch lange nicht, dass ich ihm das auch glaube.

Vor knapp drei Monaten habe ich eine abgewetzte Spielkarte an der Eingangstüre des ‚Maggie's' gefunden. Das Pik-Ass wurde mit einem schwarzen Dolch in das verwitterte Holz der Türe gerammt. Auch ohne den darauf abgebildeten Totenkopf habe ich sofort begriffen, dass das eine Warnung sein sollte.

Billy ist ein toller Kerl, aber als Vater hat er nicht gerade eine Glanzleistung hingelegt.

Als meine Mutter Maggie kurz nach meinem dritten Geburtstag an Lungenkrebs gestorben ist, hat ihn das ziemlich aus der Bahn geworfen.

Ganz am Anfang war ich zu klein, um zu verstehen, was los ist, aber als ich dann älter geworden bin, war es offensichtlich. Anstatt sich um das ‚Maggie's', unsere Kneipe, zu kümmern, hat er angefangen zu trinken und die Tageseinnahmen in dubiosen Casinos oder illegalen Pokerturnieren zu verspielen.

In den vergangenen zehn Jahren gab es immer wieder gute und mal schlechte Zeiten, doch so schlecht, wie es momentan läuft, war es noch nie.

Die Kneipe läuft super, es sollte also nicht das Problem sein, die offenen Rechnungen zu bezahlen und ein anständiges Leben zu führen, doch es wird zum Problem, wenn der eigene Vater das Geld schneller verliert, als es erarbeitet werden kann. Es ist nur noch eine Frage der Zeit, bis unsere Lieferanten ihre Lieferungen stoppen.

Von den letzten einhundert Dollar habe ich die Stromrechnung beglichen, jetzt bin ich pleite.

Früher war es immer mein Traum, die Welt zu bereisen, einen tollen Mann zu finden und glücklich zu werden.

Heute träume ich nur noch davon, irgendwie zu überleben.

Der Typ, der seit knapp einer Stunde an der Bar sitzt und seinen mittlerweile verschwommenen Blick an meinem Ausschnitt festgetackert hat, bestellt sein nächstes Bier. Routiniert halte ich ein frisches Glas unter den Zapfhahn, doch es kommt nur ein leises Gurgeln und jede Menge Schaum raus.

Fluchend schmeiße ich das Handtuch auf den Tresen, drehe mich um und steige die Stufen in den Keller runter.

Im Kühlraum angekommen zapfe ich ein neues Bierfass an und gönne mir eine kurze Verschnaufpause.

Vielleicht sollte ich aufhören zu kämpfen, vielleicht wäre es das Beste, wenn ich meinen Vater einfach in sein Unglück rennen lasse.

Ab dem Augenblick, in dem ich aufhöre mich aufzuarbeiten, wird es keine Tageseinnahmen mehr geben, und ohne die Einnahmen hat mein Vater auch kein Geld mehr, das er verspielen kann ...

Eigentlich ganz einfach, aber eben nur eigentlich. Denn ich bringe es einfach nicht übers Herz, das ‚Maggie's' aufzugeben.

Ich weiß, dass es totaler Schwachsinn ist, aber es fühlt sich so an, als würde ich meine Mutter verraten. Das ‚Maggie's' ist nicht nur nach ihr benannt, sondern sie hat diese Kneipe auch mit meinem Vater zusammen eröffnet.

Das ‚Maggie's' ist alles, was mir von ihr geblieben ist, und ich kann es einfach nicht untergehen lassen.

Seufzend stehe ich wieder auf, gehe kurz auf die Toilette und betrachte mich im Spiegelbild. Die vergangenen Monate haben sichtbare Spuren an mir hinterlassen.

Dank der Sorgen und der vielen Arbeit habe ich mindestens zehn Pfund abgenommen.

Meine langen braunen Haare habe ich zu einem lockeren Knoten zusammengebunden, während unter meinen grünen Augen dunkle Schatten liegen.

Ich bin jetzt dreiundzwanzig Jahre alt und ich habe nicht die geringste Ahnung, wie meine Zukunft aussehen soll.

Selbst wenn ein Wunder geschehen und mein Vater von heute auf morgen mit der Spielerei aufhören sollte, würde uns das wahrscheinlich auch nicht mehr retten.

Trotz der Tatsache, dass er nie mit mir über seine Schulden spricht, habe ich das miese Gefühl, dass er mittlerweile so tief im Schuldensumpf feststeckt, dass es mir nicht mehr gelingen wird, seinen Hals zu retten.

Erschöpft schließe ich meine Augen und schicke ein stummes Stoßgebet in den Himmel.

Ich bin kein besonders gläubiger Mensch, ich bin ein Realist, doch wenn nicht bald ein verdammtes Wunder geschieht, weiß ich nicht mehr, wie es noch weitergehen soll.

1. Kapitel

Der dunkle Nachthimmel sieht aus wie schwarzer Samt, auf dem funkelnde Diamanten verteilt wurden. Eine leichte Windböe bläst mir durch die Haare, lässt mich erschaudern.

Es ist Ende August, der Geruch von Herbst liegt in der Luft, während die eingefärbten Blätter der Bäume flüsternd rascheln.

Nervös schließe ich meine Augen, lehne mich an die Hauswand und versuche die vielen Emotionen, die durch meine Venen pulsieren, zu ordnen.

Eigentlich sollte ich jetzt nicht mit schnell schlagendem Herzen auf dem Parkplatz stehen und erwartungsvoll in die Stille der Nacht lauschen.

Und dennoch tue ich es.

Nervös und verängstigt warte ich auf das Dröhnen der Motoren und auf die hellen Scheinwerfer der Motorräder, die sich durch das nächtliche Schwarz fressen.

Es wird nicht mehr lange dauern und dann wird Ace, der Präsident der Dead Riders, kommen, um mich zu holen ...

Als vor knapp acht Wochen das erste Mal ein Dutzend Motorräder vor dem ‚Maggie's' angehalten haben, habe ich mir noch nichts dabei gedacht, erst als ich das Wappen der Dead Riders auf ihren Kutten erkannt habe, ist mir vor Angst ganz schlecht geworden.

Der brennende Totenkopf, der von zwei engelsgleichen Flügeln eingerahmt wird und der von einem blutigen Dolch aufgespießt wurde, ist unverkennbar.

Der MC Dead Riders ist jedem im County ein Begriff. Von SeaTac bis Seattle weiß jeder Mensch, wer und vor allem was die Dead Riders sind.

Ihr Revier erstreckt sich bis zum Mount-Rainier-Nationalpark.

Auch hier in SeaTac ist es kein Geheimnis, dass die Dead Riders das Sagen haben.

Doch meine Angst war unbegründet. Weder haben sie eine Schießerei angefangen noch unsere Kneipe in Schutt und Asche gelegt.

Die großen, breitschultrigen Kerle setzten sich nur an die Bar, sahen sich genauer um und bestellten sich eine Flasche Jacky.

Ihre Präsenz war unglaublich, alleine mit ihrer Anwesenheit haben sie alle anderen dominiert. Das abgewetzte Leder ihrer Kutten und der Geruch von Motoröl und Schießpulver, den sie verbreitet haben, war nicht das Beängstigendste. Es waren ihre eindringlichen Blicke, die mich bis in den Traum verfolgten ...

Ich bin nicht naiv, mir war klar, dass ihr Besuch einen Grund hatte. Jetzt, acht Wochen später, weiß ich auch, dass sie wegen der Spielschulden meines Vaters gekommen waren, doch damals habe ich das einfach nicht verstanden.

Vielleicht war ich mit der Situation einfach überfordert, oder vielleicht lag es an den silbernen Augen, die sich in meine Haut gebrannt haben.

Der Besitzer dieser Augen ist mehr als furchteinflößend. Seine langen schwarzen Haare in Kombination mit den dunklen Bartstoppeln, die sein markantes Gesicht zieren, lassen ihn diabolisch aussehen. Ich weiß nicht genau, wie alt er ist, aber seine grauen Augen wirken alt und allwissend. So als hätten sie auf dieser Welt schon viel zu viel Leid und Schmerz gesehen ...

Sein Patch ist alt und abgewetzt. Auf der Höhe seiner linken Brust trägt er einen Ein-Prozent-Aufnäher, während die rechte Seite mit dem Wort Präsident versehen ist.

An seinem linken Arm befindet sich ein Patch, das wie eine Spielkarte aussieht.

Das Zeichen des Pik-Ass wird von einem Totenkopf ausgefüllt. Rauch schlängelt sich von der Pik-Spitze nach oben, während im rechten unteren Eck ein verschwommenes A zu erkennen ist.

Eigentlich hätte mich spätestens dieser Anblick aufschrecken lassen sollen, immerhin hat das Patch eine erschreckende Ähnlichkeit mit der Spielkarte, die an die Eingangstüre gespießt wurde. Aber aufgrund der Angst und der Unsicherheit hat mein überfordertes Gehirn damals noch keine Verbindung hergestellt.

Die großen, kraftvollen Hände des Mannes münden in muskulösen Armen. An seinen Fingern trägt er ungewöhnlich viele Ringe, einer von ihnen ist ein schwarzer Totenkopf, der eine silberne Krone trägt – sehr merkwürdig.

Der Präsident ist ein furchteinflößender Mann – viel zu groß und viel zu kraftvoll.

Sein breiter Rücken und sein muskulöser Nacken sind beeindruckend. Doch trotz der Tatsache, dass ich mich vor ihm fürchte, konnte ich schon damals meinen Blick einfach nicht von ihm abwenden – der Dämon hat mich in seinen Bann gezogen ...

Den kompletten Abend über habe ich wirklich alles getan, um ihn nicht anzustarren, doch es ist mir nicht gelungen. Ich wollte meine Hände nach ihm ausstrecken, seine vollen Lippen berühren und mit meinen Fingerspitzen die Umrisse des ledernen Totenkopfs auf seinem Rücken nachzeichnen.

Meine Sehnsucht danach, ihn zu berühren, hat mich noch mehr verängstigt, als ich es eh schon war.

Nach knapp einer Stunde konnte ich nicht mehr. Mit zitternden Knien bin ich aus dem Schankraum geflüchtet, durch den Keller geeilt und habe mich auf dem Hinterhof versteckt.

Ich weiß nicht, wie viel Zeit ich dort im Dunkeln auf dem Boden verbracht hatte, aber ich weiß noch, dass ich instinktiv wusste, dass sich mein Leben ab dieser Nacht unwiderruflich verändern würde.

In den kommenden Wochen kamen die Rocker immer wieder. Mal waren sie zu zehnt, mal nur zu zweit, aber jedes Mal war der dämonische Präsident dabei.

Völlig egal, womit ich beschäftigt war, ob hinter der Bar oder beim Austragen der bestellten Getränke, sein Blick ruhte immer auf mir. Seine Männer lachten und scherzten, tranken flaschenweise Whisky und wurden doch niemals wirklich betrunken.

Es hat ganze fünf Besuche der Dead Riders gebraucht, bis sie endlich meinen Vater angetroffen haben.

Bis zu diesem Augenblick konnte ich nur vermuten, dass sie wegen Billys Spielschulden da waren, doch als ich seine Reaktion auf die Rocker beobachten konnte, stand für mich fest, dass ich mit meiner Vermutung richtiglag.

Schlagartig war alles klar!

Mit einem Kopfnicken hatte mir mein Vater zu verstehen gegeben, dass ich ihn kurz mit den Rockern alleine lassen sollte.

Es war schon sehr spät, genauer gesagt war es verdammt früh, denn vor den Fenstern ging bereits die Sonne auf.

Mir war alles andere als wohl dabei, ihn mit diesen Kerlen alleine zu lassen, doch was blieb mir anderes übrig?

Ganz davon abgesehen hätte meine Anwesenheit eh nichts gebracht.

Mit meinen 163 Zentimetern und den knapp sechzig Kilo, die ich auf die Waage bringe, bin ich für diese zwei Meter großen Kerle nichts anderes als eine kleine Fliege.

Mit einem prüfenden Blick hat mich der Mann mit den silbernen Augen gemustert, ehe er sich zu einem seiner Männer umgedreht hat. „Ich will, dass du sie nicht aus den Augen lässt, Slide." Der dunkle Klang seiner Stimme ist über meine Haut gestrichen und hat meine Gehirnzellen völlig schachmatt gesetzt.

Der Typ, der sich Slide nennt, stand auf, kam auf mich zu und hat mich nach draußen begleitet.

Schweigend stand ich nun mit ihm an meiner Seite vor der Türe – es war der skurrilste Augenblick meines Lebens ...

Mit heftig klopfendem Puls ließ ich meine Augen über sein Erscheinungsbild gleiten.

Slide, welch ein komischer Name, stand völlig entspannt neben mir. Seine kraftvollen Beine steckten in einer ziemlich abgewetzten Lederhose. An manchen Stellen war das Leder so dünn, dass es schon leichte Risse hatte.

An seinen Füßen trug er schwere Stiefel, während sein Oberkörper, wie sollte es auch anders sein, von seiner Lederkutte bedeckt wurde. Auf seiner rechten Brust befand sich ein blutroter Aufnäher, auf dem Vize stand. Gleich darüber das Ein-Prozent-Patch genau wie bei seinem Präsidenten.

Auf seiner linken Seite prangte in weißer, eckiger Schrift ‚Dequiallo'.

Was das alles wohl zu bedeuten hat?

Nervös biss ich auf meiner Unterlippe herum und hoffte, dass sie meinem Vater nicht alle Knochen brechen würden.

Knapp eine halbe Stunde später kam Billy mit dem Präsidenten an seiner Seite zu uns raus. Sein Gesicht wirkte bedrückt, seine Haut war aschfahl.

Doch zu meiner grenzenlosen Erleichterung konnte ich keine Verletzungen an ihm erkennen.

„Wir müssen uns unterhalten, Amelie!"

Immer wenn mich mein Vater Amelie nennt, weiß ich, dass die Kacke am Dampfen ist. Für gewöhnlich nennt er mich einfach nur Amy.

Panisch sah ich zu Ace, dem Präsidenten der Dead Riders, doch der unterhielt sich leise mit Slide.

Gerade als ich meinen Kopf wieder abwenden wollte, sah er mich direkt an. Und was ich in den Tiefen seiner Augen erkennen konnte, ließ mich erschrocken zurückweichen.

Reine unkontrollierbare Besitzgier – glühendes Verlangen und kontrollierte Wut.

Blitzschnell schoss seine Hand vor, er umfasste meinen Oberarm und zog mich zu sich. Mit schnellen Schritten führte er mich immer weiter in Richtung seines Bikes.

Die große schwarze Maschine wirkte auf mich wie ein Ungetüm aus Stahl und Chrom. Der breite lederne Sattel war genauso abgewetzt wie seine Kutte. Der Rest des Bikes glänzte in der aufgehenden Sonne.

Wie es sich wohl anfühlen muss, mit weit gespreizten Beinen hinter diesem Mann zu sitzen?

„Hör mir zu, Zuckerpuppe!"

Sein eindringlicher Blick bohrte sich tief in meine Augen, seine Finger gruben sich schmerzhaft in meinen Arm.

„Dein Vater wird dir gleich eine Geschichte erzählen und dir einen Vorschlag unterbreiten. Ich will, dass du weißt, dass du die Wahl hast.

Du bist nicht schuld an seinem Versagen, es ist also auch nicht deine Aufgabe, für ihn geradezustehen!“

Wovon zur Hölle redet er da nur?

„Ich weiß nicht, was du meinst!“

„Er wird es dir erklären.“

Seine Worte waren ein Knurren, sein Körper strahlte eine mühsam kontrollierte Wut aus.

Damals habe ich nicht sofort kapiert, was los war, jetzt im Nachhinein frage ich mich oft, wie ich nur so dumm und naiv sein konnte.

Noch bevor ich in dieser verhängnisvollen Nacht verstanden hatte, was der Präsident der Dead Riders von mir wollte, zog er mich an sich, schlang mir seine Arme um die Taille und presste seinen Mund grob auf den meinen.

Im ersten Augenblick war ich wie erstarrt, dann stemmte ich meine Hände gegen seine Schultern – vergebens.

Wenige Atemzüge später wurde sein Kuss zärtlicher, seine Zunge wühlte sich durch meinen Mund, schlang sich um die meine und saugte sachte an ihr.

Der Kontrast zwischen seiner wütenden Eroberung und seinem plötzlich zärtlichen Zungenspiel überraschte mich.

Ich wollte ihm widerstehen, wollte mich gegen ihn wehren, doch ich verlor den Kampf und gab mich ihm hin. Sein köstlicher Geruch von Motoröl, Seife und Schießpulver raubte mir den Verstand.

Ich schmolz in seinen starken Armen geradezu dahin, es dauerte eine kleine Ewigkeit, bis er mich endlich wieder freigegeben hatte.

Atemlos und zutiefst verwirrt öffnete ich meine Augen und sah ihn direkt an.

Seine silberne Iris war schwarz vor unterdrücktem Verlangen, sein Körper war angespannt und hart wie Stahl.

„Jetzt weißt du, was dich erwartet!“

Mit diesen Worten drehte er sich um, stieg auf sein Bike, schob mit seinem Fuß den Ständer weg und startete mit einem kraftvollen Tritt den Motor. Zutiefst verwirrt ließ er mich im Staub seines Hinterrads stehen.

Was zur Hölle war das denn?

„Jetzt weißt du, was dich erwartet!“

Seine Stimme hallte durch meinen Kopf – ich verstand kein Wort.

Urplötzlich standen die restlichen Dead Riders neben mir, alle setzten sich auf ihre Bikes und verschwanden in der immer heller werdenden Dämmerung.

Trotz der Tatsache, dass ich völlig durcheinander war, ging es mir zu diesem Zeitpunkt eigentlich noch ganz gut, meine Welt ist erst fünf

Minuten später, bei dem Gespräch mit meinem Vater, zusammengebrochen ...

Mir war seit Monaten klar, dass sich mein Vater irgendwo anders Geld geliehen haben musste. Aber ich wäre nie auf die Idee gekommen, dass er sich in seiner Verzweiflung an die Dead Riders gewendet hat.

Jetzt weiß ich, dass er 250.000 Dollar Schulden bei dem gefürchtetsten MC des Landes hat. Und ich weiß auch, dass ich Ace, dem unheimlichen Präsidenten, diese unfassbar hohe Summe wert bin.

2. Kapitel

Ace

Erbarmungslos schlägt mir der kalte Fahrtwind ins Gesicht, die aufgehende Sonne verhöhnt die Dunkelheit in mir – ich hasse das Licht.

Wenn es nach mir geht, könnte es immer Nacht sein.

Fluchend atme ich tief durch und versuche mich zu beruhigen.

Ich hatte kein Recht auf diesen Kuss und dennoch habe ich ihn mir genommen.

Ein Dead Rider fragt nicht lange, er nimmt sich, was er will, und gibt nichts wieder zurück!

Als meine Brüder und ich zum ersten Mal raus zum ‚Maggie's' gefahren sind, ist das in der Absicht passiert, das komplette Haus abzufackeln. Ich wollte ein Zeichen setzen, ich wollte Billy zeigen, dass er sich nicht vor uns verstecken kann.

Doch dann ist plötzlich sie da gewesen, und das hat einfach alles verändert. Anstatt die Einrichtung der Kneipe zu Brennholz zu zerschlagen, konnte ich den kompletten Abend meinen Blick nicht von Billys kleiner Tochter abwenden. Ich konnte ihre Angst vor mir geradezu wittern, und dennoch hat sie sich nicht vor uns versteckt. Sie hat meinen Blick nicht nur erwidert, sie hat ihn gesucht und an sich gefesselt.

Es hat Stunden gedauert, bis ich den Entschluss gefasst habe, meinen Plan zu ändern. Anstatt die Kneipe dem Erdboden gleichzumachen, werde ich sie übernehmen. Eine weitere einträgliche Einnahmequelle für den MC.

Doch das reicht noch lange nicht aus, um Billy eine Lektion zu erteilen. Er hat sich eine Stange Geld von uns geliehen und ist nicht in der Lage, es zurückzuzahlen.

Wir hatten ihn gewarnt, doch er hat seine letzte Frist verstreichen lassen.

So etwas erfordert Blut. Es geht nicht wirklich um das Geld, darauf sind wir nicht angewiesen, es geht um Respekt und um die Tatsache, dass der alte Wichser glaubt, uns verarschen zu können.

Billy hat uns betrogen, und jetzt liegt es an mir, ihn dafür bluten zu lassen.

Die Existenz seiner Tochter bietet mir ganz neue Möglichkeiten.

Ihr süßer Geschmack liegt noch immer auf meinen Lippen, ihr Geruch hat sich in meinem Gehirn festgebrannt, mein Schwanz zuckt ungeduldig, presst sich schmerzhaft gegen den unnachgiebigen Stoff meiner Jeans.

Holy Shit! Es gibt nichts Beschisseneres, als mit einem Harten auf einem Bike zu sitzen!

Der Drang, jemanden zu töten oder zu ficken, wird immer stärker, es war ein Fehler, sie zu kosten, denn jetzt kann ich an nichts anderes als an ihre weichen Lippen denken.

Heute Nacht habe ich einen Pakt mit dem Teufel geschlossen. Ich habe Billy äußerst detailliert erklärt, was passiert, wenn er nicht in der Lage ist, innerhalb der nächsten vierundzwanzig Stunden seine Schulden zu bezahlen.

Mit der Gewissheit, dass er scheitern wird, habe ich ihm auch sogleich eine Lösung für sein Problem angeboten. Er überschreibt dem MC seine Kneipe und übergibt mir seine Tochter!

Seit Wochen fahre ich immer wieder raus ins ‚Maggie's', Billys Tochter Amy zieht mich einfach wie magisch an.

Fuck! Unser Clubhaus ist voller Schlampen und Bitches, die nur darauf warten, von mir gebumst zu werden, all diese Mädels würden einfach alles dafür geben, in mein Bett zu dürfen. Jede Einzelne von ihnen erhofft sich ein besseres Leben, wenn sie für den Präsidenten der Dead Riders die Beine spreizt.

Und weiß Gott, in den letzten Wochen habe ich sie mir alle genommen. Ich habe sie so gnadenlos gebumst, dass so manche danach nicht mehr in der Lage war, ohne Hilfe unser Gelände zu verlassen. Es hat alles nichts geholfen, es ist mir nicht gelungen, mir Amy aus dem Kopf zu ficken.

Diese Kleine hat irgendetwas an sich, das mich anzieht. Sie ist anders als die vielen Schlampen, die ich mir sonst nehme, sie hat etwas Besonderes an sich.

Definitiv Old-Lady-Material ...

Ich kann nur hoffen, dass meine Besessenheit in dem Augenblick endet, in dem ich mich das erste Mal bis zum Anschlag in ihr versenke – wenn nicht, stecke ich echt in der Scheiße!

Es wird Zeit, etwas Druck abzubauen, ansonsten verliere ich noch den Verstand.

Ohne den drei Prospects, die das Tor zu unserem Gelände bewachen, auch nur einen Blick zuzuwerfen, parke ich direkt vor dem Eingang der MC-eigenen Werkstatt und steige vom Bike.

In abgeschnittenen Ölfässern lodern grelle Flammen, aus den Boxen dröhnt laute Musik, zu der sich nackte Schlampen im Schein des Feuers rekeln.

Direkt neben der Eingangstüre steht Tick, mein Sergeant at Arms, vor ihm kniet eine kleine Rothaarige. Seine Hand liegt bestimmend auf ihrem Hinterkopf, presst ihren Mund fester auf seinen Schwanz. Schnell nach vorne und hinten wippend bläst sie ihm einen. Vielleicht ist das die Lösung. Vielleicht sollte ich mir ebenfalls eine Bitch suchen und meinen Schwanz bis zum Anschlag in ihren Rachen schieben ...

Im Clubhaus geht es noch wilder zu als auf dem Hof. Auf dem abgewetzten Holz des Bartresens liegt eine nackte Frau, deren Gesicht ich noch nicht kenne – Frischfleisch! Zwischen ihren weit gespreizten Schenkeln steht eine volle Flasche Whisky, während sie auf ihrem Leib unzählige Shots ausbalanciert.

Ohne zu zögern, schnappe ich mir die Flasche, packe sie an den Haaren und ziehe sie nach oben. Unter dem lauten Grölen meiner Brüder zerspringen die kleinen Gläser auf dem Boden, der Alkohol läuft über ihre Haut, lässt ihre Brustwarzen feucht glänzen.

Sie ist süß und sie ist neu, mit ein bisschen Glück gelingt es ihr ja vielleicht, meine Gedanken an Amy auszulöschen.

Vor zwanzig Jahren habe ich mich den Dead Riders angeschlossen, vor fünf bin ich zu ihrem Präsidenten gewählt worden.

In all der Zeit habe ich noch nie gezögert oder meine Pläne geändert. Jetzt im Nachhinein verfluche ich mich dafür – ich hätte auch bei Billy nicht weich werden dürfen.

Vor meinen Männern habe ich behauptet, dass es bei meiner Planänderung nur ums Geschäft geht.

Amy ist jung und schön und auf eine unschuldige Art verdammt sexy.

Der MC unterhält mehrere Stripclubs und vier Bordelle, auf dem Rücken wäre es für Billys Tochter ein Leichtes, innerhalb kürzester Zeit 250.000 Dollar zu verdienen.

Und bei Gott, ich will sie auf dem Rücken haben, immer und ununterbrochen, aber ich werde sie nicht teilen.

Zwischen all den austauschbaren Frauen, die den Weg meines Lebens säumen, ist keine dabei, an die ich auch nur einen zweiten Gedanken verschwendet habe.

Keine von ihnen hat mich wirklich fasziniert oder gereizt, sie dienten nur dem Zweck, mich zu befriedigen.

Bei Amy ist das anders, sobald ich in ihre katzenhaften grünen Augen sehe, spüre ich das Bedürfnis, sie zu packen und zu ficken. Doch da ist noch mehr als nur primitives Verlangen. Ich will sie halten, beschützen und für mich beanspruchen.

Viele meiner Clubbrüder haben sich im Laufe der Jahre für eine Old Lady entschieden, ich hingegen suche mir jede Nacht eine andere Bitch, die mich befriedigen darf.

Die Welt, in der ich lebe, ist gefährlich, rau und dunkel.

Für uns gelten nicht die Gesetze der restlichen Welt, wir schaffen uns unsere eigenen.

Bei uns gibt es keine Ehefrauen, bei uns gibt es Old Ladys.

Wenn ein Mann sich für eine Frau entscheidet, dann macht er sie zu seinem Eigentum, er schenkt ihr ihre eigene Kutte, die sie mit den Worten ‚Property of' als sein Eigentum markiert.

Von Ehefrauen kann man geschieden werden – von Old Ladys nicht.

Die Schlampen sind uns nichts wert, sie sind nichts als Freiwild, aber unsere Ladys sind uns heilig!

Jeder, der es wagt, sie zu belästigen, zu berühren oder gar zu verletzen, legt sich automatisch mit dem kompletten MC an.

Die Frau, die ich auswähle, muss dieser Sache würdig sein. Wenn ich vor all meinen Brüdern schwöre, eine Frau mit meinem Leben zu beschützen, dann nur die eine, die ich wirklich und wahrhaftig besitzen will!

Nur ein Kuss, eine kurze Berührung von Amys Lippen hat ausgereicht, um mich in den Wahnsinn zu treiben ...

Holy Fuck! Vielleicht sollte ich sie tatsächlich in eins unserer Bordelle bringen lassen.

So würden die 250.000 Dollar wieder in die Clubkasse gelangen und ich würde nicht das Risiko eingehen, mich für immer an eine Pussy zu binden.

Allein der Gedanke, dass ich meinen Schwanz an eine Leine legen lasse, lässt mich laut fluchen.

Noch immer zerre ich die nackte Fremde hinter mir her, als sie meinen derben Fluch hört, zuckt sie verängstigt zusammen. Pech gehabt.

Es ist mir einerlei, ob sie willig oder verängstigt ist. Jede Bitch, die sich in unserem Clubhaus aufhält, muss bereit sein, unsere Schwänze zu lutschen, und wenn sie das nicht ist, ist sie hier eh fehl am Platz!

Nachdem ich sie in mein Büro gebracht habe, trete ich die Türe hinter uns zu und führe sie zu der Couch, die sich gegenüber von meinem Schreibtisch befindet.

Ich weiß nichts über sie, doch in wenigen Sekunden werde ich mich so tief in ihren Rachen rammen, dass sie gegen ihren Würgereiz ankämpfen muss.

Fest entschlossen, endlich Billys Tochter aus meinem Kopf zu bekommen, umfasse ich ihre rechte Brustwarze, lecke den Whisky von ihrem Nippel und sauge ihn tief in meinen Mund.

Sie schmeckt köstlich, ihre Augen sind blau und ihre Haare rabenschwarz. Keuchend biegt sie ihren Rücken durch, bietet sich mir an.

Ungeduldig öffne ich meine Hose, hole meinen harten Schwanz raus und drücke sie mit einer kraftvollen Bewegung runter auf die Knie.

Shit, was für ein Anblick.

„Mund auf!"

Zögernd kommt sie meinem Befehl nach. Ich warte nicht lange, presse meine dicke Eichel in ihren heißen, feuchten Mund.

Zögerlich beginnt sie mein Glied mit ihrer Zunge zu massieren, unsere Blicke treffen sich und ich ramme mich tiefer in ihre Kehle. Würgend stemmt sie ihre Handflächen gegen meine Oberschenkel, versucht sich abzudrücken. Gnadenlos lege ich ihr meine Hand in den Nacken, schließe meine Finger um ihren schmalen Hals und halte sie so in Position.

„Hör auf zu zicken, Bitch!"

Eine vereinzelte Träne rinnt ihr über die Wange, meine inneren Dämonen knurren zufrieden.

Oh yeah ... das hier könnte wirklich gut werden ...

Langsam ziehe ich mich aus ihr heraus, nur um mich einen Atemzug später erneut in ihren Mund zu schieben. Eng und nass umschließen mich ihre Lippen, etwas Speichel tropft ihr über das Kinn, ihre Wimperntusche ist verschmiert.

Endlich scheint sie zu verstehen, dass es definitiv Folgen hat, wenn man sich nackt, mit weit gespreizten Beinen auf die Bar eines MCs legt und sich Dutzenden von Männern anbietet.

Langsam, aber sicher scheint sie sich mit ihrer Situation anzufreunden, ich lockere meinen Griff und lasse ihr etwas mehr Freiraum.

Züngelnd saugt sie mein Glied tief in ihren Mund, umspielt mit ihrer Zunge die Unterseite meines Schafts und wippt mit ihrem Kopf in einem göttlichen Rhythmus vor und zurück – nicht schlecht!

Stöhnend lasse ich meinen Kopf in den Nacken fallen, schließe meine Augen und genieße das schmatzende Geräusch ihrer saugenden Lippen – der perfekte Abschluss einer anstrengenden Nacht ...

Mit jedem weiteren Zungenschlag, mit jedem sanften Saugen und jedem Zentimeter, den sie mich tiefer in sich aufnimmt, fällt mehr Anspannung von mir ab. Und plötzlich sind es nicht mehr ihre blauen Augen, die zu mir aufschauen, es sind Amys Katzenaugen, die mich vertrauensvoll ansehen, es sind ihre braunen Haare, die ich mir um die Faust wickle, und es ist ihr leises Stöhnen, als ich meinen Samen in die enge Kehle spritze, die meinen Schwanz so gekonnt in sich aufgenommen hat.

Heilige Scheiße ...

Zufrieden löse ich meine Finger aus den Haaren der Bitch, öffne meine Augen und stelle erneut fest, dass es Amy gelungen ist, sich in meine Gedanken zu schleichen.

Verflucht! Was zur Hölle muss ich tun, um Billys Tochter endlich zu vergessen?

Wie weit muss ich gehen, um meine Sucht nach dieser Frau zu besiegen?

Unzufrieden schiebe ich mein erschlaffendes Glied zurück in die Hose, gehe zur Türe des Büros und öffne sie.

„Verschwinde!"

Perplex sieht mich die Frau, der es nicht gelungen ist, mich von Amy abzulenken, an.

„Raus!"

Mein lautes Brüllen lässt sie zusammenzucken.

Endlich rappelt sie sich auf und flüchtet auf wackeligen Beinen aus dem Raum.

Noch bevor ich die Türe hinter ihr schließen kann, kommt Slide auf mich zu.

„Schlechte Laune, Boss?"

Das wissende Grinsen, das sich auf sein Gesicht legt, raubt mir den letzten Nerv.

Slide ist der einzige meiner Brüder, der mich durchschaut hat. Er weiß, warum ich Billy dieses ungewöhnliche Angebot gemacht habe.

In manchen Situationen ist es ein Segen, dass mich mein Vize so gut kennt, doch jetzt gerade würde ich ihm am liebsten die Zähne einschlagen.

Slide und ich waren zehn Jahre lang bei der Army, in den verschiedenen Auslandseinsätzen haben wir uns gegenseitig den Rücken frei gehalten, und das ein oder andere Mal hat er mir wirklich den Arsch gerettet. Es gibt keinen Menschen auf der Welt, dem ich mehr vertraue als ihm.

„Fuck!"

„Hör zu, wenn du die Kleine wirklich so dringend besitzen willst, fahr raus zum ‚Maggie's' und nimm sie dir!"

Unter normalen Umständen würde ich auch genau das tun. Doch bei ihr ist es anders. Sie will ich nicht gegen ihren Willen nehmen. Ich will, dass mich diese grünen Augen vertrauensvoll ansehen, ich will, dass sie sich freiwillig auf den Rücken legt, ihre Beine spreizt und sich mir unterwirft! Bei allen sieben Höllen, ich will dieses faszinierende Wesen nicht einfach nur ficken, sondern besitzen.

„So wie du damals Ellen?"

Slides Augen ziehen sich drohend zusammen.

„Fick dich, Ace!"

Lachend zeige ich ihm meinen Mittelfinger und schüttle den Kopf.

Die kleine Bitch, die bis vor wenigen Minuten noch vor mir gekniet hat, liegt mittlerweile bäuchlings auf dem Billardtisch und Razzor, ein ehemaliger Prospect, der erst vor einigen Wochen zum Member geworden ist, fickt sie mit harten Stößen.

Ihr lustvolles Stöhnen vermischt sich mit den anderen Geräuschen des Clubs. Niemand schenkt den beiden besondere Aufmerksamkeit, keinen interessiert's.

Mein Vizepräsident verpasst mir einen freundschaftlichen Schlag auf die Schulter, ehe er sich abwendet und sich an die Bar setzt.

Slide hat sich vor knapp sechs Monaten dazu entschieden, Ellen zu seiner Old Lady zu nehmen. Jetzt, wo sie auf ihrem Rücken ‚Property of Slide' stehen hat, kann er ja leicht reden. Ich für meinen Teil erinnere mich noch viel zu gut an den Ärger, den wir wegen ihr hatten.

Ellen ist die Tochter von King, dem Präsidenten eines verfeindeten MCs.

Es war eine verdammte Scheiße, sie aus der Sicherheit ihres Clubs zu entführen, und ich weiß jetzt noch, dass es Slide verdammt viel Kraft gekostet hat, Ellen für sich zu gewinnen ... doch das ist eine andere Geschichte ...

Im Gegensatz zu Slide werde ich Amy nicht einfach entführen, ich lasse ihr die Wahl. Entweder ist sie bereit, die Schulden ihres Vaters in meinem Bett auf dem Rücken liegend abzuarbeiten, oder ich werde Billy töten und das ‚Maggie's' in Flammen aufgehen lassen.

Ein faires Angebot, wie ich finde ...

3. Kapitel

Amy

Mit jeder Sekunde, die vergeht, zweifle ich mehr an der Richtigkeit meiner Entscheidung.

Was, wenn ich gerade auf den Mann warte, der früher oder später mein Mörder sein wird?

Der schwarze, löchrige Rucksack, der neben mir auf dem Boden steht, verhöhnt mich geradezu.

Ace hatte mir eine Woche Bedenkzeit gegeben, sieben lächerliche Tage, in denen ich mir ununterbrochen den Kopf zerbrochen habe. Ich konnte nichts mehr essen, nicht schlafen und nicht richtig denken – ich bin beinahe verrückt geworden.

In den sieben Tagen haben sich die Dead Riders vom ‚Maggie's' ferngehalten, eine Tatsache, für die ich verdammt dankbar bin. Schließlich arbeite ich nicht nur da, sondern meine Wohnung befindet sich im selben Haus unmittelbar über der Kneipe.

Schwer schluckend schließe ich meine Augen und sauge die kühle Herbstluft in meine Lungenflügel ... *Beruhig dich, Amy* ...

Im Grunde genommen ist es ziemlich beängstigend, dass ich alles, was mir bleibt, in diesen einen Rucksack bekommen habe.

Ich weiß nicht genau, was auf mich zukommt, ich habe keine Ahnung, was von mir erwartet wird oder warum der Präsident der Dead Riders meinem Vater überhaupt dieses Angebot gemacht hat.

Alles, was ich weiß, ist, dass ich mich diesem angsteinflößenden Mann auf Gedeih und Verderb ausliefere!

Entweder das, oder der MC wird meinen Vater töten und das ‚Maggie's' zusammen mit meinem Elternhaus in Flammen aufgehen lassen.

Mein Magen zieht sich schmerzhaft zusammen, meine Sinne drehen vor Anspannung beinahe durch.

Mein Vater, feige, wie er ist, hat sich vor knapp zwei Stunden ohne ein Wort des Abschieds aus dem Staub gemacht ... *Bloß keine falsche Dankbarkeit* ...

Das ‚Maggie's' liegt dunkel und verlassen hinter mir.

Lieber Gott, steh mir bei!

Noch ist nichts zu spät, noch kann ich Aces Angebot ablehnen, meinen Rucksack packen und für immer von hier verschwinden. Aber wie soll ich jemals wieder glücklich werden, wenn ich weiß, dass ich das Leben meines Vaters hätte retten können?

Das Chaos in meinem Kopf wird immer größer – die Stimme, die mich zur Flucht antreibt, immer lauter.

Gerade als ich kurz davor bin, auf sie zu hören, sehe ich den Lichtkegel eines einzelnen Scheinwerfers, der sich durch die Kurven der nächtlichen Straße schlängelt.

Er kommt, um mich zu holen ... ich bin verloren!

Schlagartig beginnen meine Finger zu zittern, eine dünne Schicht Angstschweiß bildet sich in meinem Nacken, ich bekomme kaum noch Luft.

Das Bollern des Motorrads wird immer lauter – meine Gnadenfrist läuft ab.

In der Sekunde, in der Ace sein Bike direkt neben mir anhält, stehe ich kurz vor einem Kreislaufkollaps.

Panisch beobachte ich ihn dabei, wie er den Motor ausschaltet, vom Bike steigt und seinen schwarzen Helm abnimmt.

Das Silbergrau seiner Augen bohrt sich tief in meinen Blick. Jetzt, wo wir völlig alleine im Dunkeln der Nacht stehen, kommt er mir noch bedrohlicher vor als bei unserer letzten Begegnung.

Sein unverkennbarer Geruch von Motoröl, Schießpulver und Leder steigt mir in die Nase, verdeutlicht mir, dass jetzt wirklich der Augenblick gekommen ist, in dem er mich mit sich nimmt.

„Hey Zuckerpuppe."

Mein Gaumen ist so trocken, dass ich nur ein unverständliches Krächzen zustande bringe.

Selbstsicher kommt er auf mich zu, er wirkt nicht im Geringsten nervös. Anscheinend ist es für den Präsidenten der Dead Riders völlig normal, eine Frau als Ausgleich für 250.000 Dollar Spielschulden einzukassieren.

Ace steht so nah vor mir, dass sein breiter Brustkorb mein komplettes Blickfeld einnimmt. Erstaunlich sanft streicht er mit der Rückseite seiner Hand über meine rechte Gesichtshälfte. Die raue Haut seiner Fingerknöchel lässt mich erbeben.

Erneut fällt mein Blick auf das Pik-Ass-Patch, das seine Kutte ziert. Wenn ich nicht so verdammt viel Angst vor diesem Mann hätte, würde ich ihn jetzt gerne fragen, was diese Spielkarte zu bedeuten hat.

Hat dieses Patch etwas damit zu tun, dass man ihn Ace nennt?

Dieser große, verdammt bedrohlich wirkende Mann stellt für mich ein einziges Rätsel dar – in naher Zukunft werde ich genug Zeit haben, dieses Rätsel zu lösen. Die Frage ist nur, ob meine Angst dann nachlässt oder ob sie dadurch nur noch verstärkt wird. Erneut berühren seine Finger mein Gesicht, doch dieses Mal legt er sie mir unter das Kinn und hebt meinen Kopf leicht an, sodass sich unsere Blicke treffen.

„Noch hast du die Möglichkeit, Nein zu sagen."

Er knurrt leise, sein Körper spannt sich auf eine bedrohliche Art und Weise an. Instinktiv weiß ich, dass er mir nur ungerne diese Alternative aufzeigt. Aus einem mir unerfindlichen Grund will mich dieser böse Rocker unbedingt. Ich weiß nur nicht warum. Was habe ich getan? Was habe ich an mir, dass ihn so handeln lässt?

Zischend lässt er seinen Atem entweichen, ehe er weiterspricht.

„Sobald du aber auf meinem Bike sitzt, gehörst du mir!"

... gehörst du mir! ... gehörst du mir! ... gehörst du mir! ... gehörst du mir!

Immer und immer wieder hallen diese drei Wörter durch meinen Verstand, die Endgültigkeit, die mit ihnen mitschwingt, lässt mich erbeben.

In den Tiefen seiner Augen erkenne ich, dass er es ganz genauso meint, wie er es mir androht. Ich werde sein Besitz sein, ich werde ihm gehören und nichts und niemand auf dieser Welt kann daran noch etwas ändern.

Ich bin nicht so naiv zu glauben, dass mich das Gesetz vor diesem Mann retten kann.

Mit den Dead Riders legt sich niemand an, nicht mal die Polizei!

Lieber Gott, hilf mir! Worauf habe ich mich da nur eingelassen?

Etwas Spucke runterschluckend, hoffe ich, dass sich der Knoten, der sich in meiner Kehle gebildet hat, wieder löst.

Ohne mit der Wimper zu zucken, erwidere ich seinen Blick, atme tief ein und drücke den Rücken durch.

„Ich stehe zu meinem Wort!"

Zu meiner Erleichterung klingt meine Stimme nicht annähernd so verängstigt, wie ich mich gerade fühle.

Ob ich gerade mein eigenes Todesurteil bestätigt habe? Ich hoffe nicht!

Aces dunkle Augen blitzen kurz auf, ehe sich seine Mundwinkel zu einem angedeuteten Lächeln verziehen.

„Gut zu wissen."

Endlich nimmt er seine Hand runter, bückt sich, um meinen Rucksack aufzuheben, und hält ihn mir hin.

Jetzt gibt es kein Zurück mehr ...

Auf wackeligen Knien setze ich ihn mir auf und spüre das Gewicht auf meinem Rücken. Es kommt mir gerade so vor, als würde ich mein bisheriges Leben zurücklassen, um in eine unbekannte Zukunft zu reisen.

Das leise Rascheln der trockenen Blätter durchbricht die gespenstische Stille. Der Präsident der Dead Riders setzt mir seinen Helm auf den Kopf, stellt die Riemen auf meine Größe ein und lässt den Verschluss mit einem leisen Klicken einrasten.

Gerade als ich denke, dass er sich zu mir herabbeugt, um mich zu küssen, dreht er sich leise fluchend um, steigt auf sein Bike und wartet darauf, dass ich mich ebenfalls auf seine Maschine setze.

Das Gefühl, abgewiesen worden zu sein, breitet sich in mir aus, hinterlässt einen bitteren Geschmack auf meiner Zunge.

Zutiefst verwirrt klettere ich unbeholfen auf sein Motorrad und finde mich an seinem breiten Rücken wieder. In dieser Position muss ich meine Beine weit spreizen. Erneut steigt mir sein köstlicher Geruch in die Nase und ich weiß nicht, wie ich es überleben soll, ihm so nahe zu sein.

Noch während ich mir überlege, wo ich mich festhalten kann, ergreift er meine Arme und schlingt sie sich um den Bauch. Durch diese Bewegung rutsche ich so nah an ihn, dass mein Schoß gegen seinen Rücken gepresst wird – diese Position hat etwas erschreckend Intimes.

„Schling deine Arme um meine Mitte und krall dich an mir fest!“

Oh nein ...

Ich versuche ihm meine Arme zu entziehen, doch gegen seine Kraft habe ich keine Chance.

Als er meinen Widerwillen bemerkt, brummt er drohend.

„Hör mir zu, Baby. Ich bin deine einzige Sicherheit. Wenn du nicht stürzen willst, musst du dich fest an mich pressen und dich an mir festhalten.“

Seine Stimme klingt so bedrohlich, dass ich gar nicht auf die Idee komme, an seiner Anweisung zu zweifeln – *ich bin deine einzige Sicherheit* –, die Frage ist nur, ob sich seine Worte nur auf das Motorradfahren beziehen oder auf mein Überleben in der Welt der Dead Riders?!

Mit einem schnellen Kick startet Ace den Motor, zwischen meinen Schenkeln beginnt es zu vibrieren und ich zucke erschrocken zusammen. In meinem kompletten Leben bin ich noch nie auf einem Bike gesessen. Ich habe mir zwar oft vorgestellt, wie es sich anfühlen muss, auf einem Motorrad zu fahren – das Gefühl der Freiheit und der Fahrtwind, der einem ins Gesicht bläst –, doch ich wäre nie auf die Idee gekommen, dass ich meine erste Fahrt unter diesen Umständen erleben werde.

Ace gibt Gas, sein Körper spannt sich an und das Bollern des Motorrads wird immer lauter, während er langsam auf die Landstraße fährt. Kaum befinden wir uns auf der asphaltierten Fahrbahn der Straße, beschleunigt er noch mehr.

Meine Angst, dass ich während der Fahrt vom Motorrad falle, wird immer stärker.

Mit all meiner Kraft klammere ich mich an dem Präsidenten der Dead Riders fest.

Als er das Bike in die erste Kurve lenkt, sterbe ich tausend Tode.

Ace hingegen scheint mit der Maschine zu verschmelzen, sein Körper passt sich der Fahrbahn an, seine Hüfte legt sich mit dem Motorrad in die Kurve, während ich steif wie ein Brett hinter ihm sitze.

Schnell und kraftvoll frisst das Bike die Meilen, es dauert zwar eine Weile, aber langsam beginne ich mich etwas zu entspannen. Ace scheint das zu bemerken und legt mir seine große Hand auf den Oberschenkel.

Selbst durch den Stoff meiner Jeans und trotz des kühlen Fahrtwinds spüre ich die Wärme, die dieser Mann ausstrahlt.

Soweit ich weiß, befindet sich das Clubhaus der Dead Riders in Tacoma, einer mittelgroßen Hafenstadt im Pierce County. Die Stadt liegt am südlichen Ende des Puget Sounds, circa dreißig Meilen südwestlich von Seattle. Die zweitgrößte Stadt in der Nähe ist Olympia.

Ich weiß nicht, was die Zukunft für mich bereithält oder was von mir erwartet wird, aber wenn es hart auf hart kommt, muss ich es irgendwie schaffen, nach Seattle zu kommen. Die 670 Dollar, die ich in den vergangenen Tagen von den Tageseinnahmen zur Seite gelegt und in das Innenfutter meines Rucksacks genäht habe, sind meine Lebensversicherung.

Wenn ich tatsächlich flüchten muss, werde ich versuchen den Flughafen zu erreichen. Ich weiß zwar nicht, wohin ich dann fliegen soll, aber das ist im Grunde genommen völlig egal – Hauptsache, weit weg von Ace und seinem MC.

Bäume, Häuser und Straßen ziehen an uns vorbei.

Aces Fahrstil ist, wie nicht anders zu erwarten, schnell, aggressiv und selbstsicher.

Der Respekt, den die Menschen den Dead Riders entgegenbringen, erstaunt mich immer wieder. Selbst zwei der Autofahrer, die uns auf der Straße begegnet sind, sind an die Seite gefahren, um Ace den Weg frei zu machen.

Als wir knapp dreißig Minuten später durch Tacoma fahren, spüre ich, wie reines Adrenalin durch meine Venen rauscht.

Es wird nicht mehr lange dauern und wir werden am Clubhaus des MCs ankommen.

Was wird mich da erwarten?

Pure Angst kriecht meinen Rücken rauf, lässt meinen Körper erstarren.

Die Straßen sind so gut wie leer. Die obere Hälfte des Mount Rainier ist mit Schnee bedeckt, die nächtliche Luft ist eiskalt.

Ace biegt von der Hauptstraße ab, wir fahren über mehrere Kreuzungen und landen schlussendlich auf einer schmalen, nicht beleuchteten Straße. Der Geruch des Hafens liegt in der Luft. Was bedeutet, dass wir uns im Südwesten der Stadt befinden müssen.

Ein letztes Mal legt er die Maschine in die Kurve, kaum dass wir um die dunkle Fabrikhalle herumgefahren sind, weiß ich, dass wir da sind.

Das Gelände ist riesig und, soweit ich das trotz der Dunkelheit erkennen kann, ziemlich abgelegen.

In alten Ölfässern brennen lodernde Feuer. Vor einem breiten Tor, durch das mühelos zwei Lastwagen passen, stehen drei Männer Wache. Auf ihren Kutten entdecke ich nur ein Patch, auf dem in Großbuchstaben ‚PROSPECT' steht. Ich weiß nicht viel über die Welt der Dead Riders, aber dass Prospects Anwärter sind, die sich erst noch beweisen müssen, ehe sie als Vollmitglied, Member, in den MC aufgenommen werden, weiß ich schon. Die Prospects nicken Ace respektvoll zu, während wir auf den Hof fahren. Dutzende von Motorrädern stehen neben dem Zaun, unzählige Dead Riders stehen um die Feuer, schrauben an ihren Maschinen oder beschäftigen sich mit den halb nackten Frauen, die es hier zuhauf gibt. Wobei beschäftigen definitiv das falsche Wort ist. Ein paar Meter neben der Eingangstüre sehe ich einen Kerl, dessen Hose an seinen Knöcheln hängt. An seiner Hüfte sehe ich zwei Frauenbeine, die sich um ihn schlingen, während die Bewegung seiner Taille verdammt eindeutig ist.

Niemand scheint sich für das Pärchen, das es für alle sichtbar treibt, zu interessieren.

Ace parkt sein Bike neben einer roten Harley-Davidson, kaum dass der Motor erlischt, höre ich das laute Dröhnen der Musik, die über den kompletten Hof schallt.

Unsicher und verdammt neugierig lasse ich meinen Blick über das Gelände gleiten.

Wie zur Hölle soll ich hier nur überleben?

Erst als mir Ace mit der Hand auf den Oberschenkel klopft, wird mir klar, dass er darauf wartet, dass ich absteige.

Tief durchatmend, lockere ich meine Hände aus ihrem verkrampften Griff, rutsche etwas nach hinten und schaffe Abstand zwischen ihm und mir.

Auf wackeligen Beinen steige ich ziemlich unelegant von Aces schwarzem Bike ab.

Was passiert jetzt?

Ein lautes Grölen lässt mich zusammenzucken, panisch drehe ich mich um meine eigene Achse und beobachte, wie sich zwei Kerle mit geballten Fäusten gegenüberstehen. Ihre Gesichter sind angespannt, während sie sich erwartungsvoll umkreisen.

Der flackernde Schein der Flammen taucht alles in sein rötliches Licht.

Als der etwas Größere von ihnen ausholt, um seinem Kontrahenten einen harten Schlag zu verpassen, höre ich das schrille Kreischen einer Frau. Erschrocken zucke ich zusammen und beobachte, wie sich Slide, der Typ, den ich aus dem ‚Maggie's' kenne, eine zierliche schwarzhaarige Frau über die Schulter wirft.

Wütend schlägt sie mit ihren Händen auf seinen Rücken ein, doch den großen Rocker scheint das nicht im Geringsten zu beeindrucken.

Wo zur Hölle bin ich hier nur gelandet?

Ich bin kein zartbesaitetes Mädchen, das bei jeder Kleinigkeit Panik bekommt. Ich bin praktisch in einer Kneipe aufgewachsen, ich weiß, wie brutal das Leben sein kann, aber das hier? Das ist eine ganz andere Nummer!

Erst als sich Ace neben mich stellt und seinen Arm stützend um meine Taille schlingt, bemerke ich, dass ich zu zittern angefangen habe.

Slide und das zappelnde Mädchen verschwinden aus meiner Sichtweite. Die zwei Kerle, die sich im Schein der Flammen prügeln, sind mittlerweile blutüberströmt.

Anstatt dazwischenzugehen, versammeln sich die anderen Dead Riders um die Kontrahenten und feuern sie jubelnd an. Wetten werden abgeschlossen und derbe Flüche ausgesprochen.

So furchteinflößend der Präsident der Dead Riders auch sein mag, im Moment fühle ich mich nur dank seiner Nähe einigermaßen sicher.

Ohne ein Wort zu sagen, führt mich Ace mitten durch das wilde Treiben. Das vögelnde Pärchen neben der großen Eingangstüre scheint das Finale anzusteuern, denn die spitzen Schreie der Frau werden immer lauter. Nicht in der Lage, meinen Blick abzuwenden, beobachte ich das Spiel der Muskeln auf dem Rücken des Typen. Hart und gnadenlos rammt er seinen Unterleib immer wieder gegen die an die Wand gepresste Frau.

Aces Blick ruht auf meinem Gesicht, er beobachtet meine Reaktion. Seine vollen Lippen verziehen sich zu einem wissenden Grinsen, ehe er mich kopfschüttelnd tiefer in die alte Fabrikhalle führt, die das Clubhaus der Dead Riders ist.

Bis zu diesem Augenblick dachte ich wirklich, dass es draußen wild zugegangen ist, aber jetzt, wo ich mich zum ersten Mal innen umsehen kann, weiß ich, dass ich mich getäuscht habe.

In verschiedenen Ecken befinden sich Sitzgruppen aus schwarzem Leder, wild blinkende Flipperautomaten und mehrere Billardtische nehmen den hinteren Bereich der weitläufigen Halle ein.

Links, direkt neben dem Eingang, befindet sich eine große Bar, deren Tresen aus altem Holz besteht. Die verspiegelten Regale biegen sich unter den unzähligen Whisky- und Schnapsflaschen regelrecht durch. Der Boden ist nichts weiter als abgeschliffener Beton. An den Wänden hängen Poster von halb nackten Frauen, die sich lasziv auf Harleys rekeln. Bis zu diesem Augenblick war mir nicht bewusst, dass Frauen mit Motorrädern Sex haben können?!

Aber ganz genau diesen Eindruck vermitteln die Darstellungen auf den vielen Postern.

Im Eck rechts von mir hängt ein verbeulter Boxsack, die komplette hintere Wand besteht aus einem gigantischen Spiegel.

Ich weiß nicht, wie viele Quadratmeter diese Halle umfasst, doch dank der vielen kuttentragenden Männer und der fast nackten Frauen, die sich überall aufhalten, ist sie rammelvoll.

Ohne stehen zu bleiben, zieht mich Ace immer tiefer in den Trubel.

Es fällt ihm nicht schwer, sich seinen Weg durch die feiernde Meute zu bahnen, denn alle weichen ihm respektvoll aus und machen ihm Platz. Wenige Minuten später kommen wir an einem langen Gang an. Erleichtert, dass es hier etwas ruhiger ist, atme ich tief durch. Es riecht nach Sex, Schweiß, Tabak und Rauch.

Ace löst seinen Arm von mir und geht, ohne mich auch nur eines Blickes zu würdigen, den langen Flur entlang. Ich folge ihm zögerlich. Der erste Raum, an dem ich vorbeikomme, ist hell beleuchtet. Unter einer flackernden Leuchtstoffröhre steht eine schwarze Liege. Auf ihr sitzt in einer gebeugten Haltung ein Kerl, der in seinen großen Händen seine Dead-Rider-Kutte hält. Das laute Surren der Tattoomaschine verrät mir, was hier gerade passiert. Der entblößte Rücken des Typen weist schon zur Hälfte das Wappen der Dead Riders auf. Den brennenden Totenkopf, der von zwei engelsgleichen Flügeln eingerahmt wird und von einem blutigen Dolch aufgespießt ist.

Trotz des eher schäbigen Eindrucks des Zimmers sieht die Arbeit des Tätowierers wirklich gut aus. Scharfe Konturen, saubere Farbkanten und nur wenig Blut.

Als ich bemerke, dass Ace fast aus meiner Sichtweite verschwunden ist, wende ich meinen Blick von dem Rücken des Fremden ab und renne ihm hinterher. Die restlichen Türen, an denen ich vorbeikomme, sind verschlossen. Flackernd und summend erwachen die Neonröhren über meinem Kopf zum Leben.

Erst jetzt erkenne ich, dass die rechte Wand des Gangs komplett schwarz gestrichen wurde. Unzählige Bilderrahmen zieren den schwarzen Hintergrund. Als ich erkenne, dass jedes der Bilder ein erkennungsdienstliches Foto der Polizei ist, bleibe ich erstaunt stehen.

Auf fast allen von ihnen ist im Hintergrund eine Messlatte zu erkennen, auf der auch gleich die Körpergröße des Verdächtigen ermittelt wurde. Manche dieser Fotos sind schon verblasst und gelblich. Andere von ihnen sehen verdammt neu aus. Das müssen mindestens zweihundert Bilderrahmen sein ...

Auf einem von ihnen erkenne ich Ace. Der Blick, mit dem er in die Kamera sieht, kann nur als tödlich beschrieben werden.

Ob das ein Aufnahmeritual oder ein Hobby ist?

Wohl eher nicht, solche Fotos gehören mit Sicherheit in den Lebenslauf eines jeden Clubmitglieds.

Ace ist ohne Frage ein verdammt attraktiver Kerl.

Seine markante Nase, die geraden Augenbrauen und das geheimnisvolle Funkeln in seinen silbernen Augen lassen bei jeder Frau die Östrogene durchdrehen. Ganz zu schweigen von seinem breiten Kreuz und den unglaublich harten Muskeln, aus denen sein Körper zu hundert Prozent zu bestehen scheint.

Gerade als ich meinen Blick abwenden und ihm weiter folgen will, spüre ich ihn direkt hinter mir. Besitzergreifend schlingt er seinen Arm um meine Mitte, legt seine gespreizte Hand auf meinen Bauch.

Jetzt ist er mir so nah, dass ich seinen heißen Atem auf meiner Wange spüre.

„Es ist an der Zeit, dass ich dir ein paar Dinge erkläre!“

Ein leichtes Beben lässt mich erzittern. In der Nähe dieses Mannes spielen meine Sinne völlig verrückt. In meinem Bauch beginnt es zu glühen und meine Atmung kommt unregelmäßig.

Bestimmend presst er mich fester gegen seinen Körper, mein Po reibt über seinen Schritt, die Spitze seines kleinen Fingers schiebt sich vorne in meine Jeans.

Als er nicht weiterspricht, sondern seine Nase in meinem Scheitel vergräbt und tief einatmet, bekommt mein Herz Rhythmusstörungen.

Gerade als meine Synapsen durchbrennen, redet er in einem dunklen, beschwörenden Ton weiter.

„Frauen, die keine Old Ladys sind, gelten hier als Frischfleisch, sie sind nichts weiter als Pussys, die sich jeder Rider nehmen darf.“

Frischfleisch? Pussys? Heilige Scheiße!

„Was ist eine Old Lady?“

Seine Hand schiebt sich etwas tiefer, sodass sein Finger den Rand meines Höschens berührt und sich auf meinen Venushügel legt.

Die intime Berührung setzt meinen Unterleib in Flammen. Bis jetzt hatte ich genau eine Beziehung. Und diese hat mit einem Kontaktverbot, das ich gegen meinen damaligen Freund erwirkt habe, geendet. Das Arschloch, dem ich damals mein Herz geschenkt habe, hat es sich genommen, ist darauf herumgetrampelt, nur um es anschließend in Fetzen zu zerreißen. Dieses Drama ist jetzt genau drei Jahre her und seitdem hatte ich, falls mein vibrierender Freund nicht mitzählt, keinen Sex mehr.

„Eine Frau wird zur Old Lady, wenn ein Member sie zu seinem Eigentum erklärt. Wenn er bereit ist, sie mit seinem Leben zu beschützen, für sie zu sorgen und sie bis zu seinem letzten Atemzug zu lieben, dann nimmt er sie sich zur Old Lady, schenkt ihr ihre eigene Kutte mit dem Backpatch, das sie als sein Eigentum auszeichnet."

Erneut gleitet seine Hand etwas tiefer in meinen Slip. Eine Gänsehaut überzieht meine Arme, zwischen meinen Schenkeln beginnt es leicht zu pulsieren.

„Niemand würde es wagen, die Lady eines anderen Mannes zu berühren, zu beleidigen oder gar zu belästigen. Denn das würde unweigerlich seinen Tod bedeuten. Old Ladys werden mit dem größten Respekt behandelt und vom MC beschützt."

Der rationale Teil meines Denkens findet dieses ganze machohafte Eigentumdings schrecklich mittelalterlich und alles andere als fair. Doch mein Herz ist sich sicher, dass es nie etwas Romantischeres gehört hat.

Alleine das Wissen, dass ein Mann bereit ist, mich mit seinem Leben zu beschützen, wäre einfach unglaublich. Welche Frau wünscht sich keinen Ritter, der ihr den Rücken frei hält? Seit ich denken kann, bin ich auf mich alleine gestellt. Mein Vater war mir nie eine Hilfe, ganz im Gegenteil. Meine derzeitige Situation ist der beste Beweis dafür, dass er mich immer nur in Schwierigkeiten gebracht hat.

Vielleicht sind diese Rocker ja gar nicht die Monster, für die ich sie gehalten habe. Vielleicht leben sie einfach nur in einer anderen Kultur, und anstatt auf Pferden kommen sie auf Bikes, um ihre Ladys vor den Drachen und den Gefahren der Neuzeit zu beschützen.

Atemlos lehne ich mich an ihn, tief in mir weiß ich, dass ich seine Hand aus meiner Hose ziehen und ihm eine knallen sollte, doch das will ich eigentlich gar nicht.

Es fühlt sich viel zu gut an, von ihm gehalten und berührt zu werden.

4. Kapitel

Ace

Verdammte, verfickte, verfluchte Scheiße!

Was zur Hölle treibe ich hier eigentlich?

Mein Plan war, einen kühlen Kopf zu bewahren. Ich wollte Amy abholen, sie in mein Büro bringen und so lange ficken, bis ich endlich wieder einen klaren Verstand habe.

Doch anstatt mich an meinen einfachen, jedoch sehr genialen Plan zu halten, stehe ich hier, mitten im Flur, mit meiner Hand an ihrer Pussy und erkläre ihr, was es bedeutet, eine Old Lady zu sein.

Zur Hölle mit diesem Weib. Ich bin ein Dead Rider, ich werde nicht zulassen, dass sie mich um ihren kleinen Finger wickelt.

Alles, was ich ihr klar machen wollte, war, dass es für sie zu gefährlich ist, ohne meinen Schutz durch das Clubhaus zu stolzieren, doch anstatt ihr das klipp und klar zu verdeutlichen, stehe ich hier mit einem verdammten Harten und stelle mir vor, wie verflucht geil es wäre, sie als mein Eigentum zu markieren.

Bei allen sieben Höllen!

Seit ich denken kann, bin ich ein Getriebener. Ich liebe das Leben, für das ich mich entschieden habe, den Nervenkitzel und die Gefahr.

In all den Jahren, die ich nun schon zum Club gehöre, ist der Tod zu einem engen Vertrauten geworden. In manchen Nächten sehne ich mich sogar danach, ein Leben zu beenden.

Ich bin ein Dämon, ein Krieger und ein Kämpfer. Ich liebe einen guten Kampf ganz genauso sehr wie einen harten Fick.

Doch genau jetzt und hier, in diesem Augenblick und mit dieser Frau in meinen Armen, spüre ich einen gewissen Frieden, der sich in mir ausbreitet.

Und auch wenn ich das nicht für möglich gehalten hätte, aber es fühlt sich verdammt gut an, ihr die Regeln meiner Welt zu erklären.

„Da du keine Old Lady bist, ist es verdammt wichtig, dass du dich immer in meiner Nähe aufhältst! Wenn du das nicht tust, kann ich dir garantieren, dass du früher oder später von einem meiner Brüder gefickt wirst!"

Amy ist weder eine der Bitches noch eine Lady. Sie ist sozusagen ein Sonderfall, für den es noch keine bestimmten Regeln gibt.

Verdammt! Ich habe nicht vor, sie zu meiner Old Lady zu machen, aber ich werde sie auch mit keinem anderen Mann teilen! Solange ich nicht weiß, was ich mit ihr anstellen werde, gehört sie nur mir! Gnade dem

Kerl, der es wagt, sich an ihr zu vergreifen, denn ich werde nicht zögern und ihm das Leben nehmen.

Tief in meinem Inneren hoffe ich, dass meine Sucht nach ihr in dem Augenblick endet, in dem ich mich zum ersten Mal bis zum Anschlag in ihr vergrabe. Doch meine Instinkte sagen mir, dass eher das Gegenteil der Fall sein wird.

Vielleicht wäre es wirklich das Beste, wenn ich sie sofort in eines unserer Bordelle bringen lasse. Slide hatte recht mit dem, was er gesagt hat. Eine Frau wie Amy würde innerhalb von kürzester Zeit den offenen Betrag von 250.000 Dollar einbringen.

Somit wären die Schulden ihres Vaters getilgt. Die Kneipe würde uns bleiben, sie ist eine sichere Einnahmequelle und dank ihrer Lage würde sie sich sogar als perfektes Zwischenlager für die Waffen, die wir nach Seattle liefern, anbieten.

Der Haken an der Sache ist nur, dass ich sie für mich will.

Seit ich sie zum ersten Mal gesehen habe, geht sie mir nicht mehr aus dem Kopf.

Während meiner Zeit in der Army habe ich gelernt, mich auf mein Gefühl und auf meine Instinkte zu verlassen. Und alle meine Instinkte schreien mich regelrecht an, dass diese Frau die einzig Richtige für mich ist. Sie ist diejenige, die mir den Frieden bringen kann, nach dem ich mich in so mancher Nacht regelrecht verzehre!

Gierig nach mehr lasse ich meine Hand immer tiefer in ihre Spalte gleiten. Feucht, heiß und eng umschließen ihre Schamlippen meine Finger.

„Hast du das verstanden, Baby?“

„Ja, das habe ich.“

„Gut, denn ich würde nur ungern einen Mann töten müssen, nur weil du nicht auf deine Sicherheit geachtet hast.“

Ich spüre, wie sie sich bei meinen Worten verspannt. Sie scheint erst jetzt zu begreifen, dass das Leben in einem MC kein Ponyhof ist.

Amy löst sich aus meiner Umarmung, geht einen Schritt zur Seite und zieht meine Hand aus ihrem Slip.

Schweigend sehen wir uns an, ich kann ihre Angst regelrecht wittern.

„Nachdem du mich hierher gebracht hast, würde ich gerne wissen, wie es weitergeht!“

Echt jetzt? In der einen Sekunde liegt sie weich und anschmiegsam in meinen Armen und in der nächsten will sie sich mit mir unterhalten?

Bullshit!

Hart und unnachgiebig presst sich mein Schwanz gegen den Stoff der Jeans, meine Eier zucken ungeduldig, meine inneren Dämonen wollen diese störrische Frau mit dem Rücken gegen die Wand pressen, ihr die

Klamotten zerfetzen und ihr ein für alle Mal zeigen, wer hier der Boss ist.

Alleine bei dem Gedanken, sie gnadenlos zu bumsen, spannt sich jeder Muskel in meinem Körper vor Ungeduld an.

Fluchend wende ich mich von ihr ab und atme mehrmals tief durch.

Dass ich Amy noch diese Nacht besitzen werde, steht fest. Es kann tatsächlich nicht schaden, wenn ich ihr vorher erkläre, was ich von ihr erwarte, wo ihr Platz ist und zu wem sie verdammt noch mal gehört!

Ohne sie noch eines Blickes zu würdigen, gehe ich zurück ins Büro, lasse mich hinter meinem Schreibtisch in den abgewetzten Ledersessel fallen und warte darauf, dass Amy die Türe hinter sich schließt.

Der Lärm der Party dringt nun nur noch gedämpft zu uns durch. Mit einer knappen Handbewegung gebe ich ihr zu verstehen, dass sie sich auf einen der freien Stühle setzen soll.

Fluchend verändere ich meine Position, sodass ich trotz meines harten Glieds einigermaßen bequem sitzen kann.

Ihre katzenhaften Augen sehen mich unsicher an, und nicht zum ersten Mal verfluche ich Billy für seine Blödheit.

Heilige Scheiße! Weder habe ich eine Old Lady noch habe ich Kinder, aber fuck, irgendwann will ich das alles und dann werde ich alles in meiner Macht Stehende tun, um mich um meine Familie zu kümmern.

Ich werde sie beschützen und versorgen und niemals zulassen, dass meine Tochter, sollte ich jemals eine haben, in eine ähnliche Situation kommt wie die, in der sich Amy gerade befindet.

Alleine für sein Versagen als Vater hat Billy seinen Tod verdient!

„Ace?“

Amys zitternde Stimme erinnert mich daran, dass jetzt der Augenblick gekommen ist, um die Karten auf den Tisch zu legen.

„Dein Vater hat sich vor sechs Monaten 250.000 Dollar bei uns geliehen. Doch anstatt die Summe wie vereinbart vor neun Wochen zurückzuzahlen, hat er sich, feig, wie er ist, vor uns versteckt. Wir haben ihm mehrere Warnungen zukommen lassen. Er hat auf keine reagiert. Im Normalfall würde das seinen Tod bedeuten, doch er hat Glück. Denn es gibt da eine Sache, die ich mehr will als sein Blut auf meinen Fingern ...“ Ich mache eine kurze Pause. Zufrieden beobachte ich, wie sich ihre Pupillen weiten, sie scheint es zu verstehen.

„Seit ich dich im ‚Maggie's‘ gesehen habe, kann ich an nichts anderes denken als daran, dich immer und immer wieder zu ficken.“

Ganz offensichtlich verängstigt verschränkt sie ihre Finger miteinander und sieht mich direkt an.

Erneut bewundere ich sie für ihre Courage. Auf diesem Stuhl sind schon gestandene Männer gesessen, die nicht annähernd so viel Mut hatten wie sie.

„Du wirst mir gehören, Amy! Ich werde für dich sorgen und du wirst dich mir, wann immer ich es will, hingeben."

Ihre rechte Hand hat sich so fest um ihre linke geschlungen, dass deren Fingerspitzen schon ganz weiß werden.

Ich kann mir nicht annähernd vorstellen, was gerade in ihrem Kopf vorgeht, ich an ihrer Stelle würde den Tod meines Vaters planen.

„Du musst wissen, dass es für dieses Arrangement keine zeitliche Begrenzung gibt!

250.000 Dollar sind eine Stange Geld. Der Betrug deines Vaters muss mit Blut bezahlt werden, entweder mit dem seinen oder mit deinem. Mehr Möglichkeiten gibt es dafür nicht."

Erneut muss ich an Slides Vorschlag denken, doch den ziehe ich nicht annähernd in Betracht. Wenn jemand Amy aufs Kreuz legt, dann bin ich das!

„Ich werde tun, was du von mir verlangst ..."

Ihr Vater, dieses verschissene Arschloch, hat die Loyalität seiner Tochter nicht verdient.

Doch was juckt mich das alles?

Es ist nicht meine Aufgabe, ihre Ehre zu verteidigen, es liegt nicht an mir, sie zu beschützen. Weder bin ich ihr Mann noch ist sie eine Lady des Clubs. Sie ist eine Außenstehende, die einzig und alleine zu einem Zweck hier ist – von mir gebumst zu werden.

Scheiße! Es gibt keinen Grund für mich, ein schlechtes Gewissen zu haben. So ist das Leben, so spielt die Welt, die Stärkeren ficken die Schwächeren, und in diesem Fall passt das sogar wortwörtlich.

Amy hat allen Grund, mir dankbar zu sein, ich hätte ihr dieses Angebot nicht machen müssen, oh nein, genauso gut hätte ich ihren Vater mit einem gezielten Schuss in den Hinterkopf hinrichten und das ‚Maggie's' in Flammen aufgehen lassen können.

Es ist hart, aber so ist die Realität nun mal ... wer sich mit den Dead Riders anlegt, verliert sein Leben.

Eigentlich sollte ich mit der Entwicklung des Abends verdammt zufrieden sein, doch gegen die innere Stimme, die mir suggeriert, dass ich ein verficktes Arschloch bin, kann ich nichts ausrichten.

Fluchend wende ich meinen Blick von ihr ab, stehe auf und schenke mir ein großes Glas Whisky ein. Jetzt ist wahrhaftig nicht der richtige Zeitpunkt, um ein Gewissen zu entwickeln.

Die bernsteinfarbene Flüssigkeit brennt sich durch meine Kehle, beruhigt meine angespannten Nerven.

Mit einem kurzen Blick über die Schulter beobachte ich Amy dabei, wie sie mit geschlossenen Augen auf dem Stuhl sitzt. Es mag sein, dass ich ihr Angst einjage, doch ich errege sie auch. Das kann sie nicht leugnen ... immerhin hatte ich bereits meine Finger zwischen ihren feuchten Schamlippen.

Seit unserer ersten Begegnung sehne ich mich danach, sie zu besitzen. Doch es ist nicht nur das Verlangen, das mich antreibt. Meine inneren Dämonen wollen sie unterwerfen, beißen, in sie eindringen und sie markieren. Aber da ist noch eine andere Sehnsucht, eine Sehnsucht, wie ich sie noch nie zuvor verspürt habe.

Ausgerechnet die dunkle Seite in mir will diese faszinierende Frau vor der restlichen Welt verbergen und beschützen.

Dieses Gefühl ist mir völlig fremd, es ist noch nie zuvor vorgekommen, dass ich einen ganz bestimmten Menschen für mich beanspruchen will.

Es ist ambivalent. Einerseits will ich sie packen und so hart ficken, dass sie danach nicht mehr laufen kann, und andererseits will ich sie in die Arme nehmen, sie zärtlich küssen und ihr schwören, dass ich sie für immer schützen werde ...

Erneut fülle ich einen Fingerbreit Whisky in das Glas und drehe mich zu Amy um. Mit zwei großen Schritten überwinde ich die Distanz zwischen uns, lehne mich direkt vor ihr an die Kante des Tischs und reiche ihr den Jack Daniels.

„Trink den, der beruhigt deine Nerven."

Aufgebracht funkeln mich ihre grünen Augen an.

„Willst du mich betrunken machen?"

„Nein. Das ist nicht nötig!"

„Pass mal auf, dass du dich nicht selbst überschätzt!"

Blitzschnell beuge ich mich zu ihr runter, packe sie an den Oberarmen und ziehe sie zu mir hoch. Noch ehe sie einen Schrei loslassen kann, habe ich sie bereits über die Arbeitsplatte des Schreibtischs gebeugt. Mit meiner Linken umfasse ich ihre Handgelenke, presse sie unnachgiebig auf das harte Holz. Das Whiskyglas liegt zerbrochen neben den auf dem Boden verstreuten Unterlagen.

Besitzergreifend schiebe ich meine rechte Hand unter ihre schwarze Bluse, lasse sie zu ihrem Bauch gleiten und umfasse das weiche Fleisch ihrer Brust.

Nicht gerade zärtlich zwicke ich ihren Nippel zwischen meinen Fingern ein und kneife zu. Ihr frecher Kommentar hat meine Selbstbeherrschung endgültig zerbersten lassen. *Verfluchte Scheiße!* Die ängstliche Amy ist ja schon verdammt sexy, aber als widerspenstiges Kätzchen ist sie einfach unwiderstehlich!

Fordernd reibe ich mich an ihrem Hintern, lasse sie meinen harten Schwanz spüren und zeige ihr, was sie zu erwarten hat.

Knurrend beuge ich mich über sie und presse sie mit meinem Gewicht noch etwas fester auf den Tisch.

„Reiz mich nicht, Zuckerpuppe! Es ist durchaus möglich, dass du dem, was du gerade herausforderst, nicht gewachsen bist.“

Ihr leises Wimmern lässt mich noch härter werden.

Scheiß auf all die Regeln, wenn ich diese Frau jetzt nicht ficke, verliere ich den Verstand.

Ungeduldig schiebe ich meine Hand in ihre Jeans, umfasse das weiche Fleisch ihres Venushügels und kreise mit meinen Fingerspitzen über ihre Klit.

In einem quälend langsamen Rhythmus erobere ich ihren Körper. Noch ist sie widerspenstig und versucht sich gegen meinen bestimmenden Griff zu wehren, doch ich werde ihr keine Chance lassen – ich werde erst zufrieden sein, wenn sie weich und nachgiebig unter mir liegt.

„Es mag sein, dass du mich körperlich dominieren kannst, aber ich gehöre noch lange nicht dir, Ace!“

Ihre geflüsterten Worte lassen mich vor Wut rotsehen ...

Sie wird mir gehören, ich werde sie besitzen und sie wird sich mir unterwerfen, alles andere werde ich nicht zulassen!

5. Kapitel

Amy

Seine Ich-bin-der-arrogante-Rocker-und-du-nur-ein-schutzloses-Mädchen-Masche geht mir gehörig auf die Nerven. Ich bin nicht dumm, ich weiß, dass es für eine Frau verdammt gefährlich ist, sich im Clubhaus der Dead Riders aufzuhalten – zumindest wenn sie keine Old Lady ist. Aber ich habe mir das alles ja auch nicht gerade ausgesucht.

Seit ich denken kann, bin ich auf mich alleine gestellt. In all den Nächten, die ich alleine im ‚Maggie's' gestanden habe, ist es mir immer gelungen, zu aufdringliche Verehrer abzuwehren. Okay, zugegebenermaßen war es hin und wieder verdammt knapp. Aber ich konnte immer verhindern, verprügelt oder gar vergewaltigt zu werden.

Nervös beobachte ich Ace dabei, wie er sich einen Whisky einschenkt. Jetzt, wo er mir den Rücken zugewandt hat, kann ich endlich wieder klar denken.

Mein Verstand funktioniert einfach nicht, solange er mich mit seinen silbernen Augen verschlingt.

Mir war klar, dass er mich besitzen will, doch jetzt, wo er es mir so direkt gesagt hat, bin ich völlig durcheinander. Einerseits will ich diesen Mann – andererseits überkommt mich das Bedürfnis, meine Beine in die Hand zu nehmen und zu flüchten.

„Du wirst mir gehören, Amy! Ich werde für dich sorgen und du wirst dich mir, wann immer ich es will, hingeben."

Immer und immer wieder höre ich seine Worte durch meinen Kopf hallen, das unendliche Echo seiner Stimme lässt mich erschaudern.

... *Du wirst mir gehören* ... heilige Scheiße!

So gerne ich es abstreiten würde, aber ich kann der düsteren Ausstrahlung dieses Mannes einfach nicht widerstehen. Überall in der Natur findet man den unweigerlichen Kreislauf des Lebens. Aus Tag wird Nacht, aus Sommer Winter und aus Leben wird der Tod.

Auf dieser Welt gibt es Jäger und deren Beute. In diesem speziellen Fall bin ich die Maus und Ace ist die Schlange, die nur darauf wartet, ihre Beute bei lebendigem Leib zu verschlingen.

Tief durchatmend versuche ich meine angespannten Nerven etwas zu lockern.

Was auch immer zwischen dem Präsidenten der Dead Riders und mir passieren wird, ich muss auf mein Herz aufpassen. Am besten verstecke ich es hinter einer meterhohen Mauer bestehend aus Stahlbeton. Denn wenn ich nicht verdammt vorsichtig bin, kann es durchaus passieren, dass ich mich in diesen arroganten, viel zu selbstsicheren und höllisch attraktiven Kerl verliebe.

Verflixt und zugenäht!

Seit ich ihn das erste Mal gesehen habe, versuche ich eine gewisse Distanz zwischen uns zu schaffen. Mir war vom ersten Augenblick an klar, dass dieser Mann verdammt gefährlich für mich ist – für mein Leben, meine Seele und meinen Körper ...

Ace leert den goldenen Inhalt seines Glases mit einem Schluck.

Er spürt, dass ich ihn beobachte, dreht sich kurz zu mir um und wirft mir einen eindringlichen Blick zu. Sofort hört mein Herz für eine gefährlich lange Sekunde auf zu schlagen ... *oh ja* ... dieser Mann ist wahrlich eine Bedrohung für meinen Seelenfrieden ...

Erneut füllt er das Glas, selbstsicher kommt er auf mich zu, lehnt sich direkt vor mir an den Schreibtisch und hält mir den Whisky hin.

„Trink den, der beruhigt deine Nerven."

Unsere Blicke treffen sich, meine Atmung setzt aus, meine Sinne spielen verrückt.

Innerlich verfluche ich mich für meine Schwäche. Warum zur Hölle hat dieser Mann nur so eine Wirkung auf mich?

Zweifelnd sehe ich auf das Glas in seiner Hand. Was hat er vor?

„Willst du mich betrunken machen?"

Seine Mundwinkel zucken amüsiert.

„Nein. Das ist nicht nötig!"

Die pure Arroganz, die in seiner Antwort mitschwingt, ärgert mich.

Es mag ja sein, dass er ein gefährlicher Dead Rider ist, aber seine Selbstsicherheit geht mir gegen den Strich. Noch bevor ich es verhindern kann, spreche ich meinen Gedanken laut aus.

„Pass mal auf, dass du dich nicht selbst überschätzt!"

Hilfe ...

In der einen Sekunde sitze ich noch auf dem Stuhl, in der anderen liege ich völlig atemlos auf der harten Platte seines Schreibtischs. Das alles ging so schnell, dass mir sogar der überraschte Schrei im Hals stecken geblieben ist.

Seine großen Finger umfassen mühelos meine Handgelenke, pressen sie kraftvoll auf den Tisch. Ich bin gefangen, ich habe keine Chance, mich auch nur einen Zentimeter weit zu bewegen.

Das laute Klirren des Glases, das auf dem harten Boden in tausend Teile zerplatzt, vermischt sich mit dem rasenden Pochen, das in meinen Ohren dröhnt.

Angst, Adrenalin und Leidenschaft – ein köstlicher Mix, ein erregender Nervenkitzel.

Völlig wehrlos versuche ich wieder zu Atem zu kommen. Ace schiebt seine rechte Hand unter mein Oberteil. Ein heftiger Schauer lässt mich erbeben.

Besitzergreifend umfasst er meine Brust, massiert sie leicht, entlockt mir ein Stöhnen.

Seine Fingerspitzen umfassen meine Brustwarze, kneifen zu, schicken einen heißen Blitz durch meine Körpermitte. Wimmernd genieße ich seinen harten Körper auf dem meinen.

Sein heißer Atem streift über die empfindliche Haut in meinem Nacken, sein hartes Glied presst sich gegen meinen Po.

Heilige Scheiße!

Sosehr ich mich auch gegen die vielen Empfindungen, die durch meine Adern rauschen, wehre, ich habe keine Chance gegen die pure Lust, die sich in mir ausbreitet. Das dumpfe Pochen zwischen meinen Schenkeln wird immer stärker. Eine unkontrollierbare Begierde setzt meine Nervenenden in Brand.

„Reiz mich nicht, Zuckerpuppe! Es ist durchaus möglich, dass du dem, was du gerade herausforderst, nicht gewachsen bist."

Wimmernd gebe ich auf, meine Gegenwehr erlischt und mein Slip wird feucht.

Himmel und Hölle, dieser Mann ist nicht meine Rettung, sondern mein Untergang!

Plötzlich sind seine Hände überall, seine Lippen saugen sich an mir fest, seine scharfen Zähne graben sich in mein Fleisch.

Das hier ist keine Verführung und auch keine Machtdemonstration, sondern eine Inbesitznahme.

Hilflos liefere ich mich ihm aus, sehne mich nach mehr und verfluche mich zugleich für meine Schwäche.

Aces Finger schieben sich zwischen meine Beine, teilen meine Schamlippen und reiben kreisend über meinen Kitzler. Stöhnend schließe ich die Augen, presse meine Stirn gegen das harte Holz des Schreibtischs und verliere mich in all den Empfindungen, die über mir hereinbrechen.

Gott, steh mir bei ...

Ich verliere diesen Kampf ... Ich weiß das und Ace weiß es erst recht!

Bevor ich mich in meiner Lust verliere, bevor ich nachgebe und mit einem lauten Schrei komme, sammle ich meine letzte Kraft und drehe meinen Kopf so, dass ich ihm in die Augen sehen kann.

„Es mag sein, dass du mich körperlich dominieren kannst, aber ich gehöre noch lange nicht dir, Ace!"

Meine Stimme klingt vor Erregung ganz rau und leise, doch ich erkenne an seinen Augen, dass er mich gehört hat. Das Silbergrau seiner

Iris verwandelt sich in ein tiefes Schwarz. Ein Sturm umwölkt seine Pupillen, seine Mimik wird bedrohlich.

Schlagartig wird aus dem dominanten Mann ein knurrender Dämon.

Seine Finger wühlen sich durch meine Pussy, finden meinen Eingang und schieben sich in die heiße Öffnung.

Das Zittern in meinen Beinen, meine krampfenden Zehenspitzen und die Spannung, die von mir Besitz ergreift, sind die ersten Anzeichen des über mir hereinbrechenden Höhepunkts. Winzige Schweißperlen bilden sich in meinem Nacken, hinter meinen geschlossenen Lidern bersten glühende Punkte, ehe meine Atmung stockt. Der süße, moschusartige Geruch meiner Lust erfüllt den Raum.

Aces Schwanz presst sich hart und groß an meinen Po – ich will ihn in mir spüren ...

Jetzt in diesem Moment geht es nicht um die Schulden meines Vaters oder um irgendwelche Clubhausregeln. Alles, was in diesem Augenblick zählt, sind er und ich und die unglaublich starke Anziehungskraft, die uns zusammengeführt hat!

Irgendetwas passiert hier gerade zwischen uns, etwas, das nichts mit körperlichen Begierden zu tun hat.

Instinktiv spüre ich, dass die nächste Zeit ein emotionaler Spagat zwischen Vernunft und Leidenschaft wird.

Stöhnend sauge ich frischen Sauerstoff in meine Lungenflügel – das war wirklich unglaublich. Ace lässt meine Handgelenke los und richtet sich auf. Jetzt, wo mein Körper nicht mehr von dem seinen bedeckt wird, ist mir schlagartig kalt.

Prüfend bewege ich meine Hände, stütze mich mit den Handflächen auf dem Schreibtisch ab und stelle mich gerade hin.

Meine Beine fühlen sich an wie dünne Grashalme, meine Knie geben nach. Wankend versuche ich mich noch am Stuhl festzuhalten, doch ich schaffe es nicht mehr. Gerade als ich damit rechne zu stürzen, schlingt sich von hinten ein muskulöser Arm um meine Taille.

„Langsam, Baby!“

Erschreckend sanft zieht er mich an sich, seine Bartstoppeln kratzen über meine linke Gesichtshälfte, während er seinen Mund auf den meinen presst.

Seufzend gebe ich seinem Drängen nach, öffne meine Lippen und lehne mich an seinen Brustkorb.

Gierig gleitet seine Zunge über die meine, verlockt sie zu einem sinnlichen Spiel.

Unser Atem vermischt sich, seine Finger krallen sich in mein Fleisch, meine Sinne spielen verrückt.

Mal sanft, mal stürmisch, saugend und knabbernd – dieser Kerl kann vielleicht küssen!

Als er seine Lippen wieder von den meinen löst, öffne ich meine Augen und sehe ihm tief in die seinen.

„Ace ..."

Unsicher breche ich ab, ich habe keine Ahnung, was ich fühlen, denken oder gar sagen soll.

Mühelos hebt er mich in seine Arme, knabbert verspielt an meinem Ohrläppchen und trägt mich zu der schwarzen Ledercouch.

Mit mir auf seinem Schoß setzt er sich, sieht mir tief in die Augen und beginnt mich zu entkleiden. Knopf für Knopf entblößt er stückchenweise meinen Oberkörper.

Gierig lässt er seinen Blick über meine nackten Brüste gleiten, umfasst mit seinen rauen Händen mein weiches Fleisch.

„Fuck, Amy! Du bist so wunderschön!"

Sein Kiefer mahlt, seine Wangenmuskulatur zuckt angespannt.

Aces Gesichtsausdruck kann wirklich nur als dämonisch bezeichnet werden.

Erst als sich ihm meine Nippel geschwollen und sensibel entgegenrecken, lässt er von ihnen ab. Seine Finger streichen über meinen Bauchnabel, ehe sie sich an meiner Jeans zu schaffen machen.

Jetzt wird es passieren – jetzt ist der Augenblick gekommen, in dem ich mich diesem Mann hingeben werde ...

Einerseits kann ich es kaum erwarten, ihn tief und hart in mir zu spüren, andererseits will ich von seinem Schoß klettern und bis ans andere Ende der Welt flüchten.

Diese Sache zwischen ihm und mir entwickelt sich in eine völlig überraschende Richtung. Mein Plan war eigentlich, dass ich ihm nur meinen Körper ausliefere, dass ich meine Empfindungen vor ihm verberge und mich so selber schütze, doch das funktioniert einfach nicht. Ace lässt einfach nicht zu, dass ich etwas vor ihm verberge.

Seine Zähne graben sich in meine Unterlippe, ziehen an ihr, ehe sie zubeißen.

Der durchdringende Schmerz schießt mir direkt in den Unterleib.

Bestimmend legt er mich mit dem Rücken auf das kalte Leder der Couch, zieht mir die Hose und den String aus, umfasst mit seinen Händen meine Knie und spreizt bestimmend meine Beine.

Mein lautes Keuchen durchbricht die Stille, ängstlich erwidere ich seinen dunklen Blick. In den sturmgrauen Abgründen seiner Augen erkenne ich deutlich, dass sich in den letzten Minuten etwas in ihm verändert hat, dass er mich nicht nur will, sondern dass seine Besitzgier um einiges stärker geworden ist.

Ich versuche mich ihm zu widersetzen, meine Schenkel aneinanderzupressen – vergebens.

Das Herz schlägt mir bis zum Hals, während er seine Augen über meine entblößte Haut gleiten lässt. Nackt und mit weit gespreizten Beinen liege ich vor ihm.

In meinem ganzen Leben bin ich mir noch nie so entblößt vorgekommen, ich habe mich noch nie so schutzlos gefühlt.

Hilflos schließe ich meine Augen, gebe meinen Widerstand auf und überlasse mich dem Präsidenten der Dead Riders.

Jetzt, wo er merkt, dass ich mich nicht mehr gegen ihn wehre, lockert er den festen Griff seiner Finger etwas. Morgen werden bestimmt dunkle Abdrücke meine Haut zieren.

Erstaunlich sanft streicht er über die empfindlichen Innenseiten meiner Schenkel. In dem Augenblick, in dem er seine komplette Handfläche auf meine Scham legt, stockt mir der Atem.

„Das hier gehört ab jetzt nur mir!"

Seine Worte klingen wie das wütende Knurren eines wilden Tiers.

Aces Besitzgier wächst mit jeder Sekunde.

Ich frage mich, was passiert wäre, wenn mein Vater seine Schulden begleichen hätte können. Ich bezweifle, dass Ace nicht trotzdem eines Nachts gekommen wäre, um mich zu holen. Die Dead Riders sind dafür bekannt, dass sie sich nehmen, was sie wollen. Und dass Ace mich will, ist mehr als offensichtlich.

Sein Mund legt sich auf meine Haut, seine Lippen saugen sich an ihr fest, ehe er sie mit seinen Zähnen zeichnet. Brummend wandert sein Mund an der Innenseite meiner Schenkel nach oben. Seine Nasenflügel blähen sich, als er den Geruch meiner Pussy inhaliert.

Sein heißer Atem streift meine feuchten Falten – ich bin verloren.

Züngelnd verwöhnt er meinen Venushügel. Als seine raue Zungenspitze über meinen Kitzler schnellt, spannt sich jeder Muskel meines Körpers an.

Ahhhhh ...

Die Hitze, die sein kraftvoller Körper ausstrahlt, seine Finger, die besitzergreifend meine Taille umfassen, und die Intimität dieses Augenblicks ... All das und das Wissen, dass ich eingewilligt habe, ihm für eine verdammt lange Zeit zu gehören, lassen mein Herz einen Moment lang aussetzen – dieser Mann ist mein Untergang!

Ein tödlicher Mix aus bitterer Angst und heißem Verlangen lässt meine Nervenbahnen vibrieren.

Was soll ich nur tun?

Dieser Mann übt eine unfassbare Macht auf mich aus, in meinem Inneren herrscht ein heilloses Durcheinander.

Mein Kopf sagt mir, dass ich diesen Mann hassen und fürchten muss. Doch mein verräterischer Körper sehnt sich nach seinen Berührungen wie ein Ertrinkender nach dem letzten Atemzug.

Wie kann es sein, dass ich so durcheinander bin?

Warum sind meine Empfindungen so ambivalent?

Seine Finger dringen tief in mich ein, seine Zunge leckt meinen Spalt und sein rauer Bart kratzt über die empfindliche Haut meiner Pussy.

Die exquisite Mischung aus Angst und Verlangen, die durch meine Adern rauscht, steigert meine Lust in ungeahnte Höhen. Ace bespielt meinen Körper gekonnt, er entlockt mir einen lauten Schrei. Nach Halt suchend kralle ich meine Finger in seine langen Haare, liefere mich vollkommen seiner Gnade aus.

Das Wissen, dass ich nun diesem Mann gehöre, verleiht dem Ganzen einen verbotenen Hauch.

Wie zur Hölle soll ich ihm widerstehen, wenn ich es tief in meinem Inneren eigentlich gar nicht möchte?

Ace unterbricht das Spiel seiner Zunge, saugt sich an meinem Kitzler fest und schiebt einen weiteren seiner langen Finger in meine Öffnung.

Ace will mich, er will mich besitzen, unterwerfen und vögeln. Daran hat er keinen Zweifel gelassen – doch wie sehr er mich will, wie stark seine Besitzgier ist, begreife ich erst jetzt.

Seine Zunge leckt immer schneller über meine Öffnung, seine Finger ficken mich gnadenlos. Gerade als sich ein erneuter Orgasmus ankündigt, höre ich eine fremde Männerstimme.

„Was für eine saftige kleine Fotze! In die würde ich meine Zunge auch schieben!“

Blinzelnd öffne ich meine Augen, noch bevor ich meinen Blick fokussieren kann, spüre ich, wie sich die Couch bewegt. Kaum dass Ace aufgestanden ist, stürmt er auf den glatzköpfigen Typen zu.

„Verpiss dich, du Wichser!“

Wenn ich bisher der Meinung war, dass Ace nicht noch bedrohlicher aussehen kann, als er es eh schon tut, dann habe ich mich da ganz gewaltig getäuscht. Der Mann, der jetzt vor der Couch steht, bebt vor unterdrücktem Zorn. Seine Nackenmuskulatur steht deutlich hervor, während er seinen Arm blitzschnell nach vorne schnellen lässt und den fremden Typen am Hals packt.

Ergeben hebt der die Hände hoch.

„Bleib cool, Mann. Ich warte auch, bis du mit der kleinen Bitch fertig bist!“

Der Eindringling scheint immer noch nicht begriffen zu haben, dass Ace kurz davor ist, ihm das Genick zu brechen.

Panisch stehe ich auf, sammle meine Kleidung zusammen und ziehe mich, so schnell es geht, an. Der Mann, der mich gerade eben noch so gekonnt geleckt hat, ist nicht mehr da, Ace hat sich in einen vor Wut bebenden Dead Rider verwandelt, der keine Gnade kennt.

Ich muss hier weg ...

„Halt's Maul, du Wichser, und hör mir jetzt gut zu. Dieses Mädchen gehört zu mir! Wenn du sie jemals wieder eine Bitch nennst oder ihr auch nur zu nah kommst, breche ich dir sämtliche Knochen."

Der Typ scheint endlich zu kapieren, dass er sich möglichst schnell verpissen sollte, wenn ihm seine Gesundheit wichtig ist.

„Okay, Präs... Bleib cool, ich werde mir eine andere Muschi für die Nacht suchen!"

Shit! Meine Finger zittern so sehr, dass ich es nicht schaffe, die Knöpfe meiner Bluse zu schließen.

In der einen Sekunde wirkt Ace wie ein Killer, in der nächsten schüttelt er amüsiert den Kopf und schließt die Türe.

„Dieser Club ist das reinste Irrenhaus."

Als er sich wieder zur Couch umdreht und feststellt, dass ich mich komplett angezogen auf der anderen Seite des Zimmers befinde, verfinstert sich sein Gesichtsausdruck schnell wieder.

„Was zur Hölle ..."

„Sei still, Ace!"

Verwundert sieht er mich an und hebt fragend seine rechte Augenbraue.

„Ich denke, jetzt ist endlich der richtige Augenblick gekommen, um dir die Spielregeln zu erklären."

„Spielregeln?"

Sein Tonfall drückt sowohl Amüsiertheit als auch Ungeduld aus.

Kampfbereit stemme ich die Hände auf die Hüfte und sehe ihn direkt an.

„Es mag sein, dass ich zugestimmt habe, für die nächste Zeit dir zu gehören, aber das bedeutet noch lange nicht, dass du mich wie eine eurer Bitches behandeln kannst. Ich übe Nachsicht mit dir, da du keine Old Lady hast und es somit nicht besser wissen kannst. Aber ab jetzt gelten gewisse Regeln."

Seine Augen verengen sich zu schmalen Schlitzen.

„Du übst Nachsicht mit mir?"

Warum zur Hölle plappert er mir alles nach? Hat er einen Papagei verschluckt?

„Ja, das tue ich. Und jetzt hör mir gut zu."

Mit wiegenden Hüften gehe ich auf ihn zu. Jetzt stehen wir uns so nah gegenüber, dass ich die vielen unterschiedlichen Grauschattierungen in seiner Iris erkennen kann.

„Das nächste Mal, wenn du mich leckst, fingerst oder bumst, tust du das in einem abgeschlossenen Raum. Es wird keine Zuschauer oder Störungen geben und ich werde niemals, und das betone ich gerne noch einmal, niemals eine eurer Bitches!"

Ace nickt nachdenklich, seine Mimik gibt nicht preis, was er gerade denkt.

„Hast du mir noch etwas zu sagen, Baby?"

Ich nicke kurz, ehe ich doch verneinend den Kopf schüttle. „Nein, das wäre es fürs Erste!"

„Gut, und jetzt hörst du mir zu, denn du scheinst noch immer nicht verstanden zu haben, dass du dich nicht in der Position befindest, um Regeln aufzustellen."

„Ach nein?"

Ich sehe ihn kämpferisch an.

Meine Urinstinkte warnen mich davor, es zu weit zu treiben. Ace könnte mich ohne besonders große Anstrengung in zwei Teile zerreißen.

Fluchend fährt er sich mit den Fingern durch seine langen schwarzen Haare.

Hot as Hell ...

Anstatt mir zu antworten, beugt er sich vor, umfasst mit seinen Fingern mein Kinn und durchbohrt mich regelrecht mit seinem Blick.

Schweigend stehen wir uns gegenüber, mein Puls donnert wie verrückt durch meine Venen, meine Lippen prickeln erwartungsvoll.

Die Sekunden ziehen sich in die Länge, keiner von uns sagt ein Wort.

Urplötzlich presst er seine Lippen bestimmend auf die meinen, dringt mit seiner Zunge grob in mich ein, stiehlt mir den Atem.

Seine Finger umfassen meine Taille, ziehen mich, so nah es geht, an seinen Körper.

Ich spüre das kraftvolle Schlagen seines Herzens an meiner Brust, sein maskuliner Duft steigt mir in die Nase, betört meine Sinne.

Genauso abrupt, wie der Kuss angefangen hat, endet er auch wieder. Noch bevor ich meine sieben Sinne wieder zusammengekratzt habe, wirft er mich über seine Schulter. Erschrocken kreische ich auf, trommle mit meinen Fäusten auf seinen Rücken und strample, so wild ich kann.

„Lass mich sofort runter, du Idiot!"

Seine Hand schlägt hart auf meinen Po, der Schmerz schießt mir direkt zwischen die Beine.

„Seit still, Weib! Ich befolge nur deine Spielregeln!"

Atemlos versuche ich einen Blick auf meine Umgebung zu werfen, wo bringt er mich hin?

Dutzende von Dead Riders beobachten ihren Präsidenten dabei, wie er mich durch das Clubhaus zu einer schmalen Treppe trägt. Ohne zu stoppen, verschleppt er mich in den ersten Stock. Die Jubelrufe seiner Clubbrüder verfolgen uns bis hinauf in das dunkle Zimmer, in das er mich bringt.

„Ace, lass mich runter!“

„Keine Chance, Zuckerpuppe!“

Erneut schlage ich ihm mit meiner Hand, so fest ich kann, auf den Rücken, doch er zuckt nicht mal zusammen. Alles, was ich mit meiner Gegenwehr erreicht habe, ist, dass ich jetzt völlig außer Atem bin und meine Hände schmerzen – *ganz klasse, Amy!*

Wie konnte ich nur so dumm sein und dem Präsidenten der Dead Riders die Spielregeln erklären?

Als er mich ohne Vorwarnung von seiner Schulter hebt und rückwärts in die Dunkelheit schmeißt, schreie ich erschrocken auf.

Ich weiß nicht, womit ich gerechnet habe, aber nicht damit, dass ich in einem weichen Bett lande.

Kaum dass mein Schrei verhallt ist, erhellt eine kleine Standleuchte die Dunkelheit.

Mit rasendem Puls sehe ich mich genauer um.

Wo zur Hölle bin ich hier?

Das Bett, in dem ich liege, ist schwarz, komplett aus Stahl und rund.

An den Wänden hängen Fotos und Poster, bis auf eine Kommode und einen gigantischen Flatscreen ist das Zimmer leer.

Der Boden besteht aus Holzdielen, vor dem Fenster sehe ich immer wieder die Schatten der vielen Feuer aufflackern.

„Wo bin ich?“

„In meiner Wohnung!“

„Und was soll ich hier?“

„Muss ich dir das echt erklären, Baby?“

Ohne seinen Blick von mir abzuwenden, legt er seine Kutte ab, zieht das weiße T-Shirt, das er darunter trägt, aus und lässt beides auf den Boden fallen.

Nein, das muss er nicht. Immerhin war ich diejenige, die etwas mehr Privatsphäre gefordert hat. Wer hätte gedacht, dass Ace meine Wünsche berücksichtigt?

Dieser Mann überrascht mich immer wieder ...

Jetzt steht er nur noch in seiner abgewetzten Jeans vor mir, sein Brustkorb ist nackt und er ist barfuß – heilige Scheiße, ich habe nie etwas Heißeres gesehen!

Gierig lasse ich meinen Blick über seine muskulösen Arme gleiten, unzählige Tattoos zieren seine Haut. Jedes von ihnen ist wunderschön und präzise gestochen.

Sein kompletter Brustkorb wird von einem gigantischen Pik-Zeichen eingenommen.

Über der Spitze befindet sich eine schwarze Krone, während unter dem Motiv ein Schriftzug in seiner Haut verewigt wurde: ACE OF SPADES. Die drei Wörter werden von zwei kleinen Totenköpfen eingerahmt, die wie eine Miniaturausgabe des Clubzeichens aussehen. Was zur Hölle hat es nur mit diesem Pik-Ass auf sich?

Auf seiner rechten Schulter befindet sich ein schwarzer Rabe, während auf seiner linken der Tod mit seiner Sense abgebildet ist.

Unzählige Narben, manche sehen aus wie Schusswunden, andere erinnern eher an die Klinge eines Messers, zieren seinen trainierten Körper.

Alles an diesem Mann – jeder Zentimeter – ist hart, kraftvoll und durch und durch sexy.

An seinem Hals hängt eine Erkennungsmarke der Army. Ob er gedient hat?

Nervös beobachte ich, wie er seine Hose öffnet und diese samt schwarzer Boxershorts auszieht.

Wow ...

Mir ist klar, dass ich nicht besonders viele Vergleichsmöglichkeiten habe, aber Ace ist verdammt gut bestückt.

Wie soll er nur jemals in mich hineinpassen?

Lang und verdammt dick reckt sich sein Glied in meine Richtung. Ace ist erregt, sein Schwanz ist hart. Von der Wurzel bis zum Schaft schlängeln sich dicke Adern an seinem Glied entlang. Die pralle Eichel ist dunkelrot, an dem kleinen Schlitz an der Spitze perlt der erste Tropfen seiner Lust.

Unweigerlich beginnt mein Schoß sehnsüchtig zu pulsieren, während sich der bittere Geschmack von Angst auf meine Zunge legt.

Ace ist nicht einfach nur irgendein Mann. Er ist ein Kämpfer mit dem gestählten Körper eines Kriegers. Wenn er wollte, könnte er mich vergewaltigen, verletzen und töten.

Nervös sauge ich meine Unterlippe zwischen die Zähne und kaue auf ihr herum.

Diesem Mann habe ich mich auf Gedeih und Verderb ausgeliefert – ich bin verloren ...

„Komm her, Baby!“

Unsicher sehe ich ihn an. Ich glaube, ich kann das einfach nicht ...

Als ich seiner Aufforderung nicht nachkomme, umrundet er das Bett, kommt zu mir und nagelt mich mit seinem Gewicht auf die Matratze.

Trotz der Lust, die ich empfinde, fürchte ich mich vor diesem Kerl. Was eigentlich verrückt ist, denn bis jetzt hat er sich mir gegenüber immer anständig verhalten.

„Ich spüre deine Angst!"

In meiner Kehle bildet sich ein harter Knoten.

Er reibt seine Nase an meinem Kiefer entlang, gleitet zu meinem Schlüsselbein und knabbert an meinem Hals. Seine Finger ergreifen den Stoff meiner Bluse, mit einem kraftvollen Ruck reißt er die Knöpfe aus den Löchern.

Als Nächstes muss mein BH daran glauben, mit einem leisen *Ratsch* reißt Ace ihn in zwei Teile. Saugend umschließt sein Mund meine Brustwarze, er knurrt animalisch.

Immer stärker saugt er mein empfindliches Fleisch zwischen seine Zähne, ein bittersüßer Schmerz entlockt mir ein leises Wimmern.

Geschickt öffnet er meine Hose, ich hebe mein Becken an, sodass er sie mir leichter ausziehen kann.

„Wenn du es wagst und dich heute noch einmal anziehst, verbrenne ich sämtliche deiner Kleidungsstücke!"

Mein vor Lust benebelter Verstand braucht einen Moment, um seine Worte zu verarbeiten.

„Das würdest du nicht wagen!"

„Glaube mir, Süße, das würde ich! Ich habe mich an deine Regel gehalten und dich in mein Bett gebracht - hier wird uns niemand stören, hier wird dich niemand schreien hören. Ab jetzt gelten wieder meine Regeln!"

... hier wird dich niemand schreien hören ...

Fordernd presst er seinen Schwanz gegen meine Mitte. Ein heftiger Schauer lässt mich erbeben.

Zaghaft lasse ich meine Hände über seine Schultern, hinab zu seinen Armen gleiten.

Unter meinen Berührungen spannt sich sein Bizeps an, sein Atem beschleunigt sich.

Ace reibt sein Glied über meinen Kitzler, immer mehr Feuchtigkeit benetzt meine Mitte.

Seufzend presse ich mich an ihn, komme ihm entgegen, erwidere sein verführerisches Spiel.

Sein Körper bedeckt den meinen – Haut an Haut, Atem zu Atem, hart auf weich.

Immer mutiger schicke ich meine Finger auf ihre erste Entdeckungsreise.

Seine breite Brust verjüngt sich zu einer schmalen Taille. Sanft erkunde ich sein Sixpack, ehe ich meine Finger immer weiter südlich gleiten lasse.

Dieser Mann besteht nur aus Muskeln, warmer, straffer Haut und festem Fleisch.

Kurz bevor ich den Schaft seines Glieds berühre, zögere ich. Ace spürt meine Unsicherheit, sieht mir tief in die Augen und beugt sich zu mir herab. Seine raue Zungenspitze umschmeichelt meine Brustwarze, ehe er sanft zubeißt. Seine große Hand gleitet zwischen unseren verschwitzten Leibern nach unten.

Bestimmend umfasst er meine Hand und führt sie an seine harte Erektion. „Berühr mich!"

Sanft massiere ich die Wurzel seines Glieds, schließe meine Finger um seinen dicken Schwanz und genieße das Gefühl der samtweichen Härte.

Brummend schließt Ace seine Augen, seine Hand legt sich bestimmend auf die meine, zeigt mir, wie ich ihn verwöhnen soll. Schnell und mit viel Druck bewegen sich unsere Hände an seinem Schwanz. Ace massiert sein Glied so fest, wie ich es mich nie getraut hätte. Der Dämon steht offensichtlich auf eine härtere Gangart.

Mit seiner rechten Hand verwöhnt er meinen Kitzler, reibt darüber, zwickt leicht zu.

Stöhnend winde ich mich unter ihm, all die Empfindungen, die in diesem Augenblick über mir hereinbrechen, sind beinahe zu viel.

Zwei seiner Finger dringen tief in mich ein, krümmen sich leicht und touchieren meinen G-Punkt. Schneller und schneller pumpe ich über seinen Penis, liebkose die runde Wulst an seiner Eichel, genieße sein dunkles Stöhnen.

Die Sehnen in seinen Armen treten immer deutlicher hervor. Seine Mimik wirkt angespannt, seine Bauchmuskeln zucken ungeduldig.

Knurrend umfasst er mein Handgelenk. Ich löse meine Finger von seiner Erektion und spiele mit seinen Hoden.

„Heilige Scheiße, Baby! Du wirst mich ins Grab bringen ..."

Rau und erregt streicht das dunkle Timbre seiner Stimme über meine vibrierenden Nerven.

„Wenn ich dich jetzt nicht ficke, verliere ich meinen Verstand!"

Mit einer geschickten Bewegung seiner Hüfte bringt er sich vor meiner Pussy in Position. Der runde Kopf seiner dicken Eichel dringt in mich ein. Zentimeter für Zentimeter schiebt er sich in mich, das Gefühl der Dehnung wird immer stärker. Aus meiner Kehle löst sich ein schmerzerfülltes Wimmern.

„Es wird eine Zeit dauern, bis du dich an mich gewöhnt hast."

Ace stoppt seine Bewegung, küsst mich wild und grob. Mit einem kraftvollen Stoß rammt er sich bis zum Anschlag in mich. Knurrend trinkt er den lauten Schrei von meinen Lippen.

Jetzt ist er so tief in mir, dass ich nicht mehr spüren kann, wo er endet und ich anfange. Wir sind miteinander verschmolzen. Sein Penis stößt gegen meine Gebärmutter, löst tief in mir einen dekadenten Schmerz aus. Als er meine Lippen endlich wieder freigibt, schnappe ich keuchend nach Luft.

Seine Augen fixieren meine, ich ertrinke in den silbernen Tiefen seines Blicks.

„Jetzt gehörst du mir, du bist mein und ich werde dich nie wieder gehen lassen ..."

Langsam zieht er sich aus mir zurück, die köstliche Reibung, sein Gewicht, das mich tief in sein Bett drückt, und sein eindringlicher Blick – all das treibt mich immer höher, lässt mich schweben.

„Fuck, Baby! Seit ich dich das erste Mal gesehen habe, kann ich an nichts anderes denken als daran, mich bis zum Anschlag in dir zu versenken. Ich werde dich so verdammt hart rannehmen, dass du dieses Bett die nächsten Tage nicht mehr verlassen kannst!"

Seine Finger legen sich auf meine Oberschenkel, schieben sich etwas weiter nach oben und umfassen bestimmend meine Taille. Ein animalisches Geräusch löst sich aus seiner Kehle. Mit jedem schnellen Atemzug, mit jedem kraftvollen Stoß und jeder weiteren Sekunde kommt ihm seine Beherrschung immer mehr abhanden.

Trunken vor Lust beobachte ich, wie die Maske der Zivilisation von Aces Gesicht rutscht und den Mann offenbart, der er wirklich ist.

Ein gnadenloser, kaltblütiger Dead Rider, der es sich in den Kopf gesetzt hat, mich zu unterwerfen und zu besitzen.

Oh Gott, ich bin verloren ...

Wimmernd kämpfe ich gegen das Verlangen, das sich immer höher in mir aufbaut, an, doch es gelingt mir nicht.

„Ace ..."

Erneut tackert er seine Lippen auf die meinen. Stürmisch raubt er mir den Atem. Mit seinen harten Stößen schiebt er mich in seinem Bett immer weiter nach oben.

„Du gehörst mir!"

Seine Worte hallen in meiner Seele nach, stürzen mich ins Verderben.

Ich versuche mich gegen ihn zu schützen, zumindest meine Seele vor ihm abzuschirmen, doch es gelingt mir nicht. Ace nimmt sich nicht nur meinen Körper, sondern auch mein Herz und meine Seele. Er dringt in meinen Verstand ein, manipuliert meine Gedanken.

Bestimmend umfasst er mit seiner rechten Hand mein Gesicht. Seine Finger graben sich schmerzhaft in meine Wangen.
„Sieh mich an, Amy!"
Ich entdecke in seinen Augen den verzweifelten Wunsch, mich völlig zu besitzen. *Urtümlich, roh und animalisch ...*
Kreisend bewegt er seine Hüfte, schiebt sich so noch einen Zentimeter tiefer in meinen glühenden Schoß.
Die Finger seiner linken Hand umfassen meine Kehle, demonstrieren mir, wie hilflos ich in diesem Augenblick bin.
Der Ausdruck in seinen Augen verändert sich, wird eine Spur weicher, ehe er meinen Kopf auf die Seite dreht, sich mit seinen Lippen an meinem Hals festsaugt. Ich höre, wie er meinen Duft inhaliert, ehe ich seine scharfen Zähne an meiner empfindlichen Haut spüre. Mein Herzschlag donnert durch meine Halsschlagader, während sich seine Zähne immer tiefer und schmerzhafter in mein Fleisch graben. Mit aller Kraft versuche ich ihm auszuweichen, doch er hält meinen Kopf mit seiner Hand fest.
Hilflos winde ich mich unter ihm. Sein Glied steckt bis zum Anschlag in mir, pfählt mich regelrecht.
Wenige Atemzüge später löst er sich wieder von mir. Der intensive Schmerz lässt nach, ehe er endlich einem dumpfen Pochen weicht.
Der selbstzufriedene Ausdruck in seinen Augen raubt mir den Atem.
Das Blut in meinen Adern beginnt zu kochen, ich hebe meine Hand, fahre mit meinen Fingerspitzen über die Stelle an meinem Hals und spüre die tiefen Abdrücke, die seine Zähne hinterlassen haben.
Wie konnte er nur?
Auf eine verrückte romantische Art finde ich sein besitzergreifendes Verhalten extrem erregend, andererseits aber ...
Endlich löst er die Finger von meiner Kehle, massiert meine Brust, zwirbelt meinen Nippel.
Atemlos spüre ich, wie der bittersüße Schmerz durch meine Nervenbahnen direkt in meine Pussy schießt. Stöhnend presse ich mich seinen gnadenlosen Stößen entgegen, reibe mich an seinem Brustkorb und verliere mich in meiner Lust.
Mir ist klar, was er da gerade gemacht hat, er hat mich gezeichnet und markiert, mich sichtbar für seine Brüder zu seinem Eigentum gemacht.
In diesem Augenblick gleicht Ace einem wilden Tier.
Seine Hüfte nimmt wieder den schnellen, gnadenlosen Rhythmus auf. Sein Penis reibt über die empfindlichen Innenwände meiner Scheide, ehe er sich unendlich tief in mir vergräbt.
Wie kann es sein, dass es sich so verdammt richtig anfühlt, diesen Mann in mir aufzunehmen?

Hilflos vergrabe ich meine Finger in seinem Haar, presse mich an ihn, verliere den Bezug zur Realität.

6. Kapitel

Ace

In dem Augenblick, in dem ich mich zum ersten Mal kraftvoll und bis zum Anschlag in ihrer weichen Grotte versenkt habe, sind all meine guten Vorsätze implodiert.

Ursprünglich wollte ich Amy Zeit geben, ich wollte bei unserem ersten Mal rücksichtsvoll sein und ihr die Möglichkeit geben, sich an mich zu gewöhnen, aber das ging nicht!

Bei dieser Frau setzt mein Verstand aus. Urplötzlich geht es nicht mehr um die Frage, ob das zwischen uns richtig oder falsch ist, sondern nur noch darum, sie zu besitzen!

Tief in mir spüre ich, dass es besser wäre, aus dem Bett zu steigen, mich auf mein Bike zu schwingen und von hier zu verschwinden.

Meine Instinkte verraten mir, dass diese Nacht mein Leben für immer verändern wird.

Ihre süße kleine Pussy ist wie Heroin für mich.

Ich weiß, dass sie mich süchtig machen und früher oder später mein Tod sein wird, und dennoch kann ich ihr einfach nicht widerstehen.

Tief und langsam lasse ich sie jeden harten Zentimeter spüren, ehe ich mich erneut schnell und gnadenlos in sie ramme.

Keuchend presst sie sich meinen Stößen entgegen, ihre Finger ziehen an meinen Haaren, ehe sie kratzend über meinen Rücken gleiten.

Wer hätte das gedacht? Amy ist eine echte Wildkatze im Bett, es wird mir eine Freude sein, sie zu zähmen.

Aus ihren wundgeküssten Lippen löst sich ein lauter Schrei, immer und immer wieder ramme ich ihren G-Punkt, sorge so dafür, dass sie sich in ihrer Lust verliert. Keuchend wölbt sie sich mir entgegen.

Ein heißer Schauer rieselt über meine Wirbelsäule direkt in meinen Unterleib.

Das Puckern in meinen Eiern wird immer stärker, ich spüre, wie sich meine Hoden verlangend zusammenziehen. Hart und härter vergrabe ich mich in ihrer Möse, verliere den Bezug zur Realität und brülle laut. Ein letztes Mal lasse ich meinen Blick über die rote Bisswunde an ihrem Hals gleiten, ehe sich jeder noch so kleine Muskel in meinem Körper anspannt und mich ein gewaltiger Höhepunkt mit sich reißt. Amys lautes Stöhnen, das Zucken ihrer gierigen Pussy und mein Samen, den ich unendlich tief in ihren zitternden Körper schieße – jetzt ist sie die meine!

Dieses Mädchen werde ich nie wieder gehen lassen ...

Ich weiß, dass es viel zu früh für solche Gedanken ist – aber dass ich überhaupt darüber nachdenke, sie zu meiner Old Lady zu machen, ist der beste Beweis dafür, dass mir diese Frau unter die Haut geht.

Mit wild klopfendem Herzen rolle ich mich von Amy runter, lege mich neben ihr auf den Rücken und sauge frischen Sauerstoff in meine Lunge.

What a Fuck!

Trotz der Tatsache, dass ich mich zurückgehalten habe, war das der Fick meines Lebens.

Erschöpft bedecke ich mit dem Unterarm meine Augen.

Ich muss mir einen Plan ausdenken, irgendeine Strategie, wie es mir gelingt, einen gewissen Abstand zu dieser Frau zu wahren. Mein Vorsatz hält genau sechzig Sekunden, genau bis zu dem Augenblick, in dem sich Amy zu mir dreht und mich aus verschleierten Augen ansieht.

„Verdammt!" Leise fluchend gebe ich dem Drang, sie an mich zu ziehen, nach.

Weich und anschmiegsam kuschelt sie sich an mich, das leise, zutiefst weibliche Seufzen, das sie von sich gibt, lässt mich erneut hart werden.

Zur Hölle ... Von dieser Frau werde ich niemals genug bekommen!

Besitzergreifend schlinge ich meine Arme um ihre schmale Taille, umfasse mit meiner linken Hand ihre rechte Brust.

Amy fühlt sich so verdammt zerbrechlich an. In mir wächst der Wunsch, sie vor allem Übel zu beschützen.

Was zur Hölle ist nur mit mir los?

Seit wann interessiert mich die Sicherheit und die Unversehrtheit der Pussy, mit der ich ficke?

Unschlüssig, wie ich die Entwicklung der heutigen Nacht einschätzen soll, vergrabe ich meine Nase in ihrem Scheitel und inhaliere ihren süßen Duft.

Amy reicht nach mir, nach Sex und dem Hauch von Vanille.

„Ace ..." Flüsternd hebt sie ihren Kopf, verändert ihre Position und reibt dabei ihren Po an meinem immer härter werdenden Glied. „Ich ..." Anstatt ihren Satz zu Ende zu sprechen, seufzt sie leise auf.

Bei allen Dämonen! Ich habe nicht die geringste Lust auf das anstehende Gespräch. Ich wäre für den Rest meiner Tage vollauf zufrieden damit, hier bei ihr zu liegen und sie immer und immer wieder zu bumsen.

Doch so leicht ist das Leben leider nicht ...

Dieser Sex hat mir bewiesen, dass unsere Beziehung, welcher Art auch immer sie entspricht, um einiges ernster ist als gedacht.

Knurrend richte ich mich auf, sehe auf sie herab.

„Hey Baby."

„Hey."

Ihre rosa Lippen verziehen sich zu einem unsicheren Lächeln.
Sanft streiche ich mit meiner Fingerspitze über ihre Schläfe, hinab zu ihrem Mund, bis zu dem gigantischen Biss-Knutschfleck, den ich ihr verpasst habe.
Mit diesem violetten Mal an ihrem Hals wird keiner meiner Brüder auf die Idee kommen, sie anzubaggern oder gar zu belästigen.
„Warum hast du mich gebissen?"
Ihre einfache Frage erfordert eine komplizierte Antwort.
„Für meine Clubbrüder würde ich in den Krieg ziehen, ich würde für sie kämpfen und im Ernstfall auch für sie sterben. Dieser MC ist meine Familie, mein Leben! Ich kann mir kein anderes Leben als das vorstellen. Doch auch wenn ich für jeden von ihnen meine Hand ins Feuer legen würde, bedeutet das noch lange nicht, dass es für eine Frau wie dich ungefährlich ist, sich alleine durch das Clubhaus zu bewegen. Dank des Mals an deinem Hals wissen sie jetzt, dass du verbotene Ware bist."
Amy sieht mich fragend an. Ich kann verstehen, dass es für einen Außenstehenden am Anfang verdammt schwer ist, sich mit der Kultur eines MCs anzufreunden oder gar die Gesetze, die hier gelten, zu verstehen.
„Du meinst, wegen des Typen, der vorhin, während du mich ge... na ja, du weißt schon ... wegen des Mannes, der uns vorhin gestört hat?"
Kaum zu glauben. Während des Vögelns ist meine Süße die reinste Wildkatze, doch danach ist sie schüchtern wie ein unschuldiges Mädchen – welch eine betörende Mischung!
„Ich habe dich geleckt, Baby! Ich habe dich mit meiner Zunge gefickt und du fandst es geil." Verlegen schließt sie die Augen, atmet tief durch und läuft rot an.
„Auch wenn du es nicht aussprichst, habe ich es sehr genossen, dich zu kosten!"
Alleine die Erinnerung daran, wie sie mit weit gespreizten Beinen vor mir gelegen hat, reicht beinahe aus, um mich erneut über sie herfallen zu lassen.
„Das Arschloch, das uns gestört hat, ist kein Dead Rider, er ist ein Hangaround. Und ich bin mir sicher, dass er sich dir nie wieder nähern wird. Er weiß, dass ich jedes meiner Worte ernst gemeint habe."
„Was ist ein Hangaround?"
„Sorry, ich vergesse immer wieder, dass für dich die vielen Clubbegriffe völlig fremd sind. Aber mit der Zeit wirst du unsere Sprache lernen. Ein Hangaround ist kein Clubmitglied. Er ist kein Dead Rider, wird aber auf unserem Gelände geduldet. Dafür hilft er immer wieder mal aus und macht kleine Botengänge."

„Ah, okay. Das klingt logisch. Und es erklärt, warum du bereit warst, ihm sämtliche seiner Knochen zu brechen."

Nicht fähig, sie nicht zu berühren, streiche ich mit meiner Hand an der Innenseite ihrer Oberschenkel entlang.

Welch süße Folter ...

Alleine das Wissen, dass ihre süße feuchte Pussy nur wenige Zentimeter von meinen Fingern entfernt darauf wartet, von mir benutzt zu werden, ist das reinste Paradies!

„Hör mir zu, Baby. Jeder Typ, völlig egal, ob Hangaround oder Dead Rider, der es wagt, dich zu berühren, oder dich auf irgendeine Art und Weise belästigt, wird es mit mir zu tun bekommen! Du gehörst zu mir, du bist mein, und ich teile mein Eigentum nicht!"

Zufrieden beobachte ich sie dabei, wie sie ihren Mund öffnet, nur um ihn sofort wieder zu schließen. Wie es scheint, ist meine Süße jetzt sprachlos. Ich deute das als Zeichen dafür, dass sie endlich verstanden hat, zu wem sie gehört.

Anstatt etwas zu sagen, schlingt sie mir ihre Arme um den Hals, zieht mich zu sich herab und küsst mich stürmisch. Das ist das erste Mal, dass sie die Initiative ergreift. Und es ist das erste Mal in meinem Leben, dass der Kuss einer Frau es schafft, mich völlig aus der Bahn zu werfen.

Allzu gern verschiebe ich den Rest unseres Gespräches auf einen anderen Zeitpunkt, lege mich auf sie und presse sie mit meinem Gewicht tief in die Matratze.

Automatisch schlingt sie mir ihre Beine um die Taille und zieht mich zu ihrer feuchten Muschi.

Wie selbstverständlich findet mein Schwanz ihre Öffnung. Mit einer kraftvollen Bewegung meiner Hüfte schiebe ich mich bis zum Anschlag in sie. Japsend schnappt sie nach Luft, zieht mich an den Haaren und presst ihren Unterleib meinen Stößen entgegen.

Noch bevor ich mich aus ihr zurückziehen und in einen schnelleren Rhythmus wechseln kann, unterbricht ein lautes Klopfen unser Liebesspiel.

Fuck! Fuck! Fuck!

„Ace! Hast du einen Moment?"

Die Stimme meines Vizepräsidenten bahnt sich ihren Weg durch meine Wohnung, bis zu uns ins Schlafzimmer.

Knurrend schließe ich meine Augen und atme tief durch.

„Verpiss dich, Slide!"

Amy windet sich unter mir, zerkratzt mir den Rücken und stöhnt leise, ehe sie mich mit rauer Stimme dazu auffordert, mich endlich weiter zu bewegen.

„Glaube mir, Ace. Ich würde jetzt auch viel lieber im warmen Schoß meiner Lady stecken, als dich genau dabei zu stören. Aber es ist wirklich verdammt wichtig! Es steht Ärger an!“

Fluchend beuge ich mich zu Amy herab, küsse sie sanft auf die Nasenspitze und ziehe mich aus ihr heraus. Das leise schmatzende Geräusch ihrer Pussy lässt mich gequält aufstöhnen.

Verdammt noch mal! Anstatt mich immer und immer wieder in dieser nassen Möse zu vergraben, steige ich aus dem Bett, schnappe mir meine Jeans und meine Kutte und ziehe beides an.

Wenn mein Vize sagt, dass es wichtig ist, dann werde ich ihm wohl glauben müssen.

Nackt und mit weit geöffneten Schenkeln liegt Amy in meinem Bett, ihr Blick wirkt entrückt und ihr Atem geht schnell.

„Bleib, wo du bist, Baby! Sobald ich weiß, was los ist, komme ich zu dir zurück und bringe zu Ende, was wir gerade angefangen haben!“

„Anscheinend wird es zur Gewohnheit, dass wir unterbrochen werden.“

„Zur Hölle! Das werde ich nicht zulassen!“

Ihr amüsiertes Lachen hallt durch die Dunkelheit meiner Wohnung, während ich mich auf den Weg zu Slide mache.

Beim Teufel, ich kann nur hoffen, dass er einen wirklich guten Grund hat, mich zu stören. Wie spät ist es eigentlich? Halb drei Uhr nachts? Fuck!

Man wird wohl meinen können, dass ein Mann zumindest zu dieser späten Stunde die Ruhe hat, um sein Mädchen zu ficken.

Gute sechzig Minuten später sitzen die First Nine der Dead Riders am großen Holztisch, an dem schon seit Jahrzehnten alle wichtigen Dinge des Clubs besprochen werden. Wir nennen solche Versammlungen immer den Gottesdienst, warum?

Ich muss zugeben, ich habe keine Ahnung!

Slide sitzt wie gewohnt zu meiner Rechten, während links von mir Tick, der Sergeant at Arms unseres Clubs, sitzt. Razzor, Catcher und Skorpion sind kurz davor, sich auf ihre Bikes zu setzen und das Problem in einer Nacht-und-Nebel-Aktion zu lösen.

Doch so leicht ist die Sache, von der uns Slide gerade berichtet hat, nicht aus der Welt zu schaffen.

Laut Slides Informationen steht Amys Vater nicht nur bei uns in der Kreide, er hat sich auch an die Mexikaner gewandt.

Die tacofressenden Arschlöcher scheinen erfahren zu haben, dass wir Billys Kneipe übernommen und seine Tochter einkassiert haben. Jetzt standen sie vor knapp einer halben Stunde vor dem Clubhaus und haben Amys Herausgabe gefordert.

In ihren Augen ist es nur fair, wenn wir Billys Kneipe und sie seine Tochter bekommen. Aber da haben sie die Rechnung ohne mich gemacht.

Verdammt! Ich ziehe es nicht mal in Erwägung, Amy wieder freizugeben.

Diese Frau gehört mir, nur mir, und jeder, der das nicht kapiert, spielt mit seinem Leben.

„Wir verhandeln nicht mit diesen Bohnenfressern!“

Skorpions Zwischenruf passt zur allgemeinen Einstellung zu dieser Sache.

Keiner meiner Brüder denkt auch nur im Geringsten daran, mit den Mexikanern zu verhandeln. Diese Wichser stehen schon seit Längerem auf unserer Abschussliste, und wenn sie mich weiter reizen, werde ich sie bis auf den letzten Mann aufschlitzen.

Catcher nickt zustimmend, seit die Mexikaner seiner minderjährigen Schwester Kokain verkauft haben, kann er gar nicht genug mexikanisches Blut sehen.

Unser MC kümmert sich seit Jahren darum, dass Tacomas Straßen drogenfrei bleiben, doch die Mexikaner versuchen immer wieder, ihren synthetischen Scheißdreck in unserem Revier zu verkaufen.

Die Sache mit Amy ist einfach nur das i-Tüpfelchen auf einer langen Liste von Gründen, die für einen Krieg sprechen. Jetzt ist meine Geduld am Ende. Wir, die First Nine, haben einstimmig beschlossen, dass wir diese Bastarde ausräuchern werden.

Freudige Erwartung liegt in der Luft, die Anwesenheit des Sensenmannes ist beinahe greifbar. Ohne Zweifel sind wir den Tacos nicht nur zahlenmäßig überlegen, wir haben auch die besseren Waffen.

Und dennoch dürfen wir nicht den Fehler begehen und die Mexikaner unterschätzen.

Das Letzte, was ich gebrauchen kann, ist ein toter Rider.

Nachdem ich mit einem kurzen Nicken allen Anwesenden zu verstehen gegeben habe, dass wir für heute Schluss machen, gesellt sich Slide zu mir. Der Ausdruck in seinen Augen verrät mir, dass mir nicht gefallen wird, was er mir zu sagen hat.

Entspannt lehnt er sich an die Wand, zündet sich mit seinem Zippo eine Kippe an und wartet, bis alle anderen gegangen sind.

„Hör mir zu, Präs. Was ich dir jetzt sage, wirst du nicht gerne hören. Aber einer muss es sagen, und als dein Vize ist es nun mal mein Job, unangenehme Dinge anzusprechen.“

Erschöpft lehne ich mich an die Lehne meines Stuhls.

„Schieß los.“

Die Spitze seiner Kippe glüht hell auf, er inhaliert einen tiefen Zug auf Lunge und bläst den Rauch durch die Nase wieder aus.
„Ich verstehe, dass du auf Billys Kleine scharf bist. Sie ist ein heißes Gerät. Aber ist sie all diesen Ärger wirklich wert?“
Mir war klar, dass er mir diese Frage stellen wird, sie ist absolut berechtigt. Wenn die Dinge zwischen Amy und mir anders stehen würden, würde ich sie mir ebenfalls stellen.
Aber so? Fuck! Eher stelle ich mich alleine gegen alle Mexikaner, ehe ich sie freiwillig wieder hergebe.
Seit ich sie geküsst, geleckt und gefickt habe, weiß ich, dass diese Frau mein Schicksal ist.
Das mag jetzt abgedroschen klingen, aber ich spüre einfach tief in mir, dass dieses Mädchen zu mir gehört. Es war nicht geplant, dass ich mich an eine Frau binde, doch so wie es im Moment aussieht, werde ich Amy zu meiner Old Lady machen.
Heilige Scheiße!
Fluchend stehe ich auf, zünde mir ebenfalls eine Zigarette an und inhaliere den Rauch, so tief es geht.
„Hör mir zu, Alter. Wahrscheinlich wirst du das nicht verstehen, aber ich kann dieses Mädchen nicht einfach freigeben. Scheiß auf die Bohnenfresser und alles andere. Amy gehört mir, Ende der Diskussion!“
Slide nickt langsam, er lässt mich nicht aus den Augen.
Es gibt niemanden auf der Welt, der mich besser kennt als mein Vize. Ich muss gar nicht aussprechen, was ich fühle, er versteht mich auch so.
„Glaube mir, Mann, ich bin wahrscheinlich der Einzige, der dich wirklich versteht.“
Seine Worte sind nicht einfach nur so dahergesagt. Als er bei einem Treffen verschiedener MCs Kings Tochter, seine jetzige Old Lady, das erste Mal gesehen hat, stand für ihn fest, dass er diese Frau besitzen muss. Alleine die Erinnerung daran, wie wir Ellen in einer Nacht-und-Nebel-Aktion aus ihrem MC entführt haben, entlockt mir ein lautes Fluchen. King ist der Präsident der Black Devils, ein MC, der sich im Osten der USA niedergelassen hat. Damals sind wir nur knapp der kompletten Zerstörung unseres MCs entgangen, einzig und allein ein Trick hat uns allen den Arsch gerettet.
Es ist also wahr, Slide ist der Einzige, der wirklich nachempfinden kann, was ich gerade durchmache.
Seit dem Augenblick, in dem sich Amy mir hingegeben, mich in ihrem Körper aufgenommen hat, hat sich alles verändert!
Ich scheiß auf die 250.000 Dollar Schulden, ihren Vater und auch sonst auf alle logischen Gründe. Natürlich könnte ich mich selbst belügen und

mir idiotische Ausreden als Rechtfertigung für meine Besitzgier einfallen lassen, doch was würde mir das bringen?

Ein Mann, der sich selbst belügt, ist schwach und feige, zwei Dinge, die ich noch nie war.

Gott ist mein Zeuge ...

Es war nicht geplant, dass ich mir ein Mädchen nehme, doch jetzt, wo es so weit ist, werde ich tun, was getan werden muss, um für ihre Sicherheit zu sorgen.

Billys Tochter gehört mir, sie liegt oben in meinem Bett, weil ich es so will!

Und verdammte Scheiße noch mal, das ist der einzige Grund, den ich brauche – das ist alles, was zählt!

Slide beugt sich vor, drückt seine Kippe im Totenkopfaschenbecher, der auf dem Tisch steht, aus und sieht mich direkt an.

„Alles, was ich dir sagen will, ist Folgendes, Ace. Ich werde hinter dir stehen, ich werde mit dir kämpfen und, wenn es sein muss, deinen Arsch retten! Aber es wäre um einiges unkomplizierter, wenn du das Mädel zu deiner Old Lady machst. Wenn sie erst mal dein Eigentum ist, ist es für den Club viel leichter, für ihre Sicherheit zu sorgen."

Tief durchatmend nicke ich Slide zu. Alles, was er sagt, ist vollkommen richtig!

Und dennoch ist es ein gewaltiger Unterschied, ob ich Amy nur in mein Bett sperre, um sie dort besinnungslos zu ficken, oder ob ich sie zu meiner Lady mache.

Der Sache einen Namen zu geben, macht sie so fucking endgültig.

Bei allen Dämonen! Ich und eine Old Lady? Das kann was werden!

Erfahrungsgemäß sind unsere Old Ladys das Einzige, vor dem wir Dead Riders uns wirklich fürchten müssen ...

7. Kapitel

Amy

Kaum dass Ace weg ist, wird mir schlagartig kalt. Die Hormone, die durch meine Blutbahnen schwimmen, bauen sich langsam ab und mein Verstand nimmt seine Arbeit wieder auf.

Was zur Hölle tue ich hier eigentlich?

Was soll ich hier und warum zum Teufel stört es mich, dass wir erneut unterbrochen worden sind? Eigentlich sollte ich froh sein, wenn ich nicht mit ihm Sex haben muss?!

Ace ist gefährlicher, als ich dachte, er unterwirft nicht nur meinen Körper, sondern er nimmt sich alles von mir. Der Präsident der Dead Riders dominiert mich und sorgt dafür, dass ich den Grund, warum ich überhaupt erst hier bei ihm gelandet bin, vergesse.

Mit jedem Kuss, mit jeder besitzergreifenden Berührung und jedem weiteren Mal, wo ich mich ihm hingebe, wächst das Risiko, dass ich mich in diesen unmöglichen Rocker verliebe.

Scheiße! Wie kann ich nur so dumm sein?

Der Grund, warum ich hier bin, ist nicht der, dass wir uns lieben oder dass wir es miteinander versuchen wollen. Ich bin nur hier, um für den Fehler meines Vaters zu bezahlen.

Ich lasse mich vom Präsidenten der Dead Riders ficken, um den Kopf des Mannes zu retten, der mich in der dunkelsten Stunde meines Lebens alleine stehen lassen hat.

Zitternd wickle ich mir die dünne Decke um die Schultern und schließe meine Augen.

Ace weiß nichts über meine Vergangenheit, aber ich bin das perfekte Opfer.

Seit Jahren, genau genommen mein komplettes Leben lang, habe ich mich nach einem Mann gesehnt, der für mich da ist.

Die Einsamkeit, die sich in meinem Herzen eingenistet hat, fühlt sich kalt und hart an.

Seit meiner frühesten Kindheit sehne ich mich nach Geborgenheit, nach Liebe und nach Nähe. Nichts ist schlimmer als Einsamkeit!

Es muss das Paradies sein, einen Mann wie Ace seinen eigenen nennen zu können.

Ace ist groß und stark, er würde mit hundertprozentiger Sicherheit alles für die Frau tun, für die er sich eines Tages entscheiden wird. Seine Old Lady würde niemals in die Situation geraten, in der ich mich gerade befinde.

Bittere Tränen steigen mir in die Augen. Wütend blinzle ich sie weg, stehe auf und suche nach meinen Klamotten.

Ich habe mich selbst überschätzt, mich für stärker gehalten, als ich es in Wirklichkeit bin.

Woher hätte ich auch wissen sollen, dass mir dieser Mann so unter die Haut und direkt ins Herz geht?

Aces Geruch hängt in der Luft, sein Geschmack liegt auf meinen Lippen und seine Fingerabdrücke zieren meinen Körper.

Ich muss hier raus ...

Auf wackeligen Knien und mit zitternden Händen ziehe ich mich an und tapse auf der Suche nach meinen Schuhen durch die Dunkelheit.

Es ist nicht so, dass ich mein Wort breche und das Leben meines Vaters riskiere. Obwohl der es durchaus verdient hätte ...

Aber ich brauche jetzt wirklich etwas frische Luft, um meinen Kopf wieder frei zu bekommen.

Wenn ich jetzt in seinem Bett bleibe und zwischen den Decken, die nach ihm riechen, einschlafe, verliere ich den Bezug zur Realität, und das kann ich mir wirklich nicht leisten!

Ohne BH und mit einer Bluse, an der die Hälfte der Knöpfe fehlen, schlinge ich mir die Arme um den Oberkörper und verfluche Ace dafür, dass er meinen Rucksack in seinem Büro liegen lassen hat. In diesem Rucksack ist alles, was ich noch habe, unter anderem meine einzige Jacke.

Ob es wirklich so eine gute Idee ist, alleine durch das Clubhaus zu spazieren?

Wahrscheinlich nicht! Ace hat mich extra gewarnt und mir gesagt, dass ich hier bleiben soll. Aber das kann ich jetzt einfach nicht ...

Der Geräuschpegel verrät mir, dass die Party draußen noch immer in vollem Gang ist, bei dem ganzen Trubel und der Menschenmenge müsste es eigentlich ein Leichtes sein unterzutauchen.

Das ist keine besonders gute Idee, Amy!

Mein Unterbewusstsein mahnt mich mit erhobenem Zeigefinger, doch ich ignoriere es und suche weiter nach meinen Schuhen.

Irgendwo müssen sie doch sein ...

Innerlich völlig zerrissen atme ich tief ein und versuche mich zusammenzureißen.

Was habe ich denn eigentlich gedacht?

Wie naiv bin ich eigentlich?

Im Grunde genommen habe ich noch verdammtes Glück, dass Ace ist, wie er ist. Genauso gut hätte er mich auch schlagen, quälen und vergewaltigen können ...

Autsch ...

Dank der Tränen, die meinen Blick verschleiern, bin ich über etwas Hartes, das auf dem Boden liegt, gestolpert.

Fluchend umfasse ich meinen kleinen Zeh, der jetzt unangenehm pocht.

Neugierig sehe ich nach und entdecke eine lange schwarze Plastikbox. Das muss das Ding sein, an dem ich mir den Fuß gestoßen habe.

Unsicher werfe ich einen Blick über meine Schulter, ich bin noch immer alleine, die Luft ist rein. Mit einem leisen Klicken lasse ich den Verschluss aufschnappen.

Als mein Blick auf die zwei blutverschmierten Messer und das lange Gewehr, das darin liegt, fällt, stolpere ich erschrocken zurück. So eine Waffe kenne ich nur aus irgendwelchen Filmen.

Fassungslos klappe ich den Deckel ganz auf und entdecke nun auch die Pik-Ass-Karte, die unter den blutigen Klingen liegt.

Ganz hinten am Lauf der Waffe befindet sich eine schwarze Plastiktüte, aus der etwas Blut sickert. Würgend schließe ich meine Augen und halte die Luft an.

Was sich wohl in dieser Tüte befindet?

Ein Ohr?

Ein Finger oder gar beides?

Angewidert lasse ich den Deckel wieder zufallen und robbe auf dem Boden ganz weit weg von der unheimlichen Box und deren widerlichem Inhalt.

Endlich entdecke ich auch meine Schuhe. Schnell ziehe ich sie an und renne aus Aces Schlafzimmer.

Vielleicht habe ich Ace falsch eingeschätzt. Vielleicht spielt er mir auch nur etwas vor ...

Was für ein Mann hat denn bitte solche Sachen in seinem Schlafzimmer?

Mein Unterbewusstsein kennt die Antwort: der Präsident der Dead Riders!

Ohne auf meine Umgebung zu achten, gehe ich durch den Flur und komme so in den großen Vorraum, von dem es dann die Treppe hinab zum Hauptraum des Clubhauses geht.

Vielleicht reagiere ich ja gerade über, vielleicht sehe ich Gespenster, wo gar keine sind. Aber der Fund dieser Box hat mich daran erinnert, in wessen Bett ich bis gerade eben noch gelegen bin und mit was für einem Mann ich zu tun habe!

Ace ist der Präsident eines Motorcycle Clubs – er ist ein Rocker und ein Mörder.

Eine Tatsache, von der ich wusste, immerhin ist mein Vater nur noch am Leben, weil ich mich auf Aces unmoralisches Angebot eingelassen habe!

Verflixte Kacke!

Ich hätte doch in diese blutende Tüte sehen sollen. Mit ein bisschen Glück wäre der Inhalt gar nicht so gruselig gewesen, wie ich es mir jetzt einrede.

Vielleicht ist Ace ja ein Jäger und er war mit einem Kumpel auf der Jagd?

Vielleicht bin ich ja auch Dornröschen und das ist alles nur ein verkorkster Traum, aus dem ich innerhalb weniger Minuten wieder aufwache ...

Sieh der Realität in die Augen, Amy, der Kerl, mit dem du geschlafen hast, ist der Dämon unter den Rockern, er jagt, aber ganz bestimmt keine Tiere!

Mein Wissen über Waffen ist beschränkt, aber ich kenne mich gut genug aus, um zu erkennen, dass das kein Jagdgewehr war.

Diese Messer, die da bei der Waffe gelegen sind, sahen ganz genauso aus wie das Messer, mit dem das Pik-Ass an die Türe des ‚Maggie's' gespießt worden ist.

Erneut überkommt mich eine bittere Übelkeit.

Das Wissen, dass wahrscheinlich das Blut meines Vaters an einem dieser Messer kleben würde, wenn ich mich nicht dazu entschieden hätte, mit zu den Dead Riders zu kommen, lässt mich rotsehen.

Ohne länger zu zögern oder über die Intelligenz meines Handelns nachzudenken, bahne ich mir einen Weg durch die vielen Riders und deren Bitches.

All diese Kerle, die sich entspannt und lachend an ihren Bierflaschen festhalten, sehe ich nun mit anderen Augen.

Jeder von ihnen ist durchaus in der Lage, das Leben eines Menschen zu beenden.

Eine eiskalte Angst kriecht meine Wirbelsäule nach oben.

Ich ducke mich leicht und renne nach draußen auf den Hof.

Die Feuer in den Ölfässern sind bereits runtergebrannt. Vereinzelt stieben orange glühende Funken durch die Luft. Noch immer sind viele Leute auf dem Gelände, doch es sind deutlich weniger als zuvor. So schnell ich kann, husche ich an der dunklen Hauswand entlang, stets bemüht, nicht die Aufmerksamkeit der anwesenden Dead Riders auf mich zu lenken.

Vor knapp fünf Minuten habe ich mir noch gewünscht, Aces Old Lady zu werden, ich wollte auch zu diesem Club und dessen eingeschworener Gemeinschaft gehören.

Jetzt ärgere ich mich über meine Naivität und frage mich, wie ich das alles überleben soll.

Wie schaffen es nur all die Old Ladys, so zu leben?

Ob sie glücklich sind? Oder haben sie Angst vor ihren Männern?

Wie um meine Frage zu beantworten, fällt mein Blick auf Slide, den Rocker, der bei meiner Ankunft die kleine Schwarzhaarige über seine Schulter geworfen hat.

Jetzt sitzen die beiden auf einer Bank, der Schein des Feuers erhellt ihre Gesichtszüge, sodass es ein Leichtes für mich ist, sie zu erkennen. Die Frau auf seinem Schoß hat entspannt ihre Augen geschlossen, sie schmiegt ihre Wange an die lederne Kutte von Slide und ihre Arme hat sie liebevoll um seinen breiten Nacken gelegt.

Sie sieht glücklich aus ...

Nicht nur ihre Körperhaltung strahlt Liebe und Zufriedenheit aus. Auch Slides bedrohliche Mimik hat einen sanften Zug angenommen. Liebevoll haucht er ihr einen Kuss auf den Scheitel und streicht mit seiner großen Hand zärtlich über ihren Rücken.

Das erste Mal, als ich diesen Rocker gesehen habe, ist mir vor Angst ganz anders geworden. Ihn jetzt so zu sehen, erstaunt mich sehr.

Kann es wirklich sein, dass jeder der Dead Riders zwei Gesichter hat?

Ein fürsorgliches, liebevolles seiner Old Lady gegenüber und ein brutales, eiskaltes für die restliche Welt?

Trotz der Tatsache, dass mich Ace hierher gebracht hat, bin ich eine Außenstehende.

Ich weiß nichts über diesen MC, aber ich weiß, dass ich in einer Zwickmühle stecke.

Entweder renne ich jetzt davon und versuche mich zu verstecken, oder aber ich reiße mich zusammen und gehe zurück zu Ace.

Noch bevor ich mich für eine der beiden Alternativen entschieden habe, höre ich eine dunkle Stimme, die gefährlich leise meinen Namen knurrt.

Erschrocken wirble ich herum und sehe Ace keine zwei Meter hinter mir stehen. Sein finsterer Gesichtsausdruck kann nur als dämonisch bezeichnet werden – seine angespannte Körperhaltung wirkt bedrohlich.

Heilige Scheiße ...

Ohne lang darüber nachzudenken, wende ich mich wieder von ihm ab. Das Bild der Messer und der blutigen Pik-Ass-Karte flimmert vor meinem geistigen Auge auf.

So schnell ich kann, renne ich Richtung Einfahrt, schaffe Abstand zwischen dem Rockerdämon und mir.

Aces lautes „Fuck!“ lässt mich zusammenzucken.

Keuchend renne ich noch schneller, die Angst vor dem, was er mir antun wird, wenn er mich erwischt, ist so groß, dass ich sogar das Seitenstechen, das sich in meiner linken Körperhälfte ausbreitet, ignoriere.

Stolpernd verliere ich mein Gleichgewicht, doch ich fange mich schnell wieder und passiere das Tor. Ohne zu wissen wohin, renne ich auf der dunklen Straße nach rechts.

„Bleib stehen, Amy!"

Aces Ruf lässt mich erbeben. Er klingt so verdammt wütend, dass ich gar nicht auf die Idee komme, auf ihn zu hören.

Ohne einen Blick nach hinten zu riskieren, überquere ich die Straße. Erst jetzt bemerke ich die drei Motorräder, die hinter einem parkenden Auto stehen.

Sie sehen ganz anders aus als die der Dead Riders. Schnell riskiere ich einen kurzen Blick auf die Männer, die jetzt die Motoren starten.

Sie tragen auch Kutten, doch diese unterscheiden sich sehr von denen der Dead Riders. Der Linke ruft etwas auf Spanisch, und eine Sekunde später bin ich von den drei Bikes umzingelt.

Was zur Hölle soll das?

Keuchend renne ich weiter, ich laufe und laufe, so schnell ich kann.

Der laute Knall eines Schusses hallt durch die Nacht. Ein panischer Schrei entweicht mir.

„Amy! Stopp!" Erneut höre ich Aces Stimme.

Die drei Motorradfahrer neben mir schreien sich auf Spanisch an, sie wirken wütend und entschlossen.

Erneut fallen Schüsse, immer und immer wieder hallt das laute Knallen durch die Luft.

Was passiert hier gerade? Wer sind diese Männer und wer schießt hier auf wen?

Aces laute, aggressive Stimme vermischt sich mit weiteren Schüssen.

Rechts neben mir höre ich einen schmerzerfüllten Schrei. Noch bevor ich nachsehen kann, was passiert ist, kracht es laut. Das Bike neben mir gerät ins Schlingern, kippt um und wird über die Fahrbahn geschleudert.

Das sich verbiegende Metall kratzt über die Straße, kleine Funken blitzen auf, verschwinden sofort wieder.

Erschrocken bleibe ich stehen. Einer der Motorradfahrer gibt ohne einen Blick zurück Gas und wird nach wenigen Sekunden von den Schatten der Nacht verschluckt.

Der zweite bremst ab, kommt kurz ins Schlingern und fängt sich wieder. Kopfschüttelnd beobachtet er, wie sein Freund vom Bike geschleudert wird und reglos liegen bleibt. Fluchend kommt Ace neben mir zum Stehen, in seiner Rechten hält er eine Waffe. Ohne mich eines Blickes zu würdigen, zielt er auf den Typen, der keine vier Meter vor uns mitten auf der Straße steht.

Ace zielt kurz, erneut fällt ein Schuss.

Erstarrt beobachte ich, wie die Kugel den Helm des Kerls durchschlägt und er reglos vom Bike fällt – Kopfschuss!

Routiniert und mit schnellen Handbewegungen lässt er das leere Magazin auf den Boden fallen und lädt die Waffe nach – alles im Bruchteil einer Sekunde.

Endlich sieht er mich an, seine Augen sind schwarz, sein Brustkorb hebt und senkt sich schnell.

„Wenn du es wagst, dich zu bewegen, gnade dir Gott!“

Mittlerweile zittere ich unkontrolliert am ganzen Körper.

Fassungslos beobachte ich Ace dabei, wie er die Straße überquert. Ohne stehen zu bleiben, steigt er über das zerstörte Bike und richtet seine Waffe auf den verunglückten Fahrer. Ohne das geringste Zögern drückt er erneut ab.

Selbst auf die Entfernung erkenne ich den immer größer werdenden dunklen Fleck, der sich unter dem Kopf des Mannes ausbreitet.

Ängstlich presse ich die Augen zusammen und wanke rückwärts. Erst als ich gegen einen breiten Männerkörper stoße, öffne ich sie wieder. Slide steht hinter mir, sein Blick ist auf mich gerichtet, er wirkt mindestens so wütend wie Ace.

„Präs?“

Ace dreht sich zu uns um, er würdigt mich keines Blickes.

„Was ist mit ihr?“ Slide deutet auf mich.

Ace lässt seine Schultern rollen, legt den Kopf in den Nacken und knurrt gefährlich.

„Kümmere dich um sie! Wenn ich das jetzt übernehme, endet das nicht gut!“

Bevor ich kapiere, was er damit sagen will, spüre ich Slides große Hände auf meinen Schultern.

Oh mein Gott, was passiert jetzt?

Wird er mir das Genick brechen?

Pures Adrenalin und reine Angst pulsieren durch meine Venen. Rauschend dröhnt mir der Puls in den Ohren, meine Sinne spielen verrückt.

Erneut fällt mein Blick auf die immer größer werdende Blutlache ...

Plötzlich spüre ich Slides Finger auf meinem Hals, sein Daumen streicht über meine Schläfe, ein leichter Schmerz durchzuckt mich, dann versinke ich in einer undurchdringlichen Dunkelheit.

Das Letzte, woran ich denken kann, ist Aces warmer Körper, seine stürmischen Küsse und das Gefühl der Geborgenheit, das ich in seinen Armen gespürt habe – *fuck, bin ich blöd ...*

8. Kapitel

Ace

Holy Bullshit!

Eine Stunde, also ganze sechzig Minuten, war ich nicht da, um auf sie aufzupassen. Doch diese kurze Zeitspanne hat Amy völlig ausgereicht, um sich so richtig in die Scheiße zu setzen.

Shit!

Was zur Hölle denkt sich dieses vermaledeite Weib nur dabei?

Nicht nur, dass sie gegen meine Anweisung das Bett verlassen hat, oh nein ...

Sie musste auch noch halb nackt durchs Clubhaus stolzieren und sich dann aus dem Staub machen!

Fuck – Fuck – Fuck!

Ich weiß nicht, was sie vorhatte.

Ob sie einfach nur neugierig war und sich umsehen wollte oder ob es ihr Plan war abzuhauen ...

Was ich aber definitiv weiß, ist, dass sie es geschafft hat, die verdammte Hölle loszutreten.

Mir war klar, dass sich die Mexikaner in der Nähe unseres Clubhauses auf die Lauer gelegt haben, aber das hat mich nicht gestört. Warum auch?

Wenn Amy auf mich gehört hätte, hätten sie sie niemals in die Hände gekriegt.

Aber nein, dieses verrückte Mädchen ist diesen verfickten Tacos direkt in die Arme gelaufen!

Fassungslos lasse ich meinen Blick über die dunkle Straße gleiten.

Jede Menge Patronenhülsen, ein geschrottetes Bike und zwei tote Mexikaner.

Respekt! Amy hat es voll drauf, Ärger zu machen!

Sprachlos drehe ich mich zu Slide um und sehe ihn mit einer bewusstlosen Amy im Arm auf der dunklen Straße stehen.

„Echt jetzt?"

Slide zuckt nichtssagend mit den Schultern.

„Sorry, Mann, aber ich hatte jetzt keine Lust, mich mit deinem hysterischen Mädchen auseinanderzusetzen!"

Arghhh ... bin ich eigentlich nur von Idioten umgeben?

„Und da musstest du sie mit dem Vulkanier-Griff ausknocken?"

„Jep, das war die einfachste Möglichkeit. Denn so kannst du sie zurück in dein Bett legen und dich um diese Sauerei hier kümmern. Aber einen Tipp habe ich da noch für dich, Präsident: Sperr die verdammte Türe ab!"

„Ja, du Wichser. Und jetzt halt's Maul und fang an, die Tacos zu verpacken. Wenn es dumm läuft, wimmelt es hier bald nur so vor Bullen."

Vor Wut schnaufend atme ich tief ein, nehme meinem Vize das Mädchen ab, das mein Leben so auf den Kopf gestellt hat, und trage sie zurück ins Clubhaus.

Im Club angekommen, schicke ich ein paar Prospects und Skorpion raus zu Slide und trage Amy die Treppe rauf.

Zurück in meiner Wohnung lege ich sie in mein Bett, küsse sie sanft auf die Stirn und sperre die Türe hinter mir zu.

Vertrauen ist gut – Kontrolle ist besser ...

Aus Erfahrung weiß ich, dass sie für die nächste halbe Stunde außer Gefecht gesetzt ist. Dreißig Minuten, die ich dazu nutzen werde, um sämtliche Beweise und zwei Leichen zu beseitigen.

Noch immer fassungslos über den unvorhersehbaren Verlauf der Nacht gehe ich zurück auf die Straße und schicke Catcher als Wache vor meine Wohnungstüre.

Also eines steht schon mal fest, wenn Amy aufwacht, werden wir eine ganze Menge zu besprechen haben.

Doch bis dahin muss ich mir endgültig klar darüber werden, was ich von dieser Frau zukünftig erwarte.

Wenn ich sie zu meiner Lady mache, muss ich ihr zu hundert Prozent vertrauen können. Sie muss gewillt sein, sich an unser Leben anzupassen.

Wenn sie das allerdings nicht ist, wenn ich ihr nicht vertrauen kann und sie ein Sicherheitsrisiko für unseren Club darstellt, bleibt mir nichts anderes übrig, als sie in eines unserer Bordelle zu schicken.

Fuck! Irgendwie muss es mir gelingen, diese Frau zu bändigen, ansonsten verliere ich noch den Verstand ...

Alleine die Vorstellung, sie einem anderen Mann zu übergeben, lässt mich beinahe durchdrehen!

Wenn es sein muss, werde ich sie übers Knie legen ... *Verflucht, ich bin zu absolut allem bereit ...* ich werde einfach alles in meiner Macht Stehende tun, nur um sie in meinem Bett und in meinem Leben behalten zu können.

Wieder vor dem Club angekommen sind die Aufräumarbeiten in vollem Gange.

Die Überreste der beiden Mexikaner sind bereits verschwunden – in den frühen Morgenstunden werden wir die Leichen im Mount-Rainier-Nationalpark vergraben.

Verdammte Scheiße!

Wenn es doch nur genauso leicht wäre, dieses Mädchen zu bändigen, wie die toten Tacos loszuwerden, wäre ich ein glücklicher Mann ...

Zumindest hat einer seinen Spaß. Slide lacht sich schlapp. Ich weiß jetzt schon, dass ich mir diesen Mist die nächsten zehn Jahre anhören muss.

Als die größte Sauerei beseitigt ist, überlasse ich den Rest den Prospects und kehre den Idioten den Rücken zu.

In so manchen Situationen habe ich echt große Lust, all diesen Wichsern den Hals umzudrehen.

Amy

Die Nacht ist kalt und dunkel, der unangenehme Geruch von verbranntem Gummi vermischt sich mit der salzigen Meeresluft.

Es fallen Schüsse, immer und immer wieder zerreißt ein lauter Knall die Stille.

Meine Nerven liegen blank. Ich habe Angst und ich laufe ... ich laufe, so schnell ich kann, doch ich komme einfach nicht von der Stelle. Plötzlich tauchen drei Motorradfahrer neben mir auf. In ihren Augen erkenne ich Freude und Arroganz ...

Was passiert hier gerade?

Panisch renne ich noch schneller, doch ich komme immer noch nicht vom Fleck.

Neben meinem Kopf saust wie in Zeitlupe eine goldene Kugel vorbei, das Zischen lässt mich erschaudern. Fasziniert beobachte ich, wie das Geschoss den Kopf, der in einem schwarzen Motorradhelm steckt, regelrecht zerplatzen lässt ...

Vor meinen Augen tanzen grelle Punkte, meine Beine kribbeln unangenehm und ich seufze leise.

Blinzelnd öffne ich meine Augen, drehe meinen Kopf auf die Seite und wache endgültig auf ... was für ein merkwürdiger Traum!

Seufzend strecke ich mich. Warum zur Hölle habe ich das Gefühl, dass das alles nicht nur ein Traum war?

Mein Verstand rattert wie verrückt, unwirkliche Erinnerungsfetzen schießen durch mein Großhirn, ich zittere.

Schlagartig wird mir bewusst, dass mein unheimlicher Traum der harten Realität verdammt nahe kommt.

Das ist wirklich alles passiert ...

Ein leichtes Zittern erfasst meinen Körper, mir ist kalt.

Ruckartig setze ich mich auf. Wie zum Teufel bin ich zurück in dieses Bett gekommen? Angestrengt versuche ich mich an alles zu erinnern, doch die Realität vermischt sich immer wieder mit den Bildern aus meinem Traum.

Ein Geräusch lässt mich zusammenzucken, schnell drehe ich meinen Kopf nach rechts und entdecke Ace in einem Stuhl direkt vor dem Bett sitzend.

Seine Körperhaltung wirkt angespannt, regelrecht bedrohlich. Seine Mimik gibt nichts preis. Der Kerl, der da vor mir sitzt und mich mit unergründlichen Augen beobachtet, ist mir fremd, er hat nichts mit dem Mann gemein, mit dem ich geschlafen habe.

Unsicher, was jetzt passiert, schlinge ich mir die Arme um den Oberkörper und versuche mich etwas zu bedecken.

Warum zur Hölle musste er mir auch meine Klamotten zerreißen?

„Wie fühlst du dich?"

Seine Frage überrascht mich. Kann es sein, dass er doch nicht so eiskalt ist, wie ich denke? Sorgt er sich um mich?

Ich kann nur hoffen, dass mich nicht dasselbe Schicksal ereilt wie die zwei Männer, die er mitten auf der Straße hingerichtet hat.

„Beschissen!"

Meine Antwort amüsiert ihn – Arschloch ...

„Du hast nichts anderes verdient!"

Wie bitte? Schnaubend krabble ich an den Rand des Bettes, gerade als ich aufstehen will, gibt Ace ein warnendes Zischen von sich.

„Wenn dir dein Leben lieb ist, bleib, wo du bist!"

Erschrocken und verängstigt sehe ich ihn an.

„Das nächste Mal, wenn du dich meinen Anweisungen widersetzt, bleibt mir nichts anderes übrig, als dich wegbringen zu lassen."

Weg? Wohin? Wovon redet er!

„Hör mir zu, Amy. Mir ist klar, dass dich die Ereignisse dieser Nacht verängstigen, doch darauf kann ich jetzt keine Rücksicht nehmen."

Leise fluchend fährt er sich mit den Fingern durch sein langes Haar.

„Was zur Hölle hast du dir dabei gedacht, Baby?"

Verwirrt sehe ich ihn an. Ist seine Frage ernst gemeint?

Fassungslos sehe ich Ace direkt in die Augen.

„Was ich mir gedacht habe? Willst du das wirklich wissen?"

Ohne auf seine Warnung zu hören, steige ich aus dem Bett und gehe direkt auf ihn zu.

Seine Augen glühen wütend auf, seine Brauen ziehen sich warnend zusammen.

Jetzt reicht es! Es mag sein, dass ich zugesehen habe, wie er zwei Männer, ohne mit der Wimper zu zucken, erschossen hat, und es mag auch sein, dass ich die Nächste bin, die von ihm eine Kugel durch den Kopf gejagt bekommt. Aber jetzt reicht es wirklich!

Ich habe es so satt, mich von den Männern in meinem Leben ausnutzen und verarschen zu lassen. Wenn er mich töten will – mir doch egal!

Aber bevor er das kann, muss er sich erst anhören, was ich ihm zu sagen habe.

Mein Herz pocht wie verrückt, meine Finger sind eiskalt und in meinem Nacken bildet sich kalter Angstschweiß. Ich ignoriere die panische Reaktion meines Körpers und spreche endlich aus, was mir schon so lange auf der Zunge liegt.

„Jetzt hör mir mal gut zu, du megagefährlicher Dead Rider. Ich habe es so satt, dass mich alle Männer immer nur ausnutzen, im Stich lassen oder verarschen! Alles, was ich wollte, war etwas frische Luft schnappen. Nachdem du mit Slide gegangen bist, musste ich einfach hier raus. Ich hatte nicht vor abzuhauen, zumindest nicht bis zu dem Zeitpunkt, in dem ich im Dunklen über diese Box da ...“, ich nicke mit meinem Kopf in die Richtung, in der sich die Waffe, die Messer und die blutende Tüte befinden, „... gestolpert bin. Keine Ahnung warum, aber ich habe sie geöffnet und beim Anblick des Inhalts Panik bekommen.“

Ich mache eine Pause, atme tief durch und spreche weiter.

„Jetzt mal ehrlich, Rocker hin oder her, aber es ist doch nicht normal, eine Waffe, blutverschmierte Messer und eine Tüte mit irgendwelchen Körperteilen in seinem Schlafzimmer liegen zu haben. Was bist du nur für ein Mann? Und was zur Hölle hat es mit diesem Pik-Ass zu tun?“

Ace sieht mich seelenruhig an. Während ich schwitze und zittere, ist er die Ruhe selbst.

Langsam erhebt er sich, jetzt steht er so nah vor mir, dass meine Nasenspitze beinahe gegen das Präsident-Patch auf seiner Kutte stößt.

Erneut wird mir bewusst, wie verdammt groß und muskulös Ace ist.

Vielleicht hätte ich doch lieber meine Klappe halten sollen?

Ace

Verdammt!

Mir hätte klar sein müssen, dass Amy die Waffe und die Messer entdeckt. Doch ich habe einfach nicht mehr daran gedacht, dass ich die Sachen hier rumliegen habe.

Bis jetzt hat diese Wohnung niemand außer mir betreten, ich musste keine Rücksicht auf jemanden nehmen oder bestimmte Dinge aus Sicherheit wegräumen.

Aber das ändert sich jetzt, wo Amy bei mir ist.

Für gewöhnlich nehme ich die Waffe nicht mit nach oben. Aber an diesem Tag war ich so voller Blutspritzer, dass ich mich einfach nur schnell ausziehen und duschen wollte.

In all dem Trubel mit Billy und dem Ärger mit den Black Devils habe ich die Kiste und deren delikaten Inhalt einfach vergessen.

Amy kommt nicht aus meiner Welt, es ist also nicht verwunderlich, dass sie beim Anblick von blutverschmierten Messern Panik bekommt.

In der Tüte, die sie erwähnt hat, befindet sich das Ohr des Mannes, der uns die Bullen auf den Hals gehetzt hat. Den Rest seines Körpers haben wir im Hafen versenkt.

Doch es wird mir ganz bestimmt nicht helfen, wenn ich Amy diese Informationen zukommen lasse.

Fuck! Ich werde mich nicht vor diesem Mädchen rechtfertigen. Ihre Vorwürfe verärgern mich.

Aber auf die Frage, was ich für ein Mann bin, hat sie definitiv eine Antwort verdient!

Langsam stehe ich auf, sehe auf sie herab und ermahne mich zur Ruhe.

Amy hat in dieser Nacht schon zu viel erlebt, wahrscheinlich steht sie gerade unter Schock!

„Du willst wissen, was für eine Art Mann ich bin? Ja? Na, dann hör mir jetzt gut zu! Ich bin ein verdammter Outlaw! Ich bin die Art von Mann, der seine Familie vor allen Gefahren dieser Welt beschützen würde. Ich bin ein Mann, der niemals zulassen wird, dass dir etwas passiert. Du verurteilst mich und meine Brüder, aber du übersiehst, dass wir nicht diejenigen sind, die unsere Töchter für unsere Schulden bezahlen lassen. Fuck, Baby! Dein Vater hat sich verpisst und dich uns überlassen. Wenn du meine Tochter oder Frau wärst, würde ich mich mit der ganzen Welt anlegen, nur um dich in Sicherheit zu wissen!

Ich würde kämpfen und töten, um dich zu beschützen. Und ganz genau das habe ich heute Nacht auch getan. Es tut mir leid, dass du mit ansehen musstest, wie ich diese zwei Arschlöcher erschossen habe. Aber wenn ich das nicht getan hätte, dann wärest du jetzt in deren Gewalt. Sie würden dich unter Drogen setzen, dich vergewaltigen, misshandeln und auf den Strich schicken. Und das würden sie so lange machen, bis du tot bist oder sie durch dich das Geld, das ihnen dein Vater schuldet, wieder reinbekommen haben! Dein Vater, der Mann, der dich einfach so im Stich gelassen hat, hat nicht nur bei uns Schulden. Ich habe erst vor ein paar Stunden erfahren, dass er sich auch bei den Mexikanern Geld geliehen hat. Du kannst mich und meinen MC also verurteilen, aber im Gegensatz zu dem, was die Tacos mit dir vorhaben, haben wir dich immer anständig behandelt!“

Vor unterdrückter Wut bebend spanne ich meine Muskeln an und balle meine Hände zu Fäusten. Es kostet mich beinahe übermenschliche Anstrengung, Amy jetzt nicht zu berühren.

Schweigend steht sie vor mir, über ihre Wangen laufen dicke Tränen.

„Um deine zweite Frage zu beantworten. Das Pik-Ass ist die Karte des Todes. Sie ist mein Zeichen und stellt die allerletzte Warnung da. In meiner Welt ist sie als Ace of Spades bekannt. Wer diese Karte an seiner Tür findet, weiß, dass ich auf der Suche nach ihm bin ..."

Schniefend wischt sie sich mit dem Handrücken über die Nase.

Gott, diese Frau ist mein Untergang ...

Selbst jetzt, wo sie mich bis an die Grenzen meiner Selbstbeherrschung gebracht hat, kann ich an nichts anderes denken als daran, sie zu packen, zu ficken, zu markieren und zu behalten.

Aufgebracht atme ich ein paar Mal tief durch, schließe meine Augen und versuche mich zu beruhigen.

„Es tut mir leid, dass du die Waffenkiste entdeckt hast. Ich verspreche dir, dass das zukünftig nie wieder vorkommt."

Ihre katzenhaften Augen glitzern im Schein der kleinen Lampe.

„Versprichst du mir gerade, dass du keine Männer mehr tötest und dass du zukünftig keine Körperteile mit Messern abtrennst? Oder versprichst du mir, dass ich nicht mehr über deine Waffen stolpere?"

Erneut bewundere ich sie für ihre Courage und ihr eisernes Rückgrat.

Trotz der vielen schrecklichen Dinge, die sie in letzter Zeit erlebt hat, beweist sie immer wieder mehr Mut, als gut für sie ist.

„Letzteres!"

Ich beobachte, wie sie ihren Blick senkt und leicht erschaudert.

„Hör mir zu, Zuckerpuppe. Ich werde dir nie etwas vorspielen. Ich bin der Mann, der ich bin – daran kannst du nichts ändern. Aber ich versichere dir, dass ich alles in meiner Macht Stehende tun werde, um dich zu beschützen. Das zwischen uns hat auf eine sehr außergewöhnliche Art und Weise begonnen, doch das bedeutet nicht, dass daraus nichts Gutes entstehen kann!"

Zärtlich lege ich ihr meine Finger unter das Kinn, hebe ihren Kopf so weit an, dass sich unsere Blicke erneut treffen.

„Ich will dich, Baby! Ich will dich in meinem Leben, in meinem Bett und an meiner Seite!"

Jetzt, wo ich es ausgesprochen habe, jetzt, wo sie weiß, was Sache ist, spüre ich eine gewisse Unsicherheit. Ich kann diese wunderschöne Frau einfach nicht einschätzen. Wahrscheinlich ist das auch der Grund, warum sie mich so fasziniert.

Amy verkörpert alles, was ich mir von einer Frau wünsche. Selbst ihre störrische Eigensinnigkeit finde ich verdammt sexy.

Schweigend steht sie vor mir. Sie wirkt so klein und zerbrechlich, dass ich sie am liebsten in meine Arme ziehen würde. Doch ich widerstehe dem Drang, lasse ihr etwas Freiraum.

Ich weiß nicht, wie sie sich entscheiden wird, ich weiß nicht, ob sie jemals meine Old Lady wird, aber ich weiß, dass ich alles in meiner Macht Stehende tun werde, um diese Frau auf ewig zu besitzen ...

9. Kapitel

Amy

Ace hat recht....

Mit jedem seiner Worte hat er mich hart getroffen. Kraftlos stolpere ich nach hinten, plumpse auf sein Bett und versuche einen klaren Kopf zu bekommen.

Die Information, dass mein Vater nicht nur bei den Dead Riders, sondern auch bei den Mexikanern Schulden hat, hat mich völlig aus der Bahn geworfen.

Verdammte Scheiße!

Wie schlimm kann es eigentlich noch kommen?

So wie ich das verstanden habe, sind jetzt die Mexikaner hinter mir her, und das, was sie laut Ace mit mir vorhaben, klingt verdammt übel.

Wie zur Hölle soll ich dieses ganze Chaos jemals wieder in Ordnung bringen?

Aces silberne Augen ruhen auf meinem Gesicht. Dieser Rocker hat mir heute Nacht den Arsch gerettet, er hat, um mich zu beschützen, zwei Männer getötet – diese Information muss ich erst mal sacken lassen.

Es sind nicht nur die neuen Informationen und die unheimlichen Ereignisse dieser Nacht, die mich beschäftigen. Der Hauptgrund für meine Sprachlosigkeit ist der Mann, der da groß und beeindruckend vor mir steht.

... das zwischen uns hat auf eine sehr außergewöhnliche Art und Weise begonnen, doch das bedeutet nicht, dass daraus nichts Gutes entstehen kann...

Mein Herz schlägt mir bis zum Hals.

Kann es wirklich sein, dass er das alles ernst meint?

... Ich will dich Baby! Ich will dich in meinem Leben, in meinem Bett und an meiner Seite...

Unsicher sehe ich ihn an, ertrinke in den Tiefen seiner Augen und spüre instinktiv, dass ich diesem Rocker nicht mehr entkommen kann.

Die Frage ist nur, ob ich ihm überhaupt entkommen will?

Zum ersten Mal in meinem Leben gibt es einen Menschen, der mich um meiner selbst will. Ich bringe Ace keinen Nutzen, im Gegenteil, der Mann, der sich für mich entscheidet, bekommt eine Wagenladung Probleme gratis dazu.

Die Zeit verrinnt, keiner von uns bewegt sich oder sagt auch nur ein Wort.

Wir schweigen, alles was gesagt werden musste wurde gesagt. Ace hat seine Sicht der Dinge deutlich gemacht. Er hat keinen Zweifel daran gelassen, dass für ihn die Sache zwischen uns viel mehr ist als nur ein Deal.

Ace ist ein faszinierender Mann - ein Mann, der mir all das geben kann, was ich brauche.

Und trotz der Tatsache, dass er mir in manchen Situationen wirklich Angst einjagt, kann ich die Anziehungskraft, die er auf mich ausübt, nicht leugnen.

Noch immer schweigend kommt er auf mich zu, beugt sich zu mir nach unten und stützt sich mit den Händen neben mir auf der Matratze ab.

Mir ist klar, dass langsam der Zeitpunkt gekommen ist, an dem ich etwas sagen muss.

Nur was? Ich entscheide mich für die Wahrheit.

Zwischen ihm und dem Bett gefangen, lecke ich mir nervös die Lippen.

„Ace..." Sein heißer Atem streift mein Gesicht, seine Finger graben sich besitzergreifend in meine Taille. „Ich denke wir sollten uns etwas mehr Zeit lassen, bevor wir der Sache zwischen uns einen Namen geben."

Fasziniert beobachte ich, wie das Silbergrau seiner Augen einen dunkleren Ton annimmt. Ich kann deutlich erkennen, wie in seinem Blick ein Sturm aufzieht.

In der einen Sekunde befinde ich mich in einer aufrechten Position, in der nächsten liege ich auf dem Bett.

Gierig streichen seine Hände über meinen Körper, zerren am Stoff, ziehen mich aus.

Seine Zähne graben sich schmerzhaft in meine Kehle, beißen zu, saugen sich an der bereits gezeichneten Stelle fest.

Anscheinend gefällt ihm die Idee mit dem Zeit lassen nicht so besonders gut...

Meine Atmung stockt, meine Sinne vibrieren.

Eine bittersüße Angst vermischt sich mit der Erregung, die meinen Unterleib sehnsüchtig pochen lässt.

Erwartungsvoll ziehen sich meine Brustwarzen zusammen. Die Nervenenden zwischen meinen Beinen zucken ungeduldig. Verzweifelt presse ich meine Schenkel zusammen, versuche so das Gefühl der Leere zu vertreiben.

Instinktiv weiß ich, dass ich mich erst dann vollständig fühlen werde, wenn Ace sich bis zum Anschlag in mir versenkt hat.

Ich will diesen Mann, ich will, dass er mich nimmt – tief und hart –, dass er mich in Besitz nimmt und markiert, so wie er es schon einmal diese Nacht getan hat!

Hungrig treffen unsere Münder aufeinander. Saugend, züngelnd und beißend beginnt ein heftiger Kampf um die Vorherrschaft. Unsere Zungen treffen aufeinander – ich bin verloren.

Seufzend gebe ich nach, lege ihm meine Arme um den Nacken und ergebe mich seinem Verlangen.

Stöhnend reibt er seinen Oberschenkel an meiner nackten Scham. Der raue Stoff seiner Jeans streicht über meinen empfindlichen Kitzler.

Ace beendet unseren stürmischen Kuss, leckt über meine Brustwarze. Keuchend schnappe ich nach Luft, presse mich schamlos an sein Bein und schließe meine Augen.

Ich will mehr - so viel mehr - immer mehr!

„Du willst also mehr Zeit?"

Seine dunkle Stimme vibriert nur so vor unterdrückter Wut.

Endlich schiebt er seine Hand zwischen meine Beine, zwickt in meinen Kitzler und dringt mit zwei Fingern in mich ein.

Mehr – ich brauche mehr!

Stöhnend spreize ich meine Beine etwas mehr.

Die Finger seiner rechten Hand schlingen sich um meine Kehle, drücken zu, rauben mir die Luft zum Atmen.

Kraftlos lasse ich meinen Kopf in den Nacken fallen und genieße seine Dominanz.

Ace besitzt mich, er unterwirft mich und fordert alles von mir.

Dieser Mann lässt nicht zu, dass ich auch nur den Hauch einer Emotion vor ihm verberge.

Immer schneller fickt er mich mit seinen Fingern, sein Handballen reibt über meine Lustperle, hinter meinen geschlossenen Lidern zucken grelle Blitze.

Seine Finger, die noch immer meine Kehle umfassen, drücken etwas fester zu, automatisch kommt mein Atem flacher.

Ein leichtes Brennen breitet sich in meiner Lunge aus, und dann passiert es...

Krampfend ziehen sich die inneren Muskeln meiner Scheide zusammen, meine Beine zucken unkontrolliert, aus meinem Mund löst sich ein lauter Schrei.

Schweißperlen rinnen mir über die Stirn, ich verliere den Bezug zur Realität.

Dank des Sauerstoffentzugs spüre ich jedes noch so kleine Beben, das meinen Körper erschüttert, ich höre das Rasen meines Herzens – alles ist um das hundertfache intensiver!

Ein Schauer nach dem anderen schüttelt mich durch, meine Welt steht auf dem Kopf.

Aces geflüstertes „Du bist mein!“ dringt zu meinem verglühenden Verstand durch. Seine Lippen pressen sich auf die meinen. Kraftvoll schiebt er seine Zunge in meinen Mund, seine Finger lösen sich von meinem Hals.

Völlig in meiner Lust gefangen, komme ich mir vor wie in Trance. Aces Leidenschaft hat mich berauscht....

Grob beendet er unseren Kuss, richtet sich auf und öffnet seine Hose. Er macht sich gar nicht erst die Mühe sich auszuziehen, er befreit nur seinen harten und beeindruckend großen Schwanz.

Eine Sekunde später ist er wieder auf mir, bedeckt meinen Körper mit dem seinen.

Ich spüre, wie sich sein Körper verhärtet, seine Oberschenkel spannen sich an, zucken ungeduldig.

Geschickt kippt er sein Becken, bringt sich vor mir in Position und rammt sich mit einem kraftvollen Stoß bis zur Wurzel in meine Öffnung.

Ich spüre, wie er mich dehnt, wie er sich immer tiefer in mich schiebt und mich gnadenlos ausfüllt.

Der stechende Dehnungsschmerz schießt durch meine Nervenbahnen, lässt mich leise aufschreien.

Doch das alles reicht mir immer noch nicht, ich will mehr und immer mehr.

Stöhnend presse ich mich ihm entgegen. Immer und immer wieder zieht er sich zurück, nur um erneut in mich zu stoßen. Seine Hände finden die meinen.

Unsere Finger verschränken sich, unsere Leiber verschmelzen.

„Wie zur Hölle kannst du mehr Zeit von mir verlangen?“

Mal sanft und zart, dann wieder hart und wild.

Ace dringt in mich ein und sieht mir tief in die Augen.

Dieser Augenblick gehört nur uns – jetzt - in dieser Sekunde spielt es keine Rolle, wie kompliziert die Sache zwischen uns ist.

Alles was in diesem kostbaren Moment für mich zählt, ist sein Geschmack auf meinen Lippen, sein hartes Glied, das mich bis aufs Äußerste dehnt und seine raue Stimme, die mir leise ins Ohr raunt, dass mich nicht mal alle Zeit der Welt vor ihm retten kann!

Immer und immer wieder spannen sich die Muskeln in seinem Körper an. Ace nutzt all seine Kraft, um mir zu demonstrieren, dass ich zu ihm gehöre.

Erneut baut sich der bittersüße Druck in mir auf, wird immer stärker und lässt mich wenige Stöße später explodieren.

Mein Sichtfeld verschwimmt, meine Augen rollen nach hinten und ich verliere mich in einem allumfassenden Höhepunkt.

Hart und härter – schnell und schneller jagt Ace seine eigene Erlösung, ehe er sich brüllend in mir ergießt. Sein heißer Samen flutet meinen Körper. Wieder hat er mich als die Seine markiert - wieder hat er mir gezeigt, dass es kein Entkommen für mich gibt.

Ace

Jeder noch so kleine Muskel meines Körpers ist angespannt.

Der süße, moschusartige Geruch ihrer Lust hängt in der Luft, lässt meine Sinne verrücktspielen.

Weich und anschmiegsam liegt mein Baby unter mir, in ihren Augen glitzert der verräterische Glanz einer Frau, die bis an die Grenze des Erträglichen gebumst wurde.

Holy Fuck!

Ihre Bitte nach mehr Zeit hat mich beinahe durchdrehen lassen.

Es mag sein, dass sich ihr Verstand gegen die Tatsache, dass sie ab jetzt zu mir gehört wehrt, doch ihr Körper hat sich mir längst ergeben.

Zufrieden lasse ich sie mein Gewicht spüren, presse sie tiefer in das Bett und genieße das Gefühl ihrer warmen Pussy, die meinen Schwanz weich und nass umschließt.

In meinem ganzen Leben habe ich nicht annähernd so eine unglaublich starke Anziehungskraft zwischen einer Frau und mir gespürt.

Ich kann verstehen, dass die Entwicklungen dieser Nacht Amy verängstigen, doch ich werde ihr nicht die Möglichkeit geben, sich hinter ihrer Angst zu verstecken.

Diese Frau ist für mich bestimmt – so einfach ist das!

Meine Gier nach ihr wächst mit jedem Atemzug und es braucht meine ganze Selbstbeherrschung, dass ich nicht erneut über sie herfalle.

Langsam löse ich meine Finger von ihren Handgelenken, gebe sie frei und richte mich auf ihr auf.

Sachte und langsam gleite ich aus ihr heraus, rolle mich neben sie und ziehe sie in meine Arme.

So beschissen ich es auch finden mag, aber Amy wird ihre Forderung nach mehr Zeit erfüllt bekommen. In den nächsten zwei Tagen stehen eine Menge Dinge an.

Die zwei toten Mexikaner werden uns keine Probleme mehr bereiten, aber der dritte, der diese Nacht, sehr zu meinem Missfallen, überlebt hat, wird uns definitiv Ärger machen.

Diese dummen Tacos vermehren sich wie die Ratten - erschießen wir einen von ihnen kommen fünf neue nach.

Als Konsequenz aus dem heutigen Vorfall werden wir die Sicherheitsstufe des MCs anheben. Alle, die zu uns gehören, werden ins

Clubhaus kommen und dann werden die Türen verriegelt. Niemand kommt mehr rein oder raus, bis wir sicher sein können, dass keine Gefahr mehr droht.

Zwar ist das Timing für diese Abriegelung mehr als beschissen, doch daran lässt sich jetzt auch nichts mehr ändern. Das Problem mit den Mexikanern wartet schon lange darauf von uns gelöst zu werden.

Zur Hölle...

Ich kann es kaum erwarten diesen aufgeblasenen Maisfressern die Ärsche aufzureißen. Einzig und allein der Zeitpunkt ist absolut beschissen!

Slide und ich brechen morgen Nacht für zwei Tage nach Kanada auf.

In Downtown Vancouver wartet eine neue Waffenlieferung auf uns. Wir werden sie nicht über Land nach Tacoma bringen, da wäre das Risiko, von den Bullen erwischt zu werden, viel zu groß. Wir werden sie auf dem Seeweg transportieren. Aber da wir mit dem Händler das erste Mal Geschäfte machen, müssen wir uns vor Ort persönlich von der Qualität der Waffen überzeugen, ehe wir die Risiken und die Kosten der Überfahrt in Kauf nehmen.

Nachdem wir das erledigt haben, ist unser nächstes Ziel Metrotown in Burnaby. Die Stadt, die westlich von Port Moody liegt, grenzt im Süden an den Fraser River. Burnaby ist absolut fantastisch.

Die Landschaft ist geprägt von Tälern, Seen, Hügelzügen und einer Schwemmlandebene. Alleine der Burnaby Mountain ist einen Kurztrip wert.

Sobald es etwas ruhiger geworden ist und wir die Mexikaner ein für alle Mal ausgeschaltet haben, werde ich mir mein Mädchen schnappen und sie dorthin entführen. Ich bin mir sicher, dass Amy Kanada gefallen würde!

Doch Slide und ich nehmen den Weg von knapp 160 Meilen nach Burnaby nicht wegen der fantastischen Landschaft auf uns, sondern wir bekommen dort die beste Munition zu einem Spitzenpreis.

Wenn der Waffendeal in Downtown Vancouver reibungslos über die Bühne geht, werden wir öfter mit Evan, dem neuen Händler, ins Geschäft kommen.

Die Standorte der beiden Städte sind einfach ideal. So können wir alles auf einen Frachter laden und die Lieferung in einem Aufwasch zu uns bringen.

Besser geht es nicht!

Jetzt muss ich mir nur noch überlegen, wie ich während meiner Abwesenheit für Amys Sicherheit sorge.

Am liebsten würde ich sie packen und mit genügend Vorrat in einen unserer sicheren Kellerräume sperren.

Mit Sicherheit wird sie mir den Kopf abreißen wollen, doch damit könnte ich leben.

Das Wissen, dass ich sie hier, zwischen all den Männern, alleine lassen muss, ätzt sich wie Säure durch meinen Magen. Sie einfach mit mir zu nehmen geht allerdings ganz genauso wenig. Erstens ist sie es nicht gewohnt, eine so lange Strecke auf einem Bike zu sitzen und zweitens weiß ich nicht, was Evan für ein Typ ist.

So ein Treffen kann sich in zwei gegensätzliche Richtungen entwickeln. Entweder alles passt, man versteht sich und feiert eine fette Party mit jeder Menge Alkohol und gratis Pussys bis einem der Schwanz abfällt. Oder aber die Sache läuft aus dem Ruder, es kommt zu einer Schießerei und es fliegen einem so viele Kugeln um den Kopf, dass es an ein verdammtes Wunder grenzt, diese Scheiße zu überleben.

So oder so – weder bei dem einen noch bei dem anderen sollte man sein Mädchen dabei haben.

Amy wird hier bleiben, in der Sicherheit des Clubhauses und unter den wachsamen Augen von Catcher und Skorpion. Den beiden würde ich ohne zu zögern mein Leben anvertrauen, sie werden gut auf meine zukünftige Old Lady aufpassen.

Den morgigen Tag nutze ich dazu, so viele Mexikaner wir nur möglich ins Jenseits zu befördern. Anschließend werde ich nach Kanada aufbrechen und mich um die Geschäfte des Clubs kümmern. Aber Fuck, sobald ich zurück bin, ist Amys Schonfrist vorbei.

Mehr Zeit kann ich ihr einfach nicht lassen, zumindest nicht ohne dabei durchzudrehen...

Mit der Gesamtsituation unzufrieden stütze ich mich auf den rechten Ellenbogen auf und sehe auf sie herab. Ihre grünen Augen suchen meinen Blick, ich lege meine Hand auf ihren flachen Bauch.

„Slide und ich müssen für ein paar Tage nach Kanada – Clubangelegenheiten. Wenn alles läuft wie geplant sind wir nach zwei Tagen wieder zurück. Wie du siehst bekommst du also die Zeit, um die du mich gebeten hast!“

„Nach Kanada?“

„Jepp. Es gibt da etwas, um das wir uns kümmern müssen!“

Auf ihrer Stirn bilden sich zwei tiefe Falten, in ihren Augen erkenne ich, dass sie nicht mit dieser Entwicklung gerechnet hat und jetzt nicht weiß, wie sie mit der neuen Situation umgehen soll.

Zögerlich lässt sie ihre Finger über das Pik-Ass Tattoo auf meiner Schulter gleiten.

„Wann brecht ihr auf?“

Bilde ich es mir etwa ein, oder gefällt ihr der Gedanke, dass ich weg sein werde, nicht?

„Morgen Abend. Wir fahren erst nach Marysville, bleiben dort über Nacht und fahren dann am nächsten Morgen über die Grenze."

„Marysville? Da wo vor zwei Jahren der Amokschütze in einer Schule um sich geschossen hat?"

Kreisend umrunde ich ihren Bauchnabel, genieße das Gefühl ihrer seidenen Haut an meinen rauen Fingerspitzen.

„Ja, ganz genau da."

Nachdenklich sieht sie mich an. Damals sind wir in das Visier des FBIs geraten. Die Ermittler hatten eine Zeit lang gedacht, dass der Amokläufer die Waffe bei uns gekauft hätte. Nach einigen Wochen hatte sich dann jedoch herausgestellt, dass die Waffe nicht aus unseren Ressourcen stammt und die Ermittlungen haben sich in eine andere Richtung entwickelt.

Die Welt der Rocker mag für Außenstehende brutal und eiskalt wirken, und bis zu einem gewissen Grad mag sie das auch sein.

Doch auch bei uns gibt es unumstößliche Regeln und einen Ehrenkodex.

Dieser Kodex besagt ganz klar: keine Drogen, keine minderjährigen Nutten und keine Waffen an Kinder und Jugendliche!

Diese drei Regeln sind unumstößlich und jeder Dead Rider, der gegen diesen Kodex verstößt, wird sofort aus dem MC verstoßen.

Fuck! Wir mögen ja vieles sein, aber wir sind keine Monster.

Noch immer sieht sie mich prüfend an, kann es sein, dass sie sich an die vielen Zeitungsartikel erinnert, in denen damals in großen Lettern darüber berichtet wurde, dass wir die wahren Schuldigen dieser schrecklichen Tat sind. Ohne zu zögern wurden wir als herzlose Kriminelle dargestellt, die schwere Waffen an Kinder verkaufen.

Die Presse ist immer zur Stelle, wenn es darum geht, irgendwelche Horrorgeschichten mit dem MC in Verbindung zu bringen. Nur wenn es dann darum geht die falsche Berichterstattung zu korrigieren, werden die Wichser immer ganz kleinlaut.

„Was sind das für Clubangelegenheiten wegen denen du bis nach Kanada musst?"

Das nenne ich einen Themenwechsel....

„Hör mir zu, Zuckerpuppe. Ich werde alles in meiner Macht Stehende tun, damit du in Sicherheit bist. Mehr musst du nicht wissen."

Empörung blitzt in ihren Augen auf, noch bevor sie etwas sagen kann, presse ich meine Lippen auf ihren Mund, meine Zunge findet die ihre und ich schiebe meine Hand zwischen ihre feuchten Falten.

Mit zwei Fingern dringe ich tief in sie ein, spüre mein Sperma in ihrem Körper und werde sofort hart.

Fuck... der Wunsch, direkt auf ihrem weichen Bauch und zwischen ihren geilen Titten abzuspritzen, wird beinahe übermächtig. Ich will meinen Saft auf ihr verteilen, sie damit einreiben und sie so auf jede erdenkliche Weise für mich beanspruchen.

Heilige Scheiße!

Meine Fantasie spielt mir Streiche, in der Nähe dieser Frau werde ich zum Tier. So ungern ich es auch zugebe. Aber vielleicht ist es ganz gut, dass ich für zwei Tage raus aus Tacoma komme. Der Fahrtwind wird mir den Kopf frei blasen, und die Muschi einer anderen Frau kann mir vielleicht dabei helfen, meine Sucht nach dieser Frau in den Griff zu bekommen.

Bis jetzt gab es nichts, was ein langer Ritt auf meinem Bike nicht wieder in Ordnung bringen konnte.

Born to Ride - Ride to Live....

10. Kapitel

Amy

Der heutige Tag ist absolut verrückt. Ich habe noch nie so viele unterschiedliche Menschen auf einmal in einem Raum gesehen. Das Clubhaus der Dead Riders wurde auf Grund der Schießerei von letzter Nacht komplett abgeriegelt.

Jede der anwesenden Personen ist entweder Mitglied, gehört zur Familie oder ist ein Freund des Clubs. Männer, Frauen, Kinder und alte Leute. Jeder von ihnen scheint sich hier sicher und wohl zu fühlen. Kreischend rennt der Rockernachwuchs durch die Menge. Viele von ihnen tragen kleine Kutten, bei genauerem Hinsehen erkenne ich, dass es sich um Miniaturausgaben der Kutten ihrer Väter handelt.

Niemand beschwert sich über das wilde Spiel, ganz im Gegenteil. All die harten Rocker beobachten das Spiel mit einem nachsichtigen, regelrecht amüsierten Gesichtsausdruck. Der ein oder andere tätschelt dem vorbeilaufenden Kind liebevoll den Kopf.

Zum ersten Mal erlebe ich eine ganz andere Seite der Dead Riders.

Ausgerechnet hier, wo letzte Nacht eine wilde, verdammt hemmungslose Party stattgefunden hat, herrscht jetzt eine ganz andere Stimmung. Das Gefühl der Zusammengehörigkeit, das die bunt gemischte Gruppe ausstrahlt, ist einfach unglaublich, so etwas habe ich noch nie erlebt.

Was mich allerdings am meisten überrascht hat waren die Old Ladys der Biker. Ich weiß nicht, womit ich gerechnet habe, wahrscheinlich mit halb nackten Tussis, die sich von ihren Männern bevormunden und unterdrücken lassen – falscher hätte ich damit gar nicht liegen können!

Ellen, die Old Lady von Slide, hat mich bei unserer ersten Begegnung sofort in die Arme genommen, mir schwesterlich über den Rücken gestreichelt und mir zu Aces Missfallen viel zu laut ins Ohr geflüstert, dass sie mir schon beibringen wird, wie man einen Rider zähmt.

Skorpion, ein weiterer Dead Rider, und zugleich der unheimlichste Mann, dem ich jemals begegnet bin, lässt seine Old Lady Nora nie wirklich aus den Augen. Skorpion ist groß, etwas breiter gebaut und hat eine Glatze, auf die ein riesengroßer schwarzer Skorpion tätowiert ist. Der Stachel des Skorpions windet sich um das Ohr des Mannes und reckt sich bis auf seinen Kehlkopf.

Nora hat mich genau wie Ellen ohne zu zögern oder irgendwelche Fragen zu stellen in ihrer Mitte akzeptiert. Nora ist toll, sie ist genauso klein wie ich, ihre feuerroten langen Locken reichen ihr bis fast an den

Po. Ihre braunen Augen funkeln lebenslustig und sie ist die meiste Zeit damit beschäftigt zu lachen und Spaß zu haben.

Wie zur Hölle ist es einem Mann wie Skorpion gelungen so eine tolle Frau für sich zu beanspruchen? Und dass er sie beansprucht hat ist für jeden deutlich an Noras Kutte zu erkennen. In großen dicken Buchstaben ziert ein Patch mit der Aufschrift *Property von Skorpion* ihren Rücken.

Die beiden haben drei Kinder. Ryan, der älteste, ist sechs Jahre alt und kommt nächstes Jahr in die Schule. Der jüngste, Owen, ist gerade mal drei Monate alt. Mit seinen strahlend blauen Augen und seinen süßen kleinen Händen hat er mein Herz im Sturm erobert. Mason, der mittlere ihrer Jungs, ist vier und die ganze Zeit auf Achse.

Susan ist eine echte Schönheit. Sie ist ein Jahr jünger als ich und die Lady von Catcher.

Mit ihren blonden langen Haaren wirkt sie wie ein Engel zwischen all den Rockerdämonen. Susan ist die einzige, die mich noch etwas skeptisch anschaut, aber das kann ich ihr nicht verübeln, immerhin gehöre ich nicht zum MC und trage auch nicht Aces Kutte. Weder bin ich eine Old Lady noch eine der vielen Bitches, die sich hier herumtreiben. Ich bin wie eine große wandelnde Ausnahme, die zwar irgendwie dazugehört, aber irgendwie auch wieder nicht.

Wenn es nach Ace geht, hätte ich ebenfalls eine Kutte an, die mich als sein Eigentum markiert. Doch so weit bin ich einfach noch nicht, es ist so, wie ich es ihm gesagt habe, ich brauche einfach Zeit.

Das Wissen, dass er in wenigen Stunden auf sein Motorrad steigt und nach Kanada fährt, liegt wie ein schwerer Stein in meinem Magen.

Bis vor einer Stunde waren er und die meisten Rider unterwegs. Als ich ihn gefragt habe, was er den ganzen Tag gemacht hat, habe ich nur eine Antwort bekommen:

„Das sind Clubangelegenheiten, Baby!"

Auch wenn er mir nichts verraten hat, erkenne ich den Sturm wieder, der in den silbernen Tiefen seiner Augen wütet. Sein Blick ist ganz genau derselbe wie der von letzter Nacht, nachdem er die zwei Mexikaner erschossen hat.

Das schwarze, abgewetzte Leder seiner Kutte ist von winzig kleinen Blutspritzern übersät und seine Fingerknöchel sind wund und aufgeschürft. Völlig egal, womit er seine Zeit verbracht hat, ich würde meinen Arsch darauf verwetten, dass irgendjemand sein Leben gelassen hat.

Eigentlich sollte mich dieser Gedanke verschrecken oder ängstigen, doch das tut er nicht. Ich bin einfach nur verdammt froh darüber, dass Ace unverletzt zu mir zurückgekommen ist.

Im Hof vor dem Clubhaus wurden mehrere Feuer angezündet, der köstliche Duft von gegrilltem Fleisch hängt in der Luft. Zusammen mit Ellen und den anderen beiden Old Ladys habe ich die meiste Zeit des Tages in der Clubküche gestanden und habe mich um Salate, Beilagen und Dips gekümmert. Unendlich froh darüber etwas zu tun zu haben, hat es mir nicht das Geringste ausgemacht, den ganzen Tag zu arbeiten.

Jetzt wo das ‚Maggie's' den Dead Riders gehört, weiß ich nicht, womit ich zukünftig mein Geld verdienen soll.

Ich muss Ace unbedingt auf dieses Thema ansprechen. Vielleicht ist es mir ja möglich, weiterhin im ‚Maggie's' zu arbeiten. Es wäre gar nicht so schlecht, endlich mal etwas Geld auf dem Konto und im Portemonnaie zu haben.

Die Dämmerung legt sich langsam aber sicher über den Tag und ich weiß, dass es nicht mehr lange dauern wird, bis Ace für zwei Tage verschwindet.

Mit einer großen Schüssel Kartoffelsalat in der Hand gehe ich zurück in den Hauptraum des Clubs und stelle ihn zu dem immer größer werdenden Buffet.

Dank des großen Knutschflecks, der für alle sichtbar meinen Hals ziert, und der Tatsache, dass sich immer Ellen oder Nora in meiner Nähe aufhalten, fühle ich mich in der Welt der Dead Riders ziemlich sicher.

Natürlich spüre ich die neugierigen, zum Teil anzüglichen Blicke der Männer auf meinem Körper, doch das stört mich nicht. Keiner der Rocker hat sich mir gegenüber negativ verhalten – eher das Gegenteil.

Außerdem höre ich immer wieder Aces Stimme in meinem Unterbewusstsein, die mir vorwirft, dass ich den MC vorverurteile, obwohl es meine eigene Familie war, die mich in diese Lage gebracht hat.

Ace hat vollkommen recht mit dem, was er gesagt hat. Auch wenn das mein erster Tag im MC ist, weiß ich jetzt schon, dass jeder dieser Männer für seine Brüder kämpfen würde. Jeder der Dead Riders behandelt die Old Ladys mit großem Respekt. Ich zweifle keine Sekunde daran, dass sie alle bereit sind, Ellen, Nora und Susan mit ihrem Leben zu beschützen. Selbst der Hangaround, der gestern in Aces Büro gekommen ist und uns unterbrochen hat, benimmt sich heute anständig.

Ich spüre Aces Blick wie eine Liebkosung auf meinem Gesicht, seit er und seine Brüder zurück im Club sind, hat sich die Stimmung verändert.

Gleich nach ihrer Ankunft sind sie in seinem Büro verschwunden, als sie wieder raus gekommen sind, sahen sie alle verdammt zufrieden mit sich aus. Wie eine Horde Katzen, die eine Schale voll Sahne ausgeschleckt haben.

Aber natürlich kann man Ace nicht mit einem sanften Kätzchen vergleichen, sondern eher mit einem wilden Raubtier, einem Panther, schwarz wie es seine Haare sind.

Als das Essen fertig ist, kommt Ace auf mich zu. Ellen, die neben mir steht, stupst mich leicht mit der Schulter an und flüstert mir leise ins Ohr.

„Lass unseren Präsidenten ja nicht hungrig abreisen, wer weiß, wo er sonst seinen Appetit stillt."

Verwirrt sehe ich sie an.

„Was meinst du? Das Essen ist doch fertig!"

Erst als sie lachend mit dem Kopf wackelt, verstehe ich was sie meint – Shit!

„Du kannst ein ganz schönes Biest sein. Weißt du das?"

Ellen zwinkert mir zu und grinst mich frech an. Verschwörerisch beugt sie sich zu mir. Mittlerweile ist Ace so nahe bei uns, dass ich seine dunkle Stimme hören kann, als er kurz stehen bleibt, um sich mit Skorpion zu unterhalten.

„Ja, das weiß ich. Aber glaube mir, Slide würde es nie wagen, eine der Bitches anzurühren. Er weiß ganz genau, was ich mit seinem Schwanz anstelle, wenn er ihn woanders reinschiebt. Ich bin verdammt eifersüchtig. Aber damit er gar nicht erst in Versuchung kommt, gebe ich ihm all das was er braucht - sicher ist sicher!"

Ihre Worte bringen mich zum Nachdenken, und die Richtung, in die sich meine Gedanken entwickeln, gefällt mir ganz und gar nicht.

Verärgert verpasse ich ihr einen leichten Schlag auf die Schulter.

In dem Augenblick in dem Ellen gespielt ‚*autsch*' schreit, erscheint Slide hinter ihr und zieht sie besitzergreifend an seine Brust.

„Ladys..."

Noch immer sausen Ellens Worte durch meinen Kopf.

Ace wollte mich, aber anstatt mir die Exklusivrechte an diesem Mann zu sichern, habe ich ihn um mehr Zeit gebeten.

Was bedeutet das jetzt?

Alleine der Gedanke, dass Ace sich in Marysville oder in Kanada mit einer anderen Frau vergnügt, lässt mich würgen.

Verflixt noch mal....

Ellen sieht mich mitleidig an, anscheinend spürt sie, was für ein Gefühlschaos ihre Warnung in mir ausgelöst hat.

„Komm schon, Weib, ich habe Hunger!"

Slide nickt mir kurz zu und entführt seine Old Lady.

Das Wissen, dass er nicht nur seinen Appetit auf Grillfleisch stillen wird, bevor er nach Kanada aufbricht, stößt mir sauer auf.

Dass ich noch nicht bereit bin Aces Lady zu werden, bedeutet noch lange nicht, dass ich gewillt bin, ihn mit irgendwelchen Schlampen zu teilen.
Unsicher hebe ich meinen Kopf und sehe direkt in die silbernen Augen des Präsidenten der Dead Riders.
Ohne weiter auf Skorpion zu achten, kommt er auf mich zu und bleibt direkt vor mir stehen.
„Alles klar bei dir, Zuckerpuppe?“ Ace sieht mich besorgt an.
Gott, ich liebe es, wenn er mich so nennt....
„Ja, alles super!“, lüge ich schnell und verziehe meine Lippen zu einem künstlichen Lächeln.
Zweifelnd ziehen sich seine Augenbrauen zusammen. Ich schaffe es einfach nicht, diesem Mann etwas vorzumachen.
Sanft streift er mit seiner Hand über meine Wange.
Das Bild, wie eine andere Frau auf seinem Schoß sitzt, wie er sie küsst und seine Finger in ihren Slip schiebt, breitet sich vor meinem geistigen Auge aus.
Verflixt, am liebsten würde ich allen Weibern die Augen auskratzen.....
Unbändige Wut kriecht durch meine Adern, der Entschluss, dass ich ihn erst fahren lasse, nachdem ich ihn völlig ausgelaugt habe, reift in mir heran.
Ich bin verdammt noch mal die einzige Frau auf diesem Planeten, die von diesem Mann gebumst wird...
Nur weil ich noch nicht bereit bin, seine Kutte zu tragen, bedeutet das noch lange nicht, dass er zu haben ist.
„Was hältst du davon, wenn wir uns einen Fetzen Fleisch besorgen?“
Aces Frage reißt mich aus meinen unschönen Gedanken.
Wie auf Kommando knurrt mein Magen so laut, dass er ihn trotz des Geräuschpegels, der hier herrscht, hören kann.
„Das klingt super.“
Besitzergreifend schlingt er mir seinen Arm um die Taille, der eifersüchtige Blick von einer der anwesenden Frauen streift den meinen und ich weiß, dass ich mich möglichst schnell entscheiden muss. Die Konkurrenz schläft nicht, vor allem dann nicht, wenn der Mann, um den es geht, so verdammt heiß ist wie Ace.
Der Präsident der Dead Riders strahlt Macht und Dominanz aus. Es hat seinen Grund warum alle Anwesenden zur Seite weichen und ihm Platz machen. Er ist der geborene Alpha, der Chef des MCs und der König von Seattle.
Dank meiner Vergangenheit bin ich verdammt vorsichtig, wenn es darum geht jemandem zu vertrauen. Mein ganzes Leben lang bin ich immer nur ausgenutzt worden.

Mein Herz sehnt sich nach einem Mann der es wert ist, geliebt zu werden...

Ellen, Nora und Susan scheinen glücklich zu sein, sie lieben ihre Männer und führen ein ausgefülltes Leben. Es mag sein, dass die Welt des MCs gefährlich und rau ist, aber sie ist auch sicher und gut beschützt....

Während es in meinem Kopf wie wild rattert, führt Ace mich zum Grill. Nachdem er uns zwei riesen Steaks und einen Berg Salat aufgetan hat, gehen wir zu einer kleinen Bank, die neben einem der Feuer steht, und setzen uns.

„Iss, Baby! Du musst bei Kräften sein, wenn ich wieder zurückkomme.“

Sein eindeutiger Blick, das freche Zwinkern seines rechten Auges und der verheißungsvolle Ton - mein Unterleib zieht sich verlangend zusammen...

„Ace, das schaffe ich nie. Alleine das Steak ist fast eine ganze Kuh.“

„Dann nimm dir was du willst, den Rest esse ich.“

Zweifelnd sehe ich das Steak an, das über seinen Tellerrand hinausragt.

Auch wenn ich nicht damit gerechnet habe, aber eine halbe Stunde später hat er tatsächlich beide Teller völlig leer gegessen.

Aus dem Nichts erscheint eine der Bitches neben uns. Wortlos nimmt sie uns die Teller ab und trägt sie ins Clubhaus.

So langsam verstehe ich die Hierarchie des MC. Was ich allerdings nie verstehen werde ist, wie sich manche Frauen nur freiwillig als Bitches hergeben können. Was erhoffen sie sich von diesem Leben?

Ellen hat mir erklärt, dass viele einfach Spaß und Abwechslung suchen. Aber was ist mit den anderen? Hoffen sie wirklich darauf, auf diesem Weg den Mann ihres Lebens zu finden?

Ich bin ja kein Rocker, aber ich würde mir keine Frau zur Old Lady nehmen, die schon für all meine Brüder ihre Beine gespreizt hat.

Slide, Catcher und Ace sind tolle Männer, sogar Skorpion hat einen gewissen Charme. Aber manch andere Dead Riders, sind einfach nur schrecklich ungehobelt und ungepflegt. Die meisten der Bitches lassen sich mit allen Männern ein, das ist wohl die Voraussetzung, damit sie sich hier aufhalten dürfen – *einfach nur ekelig....*

Razzor kommt auf uns zu. Seine Haare hat er an den Seiten kurz rasiert, in der Mitte trägt er eine Art Irokesenschnitt, nur nicht so lang wie ich ihn von manchen Punks kenne, sondern kürzer, so dass er ohne Probleme einen Helm tragen kann.

Razzors Arme sind über und über mit farbigen Tattoos vollgepflastert. An seiner Augenbraue befinden sich drei silberne Ringe, in seiner Zunge steckt ein neongrüner Totenkopf und unter seinem linken Auge räkelt sich ein grünblauer Salamander bis hinab zu seinem Hals.

Razzor hat immer einen lustigen Spruch auf den Lippen, so wie ich ihn einschätze, nimmt er das Leben nicht ganz so ernst wie Ace. Das kann allerdings auch an seinem Alter liegen, vielleicht spricht noch der jugendliche Leichtsinn aus ihm.

„Hey Schätzchen.“ Sein Zungenpiercing zwischen die Lippen klemmend grinst er mich frech an, ehe er seine Aufmerksamkeit Ace widmet.

„Hey Präs, bevor du aufbrichst würde ich noch gerne etwas mit dir besprechen.“

Tick, der Sergeant at Arms des Clubs gesellt sich ebenfalls zu uns.

So sympathisch mir die beiden auch sind, aber sie ruinieren mir gerade meinen Plan. Wie zur Hölle soll ich Ace völlig auslaugen und seinen sexuellen Appetit ganz und gar stillen, wenn mir immer einer von den Riders dazwischen kommt und Aces Aufmerksamkeit für sich fordert.

Fest entschlossen, die restliche Zeit, die mir mit Ace bleibt, für mich zu beanspruchen, stehe ich auf und setze mich auf seinen Schoß.

Wie nicht anders zu erwarten, habe ich damit schon seine volle Aufmerksamkeit auf mich gelenkt. Aufreizend reibe ich mit meinem Po über sein Glied, lasse meine Finger an seinen Oberschenkeln entlanggleiten und spreize meine Beine gerade so weit, dass ich seine Hand wie durch Zufall auf meiner Pussy positionieren kann.

Unter meinem Po spüre ich, wie sich sein Glied immer härter gegen mich presst, ein zufriedenes Lächeln breitete sich auf meinen Lippen aus. Tick und Razzor sind so in das Gespräch vertieft, dass sie von all dem nichts mitbekommen.

Wie selbstverständlich lehne ich mich an Aces Oberkörper und inhaliere seinen köstlichen Duft nach Mann, Leder und Seife. Mit meiner Zungenspitze necke ich sein Ohrläppchen, knabbere leicht daran und beiße so fest zu, dass aus Aces Kehle ein warnendes Knurren aufsteigt.

Mit meiner Nasenspitze streiche ich über die Bartstoppeln an seinem Kinn, schnuppere erneut an ihm.

Gerade als Razzor ihn fragt, ob sie kurz in sein Büro gehen können, presse ich mein Hinterteil noch fester gegen seinen Schwanz und flüstere ihm leise ins Ohr, dass ich es kaum noch erwarten kann, ihn tief und hart in mir zu spüren....

Aces Reaktion kommt prompt. Seine Hände umschließen meine Taille, mit einer geschmeidigen Bewegung steht er auf, hebt mich hoch und presst mich mit dem Rücken gegen seine breite Brust.

„Wir besprechen das, wenn ich von Vancouver zurück bin. Jetzt muss ich mich erst um eine verdammt wichtige Angelegenheit kümmern!“

Ohne auf die Antwort der beiden zu warten, trägt er mich durch das Clubhaus und die Stufen nach oben bis in seine Wohnung.

Kaum dass er die schwere, völlig verkratzte Holztür hinter uns ins Schloss geworfen hat, stellt er mich ab, umfasst mit seiner großen Hand mein Genick und vergräbt seine Finger in meiner Haut. Grob, brutal und gierig dringt er mit seiner Zunge in meinen Mund ein, duelliert sich mit der meinen und raubt mir den Atem.

Keuchend reibe ich mich an ihm, umfasse seine große silberne Gürtelschnalle und ziehe seinen Unterleib näher an mich heran. So schnell ich kann öffne ich seinen Gürtel, schiebe den metallenen Knopf durchs Loch und zerre ihm seine Hose nach unten.

Scheiß auf jegliche weibliche Raffinesse, bei diesem Mann brauche ich kein langes Vorspiel, ich bin jetzt schon feucht und bereit für ihn.

Erst als mir schwindelig wird und meine Lunge stechend nach frischem Sauerstoff verlangt, löse ich meine Lippen von den seinen und beende somit unseren wilden Kuss.

Japsend schnappe ich nach Luft und keuche sehnsüchtig auf, als er mich in Windeseile auszieht und mit seiner Hand meine Brust umfasst.

Hart und geschwollen recken sich ihm meine Nippel entgegen.

Endlich habe auch ich ihn so weit ausgezogen, dass ich meine Hand in seine Hose schieben und mit meinen Fingern seinen Schwanz umfassen kann.

Schnell und hart – ganz genau so wie er es will, pumpe ich mit meinen Fingern über seine komplette Länge.

Stöhnend drückt er sein Glied fester in meine Handfläche, reibt sich an mir, presst mich mit seinem Körper gegen die harte Türe.

Mit meinem Daumen reibe ich über die weiche Kuppe seiner Eichel, verteile den ersten Lusttropfen, knabbere sehnsüchtig an seiner Unterlippe.

Leise fluchend umfasst er meine Handgelenke, nagelt sie mit einem eisernen Griff über meinem Kopf an das Holz.

Ich bin verloren.....

Rau und weich leckt seine Zunge, seine Zähne graben sich erneut in die Bisswunde an meinem Hals. Saugend knabbert er an ihr, vergrößert sie.

Seine Hand streicht über meinen Bauch, schiebt sich in meine Jeans zwischen meine Beine. Geschickt reibt er über meinen Kitzler teilt meine Schamlippen dringt in mich ein. Stöhnend presse ich mich ihm entgegen, fordere mehr und nehme alles was er mir schenkt.

„Sieh mich an, Zuckerpuppe!“

Ich tue was er sagt, ertrinke in seinem Blick. Quälend langsam bespielt er meine geschwollene Perle, bebend ziehen sich die Muskeln in meiner Pussy zusammen. Wenn er so weitermacht, werde ich genau hier, an seiner Wohnungstür laut schreiend kommen....

Aces Finger wühlen sich durch meine feuchten Falten, er schiebt seine Finger erneut in mich, touchiert meinen G-Punkt.

Wimmernd schließe ich meine Augen und beiße mir auf die Lippen, um den lauten Schrei, der in mir aufsteigt, zu dämpfen.

Ace durchschaut mich, gnadenlos treibt er seine Finger noch etwas tiefer in mich und krümmt sie leicht.

„Ich habe dir nicht erlaubt deine Augen zu schließen!"

Hilflos öffne ich sie wieder, sein Daumen reibt erst langsam und dann immer schneller über meine Klit. Gekonnt erhöht er den Druck, beugt sich zu mir von und beißt mir hart in die Lippe.

„Verdammt Baby. Ich will nicht, dass du dich beherrschst, entspann dich und lass dich gehen! Fuck! Deine Lustschreie sind das Beste, was ich jemals gehört habe ..."

Die Mischung ist unbeschreiblich, der bittersüße Schmerz... das Gefühl seiner Fingerspitzen, die direkt gegen den geheimen Punkt in mir stupsen und die Kuppe seines Daumens, die immer und immer wieder über meinen Kitzler kreist.

Wimmernd schnappe ich nach Luft, meine Zehenspitzen krümmen sich und meine Sinne fangen Feuer.

Das Zucken in meinen Beinen wird so stark, dass mich nur noch Aces Griff aufrecht hält.

Er spürt, dass ich kurz davor bin, langsam entzieht er mir seine Finger, nur um sie eine Sekunde später wieder bis zum Anschlag in mich zu schieben... mehr brauche ich nicht...

Mit einem spitzen Schrei versinke ich in meiner Lust, fliege hoch und stürze über die Klippe. Meine Augen sind offen, doch ich sehe nichts....

Puckernd, zuckend, glühend und bebend – in meinem Unterleib brodelt ein glühender Vulkan, der all meine Nervenbahnen mit heißer Lava füllt.

Erst als ich wimmernd und völlig kraftlos gegen ihn sinke, lässt er meine Handgelenke los, und fängt mich fürsorglich auf.

Die Intimität, die zwischen uns herrscht, macht diesen Moment zu etwas ganz Besonderem. Es ist nicht das erste Mal, dass er mich nimmt, aber es ist das erste Mal, dass ich mich dabei wie seine Frau fühle.

Mit großen Schritten trägt er mich in sein Schlafzimmer, legt mich auf sein Bett.

Eindringlich, geradezu gefährlich ruhig lässt er sein silbernen Augen über jeden Zentimeter meiner Haut gleiten. Es fühlt sich so an, als würde er sich jede Kurve, jedes Muttermal und jede Falte für immer in seinem Kopf einprägen.

Ich rekle mich langsam, spreize meine Beine etwas und locke ihn mit einer leichten Bewegung meines Zeigefingers in sein Bett.

Endlich beginnt er sich auszuziehen. Seine Bewegungen sind langsam und kraftvoll.

Nachdem er seine Kutte ausgezogen hat, wirft er sie über die Lehne des Stuhls, der neben seinem Bett steht.

Sein Hemd und seine Hose folgen ebenfalls.

Als er komplett nackt vor mir steht, lasse ich meinen Blick über seinen breiten Rücken gleiten.

Das Zeichen der Dead Riders, der brennende Totenkopf, der von zwei engelsgleichen Flügeln eingerahmt und von einem blutigen Dolch aufgespießt wird, prangt auf seiner braunen Haut.

Kräftige Muskeln, straffe Haut und ein knackiger Po.... was für ein Anblick.

„Gefällt dir die Show?"

Ich schlucke schwer, lecke mir mit der Zungenspitze über die Unterlippe und richte mich mit den Ellenbogen auf.

„Allerdings! Mir gefällt alles an dir!"

Ace dreht sich zu mir um.

„Wirklich alles?"

Mir ist bewusst, dass er auf die dunkle Seite seiner Seele anspielt. Ich nicke ohne zu zögern. Mit zwei großen Schritten nähert er sich dem Bett, mit der rechten Hand fährt er sich durch die Haare, fasziniert beobachte ich das Spiel seines Bizeps.

Dieser Mann ist eine Waffe, erschreckend tödlich und absolut unberechenbar...

Wenn mir vor ein paar Tagen jemand erzählt hätte, dass ich zu irgendeinem Zeitpunkt in meinem Leben im Bett des Präsidenten der Dead Riders liegen werde, hätte ich ihm kein Wort geglaubt. Aber jetzt wo es soweit ist, fühlt es sich verdammt richtig an, hier bei ihm zu sein. Mit einer geschmeidigen Bewegung legt er sich auf mich. Sein schwerer Körper presst mich in die Matratze.

„Wer hätte gedacht, dass ich mal eine Frau vermissen werde...."

Seine geraunten Worte schleichen sich in mein Ohr.

Muss er denn jetzt wirklich fahren?

Wofür hat er mich hierher gebracht, wenn er mich dann so schnell alleine lässt?

Plötzlich wütend auf ihn, presse ich meine Hände gegen seinen Brustkorb und versuche Ace von mir zu stoßen – erfolglos.

Dunkel fauchend packt er meine Hände und drückt sie neben meinem Kopf auf das Bett.

„Versuch es ruhig, Baby! Wehr dich gegen mich und kämpfe so viel du willst. Doch es wird dir nichts bringen, es wird dich nicht retten – du gehörst mir, du bist mir ausgeliefert!"

Seine Stimme klingt rau und erregt. In seinen wunderschönen Augen breitet sich ein gefährlicher Glanz aus. Ace genießt meine Gegenwehr, es gefällt ihm, mich zu unterwerfen.

Die Wut, die so unvorhersehbar in mir aufgestiegen ist, vermischt sich mit meinem Verlangen nach diesem Mann zu einem gefährlichen Cocktail.

Ich befreie meine Hände, verschränke sie in seinem Nacken und küsse ihn so stürmisch, dass unsere Zähne krachend aufeinanderschlagen.

Es mag sein, dass er noch heute Nacht fährt, dass er mich alleine lässt, um sich um Clubangelegenheiten zu kümmern, wie er es nennt. Aber jetzt, in diesem Augenblick, ist er hier bei mir, und ich werde ihn zeigen, wie sehr er mich vermissen wird.

Ich will, dass er jede verdammte Sekunde nur an mich denken kann. Ich will, dass er verrückt nach mir wird und so schnell es geht zu mir zurückkommt!

Besitzergreifend grabe ich meine Finger in seinen Po. Zeichne seinen Rücken mit meinen Fingernägeln und reibe meine feuchte Mitte an seinem harten Glied.

Es mag sein, dass er denkt, dass ich ihm gehöre – doch in Wirklichkeit gehört er mir....

11. Kapitel

Ace

Widerstrebend stehe ich auf, werfe noch einen letzten Blick auf das schlafende Mädchen in meinem Bett und ziehe mich an. *Es wird Zeit zu gehen....*

Der Stoff meines Hemds reibt über die tiefen Kratzspuren auf meinem Rücken, amüsiert schüttle ich den Kopf, ziehe mich fertig an und hauche ihr einen letzten Abschiedskuss auf die Stirn. Ihr gemurmeltes „Geh nicht!“, lässt mein Herz schneller schlagen.

Um ehrlich zu sein, war ich kurz davor, den Trip zu verschieben.

Aber das geht nicht so leicht. Als Präsident der Dead Riders kann ich mein Privatleben nicht über die Geschäfte des Clubs stellen. Die Lieferung der russischen Kalaschnikows, kurz AKs, ist verdammt wichtig.

Gerade diese Sturmgewehre sind zurzeit verdammt gefragt. Der Preis ist in den letzten Monaten in utopische Höhen gestiegen. Es war ein echter Glücksfall, dass wir mit Evan ins Geschäft gekommen sind. Dank der blutigen Auseinandersetzungen zwischen Russland und der Ukraine ist es für viele Waffenhändler leicht an diese heiße Ware zu gelangen.

Ganz davon abgesehen wird es mir gut tun, für ein paar Tage die meiste Zeit auf meinem Bike zu verbringen.

Als ich Amy das Angebot gemacht habe, dass sie für die Schulden ihres Vaters einstehen kann, habe ich nicht gedacht, dass mir diese Frau so dermaßen unter die Haut geht.

Ohne einen Blick zurück verlasse ich meine Wohnung, ziehe die Türe hinter mir zu und mache mich auf die Suche nach Slide. So wie ich ihn kenne, wird er bis zum letzten Augenblick tief im feuchten Schoß seiner Lady stecken. Vor ein paar Tagen hätte ich mich darüber noch lustig gemacht, jetzt halte ich lieber meine Fresse.

Skorpion, Catcher und Tick sitzen mit einem kühlen Bier in der Hand an der Bar.

Razzor hingegen steht mit dem Rücken zu uns. An seiner Taille befinden sich zwei rote High Heels, die im harten Takt seiner Stöße durch die Luft wackeln. Grunzend nagelt er die kleine Bitch immer und immer wieder gegen einen der wild blinkenden Flipperautomaten.

Catcher dreht sich zu mir um.

„Slide wartet bereits draußen bei den Maschinen.“

Skorpion lacht laut. „Er kann es kaum erwarten von hier wegzukommen!“

Als ich ihn fragend ansehe, zuckt er nur mit den Schultern.

„Bei Slide gab es gerade Ärger im Paradies!"
„Na klasse! Wegen was ist Ellen denn dieses Mal ausgetickt?"
Skorpion streicht sich mit der Handfläche über das Skorpiontattoo auf seinem rasierten Schädel.
„Ich habe keine Ahnung Alter! Aber es hat sauber gekracht!"
Slides Old Lady Ellen hat mehr Feuer im Arsch als die meisten Frauen, die ich kenne. Wenn sie sauer wird, gehen hier sogar die hart gesottensten Rocker in Deckung.
„Jetzt hat sie erst mal ein paar Tage Zeit, um sich abzuregen."
Schweigend sehe ich mich ein letztes Mal um, ehe ich das Clubhaus für zwei Tage an Tick übergebe. Er wird mich vertreten, da mein Vize Slide ebenfalls mitkommt.
„Hau ab, Präs. Wir haben das alles im Griff. Die Mexikaner werden Monate brauchen, um sich von dem heutigen Tag zu erholen."
Skorpion steht auf, schlägt mir brüderlich auf die Schulter und sieht mir bedeutungsvoll in die Augen.
„Deine Lady ist bei uns in guten Händen. Wir werden immer ein Auge auf sie haben. So wie ich das sehe, werden Ellen und Amy sowieso unzertrennlich sein."
Meine Jungs haben recht – es wird Zeit, dass ich verschwinde!
Amy wird es gut gehen. Sie und Ellen haben sich auf Anhieb gut verstanden. Sogar Nora, die sonst immer skeptisch Fremden gegenüber ist, hat Amy ohne zu zögern akzeptiert. Nur Susan ist noch sehr zurückhaltend, doch nach ihrer Vorgeschichte ist sie jedem gegenüber, völlig egal, ob Mann oder Frau, sehr schüchtern. Es ist schon ein großer Erfolg, dass sie sich mittlerweile frei im Clubhaus bewegt. Die ersten paar Monate hat sie sich nur in Catchers Zimmer versteckt. Schnell verabschiede ich mich und mache mich auf die Suche nach Slide.
Der sitzt mit fertig gepackter Tasche auf seinem Bike.
Es ist offensichtlich, dass er gar nicht schnell genug abreisen kann.
„Lass uns von hier verschwinden."
Slide knurrt zustimmend, wirft den Motor an und drückt den Verschluss seines Helms zu. Catcher hat nicht übertrieben – Slides Laune ist absolut beschissen...
Routiniert lenke ich mein Bike vom Gelände und folge meinem Vize auf die dunkle Straße. Der Mond leuchtet hell über unseren Köpfen, der Himmel ist sternenklar.
Während wir unterwegs sind werden die Mädels meinen Jungs gewaltig auf der Nase herumtanzen, eine Aussicht, die mich amüsiert.
Knapp zwei Stunden später passieren wir das Ortsschild von Marysville. Wie erhofft hat mir die kalte Nachtluft dabei geholfen meine

Gedanken zu ordnen. Hier, gute 70 Meilen von Amy entfernt, fällt es mir leichter, objektiv zu sein.

Slide parkt sein Bike so, dass es mit dem Hinterrad zur Hauswand dasteht. Ich stelle meines daneben. Kaum dass wir unsere Helme abgenommen und von den Maschinen gestiegen sind, kommt uns Hank entgegen, ein alter Freund des MCs. Er ist Inhaber des Strip Clubs 'Devils Point', vor dem wir gerade stehen.

Von zwei seiner Mädels flankiert kommt er direkt auf uns zu. Seine Arme liegen auf den zierlichen Schultern der Mädchen, die uns mit gierigen Blicken mustern.

„Anscheinend hat Hank ein Begrüßungsgeschenk für uns!"

Slide stößt einen anerkennenden Pfiff aus.

Wie nicht anders zu erwarten, klebt sein Blick bereits auf der Dunkelhaarigen.

„Schön, dass ihr da seid, Jungs."

Mit einem auffordernden Klaps auf den Po gibt Hank seinen Girls zu verstehen, dass sie sich nun um uns kümmern sollen.

„Yeah, es tut gut, dich wiederzusehen, Hank."

Nach einer freundschaftlichen Begrüßung klopfe ich ihm auf die Schulter und lasse meinen Blick über die neu renovierte Fassade des *‚Devil Points'* gleiten.

„Fuck, das macht echt was her."

Hank und Slide tauschen einen Handschlag aus, ehe sich die Brünette gekonnt an Slides Seite presst und ihre Hand auffordernd unter seine Kutte schiebt.

Die kleine Wasserstoffblondine, die mein Begrüßungsgeschenk darstellt, reibt sich aufreizend an mir, automatisch lege ich meine Hand auf ihren Po und vergrabe meine Finger in ihrem Fleisch. Ihre nicht wirklich existente Kleidung kommt mir sehr entgegen. Der dünne Faden ihres Strings überlässt nicht viel meiner Fantasie. Ihr Arsch ist rund und prachtvoll... *yeah* ... es wird nicht mehr lange dauern, da werde ich mich bis zum Anschlag in ihre dunkle Grotte rammen.

Shit!

Es wäre doch gelacht, wenn mir diese Schlampe mit ihren rot glänzenden Lippen und ihrer geübten Fotze nicht dabei helfen kann, Amy zu vergessen...

Ich bin kein Fan von Silikontitten, aber hey, da ihre Gesellschaft heute Nacht mein Geschenk ist, kann ich, großzügig wie ich bin, über diesen kleinen Makel hinwegsehen.

„Du sagst es, Ace. Die Handwerker sind erst diese Woche fertig geworden."

Slides Finger vergraben sich in den vollen braunen Haaren seiner Bitch.

Für gewöhnlich lehnt er solche Willkommensgeschenke dankend ab. Doch heute Nacht scheint er ernsthaft in Erwägung zu ziehen, sich etwas Spaß zu gönnen und sich zu amüsieren. Was auch immer zwischen ihm und Ellen vorgefallen ist, es muss ihn echt wütend machen.

„Auf geht's, Brüder. Es gibt auch innen einige Veränderungen, die ich euch zeigen möchte. Heute Nacht ist geschlossene Gesellschaft, also lasst es euch gut gehen. Zögert nicht lange und greift zu, die Pussys gehen aufs Haus."

„Thanks, Bro!"

Hank sieht mich kopfschüttelnd an.

„Nicht dafür, mein Freund. Ich muss euch danken. Das ‚Devils Point' würde es ohne die Hilfe der Dead Riders nicht mehr geben."

Slides Bitch quietscht erschrocken auf, als er seine Finger unter ihren String und direkt in ihre Pussy schiebt. Stöhnend schließt sie die Augen, knabbert an seinem Hals. Ihre pink lackierten Fingernägel hat sie im Leder seiner Kutte vergraben, während mein Vize den Fetzen Stoff, der ihr Höschen darstellen soll, kurzerhand zerreißt und auf den Boden des Parkplatzes fallen lässt.

„Es war selbstverständlich, dass wir dir den Rücken gestärkt haben." Vor knapp vier Wochen haben ein paar Schlitzaugen versucht von Hank Schutzgeld zu erpressen. Nach einem kurzen Besuch der Riders und ein paar gebrochene Knochen später waren die Chinesen nur allzu gern bereit gewesen, sich auf ewig zu verpissen.

„Diese Wichser werden nie wieder auf die Idee kommen, euch Ärger zu machen."

Hank lacht und hält uns die Türe auf. Die drei Securitys, die vor der Clubtüre stehen, nicken uns respektvoll zu. Wie immer, wenn wir hier sind, werden sie ein Auge auf unsere Bikes haben. Es gibt also keinen Grund für uns, in den anstehenden Stunden nicht so viele feuchte Muschis wie nur möglich zu bumsen.

Auf der schwarzen Bühne funkelt eine silberne Pole Dance Stange, an der kopfüber mit weit gespreizten Beinen eine kleine Vietnamesin hängt. Ihr Blick klebt schon seit wir den Club betreten haben an mir.

Die Sitzgruppe, die Hank extra für uns reserviert hat, befindet sich so nah an der Bühne, dass ich mich nur vorbeugen und meine Hand ausstrecken müsste, und schon könnte ich sie packen und zu mir auf den Schoß ziehen. Doch bevor ich sie mir schnappe, gönne ich mir noch etwas länger das Vergnügen, sie dabei zu beobachten, wie sie tanzt.

Das Bier, das vor mir auf dem verspiegelten Tisch steht, ist kalt – der feuchte Mund, der sich an meinem Schwanz festsaugt, heiß.

Zufrieden mit meiner Welt nippe ich an der Bierflasche und beobachte mein Willkommensgeschenk dabei, wie sie vor mir kniend immer und immer wieder ihre geschickte Zunge über meine Eichel schnellen lässt.

Was für eine abgefuckte Nacht.....

Es ist jedes Mal wieder ein Erlebnis, wenn im ‚Devils Point' geschlossene Gesellschaft ist.

Der komplette Club verwandelt sich in eine fette Party, die einer hemmungslosen Orgie gleicht.

Bei Gott! Morgen wird keine von Hanks Muschis in der Lage sein normal zu laufen...

Seufzend lehne ich mich in die schwarzen Lederpolster zurück, lege meine Hand auf den immer schneller nach vorn wippenden Kopf der kleinen Blonden und presse sie fester auf mein Glied. Erst als ich mich bis zum letzten Millimeter in ihrer Kehle vergraben habe, schließe ich meine Augen und genieße das Gefühl.

Slide hatte recht, es war im wahrsten Sinne des Wortes eine verfickt gute Idee, in Marysville einen Zwischenstopp einzulegen.

Mein Vize sitzt neben mir, seine Hände liegen auf der schmalen Taille der Brünetten während sie auf ihm kniet und ihn mit einem Lap Dance beglückt.

Kreisend lässt sie ihre nackte Muschi über seinem Schoß rotieren, während ihre roten Nippel direkt vor Slides Gesicht auf und ab hüpfen.

Doch trotz all ihrer Bemühungen scheint es ihr nicht zu gelingen, seine volle Aufmerksamkeit zu erlangen.

Saugend und schmatzend verwöhnt die raue Zunge der Wasserstoffblondine die empfindliche Unterseite meines Glieds. Ihre Nasenspitze stößt gegen meinen Bauch, ihre weichen Haare streichen über meinen Oberschenkel.

Träge gönne ich mir einen weiteren Schluck meines Biers und lasse meinen Blick über die kleine Vietnamesin gleiten, die sich immer aufreizender an der Stange reibt.

Ihre gepiercten Nippel funkeln im gedimmten Licht. Erst jetzt, wo sie den goldenen String auszieht, sich auf den Rücken legt und langsam ihre Schenkel spreizt, entdecke ich, dass sogar ihr Kitzler mit einem silbernen Ring versehen ist.

Fasziniert beobachte ich das rosa Fleisch, den silbernen Schmuck und ihre Finger, die immer wieder durch ihre eigenen Spalte wühlen.

Es dauert nicht lange, da betritt ein Kerl die Bühne. Mit einer kraftvollen Bewegung hebt er die Bitch hoch und presst sie mit dem Rücken gegen die silberne Stange.

Wenige Handgriffe später hängt seine Hose auf Kniehöhe, mit einem harten Stoß schiebt er sich in sie und zieht mit seinen Fingern an dem silbernen Ring, der meine Aufmerksamkeit so gefesselt hat.

Ihr leiser Schrei, die saugenden Lippen an meinem Glied und der Alkohol, der durch meine Venen rauscht – all das lässt mich Amy tatsächlich für ein paar Sekunden vergessen.

Zum ersten Mal seit Tagen entspanne ich mich, und pumpe meinen Saft tief in die enge Kehle der Frau, die vor mir kniet.

Kaum dass meine Erregung abgeklungen ist, schmeckt das Bier auf einmal schal und die kleinen Hände, die auf meinen Oberschenkeln liegen, nerven mich nur noch.

Die blauen Augen der Blondine blicken zu mir auf.... *Verdammte Scheiße....* alles was ich jetzt vor mir sehen will, sind katzengrüne Augen, das süßeste Gesicht der Welt und der leicht entrückte Blick, der immer dann in Amys Augen erscheint, wenn sie zutiefst erregt ist und wenn sie es gar nicht mehr erwarten kann, endlich von mir ausgefüllt zu werden.

„Verpiss dich!"

Erschrocken zuckt sie zusammen, steht auf wackeligen Knien auf und versucht mit ihren Fingern ihre Haare zu richten.

Tja, das kann sie vergessen. In dem Augenblick, in dem ich meine Faust darin vergraben habe, habe ich ihre Frisur nachhaltig ruiniert.

Zur Hölle mit den Weibern...

Die kleine Schlampe wusste, was sie tat. Und trotz ihrer saugenden Lippen und ihrem nicht vorhandenen Würgereflex ist es ihr nicht wirklich gelungen, Amy aus meinem Kopf zu verbannen.

Shit – Shit – Shit – Shit!

Mit einem Handzeichen gebe ich der Bedienung zu verstehen, das sie mir eine Flasche Jacky bringen soll.

Slide sieht mich mit hochgezogener Augenbraue an. Er braucht nichts zu sagen, mir ist auch so völlig klar, dass es keine besonders intelligente Idee ist, mich heute Nacht volllaufen zu lassen – der Weg nach Vancouver ist noch weit!

Fluchend schüttle ich den Kopf und schließe meine Hose.

„Halt's Maul, Alter. Wir sind eh schon völlig am Arsch!"

Slide lässt seine Finger durch die bereits feucht glänzende Spalte der Frau gleiten, die sich noch immer auf ihm abmüht.

„Vielleicht bist du am Arsch, Präsident, aber mir geht es gerade ganz gut."

„Ach ja? Das sehe ich anders. Ich meine, sieh uns doch mal an. Wir befinden uns mitten im ‚Devils Point', nackte Frauen und feuchte

Muschis ohne Ende. Und dennoch sitzen wir hier und denken an unsere Ladys – das ist krank, völlig krank!“

Slides Lachen vermischt sich mit dem Stöhnen der Vietnamesin, die noch immer auf der Bühne gebumst wird.

Frustriert ignoriere ich das vor mir stehende Glas und genehmige mir einen großen Schluck Whisky direkt aus der Flasche.

Mein Leben geht den Bach runter!

Ich sitze mitten im Paradies und sehne mich nach einer Frau die 70 Meilen von mir entfernt ist.

Good bye Freiheit - auf nimmer Wiedersehen Unabhängigkeit...

Amy hat mich verhext, ihre Voodoo-Muschi hat mich süchtig gemacht und mir die Lust auf andere Pussys verdorben.

Diese vermaledeite Hexe geht mir einfach nicht mehr aus dem Kopf...

In meinem Selbstmitleid versinkend, leere ich innerhalb weniger Minuten ein Drittel der Flasche.

Gelangweilt beobachte ich meinen Vize dabei, wie er seine Hose öffnet und sich mit einem schnellen Stoß im Schoß der Bitch versenkt.

Aus halb geschlossenen Augen sieht er mich herausfordernd an, so ein Idiot!

Wenn er denkt, dass er mich so davon überzeugen kann, dass er gerade nicht an Ellen denkt, hat er sich getäuscht.

Ich kenne Slide besser als mich selbst, ich weiß wie er tickt, und ich weiß, dass er jetzt alles dafür geben würde, die Frau, die er fickt gegen seine Old Lady eintauschen zu können.

Wir sind hoffnungslos verlorene Seelen.

Und mal wieder bestätigt sich, was ich eigentlich schon längst wusste.

Das einzige, was ein Dead Rider wirklich fürchten sollte, ist der Tag, an dem er seiner zukünftigen Old Lady begegnet.....

12. Kapitel

Amy

Noch bevor ich meine Augen ganz geöffnet habe weiß ich, dass er weg ist.

Mein Plan, Ace völlig auszupowern, hat nicht wirklich funktioniert, die einzige, die nach der Nummer völlig fertig war, war ich selbst.

Verflixt noch mal...

Ich war so erledigt, dass ich, anstatt ihn immer und immer wieder zu reiten, in seinen Armen eingeschlafen bin.

Träge strecke ich mich, presse mein Gesicht in sein Kopfkissen und inhaliere seinen Geruch.

Mist! Ich benehme mich wie ein liebeskranker Teenager und nicht wie eine erwachsene Frau. Seufzend strecke ich meine Gliedmaßen, blinzle in die viel zu helle Morgensonne und wache langsam auf. Zwischen meinen Beinen pocht es wund – ein sehr angenehmes Gefühl.

Ich weiß zwar wohin, aber nicht aus welchem Grund Ace und sein Vize gefahren sind, ich kann nur hoffen, dass sie auf sich aufpassen und dass ihnen nichts passiert.

So ungern ich es mir auch eingestehe, aber dieser Rocker hat sich mit seinem düsteren Charme tief in mein Herz geschlichen.

Zum ersten Mal habe ich die Gelegenheit, Aces Wohnung bei Tageslicht zu sehen.

Ich befinde mich in einer typischen Junggesellenbude, nur schlimmer.

Sein Nachtkästchen sind zwei aufeinandergestapelte Reifen, auf denen eine Glasplatte liegt. An der Wand hängt eine nackte Glühbirne und über die Poster will ich gar nicht zu lange nachdenken. Zumindest kann ich die widerliche schwarze Box mit der blutigen Tüte nirgends entdecken.

Gähnend steige ich aus dem Bett, schlüpfe in das schwarze Shirt, das neben dem Bett auf dem Boden liegt und komme mir vor wie ein Kind. Aces T-Shirt reicht mir bis über die Knie....

Barfuß mache ich mich auf Entdeckungsreise. Zu meinem großen Erstaunen ist seine Küche der absolute Traum. Wer hätte gedacht, dass sich im ersten Stock des Clubhauses der Dead Riders die Traumküche einer jeden Hausfrau befindet?

Die Fronten sind mattschwarz und erinnern mich eher an den Speziallack eines Motorrads. So unordentlich der Rest von seiner Wohnung auch sein mag, die Küche ist blitzsauber - was wahrscheinlich daran liegt, dass sie einfach nie benutzt wird.

Neugierig und auch ein bisschen hungrig riskiere ich einen Blick in den Kühlschrank.

Bierflaschen, Wodka und eine unbeschriftete Glasflasche mit klarem Inhalt.

In der untersten Lage finde ich drei Packungen Orangensaft und frische Milch.

Bis auf einen gigantischen Vorrat an Schokoriegeln, hauptsächlich Snickers, entdecke ich nichts Essbares in der Küche.

Wenn ich Ace anhand seines Kühlschrankinhalts beurteilen müsste, würde ich ihn für einen snickerssüchtigen Alkoholiker halten.

Zum Glück weiß ich es besser....

Sein Wohnzimmer sieht aus, als hätte eine Bombe eingeschlagen.

Ein halb voller Pizzakarton liegt neben dreckigen Jeans. An der Wand befindet sich eine Art Zielscheibe in der Form und Größe eines Mannes. Die Zielscheibe besteht komplett aus Holz und hat mehrere rot markierte Stellen. An genau diesen Stellen stecken gigantische schwarze Dolche. Die Stirn des Zielscheibenmannes ist über und über mit Einstichstellen übersät.

Wie gruselig....

Auf der Couch stapeln sich die Klamotten und neben dem Fenster hängt an der Wand der Lenker einer Harley. Und als ob das noch nicht skurril genug wäre, dient dieser Lenker als eine Art Trophäenhalter. Unzählige String-Tangas in allen Farben und Größen baumeln an dem Ding.

Angewidert wende ich den Blick ab und entdecke einen wunderschönen alten Holzschrank am anderen Ende des Zimmers. Das Schmuckstück ist bestimmt antik, jedoch sehr gut erhalten.

Neben dem Couchtisch, der aus einer alten Holzkiste besteht, wirkt der Schrank völlig fehl am Platz.

Langsam drehe ich den schwarzen, leicht verrosteten Schlüssel im Schloss rum und sperre die Schranktüren auf.

Gerade als mir der Gedanke kommt, dass es vielleicht doch nicht so schlau ist, meiner Neugierde nachzugeben, öffne ich die schweren Türen.

Ein unangenehmer Schauer lässt mich erbeben, ich weiß nicht, womit ich gerechnet habe, aber nicht damit.

Vorsichtig strecke ich meine Hand aus und streiche mit der Fingerspitze meines linken Zeigefingers über den wunderschön filigran gearbeiteten Griff eines Dolches.

Ace hat ganz offensichtlich eine Vorliebe für Klingen aller Art.

Egal ob groß oder klein - lang oder kurz, in diesem Schrank befinden sich mindestens 200 Messer und Dolche.

Manche von ihnen wirken wie aus einem Märchen. Viele sind wahre Kunstwerke. Es finden sich darauf fantasievolle Drachen, die kraftvollen Schwingen eines Adlers oder der detailgetreue Kopf eines Raben.

Im obersten Fach liegen dutzende von Kartenspielen, in einer kleinen schwarzen Schachtel, die neben einem goldenen Totenkopf steht, befinden sich einzelne Spielkarten. Vorsichtig ziehe ich die Schachtel aus dem Schrank und stelle erstaunt fest, dass das alles Pik-Asse sind.

Manche sind schon richtig abgegriffen, sie sind zum Teil leicht vergilbt und alt, wieder andere wirken wie neu, ihre Oberflächen sind glatt und glänzend.

Bei 89 höre ich auf zu zählen, verflixt, wie viele sind das?

Erst bei genauerem Hinsehen entdecke ich, dass auf jedem Ass links unten im Eck ein Name und ein Datum geschrieben steht.

Fassungslos starre ich auf die vielen Asse, streiche mit meinen Fingern nachdenklich über das schwarze Pik-Zeichen.

Die verängstigte Stimme meines Unterbewusstseins flüstert mir leise zu, dass diese mit Namen versehenen Asse ganz genau das sind wofür ich sie halte – Todestrophäen.

In einem Film habe ich mal gesehen, dass sich ein Killer für jedes neue Opfer ein kleines Kreuz auf den Rücken hat tätowieren lassen.

Was ist, wenn sich Ace Pik-Asse mit den Namen seiner Opfer aufhebt?

So als Erinnerung, damit die vielen verlorenen Leben nicht ganz vergessen sind...

Erschaudernd stelle ich die Schachtel und deren abstoßenden Inhalt zurück in den Schrank, verschließe die Türe und gehe zurück in die Küche. Nach dieser gruseligen Entdeckung brauche ich definitiv eines von Aces Snickers.

Gute dreißig Minuten später stehe ich frisch geduscht und fertig angezogen vor dem Badezimmerspiegel.

Um ehrlich zu sein habe ich keine Ahnung, wie ich die nächsten zwei Tage verbringen soll.

Ace hat mir ganz ausdrücklich verboten das Clubhaus zu verlassen. Und in Anbetracht der Tatsache, dass eine Horde wütender Mexikaner nur darauf wartet, mich in ihre Hände zu bekommen, habe ich vor, auf ihn zu hören. Ellen und Slide haben zwar außerhalb des Clubs ein kleines Häuschen, in dem sie wohnen, doch wegen der erhöhten Sicherheitsstufe schläft Ellen in Slides Clubhaus-Zimmer. Vielleicht treffe ich mich einfach mit ihr auf einen Kaffee oder sowas....

Mit frisch geputzten Zähnen und einem leichten Make-up verlasse ich das Badezimmer und stehe ratlos mitten in Aces Unordnung.

Also eines steht schon mal fest, wenn diese Wohnung für längere Zeit mein Zuhause sein soll, dann muss sich hier einiges ändern. In diesem Chaos kann ich nicht leben!

Fest entschlossen den heutigen Tag dazu zu nutzen, um Aces Junggesellenbude in eine gemütliche Wohnung zu verwandeln, mache ich mich auf die Suche nach einem Staubsauger, Tüten und Putzmittel. In einer kleinen Kammer direkt neben der Küche werde ich fündig. Auf den verschiedenen Flaschen Putzmittel liegt eine dicke Staubschicht, die meisten sind sogar noch original verschlossen.

Das kann ja heiter werden....

Mein erster Akt ist, dass ich mit einer Tüte bewaffnet durch die Wohnung gehe und die widerlichen Strings entsorge, die im Wohnzimmer an dem Harley Lenker hängen.

Anschließend lasse ich den Pizzakarton, die herumliegenden Flaschen und die unzähligen leeren Kondomverpackungen verschwinden.

Ohne mir eine Pause zu gönnen bin ich die nächsten vier Stunden damit beschäftigt allerhand Mist in die Tüten zu stopfen.

Es ist echt nicht zu glauben, aber ich habe sogar in der Sofaritze einen Dolch und mehrere getragenen Slips gefunden.

Vor der Wohnungstüre lehnen mittlerweile vier volle Müllsäcke an der Wand. Zumindest ist der Boden jetzt so frei, dass ich ihn saugen und wischen kann.

Weitere zwei Stunden später ist sein Bett frisch bezogen, die Waschmaschine läuft und alle Zimmer sind frei von Staub, Dreck, Müll und getragener Frauenunterwäsche.

Im Laufe meines Putzwahns habe ich so viele BHs, Strings, Nylonstrümpfe und Ohrringe gefunden, dass ich damit einen ganzen Second-Hand-Laden ausstatten könnte.

Zu meiner großen Erleichterung bin ich jedoch über keine weiteren Waffen, blutige Messer oder abgetrennte Körperteile in Tüten gestolpert.

Wer hätte gedacht, dass ich mich jemals über so etwas freuen würde?

Erschöpft und völlig verschwitzt lasse ich mich auf die frisch geschrubbte Couch sinken und lege meine Füße hoch. Ich lasse den Blick durch mein neues Zuhause gleiten und seufze zufrieden. Wenn es mir jetzt noch gelingt, ein oder zwei Topfpflanzen, bunte Kissen und Duftkerzen zu besorgen, dann kann das hier echt gemütlich werden.

Bevor ich mich jedoch um die Dekoration kümmere, muss es mir irgendwie gelingen, den Kühlschrank zu füllen.

So gern ich Schokolade, Karamell und Erdnüsse auch habe, aber ich kann mich nicht bis zu Aces Rückkehr nur von Snickers und Wodka ernähren.

Verflixt! Mit der Ausgangssperre dürfte er wirklich kompliziert werden, einkaufen zu gehen...

Vielleicht kann ich ja Ellen um Rat fragen, als Old Lady wird sie schon eine Lösung für meine Probleme wissen.
Unsicher öffne ich die Wohnungstüre und lausche in das ungewöhnlich stille Clubhaus.
Wie spät ist es eigentlich? Ich tippe auf fünf Uhr abends. Trotz Aces Warnung, dass ich mich nicht alleine im Clubhaus herumtreiben soll, beschließe ich, mich auf die Suche nach Ellen zu machen. Ich kann und will nicht tagelang alleine in dieser Wohnung sitzen.
Mit heftig klopfendem Herzen steige ich die Stufen nach unten, doch anstatt wie erhofft Ellen, Nora oder Susan zu finden, entdecke ich nur Razzor und Skorpion beim Billard spielen.
Als sie mich sehen, nickt mir Skorpion nur kurz zu, während mich Razzor mit einer Handbewegung zu sich ruft.
„Da bist du ja. Wenn du dich noch länger in Aces Wohnung versteckt hättest, wäre ich dich suchen gekommen."
Als ich rot werde, zwinkert er mir nur lachend zu, was das Salamander-Tattoo auf seiner Wange in Bewegung bringt. Für einen kurzen Moment denke ich wirklich, das Tier krabbelt ihm gleich über das Gesicht.
Mist! Ich muss wirklich zu viele Putzmitteldämpfe eingeatmet haben.
Ob man davon Halluzinationen bekommen kann?
Wie immer klemmt er den giftgrünen Totenkopf seines Piercings zwischen die Lippen, ich kann meinen Blick nicht abwenden. Wie sich so ein Ding wohl beim Küssen, oder sogar an einer etwas tiefer liegenden Körperstelle anfühlen muss?
Nicht dass ich Interesse daran habe Ace zu betrügen, aber wissen würde ich es ja schon gerne - ich und meine unpassende Neugierde...
„Oh Süße, ich kann deine Gedanken regelrecht hören."
Verdammt, ich muss aufhören, ihm so offensichtlich auf den Mund zu starren.
Peinlich berührt drehe ich mich um und mache mich auf die Suche nach den Mädels.
„Hey, stell dich nicht so an und bleib. Was hältst du von einer Runde Billard - du gegen mich?"
Zweifelnd sehe ich ihn an, selbst Skorpions Blick ruht mittlerweile auf mir.
Ich weiß nicht warum ich zustimme, vielleicht um den beiden bösen Rockern, die glauben, dass ich eine leichte Beute bin, eine Lektion zu erteilen. Aber eine Sekunde später nehme ich mir als Antwort auf seine Frage einen etwas kürzeren Queue aus der Wandhalterung, reibe frische Kreide auf die Spitze und sehe die beiden herausfordernd an.
Ich will verdammt sein, wenn ich gegen diese Machos verliere.

Das viele Testosteron in ihren Adern lässt sie glauben, dass sie gar nicht gegen ein Mädchen wie mich verlieren können – ich werde ihnen das Gegenteil beweisen!

Seit ich denken kann habe ich meine Zeit im ‚Maggie`s' verbracht. Ich habe so viele Stunden an unserem alten Billardtisch gestanden, dass ich diese verdammten Kugeln betrunken auf einem Bein stehend einlochen kann.

„Na, dann zeig mal, was du drauf hast, Rider."

Belustigt schnalzt Razzor mit der Zunge, baut die Kugeln auf und rollt mir die weiße rüber.

„Ins selbe oder ins gegenüberliegende?"

„Ins selbe!"

„Alles klar, Süße!"

Skorpion holt sich von der Bar ein neues Bier und bringt mir ebenfalls eines mit. Anscheinend glaubt er, dass ich mir Mut antrinken muss.

Wie aus dem Nichts taucht plötzlich Ellen neben mir auf.

„Oh Scheiße Amy, ich hoffe ihr habt um nichts gewettet! Razzor ist dafür bekannt, die fiesesten Wetteinsätze ins Spiel zu bringen."

Die kleine Bitch, die gerade hinter der Bar arbeitet, stellt uns unaufgefordert eine Runde doppelte Shots hin.

„Ahhh, das ist eine gute Idee, Ellen."

Frech grinsend sieht Razzor mich an.

„Wie schaut es aus, Amy? Um was spielen wir?"

Schnaubend nehme ich mir den Schnaps und kippe ihn mir ohne mit der Wimper zu zucken in den Hals.

Wenn diese Kerle glauben, dass sie mich mit Billard, Schnaps und Wetteinsätzen einschüchtern können, sind sie bei mir an die Falsche geraten....

„Ich bin kein Fan von Kinderkram. Wenn wir schon um etwas spielen, muss das was Richtiges sein!"

Skorpion sieht mich verwundert an – gut so.

Razzor kommt auf mich zu und stellt sich so nah vor mich hin, dass sein warmer Atem mein Gesicht streift.

„Also ich wüsste da schon was, Süße!"

Der Ausdruck in seinen Augen verrät mir, dass er mich ficken will.

„Lass den Quatsch, du Idiot! Ace bringt dich um, wenn du sie anrührst!"

Ellens Einwand hallt durch meine Ohren.

„Was der Präsident nicht weiß, macht ihn nicht heiß!"

„Du bist echt lebensmüde, Razzor."

Ellen funkelt ihn aufgebracht an.

Skorpions Körperhaltung hat sich verändert, er wirkt angespannt. Die Entwicklung dieses Gespräches scheint ihn zu beunruhigen.

Der Schnaps brennt in meiner Kehle, sorgt für eine angenehme Wärme in meinem Bauch und lockert meine Zunge.

Ich denke nicht mal im Traum daran, Razzors Vorschlag anzunehmen. Der einzige Dead Rider, der mich interessiert, ist Ace.

„Ich habe einen anderen Vorschlag."

Der Tattooraum hinten bei Aces Büro fällt mir wieder ein.

„Wenn ich gewinne, lässt du dir einen rosa Schmetterling auf die linke Arschbacke tätowieren!"

Überrascht sieht er mich an. Selbst Skorpions sonst so grimmig zusammengepresste Lippen zucken amüsiert.

Ellen kichert neben mir, ehe sie mir einen Arm um die Taille legt.

„Also ich finde, das klingt prima, Süße."

Sie hüpft vor Begeisterung regelrecht auf und ab.

Mittlerweile haben sich immer mehr Zuschauer um uns herum versammelt.

Die Bitch bringt eine neue Runde Schnaps und ich beginne mich langsam zu entspannen.

Razzor sieht mich finster an. Komisch, ihm scheint meine Idee nicht so besonders gut zu gefallen.

Zu meinem Erstaunen hält er mir seine geschlossene Faust entgegen.

„Wir haben einen Deal. Aber wenn ich gewinne, lässt du dir das Zeichen der Dead Riders über deinen Po stechen. Ebenfalls in rosa."

In den Tiefen seiner braunen Augen erkenne ich, dass er sich sicher ist, dass ich kneife.

Ohne lange darüber nachzudenken, schlage ich mit meiner Faust gegen die seine.

„Abgemacht!"

Lautes Lachen, zustimmendes Gemurmel und Jubelrufe erfüllen das Clubhaus. Mittlerweile stehen wir im Mittelpunkt der Aufmerksamkeit...

13. Kapitel

Ace

Trotz der dicken Wolkenschicht, die den Himmel verdunkelt, blenden mich die viel zu grellen Sonnenstrahlen, die sich ab und an durch das Grau des Himmels schieben.

Der kalte Nieselregen, der unaufhörlich auf die Straße fällt, passt perfekt zu meiner düsteren Stimmung.

Nachdem wir ohne Problem die Landesgrenze überquert haben, machen wir uns jetzt auf den Weg nach Downtown Vancouver, ehe wir weiter nach Metrotown in Burnaby fahren.

Die Erinnerungen an letzte Nacht liegen mir bitter auf der Zunge, nach Slides wortkarger Stimmung zu urteilen scheint es ihm nicht anders zu gehen.

Holy Fuck!

In der Vergangenheit habe ich mich nach einem Zwischenstopp in Marysville und einer Nacht im ‚Devils Point' immer wie neu geboren gefühlt, heute hingegen fühle ich mich wie überfahren.

Seit Stunden spiele ich mit dem Gedanken bei Skorpion oder Catcher anzurufen, um mich nach Amy zu erkundigen. Doch ich verwerfe diese Idee schnell wieder. Wer zur Hölle bin ich eigentlich?

Ich wollte ihr meine Kutte schenken, sie mit meinem Patch am Rücken ausstatten, doch Amy wollte Zeit - jetzt hat sie ihre verfickte Zeit!

Ich habe sie in der sicheren Obhut meiner Brüder gelassen, jetzt soll sie selber sehen, wie sie zurechtkommt.

Beim letzten Stopp kurz nach der Grenze hat Slide einmal versucht, Ellen zu erreichen, jedoch ohne Erfolg. Dieses sture Miststück hat seinen Anruf einfach ignoriert.

Zur Hölle!

Wie konnte es mit meinem Vize und mir nur so weit kommen?

Wütend auf mich, auf Amy und auf die ganze verdammte Welt gebe ich Gas und rase die nasse Straße entlang.

Ich kann nur hoffen, dass sich die Geschäftsbeziehung mit Evan rentiert.

Der Markt verlangt nach wirklich guter Ware.

Die Bezeichnung Kalaschnikows, kurz AKs, ist der Name einer Reihe von sowjetisch-russischen Sturm- und Maschinengewehren, die nach dem Entwickler des Urmodells, Michail Timofejewitsch Kalaschnikow benannt wurde.

Die zwischen herkömmlichen Maschinenpistolen in Pistolenkalibern und die automatischen Schnellfeuergewehren für starke Gewehrmunition liegende Waffe wird am besten als Maschinenkarabiner bezeichnet. Denn nach heutiger Definition wird diese absolut tödliche Kombination von Waffe und Munition mit einer Mittelpatrone zu den Sturmgewehren gezählt.

Auch die russische nationale Volksarmee bezeichnet das AK-47 als Maschinenpistole. Der veraltete Begriff Sturmgewehr wird heute kaum noch verwendet.

Heute werden die AKs nur noch in Ischmasch in Ischwesk und Tulski Oruscheiny Sawod in Tula von russischen Waffenwerken hergestellt.

Laut meinen Informationen gibt es zudem noch eine große Anzahl von Lizenzbauten in den Staaten.

Natürlich wäre es für uns leichter, die in den Staaten gebauten Lizenzkopien zu erwerben. Doch die Nachfrage nach den russischen Originalen ist um einiges größer.

Lieber nehme ich etwas mehr Arbeit in Kauf, bekomme Originale und kann höhere Preise verlangen, als dass ich mich mit einer Kopie zufrieden gebe.

Ein echter Profi weiß die russische Spitzenqualität sehr zu schätzen.

Es gibt wahrlich nichts Ärgerlicheres als ein Gewehr, das dich im unpassendsten Augenblick im Stich lässt. Ladehemmungen oder andere Kinderkrankheiten der Lizenzkopien sind leider keine Seltenheit.

Fluchend löse ich meinen rechten Arm vom Lenker und lasse meine verspannte Schulter kreisen. *Fuck!* Ich glaube, ich werde langsam wirklich zu alt für diesen Scheiß....

Wenn ich mich nicht täusche, müssten wir in den nächsten 30 Minuten ankommen.

Ein Glück, denn langsam bin ich wirklich durchgefroren.

Slide schließt zu mir auf, Seite an Seite legen wir uns in die Kurve, genießen die elementare Verbindung von Straße und Motorrad.

Mein ursprünglicher Plan, dass ich diese Fahrt dazu nutze, um etwas Abstand zu Amy zu bekommen und um meine Gedanken zu ordnen, hat bis jetzt nicht funktioniert. Dank des Whiskys brummt mir der Schädel, wenn ich nur versuche, einen klaren Gedanken zu fassen.

Endlich am Zielort angekommen, einer Lagerhalle am English Bay, steige ich vom Bike und entsichere meine Waffe.

Aus irgendeinem Grund schlagen meine Instinkte Alarm.

Slide wirft mir einen finsteren Blick zu, er spürt ebenfalls die lauernde Gefahr.

Kaum dass wir uns drei Schritte von unseren Bikes entfernt haben, ertönt ein lauter Schuss – die Kugel schlägt nur wenige Zentimeter vor meinen Füßen auf dem Boden ein.

What a Fuck!

Fluchend checke ich das nähere Umfeld. Fuck, bin ich froh, dass es taghell ist, in der Nacht wäre das eine wirklich beschissene Situation. Aus dem dunklen Schatten der Halle kommen ein Dutzend Männer auf uns zu. Mit AKs bewaffnet umzingeln sie uns, wir sind am Arsch.

Evan, der Waffenhändler, stellt sich direkt vor mich hin, nimmt mir die Waffe aus der Hand und reicht sie einem seiner Männer.

Pure grenzenlose Wut pulsiert durch meine Venen.

„Was soll das, Evan? Ist das etwa deine Art Geschäftspartner zu begrüßen?“

„Das ist meine Art auf Nummer sicher zu gehen, dass wir alle dieses Treffen überleben werden. Dein Ruf ist dir vorausgeeilt, Ace!“

Mein Ruf? Arschloch! Er wird mich kennen lernen!

Tief durchatmend versuche ich mich zu beruhigen, immerhin befinde ich mich nicht in der passenden Position, um auszurasten.

Wenn Evan so weitermacht, wird es demnächst ein Pik-Ass in meiner Sammlung geben auf dem sein Name geschrieben steht.

Die Russen sind dafür bekannt, etwas kompliziert und exzentrisch zu sein, doch dieser hier hat keine Ahnung, wie kurz davor er ist, mit meinem Lieblingsmesser, das sich an meiner linken Wade unter der Jeans befindet, Bekanntschaft zu machen.

Slides Atem kommt stoßweise, er ist genauso wütend wie ich.

Nachdem sie uns entwaffnet haben, senken Evans Männer auf seinen Befehl hin die AKs.

Die Spannung nimmt etwas ab, meine Sehnsucht, diesen Mann vom Sack bis zur Nasenspitze aufzuschlitzen, bleibt.

„Ich kann nur hoffen, dass deine Waffen so gut sind, wie du sagst. Ansonsten weiß ich nicht, wie ich dir diese Nummer hier verzeihen soll.“

Die pure Wut, die in meinen Worten mitschwingt, scheint das russische Arschloch nicht im Mindesten zu interessieren. Ein grober Fehler. Anscheinend hat er sich meinen Ruf doch nicht ganz zu Herzen genommen.

„Die Kalaschnikows befinden sich in der Halle. Jetzt, wo alles geklärt ist, können wir zum geschäftlichen Teil kommen.“

Geklärt? Nichts ist geklärt...

Solange ich die Waffen-Pipeline zu ihm brauche, lasse ich diesen Wichser am Leben. Doch sobald ich nicht mehr auf seine Dienste angewiesen bin, werde ich ihn wie ein Schwein ausbluten lassen.

Slide stärkt mir die Seite und schützt mir den Rücken. Dass sich dieses Routinetreffen in diese Richtung entwickelt, hätte ich wirklich nicht gedacht.

Es muss irgendeinen Auslöser für Evans Verhalten geben. Nur welchen?
Flankiert von seinen Männern, betreten wir mit Evan die Lagerhalle.
Der Geruch von Fäulnis, Holz und Stroh steigt mit in die Nase.
Ganz hinten rechts beleuchten mehrere Baustrahler abgewetzte Holzkisten. Der Boden ist mit Stroh bedeckt. Die AKs glänzen im dämmrigen Licht.
Mit dem Wissen, dass Slide mir den Rücken deckt, drehe ich mich zu Evan um.
„Ist die Lieferung vollzählig?"
Evans Blick huscht kurz zu meinem Vize.
„Selbstverständlich! Sobald wir das Geschäftliche über die Bühne gebracht haben, können deine Männer die 600 Kalaschnikows verschiffen."
„Sehr gut."
Ich wende mich den Waffen zu, hebe eines der Sturmgewehre hoch und prüfe die Qualität. Eines muss ich diesem unsympathischen Arschloch lassen, er hat sein Wort gehalten!

Amy

Tapfer erwidere ich Razzors eindringlichen Blick, lecke das Salz von meinem Handrücken, schlucke die klare Flüssigkeit und beiße in den Zitronenschnitz.
Nach der dritten Runde sind wir auf Tequila umgestiegen und so langsam macht es sich bemerkbar, dass ich den ganzen Tag über nur ein Snickers gegessen habe.
Ellen und Nora stehen neben dem Billardtisch, ihre Augen ruhen wie gebannt auf mir.
Nachdem ich das kleine Glas verkehrt herum auf das schwarze Tablett gestellt habe, wische ich mir mit dem Handrücken die Zitronensäure von den Lippen und atme tief durch. Nach dem ersten Stoß stand fest, dass ich die Vollen habe, und bis auf die grüne Sechs und die lilafarbene Vier habe ich in den vergangenen zwanzig Minuten alle versenkt.
Razzor hingegen hat noch die orange Dreizehn, die gelbe Neun und die blaue Zehn.
Da ich dran bin, konzentriere ich mich darauf, die Weiße über die Bande gegen die Vier zu schießen. Wen es mir gelingt, meine Stoßkraft perfekt zu dosieren, stehen die Chancen, dass ich sie ins obere rechte Loch versenke, ganz gut.

Es hat nicht lange gedauert, bis alle Anwesenden begriffen haben, dass die Wahrscheinlichkeit, dass Razzor morgen mit einem rosa Schmetterling auf dem Arsch aufwacht, verdammt hoch ist.

Es fühlt sich so an als wäre diese Nacht meine Feuertaufe und wenn ich das Verhalten von Skorpion und Razzor richtig deute, habe ich diese mit Bravur bestanden.

Konzentriert beuge ich mich vor, ignoriere die gierigen Blicke der anwesenden Männer, die sich auf meinen Arsch legen, und halte den Atem an.

Verflixt! Ich muss dieses Spiel einfach gewinnen....

Nervös lecke ich mir die Lippen, peile die Weiße an und stoße sie mit einer geübten Bewegung Richtung Bande.

Das Prinzip ‚Einfallswinkel =Ausfallswinkel' geht auf und die Lilafarbene versinkt mit einem dumpfen *Klong* im geplanten Loch, während die Weiße auf dem satten Grün des Billardtisches liegen bleibt – perfekt!

Ellen und Nora hüpfen kreischend hoch, klatschen begeistert in die Hände und stoßen sich mit den Hüften an.

„Verdammte Weiber!"

Razzors gebrummter Fluch entlockt mir ein zufriedenes Grinsen.

Skorpion stößt sich von der Wand ab und stellt sich zu mir. Leise flüstert er mir ins Ohr, dass er sich schon sehr auf Razzors neuen Körperschmuck freut.

Catcher und Susan erscheinen ebenfalls bei uns, Susan hat heute für Nora auf die Jungs aufgepasst, die jetzt selig schlafend in ihren Betten im ersten Stock liegen.

„Was zur Hölle läuft hier?"

Mit dem Babyfon in der Hand gesellt sich Susan zu den anderen Ladys, während Catcher erstaunt die Menschenmenge, die sich um uns herum versammelt hat, mustert.

In den letzten Minuten wurden auch schon die ersten Wetten abgeschlossen, mein Kurs steht nicht schlecht 70 zu 30 - für mich....

Skorpion legt seinen Kopf schief und mustert mich eingehend, ehe er Catcher etwas schadenfroh erklärt, das Razzor gerade von einem Mädchen abgezockt wird.

„Unser Bruder ist nur noch zwei Stöße von einem rosa Schmetterlingstattoo entfernt!"

Auf Catchers fragenden Blick hin zuckt Skorpion nur mit seinen breiten Schultern.

„Du kennst ihn, Bruder. Razzor wollte wie immer einen Wetteinsatz und Amy ist eingestiegen."

Kurz und schmerzlos drückt Catcher wie so oft sämtliche seiner Emotionen mit nur einem einzigen Wort aus. „Fuck!"
„Du sagst es, Bro."
Für den finalen Siegesstoß verteile ich erneut etwas frische Kreide auf meiner Queuespitze.
Angespannte Stille senkt sich auf die vielen Zuschauer. Nervös sehe ich zu den Old Ladys, die mir aufmunternd zuzwinkern.
Lieber Gott, lass mich dieses Spiel gewinnen und ich verspreche dir auch, nächsten Sonntag in die Kirche zu gehen...
Ich erlaube mir einen letzten Blick auf Razzor, er sieht wütend und frustriert aus. Wie es scheint hat der böse Rocker seine Lektion gelernt – unterschätze niemals eine Frau!
„Auf geht's, Amy!"
Der Ruf kam aus den Zuschauerreihen.
Hoch konzentriert beuge ich mich über den Billardtisch, stütze meine Hand ab und positioniere den Queue.
Jetzt wird es verdammt ernst. Wenn es mir nicht gelingt, die grüne Sechs und anschließend die Schwarze zu versenken, ist Razzor dran.
Und die Wahrscheinlichkeit, dass er das Spiel dann zu seinen Gunsten beendet, ist hoch.
Mein Wort gilt, ich stehe zu meinen Wettschulden, aber um ehrlich zu sein, habe ich keine besonders große Lust auf ein Tattoo.
Ich kann mir nicht vorstellen, dass mir ein rosafarbener Totenkopf wirklich gut stehen würde.
Wobei ich zumindest einen Mann kenne, der sich definitiv darüber freuen würde, wenn er beim Vögeln das Dead Riders Zeichen vor Augen hätte ...
Ein letztes Stoßgebet in den Himmel schickend hole ich aus und schicke die Weiße auf ihre Mission.
Green meets White – atemlos beobachte ich, wie die Grüne geradezu vorbildlich in dem angepeilten Loch verschwindet.
Erleichtert stoße ich einen zufriedenen Schrei aus. Es ist mir tatsächlich gelungen, die Lilafarbene und die Grüne zu versenken, und das Beste daran? Die Schwarze befindet sich quasi direkt vor dem Loch, in das ich sie versenken muss.
Razzors lautes „Piss doch die Wand an!", übertönt sogar die begeisterten Jubelrufe von Ellen und Nora. Sogar Susan, bei der ich eigentlich dachte, dass sie mich nicht leiden kann, nickt mir verschwörerisch zu.
Skorpion klatscht zufrieden in die Hände.
Ohne unnötig Zeit zu schinden entscheide ich das Spiel mit einem gekonnten Stoß endgültig für mich. In dem Augenblick, in dem die

Schwarze aus dem Blickfeld der Zuschauer verschwindet, bricht die Hölle los.

Lautes Gegröle, derbe Flüche und tosender Applaus.

Zufrieden lehne ich mich an den Billardtisch, sehe Razzor direkt an und flüstere leise „Schmetterling....“

Kopfschüttelnd lässt er seine Fingergelenke knacken, kommt auf mich zu und packt mich an der Taille.

Verängstigt versuche ich mich von ihm loszumachen – keine Chance.

„Fuck off, Razzor. Die Kleine hat dich voll abgezockt!“

Skorpion genießt die Niederlage seines Bruders sichtlich.

Niemand scheint sich besonders dafür zu interessieren, dass ich mit dem Kopf nach unten über Razzors Schulter hänge.

„Tick!“

Razzors lautes Gebrüll lässt mich erschrocken zusammenzucken. Zielstrebig trägt er mich durch die Menge direkt auf den Raum zu, in dem sich das Tattoo-Studio befindet.

Ellen und Nora folgen uns, eine Tatsache, die mich beruhigt. Amüsiert beobachte ich, wie unzählige grüne Dollarscheine den Besitzer wechseln.

Tja, jeder der nicht auf mich gesetzt hat, ist selber schuld....

Neben der Liege stellt mich Razzor wieder auf die Beine. Tick, der älteste Dead Rider, den ich bis jetzt zu sehen bekommen habe und zugleich der Sergeant at Arms des Clubs, erscheint in der Türe.

„Respekt, Mädel! Respekt!“

Er klopft mir väterlich auf die Schulter, wäscht sich die Hände und desinfiziert sie sich anschließend. Nachdem er alles hergerichtet hat, schaltet er das große Licht an und zieht sich schwarze Silikonhandschuhe über.

„Wartet mal... Moment... ihr wollt das gleich erledigen?“

Perplex sehe ich auf die monströse Maschine, die Tick in seinen Händen hält.

„Na klar, Süße!“

Ohne zu zögern öffnet Razzor seinen Ledergürtel, zieht die Hose runter und präsentiert allen Anwesenden völlig schamlos seinen nackten Po.

Die Frau, die uns während des Spiels mit den Getränken versorgt hat, stellt erneut ein kleines schwarzes Tablett neben Skorpion ab. Doch dieses Mal befinden sich gleich die komplette Flasche Tequila, eine Schale voller Zitronenschnitze und der Salzstreuer darauf.

Oh Gott... Oh Gott... Oh Gott...

Am liebsten würde ich die Sache abbrechen und ihn von seiner Schuld erlösen. Doch ich beiße mir auf die Zunge und lasse den Wahnsinn wirklich geschehen.

Nachdem sich Razzor auf die Liege gelegt hat, steht Tick auf und holt einen Rasierer.

Wenige Augenblicke später ist Razzors nackte linke Arschbacke glatt wie ein Babypopo und frisch desinfiziert.

Ellen lacht und lacht, sie findet das alles urkomisch.

Selbst auf Susans Gesicht zeichnet sich pure Erheiterung ab.

Nur Nora geht schnell aus dem Raum. Als ich ihren Mann fragend ansehe, erklärt mir Skorpion kurzerhand, dass seine Süße kein Blut sehen kann.

Etwas unpassend für die Old Lady eines Bikers....

Tick schaltet die Maschine an, das gleichmäßige Surren der Nadel erfüllt den Raum.

„Verdammte Scheiße, bin ich froh, dass sich diese Nadel nicht in meine Haut bohren wird."

Razzor lacht laut auf.

„Typisch Frau! Immer noch etwas Salz in die Wunde streuen ..."

Mein kleinlautes „Sorry" sorgt dafür, dass sich Tick ein letztes Mal zu mir umdreht, ehe er loslegt.

„Bleib cool, kleiner Schmetterling, es klingt viel schlimmer als es in Wirklichkeit ist."

„Hast du mich gerade Schmetterling genannt?"

Skorpion schnalzt laut mit der Zunge.

„Respekt, Kleines, erst einen Tag im Club und schon hast du einen Spitznamen. Das schafft nicht jeder."

Gebannt sehe ich zu, wie die Nadel das erste Mal Razzors Haut durchsticht, ich schlucke schwer, ich bin mir sicher, dass es höllisch weh tut und dennoch zuckt er nicht ein Mal zusammen.

Wahrscheinlich liegt es an der Übung. Vielleicht lernt man es, den Schmerz zu ertragen. Immerhin hat dieser Mann so viele Tätowierungen, dass man bei manchen gar nicht mehr erkennt, wo eine aufhört und die nächste beginnt.

Das Stechen des Salamanders in seinem Gesicht war bestimmt um einiges schmerzhafter als der Schmetterling auf seinem Po.

Um meine Nerven etwas zu beruhigen, gehe ich zum Tequila und gönne mir einen großen Schluck direkt aus der Flasche. Scheiß auf das Salz und die Zitrone, es gibt Momente im Leben, da kann man auf den ganzen Schnickschnack getrost verzichten.

Der Schmetterling auf dem Hinterteil des Dead Riders nimmt langsam Konturen an. Trotz der Spontaneität dieser Aktion kann ich jetzt schon erkennen, dass der Schmetterling wirklich schön wird, ganz genauso wie die anderen Tattoos auf Razzors Haut. Tick ist ein echter Künstler.

Ellen gesellt sich zu mir, mein Magen knurrt laut.

„Hast du Hunger?“

„Tierischen! Der Kühlschrank in Aces Wohnung beherbergt nur Alkohol, Milch und Tausende von Snickers.“

Ellen sieht mich mit großen Augen an.

„Heißt das, du hast heute noch nichts gegessen?“

„Jepp!“

„Scheiße, Amy! Warum gehst du nicht einfach in die Clubküche und nimmst dir, was immer du willst?“

„Na, ganz einfach. Weil ich hier fremd bin, ich gehöre nicht wirklich hierher und ich kann mich nicht einfach bedienen. Ganz davon abgesehen hat Ace gesagt, dass ich nicht alleine durch den Club laufen soll. Wobei das ja schon mal nicht geklappt hat ...“

Skorpion erscheint hinter Ellen.

Der Blick, mit dem er mich mustert, ist verdammt furchteinflößend.

Bei diesem unheimlichen Mann weiß ich einfach nie, woran ich bin.

Ellen sieht mich schweigend an, während Skorpion den Mund aufmacht.

„Wenn ich dich noch ein Mal sagen höre, dass du nicht zu uns gehörst, werde ich dich übers Knie legen. Und das hat dann nichts mit einem erotischen Spanking zu tun. Dieser Abend hat ja wohl bewiesen, dass du ein echtes Rider Girl bist. In meinen Augen und in den Augen meiner Brüder bist du Aces Eigentum. Du bist die Old Lady unseres Präsidenten und du sollst dich, verdammt noch mal, wie zuhause fühlen!

Dass du noch nicht seine Kutte trägst ist eine reine Formalität. Aber so wie ich meinen Präs kenne, wird es nicht mehr lange dauern, bis du Leder trägst.“

Er atmet gepresst ein, ehe er weiterspricht.

„Punkt zwei: Du warst keine Sekunde lang alleine. Seit du diese Treppe runtergekommen bist, hatten Catcher und ich ein Auge auf dich, du stehst unter unserem Schutz. Vergiss das niemals!“

Wow....

Seine Ansprache hat mich völlig aus der Bahn geworfen.

In meinem Kopf herrscht für eine Sekunde gähnende Leere, ehe ein gigantisches Gedankenchaos losbricht. Ich hätte niemals gedacht, dass sich ausgerechnet dieser finstere Mann für mich stark macht. Warum auch?

Ich bin eine Fremde für ihn!

Er und alle seine Brüder sollten mich dafür hassen, dass mein Vater sie betrogen hat. Doch anstatt sich an mir zu rächen, behandeln sie mich wie ein Mitglied ihrer Gemeinschaft, sie beschützen und kümmern sich um mich – das ist absolut unglaublich!

Weil ich einfach nicht weiß, was ich sagen soll, erwidere ich seinen Blick und versuche mit aller Macht, die Tränen der Rührung, die mir in die Augen steigen, zu unterdrücken.
„Ich danke dir."
Skorpion durchschaut mich mit Leichtigkeit, er weiß ganz genau, was seine Worte in mir auslöst haben.
„Verschwinde in der Küche, Butterfly. Ich will dich erst wieder sehen, wenn du satt bist!"
Wie auf Kommando ergreift Ellen meine Hand und führt mich in die große Clubküche, die ich ja schon von gestern kenne.
„Heilige Scheiße, Amy! Du musst Skorpion ja ganz schön beeindruckt haben. Ich habe von ihm noch nie so eine Ansprache gehört!"
Ohne mich anzusehen holt sie eine Schale mit Nudelsalat aus dem Kühlschrank, schneidet zwei Brötchen durch und steckt sie in den Toaster.
Nachdem sie etwas Wurst, frischen Käse und zwei Stücke Kuchen auf den Tisch gestellt hat, besorgt sie uns zwei kalte Dosen Cola und setzt sich zu mir an den Tisch.
„Um ehrlich zu sein hätte ich nie gedacht, dass er so über die Sache denkt – dass er so über mich denkt!"
Die Brötchen hüpfen aus dem Toaster, ich stehe auf und hole sie.
Vor nicht ganz zwei Tagen dachte ich noch, dass mein Leben so gut wie zu Ende ist. Ich war mir sicher, dass ich über kurz oder lang in einem Grab tief im Wald lande.
Aber dass ich hier, bei dem gefürchtetsten MC des Landes, eine Freundin, einen tollen Mann und eine Art Familie finde, das hätte ich nie für möglich gehalten.
Verflixte Scheiße! Im Zimmer nebenan liegt ein Mann, der sich wegen mir einen rosafarbenen Schmetterling auf den Arsch tätowieren lässt – Gott ist das alles verrückt!
Wer hätte gedacht, dass ich einmal von den gefährlichsten Männern der Vereinigten Staaten Schmetterling genannt werde?
Ellen sieht mich direkt an.
„Skorpion hat recht, du gehörst jetzt zu uns, du bist Aces Eigentum."
Ace.... seit er aufgebrochen ist, hat er sich kein einziges Mal gemeldet.
„Ellen?"
„Ja, was?"
„Hast du was von Slide oder Ace gehört?"
Anstatt mir zu antworten, leckt sie sich etwas Mayonnaise von der Fingerspitze.
„Nein, Slide hat sich nicht bei mir gemeldet."
Bilde ich es mir nur ein oder klingt sie traurig?!

Ausweichend wendet sie ihren Blick ab und stochert lustlos in ihrem Nudelsalat herum.
„Ist es normal, dass sich die beiden nicht melden?“
Sie zuckt mit den Schultern.
„Wenn du mit einem Dead Rider zusammen bist, kannst du das Wort ‚normal‘ aus deinem Wortschatz streichen, Amy.“
Oh...oh....
Ich mag Ellen, mit der Zeit werden wir bestimmt gute Freundinnen.
„Hast du dich mit Slide gestritten?“
Jetzt sieht sie mich wieder an.
„Gestritten trifft es nicht wirklich. Es hat ganz schön gekracht.“
Mitfühlend lege ich ihr meine Hand auf den Arm.
„Das tut mir leid für dich. Ich bin mir sicher, dass alles wieder gut wird, wenn die beiden zurück sind.“
Ellen gibt ein ungläubiges Schnauben von sich....
„Slide hat gestern die Pille in meiner Handtasche gefunden.“
Verwirrt sehe ich sie an.
„Und? Was ist daran so schlimm?“
Tränen schwimmen in ihren Augen, laufen ihr über das Gesicht. Wütend wischt sie sich mit der Hand über die Wange.
„Na ja... Slide will unbedingt ein Baby. Ich habe ihm verheimlicht, dass ich weiterhin die Pille genommen habe.“
Krass... das ist heftig....
Schweigend esse ich ein paar Bissen.
Mir gefällt der Gedanke, dass Slide seine Old Lady so sehr liebt, dass er eine Familie mit ihr gründen will.
„Und warum hast du die Pille weiter genommen? Möchtest du keine Kinder?“
Ellen zuckt mit den Schultern.
„Gute Frage, Amy... Seit Monaten bin ich hin- und hergerissen. Um ehrlich zu sein, weiß ich nicht was ich will. Slide ist toll, ich liebe ihn mehr als alles andere auf dieser Welt.
Aber das mit uns hat ziemlich schräg angefangen. Ich weiß nicht, ob du es schon gehört hast. Aber Slide hat mich damals einfach entführt. Er ist mit Ace und ein paar anderen Brüdern eines Nachts aufgetaucht und hat mich im wahrsten Sinne des Wortes aus meinem Bett geraubt.“
„Wow – das klingt mega romantisch und ziemlich spannend!“
Gespielt wütend boxt sie mir gegen die Schulter.
„Du bist ein hoffnungsloser Fall, Süße. Was du alles romantisch findest!“
„Na ja“, ich zucke unschuldig mit den Schultern. „Ich bin eben ein typisches Mädchen. Du musst das so sehen, Ellen. Unsere Prinzen

kommen eben nicht auf einem weißen Ross, sondern auf einem schwarzen Bike. Aber so wie ich das sehe, ist das Prinzip das gleiche...."

Endlich verziehen sich ihre Lippen zu einem glücklichen Lachen.

„Keine Chance, Amy. Das mit dem typischen Mädchen nehme ich dir nach der heutigen Nacht nicht mehr ab! Du kippst Shots weg wie Wasser, trinkst Tequila wie ein Kerl und zockst gestandene Biker beim Billard ab. Ganz davon abgesehen ziert wegen dir ein pinker Schmetterling Razzors Arsch. Du magst ja vieles sein, Amy - aber du bist alles andere als ein langweiliges Durchschnitts-Girly."

Satt und zufrieden lege ich meine Gabel auf die Seite.

„*Hmmmm....* vielleicht hast du recht und ich bin doch nicht ganz so langweilig wie ich dachte."

In einvernehmlichem Schweigen isst Ellen ihren Salat und ihr Brötchen auf.

„Hör mal Ellen, ich würde mich freuen, wenn du mir Slides und deine Geschichte erzählst ... es muss auch nicht jetzt sofort sein, vielleicht wenn wir etwas ungestörter sind."

Ellen nickt, nimmt einen Schluck aus ihrer Cola und sieht mich verschwörerisch an.

„Wir können uns ja einen richtigen Mädelsabend gönnen. Mit Chips und allem was dazu gehört...."

„Das klingt super, ich kann jede Menge Snickers beisteuern...."

Grinsend sehen wir uns an. Ellen trinkt von ihrer Cola, und murmelt etwas von Ace und seiner Erdnusssucht. Urplötzlich steigt ein lautes Lachen in meiner Kehle auf.

Grunzend und glucksend versinke ich in einem nicht enden zu scheinenden Lachflash.

Meine Seite sticht, mein Zwerchfell schmerzt und aus meinen Augen laufen Tränen.

Ellen stimmt in mein Lachen ein, ihre Cola läuft ihr aus der Nase, als sie sich vor lauter Lachen so richtig verschluckt.

„Scheiße, wo sind wir hier nur gelandet?"

Schnaufend halte ich mir den Bauch.

„Ich habe keine Ahnung."

Bevor es uns gelungen ist, uns wieder zu beruhigen, kommt Skorpion in die Küche. Als er uns lachend und glucksend am Tisch sitzen sieht, schüttelt er nur amüsiert den Kopf.

„Ich wollte Euch nur mitteilen, dass Razzors Schmetterling fertig ist! Also falls ihr das Kunstwerk bestaunen wollt, müsst ihr euch beeilen."

Erneut steigt ein lautes Grunzen aus meiner Kehle auf.

Der heutige Tag scheint meinen Verstand völlig zu überfordern.

Wenige Minuten später ist es Ellen und mir gelungen, uns wieder einigermaßen zu beruhigen. Mit einem Tuch wischt sie sich die Colareste von der Nase, ehe wir aufstehen und uns auf den Weg machen, um Razzors Po zu begutachten.

Was für eine verrückte Nacht....

14. Kapitel

Ace

Nachdem wir die Waffen kontrolliert und alles für die Überfahrt nach Tacoma organisiert haben, machen wir uns auf den Weg nach Metrotown in Burnaby.

Für die restliche Strecke brauchen wir nur knapp 30 Minuten.

Slide und ich sind verdammt gut in der Zeit. Da sich Evan wie ein Arschloch benommen hat, sind wir ohne viel Aufhebens sofort nach dem Waffencheck weitergefahren.

In Port Moody füllen wir unsere Bikes mit neuem Treibstoff auf, vertreten uns die Beine und gönnen uns einen viel zu bitteren Tankstellenkaffee.

Was für eine widerliche braune Brühe....

Um 18 Uhr kommen wir endlich in Metrotown an.

Colt, der Typ, von dem wir seit Jahren unsere Munition beziehen, sitzt wie üblich in seiner Stammkneipe. Hinten im Lagerraum, der wie ein Kühlhaus getarnt ist, steht unsere Lieferung.

„Hey Riders."

Freundschaftlich begrüßen wir uns, es werden Schultern geklopft und nicht wirklich ernste Unfreundlichkeiten ausgetauscht.

Nachdem er jedem von uns ein Bier vor die Nase gestellt hat, setzt er sich zu uns an die Bar. Bis auf ein paar Typen, die im hinteren Teil der Kneipe an einem abgewetzten, runden Tisch sitzen, ist nicht besonders viel los.

Da die Männer weder Clubfarben noch Tattoos tragen, schenke ich ihnen keine besonders große Aufmerksamkeit.

„Wie ich höre gab es in Downtown Ärger."

Knurrend sehe ich Slide an. Colt ist unglaublich, es gibt nichts, was er nicht innerhalb kürzester Zeit erfährt.

„Evan ist ein misstrauischer Hurensohn!

Colt lacht laut auf.

„Um ehrlich zu sein, Ace, es hat sich bis nach Kanada rumgesprochen, was ihr mit den Mexikanern gemacht habt. Ich kann verstehen, dass Evan auf Nummer sicher gegangen ist!"

Slide sieht mich überrascht an.

„Das war eine Säuberungsaktion. Es ist unsere Aufgabe, die Straßen von Tacoma bis nach Seattle vom Abschaum sauber zu halten. Und ganz genau das haben wir getan!"

Slide ergreift das Wort.

„Diese Maisfresser haben es auf Aces Lady abgesehen. Das lassen wir uns nicht gefallen!“

Colt sieht mich erstaunt an - anscheinend weiß er eben doch nicht alles.

„Der Präsident der Dead Riders und eine Old Lady?“

„Aye... Es geschehen noch Zeichen und Wunder.“

„Ich gratuliere dir, Ace. Es wurde auch wirklich Zeit, dass du eine süße Pussy findest, die dich glücklich macht!“

Süß, oh ja! Aber glücklich....? Fuck! Amy ist unglaublich. Aber bis jetzt hat sie mir mehr Ärger gemacht als alles andere...

Nicht zum ersten Mal denke ich daran im Club anzurufen und mich danach zu erkundigen, wie es läuft.

Nicht mal Slide hat sich bei Ellen gemeldet. Seit wir aufgebrochen sind hatte keiner von uns Kontakt mit dem Club. Ich gehe einfach davon aus, dass alles passt. Wenn es anders wäre, hätten mich Catcher oder Skorpion bestimmt schon angerufen.

Holy Shit! Ich habe wirklich keine Lust, mich über mein Privatleben zu unterhalten.

„Die Waffen aus Downtown werden nächste Woche verschifft, die Jungs werden dann auch die Munition bei dir abholen.“

Ich greife unter mein Patch, ziehe den Umschlag mit den 10000 Dollar heraus und lege sie vor Colt auf das Holz des Tresens.

„Hier ist die Bezahlung. Die nächste Lieferung brauchen wir dann in elf Wochen – so wie immer!

Colt nickt zustimmend, schnappt sich den Umschlag und steckt ihn ein, ohne das Geld nachzuzählen. Jeder, der uns kennt und schon mal mit den Dead Riders Geschäfte gemacht hat, weiß, dass auf uns immer Verlass ist...

Den restlichen Abend verbringen wir in freundschaftlicher Atmosphäre. Wir unterhalten uns über die neuesten Gerüchte und über die Probleme mit den Mexikanern.

Gegen 23:00 Uhr verabschieden Slide und ich uns von Colt und machen uns auf den Weg in die kleine Pension, in der wir immer absteigen, wenn wir in Burnaby sind.

Heute Nacht brauche ich definitiv etwas mehr Schlaf, bevor wir morgen in der Früh nach Tacoma aufbrechen.

Verdammt, ich kann es kaum erwarten, endlich wieder zuhause zu sein.

Holy Shit!

So ungern ich es auch zugebe, aber ich vermisse dieses widerspenstige Mädchen, das sich weigert, meine Old Lady zu werden, wirklich.

Nach einer langen Nacht, in der ich die meiste Zeit wachgelegen bin und über Amy und mich nachgedacht habe, ist endlich der Augenblick gekommen, in dem wir aufbrechen.

Im Gegensatz zu mir scheint sich Slide nicht wirklich auf das Wiedersehen mit seiner Frau zu freuen.

Was auch immer zwischen ihm und Ellen vorgefallen ist, es muss verdammt heftig gewesen sein.

Zwei Stunden lang folgen wir dem Lauf des Fraser Rivers, ehe wir uns zurück auf den Highway begeben.

Meile für Meile fressen unsere Bikes die Straße, Häuser, Städte und Trucks ziehen an uns vorbei, doch ich schenke dem allem nicht mehr Beachtung als unbedingt nötig – ich kann es kaum erwarten, endlich zu meiner Zuckerpuppe zu kommen!

Nach ganzen acht Stunden passieren wir endlich das Ortsschild von Tacoma.

Slide schließt zu mir auf, Seite an Seite fahren wir auf das Gelände unseres MCs.

Mittlerweile ist es kurz vor sechs. Die Dämmerung taucht die Umgebung in ihr schummriges Dunkel während die Temperaturen sinken.

Wie bei meiner Abfahrt befohlen, bewachen vier Männer die Zufahrt.

Respektvoll nicken uns die Prospects zu.

Vor dem Club brennen lodernde Feuer, doch bis auf ein paar Hangarounds und eine Handvoll Riders ist niemand zu sehen – wo zur Hölle stecken die alle?

Nachdem wir unsere Bikes vor dem geschlossenen Tor der Werkstatt geparkt haben, mache ich mich auf die Suche nach Amy.

Kaum dass wir den Club betreten, weiß ich wo alle sind. Im hintersten Eck haben sich alle um die Billardtische versammelt.

Neugierig bahne ich mir einen Weg durch die Menge. Ich weiß ja nicht, womit ich gerechnet habe, aber ganz bestimmt nicht mit dem Anblick, der sich mir bietet.

Ellen, Nora und Susan stehen jubelnd hinter Amy.

Skorpion hingegen sieht aus, als würde er gleich platzen.

Catcher und Razzor sitzen mit einer Whiskyflasche in der Hand auf zwei Barhockern und beobachten den Trubel.

Bis jetzt hat noch keiner entdeckt, dass Slide und ich zurück sind. Sprachlos sehe ich Amy dabei zu, wie sie lachend an Skorpion vorbeigeht, zwei doppelte Tequila einschenkt und einen davon Skorpion reicht.

„Das wirst du mir büßen, Schmetterling!"
Was eine Scheiße! Hat er mein Mädchen etwa gerade Schmetterling genannt?
Perplex beobachte ich meine Frau dabei, wie sie sich und Skorpion etwas Salz auf den Handrücken streut.
„Das werden wir ja sehen, bis jetzt sieht es eher so aus, als würdest du morgen mit einem Schmetterling am Arsch aufwachen."
Razzors Blick ruht unentwegt auf Amy, eine Tatsache, die mir ganz und gar nicht gefällt.
Was zum Teufel läuft hier?
Ellen beginnt zu lachen, Nora hingegen wirft Amy einen flehenden Blick zu.
„Komm schon, Amy. Sei nicht so hart zu ihm. Ich weiß nicht, ob es mir gefällt, wenn mein Kerl ein rosa Tattoo auf dem Arsch hat. Wobei ich das auf Razzors Pobacke schon sehr heiß finde."
Trotz der Tatsache, dass ich jedes Wort gut höre, verstehe ich kein Wort.
Skorpion funkelt seine Lady aufgebracht an, leckt sich das Salz von seiner Hand und kippt sich den Tequila in die Kehle.
„Hey Weib, hast du gerade gesagt, dass du den Po eines anderen Mannes heiß findest?"
Amy dreht sich lachend zu Nora um, die beiden geben sich ein High five.
„Jepp, das habe ich!"
Mit einem großen Schritt stürmt Skorpion zu seiner Old Lady. Hebt sie hoch und nagelt sie mit seinem Körper an die Wand.
Besitzergreifend erobert er ihren Mund, dringt mit seiner Zunge in sie ein und küsst sie so lange, bis sie weich und anschmiegsam an seiner Brust liegt.
„Komm schon, Alter. Nicht ablenken. Unser Schmetterling braucht nur noch wenige Stöße, um dich zu vernichten!"
Catcher klopft Skorpion auf die Schulter, um ihn von seiner Frau loszubringen.
Amy lehnt mit ihrer Hüfte ganz entspannt am Billardtisch und unterhält sich mit Ellen.
Heilige Scheiße! Ich war genau zwei Nächte lang weg, zwei lächerliche Nächte und schon ist es meinem Mädchen gelungen, ein Teil des Clubs zu werden – wer hätte das gedacht?!

Amy

Ich bin glücklich, zufrieden und zu meinem eigenen Erstaunen völlig entspannt. Es fühlt sich gut an, hier bei den Riders zu sein. Die Ladys sind klasse und die Kerle mögen zwar harte Killer sein, aber zu mir sind sie ausnahmslos freundlich.

Razzor und Skorpion haben den kompletten Tag darüber diskutiert, ob Skorpion ebenfalls gegen mich verloren hätte.

Vor knapp 30 Minuten war es dann soweit und Skorpion hat mich zu einem Spiel herausgefordert. Der Einsatz ist derselbe wie letzte Nacht: verliere ich, bekomme ich das Zeichen der Rider auf den Rücken, verliert Skorpion, gibt es schon zwei Rocker mit rosa Schmetterlingen am Arsch.

Es hat keine zehn Minuten gedauert bis es sich herumgesprochen hat, dass es ein neues Duell gibt – wir haben also wieder jede Menge Zuschauer.

Heute steht der Kurs sogar 80 zu 20 für mich, es wird immer besser.

Skorpion spielt gut, ich würde sogar sagen, dass er besser ist als Razzor. Doch zu meinem Glück muss ich nur noch eine Kugel einlochen - Skorpion hingegen noch zwei.

Die Stimmung ist ausgelassen, es wird gescherzt, gelacht und geflucht.

Der Tequila, der durch meine Blutbahn rauscht, bringt mich ins Schwitzen.

Entspannt warte ich darauf, dass Skorpion seine Lady wieder frei gibt und sich aufs Spiel konzentriert. Wobei ich mich nicht beschweren werde. Noras Kommentare lenken den harten Rocker ziemlich vom Spiel ab. Es mag ihr zwar nicht bewusst sein, aber indirekt hilft sie mir die ganze Zeit.

Während ich mich mit Ellen unterhalte, spüre ich, wie sich ein verräterisches Prickeln auf meinem Rücken ausbreitet. Langsam wende ich mich von Ellen ab und drehe mich um.

Trotz der vielen Leute, die sich um uns herum versammelt haben, entdecke ich Ace sofort. Seine Aura und seine machtvolle Ausstrahlung sorgen dafür, dass er aus der Masse heraussticht.

Der eindringliche Blick seiner silbernen Augen gleitet über meinen Körper.

Zwischen uns knistert es gewaltig.

Jetzt, wo er wieder da ist, jetzt, wo ich ihn endlich wieder sehen kann, spüre ich erst, wie sehr ich ihn vermisst habe!

Ohne es verhindern zu können, zieht mich dieser Dead Rider wie magisch an.

Vergessen ist das Spiel, der Wetteinsatz und die Menschenmenge um uns herum – alles, was jetzt noch zählt, sind er und ich.

Wir bewegen uns aufeinander zu, ich schmiege mich an ihn, seine Arme umschließen mich. Automatisch springe ich an ihm hoch, schlinge ihm meine Beine um die Taille und lasse mich von ihm durch den großen Raum Richtung Treppe tragen.

Zufrieden seufzend presse ich meine Nase an seinen Hals, inhaliere seinen herben Geruch nach Mann, Leder und Motoröl.

„Hey Butterfly, wir sind noch nicht fertig!"

Skorpions Ruf entlockt mir ein Lächeln, anscheinend kann er es gar nicht erwarten tätowiert zu werden....

„Ihr bekommt sie verdammt noch mal erst zurück, wenn ich mit ihr fertig bin!" –

Aces Antwort hallt durch das Clubhaus.

Kaum dass wir in seiner Wohnung angekommen sind, beiße ich ihm verspielt in den Hals, lecke über seine Lippen und erobere seinen Mund. Wild und erbarmungslos treffen sich unsere Zungen. Unsere Zähne schlagen krachend aufeinander, unser Atem vermischt sich. Aces Finger graben sich in meinen Po, er presst mich mit dem Rücken gegen die Wand.

„Fuck Baby! Fuck! Fuck! Fuck! Was zur Hölle hast du nur mit mir angestellt? Warum zum Teufel bekomme ich dich nicht mehr aus dem Kopf?"

Ungeduldig zieht er mich aus, öffnet seinen Gürtel und reibt mit seinem harten Glied über meine pulsierende Mitte.

Ein heftiger Schauer lässt mich erbeben – ich will diesen Mann!

Seine Bartstoppeln kratzen über mein Schlüsselbein, das dunkle Timbre seiner Stimme streicht über meine zum Zerreißen angespannten Nerven.

Aces weiche Lippen berühren meinen Hals - seine Zähne knabbern kurz an meiner Haut, ehe er mich etwas fester an sich zieht und weiterspricht.

„Es passiert nicht oft im Leben, dass man etwas sieht und es bedingungslos besitzen will! Aber wenn es dann so weit ist, muss ein Mann alles tun, und zwar wirklich alles, um seinen Anspruch geltend zu machen!"

Erneut tackert er seine Lippen auf die meinen, stiehlt mir den Atem, stellt meine Welt auf den Kopf.

Warum zum Teufel kann ich mich diesem Mann und seiner Anziehungskraft einfach nicht widersetzen?

Die Zeit steht still, mein Herz rast und mein Verstand geht offline.

Aces silberne Augen hypnotisieren mich, so dass ich nicht die Kraft aufbringen kann, meinen Blick abzuwenden.
Tief in meinem Inneren spüre ich, dass ich für diesen Rocker-Dämon bestimmt bin, dass wir zusammengehören – für immer.
Sanft und zugleich bestimmend öffnet er mit seiner Zunge meine Lippen und erobert meinen Mund. Unfähig das leise Stöhnen, das in meiner Kehle aufsteigt, zu ignorieren, erwidere ich seine Leidenschaft.
Eine bittersüße Sehnsucht breitet sich in meinem Unterleib aus.
Verzweifelt nach Halt suchend lege ich meinem Rocker die Arme um den Nacken und vergrabe meine Finger in seinen Haaren.
Dieser Kuss ist berauschend. Ich habe völlig vergessen, wie unfassbar schön es ist, von Ace geküsst zu werden.
Immer erregter reibe ich mich an ihm, mal kämpfen unsere Zungen gegeneinander, mal liebkosen sie sich.
Unser Kuss ist nicht sanft und unschuldig - er ist wie Feuer - heiß, allumfassend und verschlingend.
Die Finger seiner rechten Hand legen sich besitzergreifend um meinen Nacken.
Mit jedem weiteren Atemzug verliere ich mehr den Bezug zur Realität.
Gierig streichen seine großen Hände über die Rundungen meines Körpers. Legen sich auf meinen Hintern, massieren meine Brüste und liebkosen meine Sinne.
Mehr, ich will mehr....
Meine Lust auf diesen Kerl steigert sich von Minute zu Minute, die Muskeln in meinem Unterleib ziehen sich aufs Köstlichste zusammen.
Bestimmend krallt er seine Finger in meine Haare, zieht meinen Kopf in den Nacken und umfasst mit seiner großen Handfläche meine Brust.
Seine raue Daumenkuppe streicht über meinen angeschwollenen Nippel.
Keuchend löse ich meine Lippen von den seinen und sauge frischen Sauerstoff in meine Lungenflügel.
Fordernd schiebt er seine linke Hand zwischen meine Beine und streicht über die empfindliche Haut meiner Schamlippen.
Mehr....
Meine Sinne reagieren mit purer Lust und schicken einen weiteren Schwall Nässe auf den Weg.
Wimmernd presse ich mich seinen fordernden Fingern entgegen.
Ace reibt über meinen Kitzler und entlockt mir ein weiteres lautes Stöhnen.
„Davon werde ich niemals genug bekommen, Zuckerpuppe."
Sein eindringlicher Blick ruht auf meinem Gesicht, seine silbernen Augen sind dunkel, beinahe schwarz.

Er sieht aus wie der geborene Rocker-Dämon.

Süchtig nach seiner Nähe sinke ich an seine Brust, inhaliere seinen Geruch und genieße das Gefühl seiner in mich eindringenden Finger.

Plötzlich entzieht er sie mir, hebt mich hoch und trägt mich zu der großen Fensterscheibe in seinem Wohnzimmer, von der man den kompletten Hof des MCs überblicken kann. Ich wanke, nach Halt suchend lege ich meine Hände an das kalte Glas.

Die orangen Flammen ziehen meine Aufmerksamkeit auf sich.

Ich weiß, was er vorhat, ich weiß, was er tut. Ace zeigt mir, wo ich bin und wohin ich gehöre. Er zeigt mir nicht nur das Gelände, sondern auch Skorpion, der mit seiner Old Lady und ein paar anderen Dead Riders bei den Bikes steht und sich mit ihnen unterhält.

All das, die Menschen und diesen Ort bietet Ace mir an - ich müsste nur ja sagen und schon wäre ich Aces Lady, dann wäre ich ein fester Teil von diesem MC....

Aces Hand, die hart auf meinen Po schlägt, reißt mich aus meinen Überlegungen.

„Baby! Ich gebe mich nicht nur mit deinem Körper zufrieden!“

Seufzend genieße ich den leichten Schmerz und konzentriere mich nur auf den Rocker hinter mir.

Ace umfasst meine Handgelenke, presst mich noch fester an das kalte Glas und beißt mir in die Schulter.

Jetzt stehe ich mit weit gespreizten Beinen vor dem Mann, der meine Zukunft bedeutet.

Ich spüre seine verlockende Wärme an meinem Rücken, seine Anwesenheit lullt mich in einen schützenden Kokon.

Bestimmend legt er seine Hände neben meinem Gesicht an die Fensterscheibe, jetzt bin ich zwischen seinem heißen Körper und dem kalten Glas gefangen – es gibt kein Entkommen!

„Du bist mein, Baby! Du gehörst hierher, also hör auf, dich mir zu verweigern!“

„Ich habe mich dir nie verweigert, Ace!“

Aus seiner Kehle löst sich ein animalisches Knurren.

„Oh doch, Baby... vielleicht nicht körperlich, aber mental versuchst du immer wieder eine Mauer zwischen uns zu errichten.“

Seine raue Zunge leckt über meinen Hals, während mich seine Worte erzittern lassen.

Nicht in der Lage mich ihm zu widersetzen oder ihm zu widerstehen, lehne ich mich an ihn, schließe meine Augen und presse meinen Po gegen seinen Schritt.

Sofort spannt sich jeder noch so kleine Muskel in seinem Körper an.

Seine Arme zucken bedrohlich, sein Schwanz presst sich von hinten gegen meinen Schritt.

„Diese Mauern lässt du immer wieder einstürzen ... Ich habe keine Chance gegen dich, Ace."

Er löst seine rechte Hand von der Scheibe, presst sie auf meinen bebenden Bach.

Ein heißer Schauer rieselt zwischen meinen Schulterblättern hinab.

Ich bin verloren...

„Sag es, Amy! Versprich mir, dass du meine Kutte trägst, dass du meine Lady wirst."

Mir ist durchaus bewusst, dass ich mit dem Feuer spiele, aber ich kann ihm einfach nicht sagen, was er hören will – zumindest noch nicht."

Seine starken, kräftigen Hände umfassen meine Taille.

„Sieht gut hin, Zuckerpuppe. Das hier ist dein Zuhause, deine Familie und ich bin deine Zukunft."

Instinktiv spüre ich, dass er recht hat.

Gerade als ich kurz davor bin, die Worte, die er so gerne hören will, auszusprechen, hebt er mich hoch und trägt mich zur Couch.

Langsam lässt er mich an seinem muskulösen Körper nach unten gleiten und stellt mich vor der großen, schwarzen Ledercouch ab.

„Beug dich vor!"

Noch während er mir diese Anweisung gibt, legt er mir seine Hand in den Nacken, und drückt mich nach unten. In dieser Position bin ich ihm hilflos ausgeliefert.

Mein Herz beginnt wie wild durch meinen Körper zu donnern, meine Atmung kommt immer flacher und meine Nervenbahnen fangen Feuer.

„Spreiz deine Beine für mich Baby."

Nervös beiße ich mir auf die Lippe und befolge seine Anweisung. In dieser Position bleibt ihm nichts verborgen.

Das Rascheln von Klamotten verrät mir, dass er sich endlich komplett auszieht. Ich drehe den Kopf zur Seite und beobachte ihn.

Laut ausatmend lässt er seinen Kopf im Nacken kreisen, seine großen Hände ballen sich zu Fäusten, es fällt mir nicht schwer zu erkennen, dass es ihm verdammt viel Anstrengung kostet, nicht wie ein wildes Tier über mich herzufallen.

Unsicher lecke ich mir die Lippen – was passiert jetzt?

Das nervöse Prickeln in meinem Bauch erreicht einen neuen Höhepunkt.

Aces angespannter Gesichtsausdruck und sein gieriger Blick sorgen dafür, dass mein Körper immer erregter wird. Pure Leidenschaft rauscht durch meine Adern.

Auch wenn ich nicht weiß, was die Zukunft für ihn und mich bereithält, will ich diesen Mann mehr als alles andere auf dieser Welt.

Doch bevor ich mein Herz endgültig an den Präsidenten der Dead Riders verliere, muss ich wirklich wissen, dass ich bei ihm sicher bin.

Seit der schrecklichen Erfahrung mit meinem Ex bin ich einfach vorsichtiger geworden.

Ich kann mir nicht vorstellen, dass ein Kontaktverbot Ace von mir fernhalten könnte.

Mein Exfreund Brad hält sich ja schon nicht zu 100 Prozent daran. Das Letzte, was ich brauche, ist noch ein Typ, der mich stalkt und verfolgt.

Oh mein Gott ... ich will nicht wissen, wie Brad reagiert, wenn er erfährt, dass ich jetzt zu Ace gehöre. Wahrscheinlich wird er völlig durchdrehen!

Ace dominiert mich, ich weiß, dass er mich mit voller Absicht in dieser devoten Position warten lässt.

Er demonstriert mir so seine Überlegenheit und gibt mir die Zeit, die ich brauche, um mich an das Gefühl der Schutzlosigkeit zu gewöhnen.

„Verflucht, Baby! Du bist die erste Frau, der es gelingt, mich durchdrehen zu lassen!“

Leise, mit bedrohlich dunkler Stimme spricht er weiter...

„Du bist die erste Frau, für die ich bereit bin, meine Freiheit aufzugeben. Du bist das Mädchen, das ich zur Lady will.“

Mit schwitzigen Fingern halte ich mich an der Couch fest.

Ace steht groß und beeindruckend neben mir. Seine stahlharten Muskeln an seinem Oberkörper lassen mich noch etwas feuchter werden – was für ein köstlicher Anblick!

Wie ein Dämon, der einen Engel zu Fall bringen will, verführt er mich mit allem, was er hat. Ace streicht mit seinen Fingern über meine glühende Haut, verpasst mir einen harten Klaps auf den Po und vergräbt seine Finger in meinen Haaren.

Das Glühen zwischen meinen Schenkeln wird immer schlimmer, meine Brustwarzen schwellen an, werden hart und empfindlich.

Wie zur Hölle schafft er es, mich so zu verwirren, mich so maßlos zu erregen und zugleich so zu verängstigen?

Ace braucht mich nur zu dominieren und schon zerfließe ich regelrecht.

Leise wimmernd spüre ich seinen eindringlichen Blick auf den nassen Falten meiner Muschi.

Dieser Dämon ist mein Untergang!

Sein Zeigefinger streicht durch meine Pofalte, dringt kurz und tief in mich ein und lässt mich sehnsüchtig stöhnend zurück.

Wenn er mich nicht bald nimmt, sterbe ich...

„Gott, Baby, du bist so verdammt nass und bereit für mich. Deine süße kleine Pussy kann es kaum erwarten, endlich von mir ausgefüllt zu werden.“

Endlich stellt er sich hinter mich, umfasst mit einem festen Griff meine Taille und dringt mit einem gnadenlosen Stoß tief in mich ein.

Der dekadente Dehnungsschmerz lässt mich aufschreien und treibt mir Tränen in die Augen.

In dieser Stellung spüre ich ihn unglaublich tief in mir.

Keuchend presse ich mich noch etwas fester auf sein Glied, genieße jeden harten Zentimeter.

Ace fällt in einen göttlichen Rhythmus....

Das Spiel aus hartem Vordringen und sanftem Zurückziehen treibt mich immer näher an die Klippe des Erträglichen.

Stöhnend bäume ich mich auf. Seine Hand umfasst meinen Nacken, drückt mich wieder nach unten.

Ihm völlig ausgeliefert lasse ich mich mit dem Wissen, dass er mich auffangen wird, fallen....

Mein Po presst sich gegen seinen Bauch, das klatschende Geräusch unserer aufeinandertreffenden Körper vermischt sich mit meinem lauten Stöhnen zu einer Sinfonie der Lust.

Aces Daumen legt sich auf meine Rosette, übt leichten Druck aus, dringt ein paar Zentimeter in mich ein.

Das ungewohnte Gefühl der Dehnung und der doppelten Penetration ist mein Untergang.

Urplötzlich zieht sich mein Unterleib so fest zusammen, dass Ace einen lauten Fluch ausstößt.

Meine Zehenspitzen krümmen sich und meine Atmung stockt.

Unzählige Emotionen schießen wie Flipperkugeln durch mein Herz.

Zitternd, schwitzend und bebend zerfließe ich in den Armen des Mannes, der mich für sich beansprucht hat.

„...für immer mein!“

Sein dunkles Knurren endet in einem lauten Brüllen während er seinen Samen tief in mein Inneres pumpt.

15. Kapitel

Ace

Das Wichtigste, das ein Mann in seinem Leben besitzen muss, ist Disziplin und Selbstbeherrschung. Und wenn er diese zwei Dinge sein eigen nennt, steht ihm die Welt offen... Zumindest dachte ich das, bis ich diesem faszinierenden Mädchen begegnet bin.

Bei allen Teufeln, ich muss die ganze Zeit daran denken, wie es wohl wäre, sie mit weit gespreizten Beinen an mein Bett zu fesseln...

Ich will sie völlig wehrlos unter mir liegen haben, sie besitzen und mich in ihrem feuchten Körper versenken.

Bei allen Höllen!

Amy hat ein freches Mundwerk, ist widerspenstig und hat das gewisse Funkeln in den Augen. Sie ist die Art von Frau, die jeder Mann sein eigen nennen will.

Kraftlos und zitternd liegt sie vor mit, mein Saft läuft aus ihren rosa Falten und an den Innenseiten ihrer Oberschenkel hinab.

Leise knurrend schiebe ich meine Finger zwischen ihre Schenkel. Verreibe mein Sperma auf ihren Schamlippen, ihrem Po und ihren Beinen.

Warum wehrt sie sich gegen mich?

Warum zum Teufel kann sie nicht einfach meine Old Lady werden?

Irgendetwas verheimlicht sie vor mir, irgendetwas steht unserem Glück im Weg.

Nachdenklich lasse ich meine Augen über jeden Zentimeter ihrer Haut gleiten, beobachte meine Finger dabei, wie sie sich in die nasse Öffnung ihrer Pussy schieben.

Auch wenn Amy es nicht wahr haben will – sie gehört mir!

Ihre Weigerung, meine Kutte zu tragen, nagt an meiner Selbstbeherrschung.

Ich muss rausfinden, warum sie zögert, ich muss wissen, was sie beschäftigt.

Vielleicht ist etwas in ihrer Vergangenheit passiert, das sie vorsichtig hat werden lassen.

Alleine der Gedanke, dass ein anderer Mann ihr Leid zugefügt hat, lässt mich rot sehen.

Holy Shit!

Das Erste, was ich morgen in der Früh machen werde, ist, meinen Kontakt bei den Bullen anzurufen. Er soll für mich Amys Vergangenheit durchleuchten.

Ich will alles wissen, einfach alles. Vielleicht finde ich ja so heraus, was sie zögern lässt.
Liebevoll hebe ich sie in meine Arme und trage sie durch die Wohnung direkt ins Badezimmer. Sanft küsse ich sie auf den Scheitel und genieße die Tatsache, dass sie nach mir riecht. Vielleicht sollten wir auf die Dusche verzichten, ich liebe es, wenn mein Baby meinen Geruch trägt. Über mich und meine Gedanken verwundert, drehe ich das Wasser an und stelle es auf heiß.
Das Bedürfnis, mich um dieses Mädchen zu kümmern und für sie zu sorgen, wird immer stärker.
Verdammt. Ich kenne sie gerade mal ein paar Tage und dennoch kann ich mir ein Leben ohne sie nicht mehr vorstellen!

Amy

Frisch geduscht und in ein weiches Handtuch gewickelt, tapse ich barfuß durch Aces Wohnung.
Der Bass der lauten Musik dringt gedämpft durch die Fensterscheiben bis zu uns durch.
Ich spüre Aces Blick in meinem Rücken, ich weiß, dass er nackt im Türrahmen hinter mir lehnt.
Der Sex war unglaublich, doch die gemeinsame Dusche war noch viel besser....
Ace hat mich beschützend gehalten, in seine starken Arme geschlossen und mich zärtlich gewaschen.
Der Nachhall seiner Berührungen sorgt dafür, dass sich mein Herz sehnsüchtig zusammenzieht.
Gerade die exquisite Mischung aus gnadenloser Härte und liebevoller Fürsorge entwaffnet mich. Nachdenklich stelle ich mich vor die bodentiefe Scheibe, zu der er mich vorhin getragen hat.
Auch wenn ich noch nicht bereit bin, es laut auszusprechen, spüre ich tief in meinem Herzen, dass ich nicht länger in der Lage bin, mich diesem Mann zu widersetzen.
Die Feuer im Hof sind runtergebrannt, so dass die Glut in den alten Ölfässern nur noch rötlich schimmert. Die meisten der Rocker sind verschwunden, nur noch die Prospects, die das Tor bewachen, und zwei Riders sind zu sehen.
Wie spät es wohl ist?
Gerade als ich mich zu Ace umdrehen und ihm sagen will, dass ich seine Lady werde, sehe ich eine dunkle Gestalt auf der Straße stehen.
Eigentlich nichts Ungewöhnliches, schließlich ist im Clubhaus zu jeder Tages- oder Nachtzeit viel los.

Doch irgendetwas lässt mich genauer hinsehen. Die Person, die da steht, scheint sich in der Dunkelheit verbergen zu wollen.

Ob das einer von den Mexikanern ist, die es Dank meinem Vater auf mich abgesehen haben?

Der bittere Geschmack von Angst legt sich auf meine Zunge.

Ich versuche genauer hinzusehen, doch ich erkenne einfach zu wenig.

Instinktiv breitet sich ein ungutes Gefühl in meinem Magen aus.

Als sich die Person vom Zaun, der das Gelände der Riders umgibt, abwendet, sehe ich, wie sie den Kopf leicht nach links kippen lässt.

Erschrocken weiche ich einen Schritt vom Fenster zurück.

Natürlich kann es sein, dass ich mich täusche, immerhin kann ich aufgrund der Dunkelheit nicht viel erkennen.

Aber ganz genau diese Bewegung, dieser Tick mit dem Kopf, erinnert mich an Brad.

Wann immer er wütend war, und das kam verdammt oft vor, hat er mit dem Kopf ruckartig nach links gezuckt.

Mein Unterbewusstsein flüstert mir leise zu, dass Brad anscheinend erfahren hat, dass ich jetzt zu Ace gehöre, und dass ihn das dazu veranlasst hat, nach mir zu suchen.

Mein Ex war schon immer verdammt eifersüchtig. In den meisten unserer lautstarken Streite ging es darum, dass er mir unterstellt hat, dass ich ihn betrügen würde. Meistens hat er sich so in seine Wut reingesteigert, dass er völlig die Kontrolle verloren hat und ausgeflippt ist.

Es war keine Seltenheit, dass er mich geschlagen oder sogar getreten hat. Erst als er mich eines Tages beinahe erwürgt und mir zwei Rippen gebrochen hat, habe ich verstanden, dass ich diesen Mann loswerden muss. Mir war instinktiv klar, dass er mich eines Tages in seiner Wut umbringen würde, wenn ich bleibe...

Hilflos sehe ich dabei zu, wie der Kopf des Mannes erneut nach links zuckt, ehe ihn die nächtliche Schwärze verschluckt.

Ace scheint zu spüren, dass etwas nicht stimmt.

Groß, kraftvoll und warm stellt er sich hinter mich, löst das Handtuch und zieht mich an seine Brust.

Das Gefühl von seiner Haut an der meinen, sein heißer Atem, der über meine Schulter streift und sein herrlicher Geruch, der mir in die Nase steigt, sorgen dafür, dass ich mich wieder entspanne.

„Ist alles OK bei dir, Baby?“

Ich schlucke schwer, lecke mir über die Lippen.

„Ja, es ist alles gut.“

Ich beschließe, nichts zu sagen. Wahrscheinlich bilde ich mir das alles auch nur ein. Diese Person kann jeder gewesen sein. Nach der

Aufregung in den vergangenen Tagen liegen meine Nerven einfach nur zu nahe an der Oberfläche.

Es hat keinen Sinn, Ace von meiner Vergangenheit zu erzählen. Brad ist nicht wichtig - er spielt keine Rolle und das soll auch so bleiben.

Alles was zählt, ist der Mann, der verführerisch sanft an meiner Haut knabbert und so dafür sorgt, dass das verblassende Mal an meinem Hals wieder leuchtend rot wird.

„Bring mich ins Bett, böser Rocker..."

Ace knurrt leise, hebt mich in seine Arme und trägt mich in sein Schlafzimmer.

„Dein Wunsch ist mir Befehl, Baby!"

Lachend verdränge ich die Angst und presse mein Gesicht an seine Halsbeuge.

Schnuppernd reibe ich meine Nase an ihm und schließe meine Augen.

Endlich ist er wieder bei mir!

Ace legt mich auf die Matratze, kommt ins Bett und zieht mich besitzergreifend an sich.

Nachdem er die weiche Decke über uns ausgebreitet hat, schlingt er seinen Arm um mich und umfasst wie selbstverständlich meine rechte Brust.

Sachte streichen seine rauen Fingerspitzen über meinen Nippel.

„Erklärst du mir bitte, warum andere Männer meine Frau Schmetterling nennen?"

Ohhhh....

Langsam drehe ich mich zu Ace um, sehe ihm tief in die Augen und küsse ihn federleicht auf den Mund.

„Versuchst du mich gerade abzulenken, Kleines?"

Liebevoll streichle ich seinen Brustkorb.

„Funktioniert es denn?"

Verspielt knabbere ich an seinem Kinn.

„Alleine die Tatsache, dass du nackt in meinem Bett liegst, ist Ablenkung genug."

„Und wenn ich das hier mache?"

Mit meinen Fingernägeln zeichne ich die Konturen seines Sixpacks nach, ehe ich sein Glied umfasse.

„Dann ficke ich dich!"

Lachend reibe ich mich an ihm.

„Schon wieder?"

„Oh Baby! Du hast ja keine Ahnung..."

Knurrend schiebt er sich auf mich, küsst mich stürmisch, raubt mir mit seiner Zunge den Atem und den Verstand.

Als er meine Lippen wieder freigibt, habe ich die unheimliche Sache mit dem Mann auf der Straße schon fast vergessen ... aber eben nur fast.

Denn tief in meinem Bauch spüre ich, dass ich mich nicht getäuscht habe, dass es wirklich Brad war, der nach mir gesucht hat.

Ace sieht mir tief in die Augen.

„Jetzt werde ich dich ficken, dann werden wir schlafen und morgen erklärst du mir die Sache mit dem Schmetterling!"

Seine Finger teilen meine Schamlippen, ich schließe genüsslich meine Augen und überlasse mich ihm.

Morgen ... Alleine der Gedanke, dass ich in der Früh neben ihm aufwache, lässt mein Herz schneller schlagen.

Morgen ... und morgen und morgen... und am Tag danach...

16. Kapitel

Ace

Hellwach liege ich auf dem Rücken, lausche den gleichmäßigen Atemzügen meiner Süßen und bin so entspannt wie schon lange nicht mehr.

Die aufgehende Sonne schickt ihre Strahlen durch das Fenster, taucht alles in einen goldenen Glanz.

Vereinzelt schallt das laute Dröhnen eines aufheulenden Motors bis zu uns hoch.

Im Hof herrscht die typische Montagsgeschäftigkeit.

In der Werkstatt wartet ein alter Ford auf einen neuen Auspuff und der rote Pick-up des Tankstelleninhabers ist ebenfalls noch nicht fertig.

Der Transport der AKs und der Munition muss geplant und erledigt werden.

In eines unserer Bordelle wurde vergangene Woche eingebrochen, selbstverständlich haben wir den Idioten längst erwischt und für seine Tat bluten lassen. Dieser Vorfall hat mir gezeigt, dass unser Sicherheitssystem völlig veraltet ist und dringend optimiert werden muss.

Trotz der Tatsache, dass sich die Arbeit nur so stapelt, lasse ich mir Zeit und genieße den friedlichen Augenblick.

Amys weiche Haare schimmern leicht rötlich im Schein der Sonne, ihre rosa Lippen sind leicht geöffnet.

Wie sie wohl reagieren wird, wenn ich ihr mitteile, dass sie heute Nacht verdammt laut geschnarcht hat?

Langsam drehe ich mich auf die Seite, streiche mit meiner Nase an der zarten Haut ihrer Kehle entlang und küsse mir eine Spur bis hinab zu ihren vollen Brüsten.

Der Körper dieser Frau ist das reinste Paradies.

Ich könnte ihr noch Stunden beim Schlafen zuschauen, doch ich muss mich irgendwann mal um meine Pflichten kümmern.

Jetzt, wo das ‚Maggie's' uns gehört, gibt es viele Dinge, die wir beachten müssen. Auch ist einiges herzurichten. Die Schlösser hat einer unserer Prospects bereits vor zwei Tagen ausgetauscht. Razzor hat sich um die Inventur gekümmert und die ersten Waffen lagern bereits im Keller der Kneipe.

Von Amys Vater fehlt noch immer jede Spur. Dieser feige Wichser hat seine Tochter einfach schutzlos zurückgelassen.

In meinen Augen ist das so fucking erbärmlich, dass er für sein Verhalten den Tod verdient hätte. Die Wahrscheinlichkeit, dass sich die

Mexikaner bereits um Billy gekümmert haben, ist groß. Wenn es auf dieser Welt auch nur den Hauch von Gerechtigkeit gibt, haben sie ihn langsam und schmerzvoll in viele kleine Stücke gehackt.

Für Amy würde es hart sein, vom Tod ihres Vaters zu erfahren, doch sie ist eine starke Frau, sie würde es verkraften. Und, so wie ich das sehe, wäre das auch die einzige Chance für sie, ein unbeschwertes Leben zu führen. Der alte Sack würde seine Finger niemals vom Glücksspiel lassen können. Jeder Dollar, den er verspielen, all die Schulden, die er bei den verschiedenen Kredithaien oder anderen kriminellen Organisationen anhäufen würde, würden früher oder später zu Amys Problem.

Holy Fuck! Wenn sie erst mal zugestimmt hat meine Lady zu werden, habe ich verschiedene Möglichkeiten, sie zu beschützen, doch solange sie sich weigert meinen Patch zu tragen, ist das alles verdammt kompliziert....

Zwischen all dem Ärger gibt es jedoch auch etwas Positives. So wie ich das sehe, hat sich Amy verdammt schnell in den MC eingelebt. Zumindest etwas, um das ich mir keine Sorgen machen muss.

Jetzt muss ich mir nur noch überlegen, was ich davon halten soll, dass meine Brüder die Frau, die ich zur Old Lady will, Schmetterling nennen...

Amy

Müde drehe ich mich auf die Seite. Aces Wange streicht rau und kratzig über die empfindliche Haut an meinem Schlüsselbein.

Zärtlich streiche ich mit meinen Fingerspitzen über die dunklen Bartstoppeln, die meinen Rocker Dämon so unheimlich verwegen aussehen lassen.

„Hey Baby!"

„Mhhhm...."

Mein linker Oberschenkel liegt über Aces Bein, sein Arm quer über meinem Rücken.

Wann immer ich in der Nacht aufgewacht bin, hat er mich immer wieder zurück an seinen Brustkorb gezogen.

Gähnend öffne ich nun endgültig meine Augen und ertrinke in den silbernen Tiefen seines Blicks.

„Guten Morgen, Zuckerpuppe."

„Guten Morgen, Rocker Dämon."

Seine vollen Lippen verziehen sich zu einem frechen Grinsen.

Verdammt! Dieser Typ ist einfach so was von sexy...

Allein die Art, wie er mich ansieht, sorgt dafür, dass mein Körper verheißungsvoll anfängt zu glühen.
Langsam beugt er sich zu mir herab, meine Augen fallen zu, mein Herz bleibt stehen.
Zärtlich, geradezu quälend sanft, streichen seine Lippen über die meinen.
Ungeduldig schlinge ich ihm meinen rechten Arm um den Nacken, kralle meine Finger in sein schulterlanges Haar und schiebe ihm meine Zunge in den Mund.
Brummend rollt er sich auf mich, übernimmt kurzerhand die Kontrolle und raubt mir den Atem. Schlagartig ist von seiner Zärtlichkeit nicht mehr viel übrig.
Ace ist fordernd, grob, hart und unwiderstehlich dominant.
Ich fühle mich, als hätte jemand meine Welt geschüttelt, sie auf den Kopf gestellt und meine Seele unter Drogen gesetzt.
Wie zur Hölle soll ich diesem Mann nur jemals widerstehen, es braucht nur einen Kuss von ihm, um meine Schutzmauern binnen einer Sekunde zum Einstürzen zu bringen.
Ich bin verloren, treibe in einem süßen Vakuum der Lust und verspüre das primitive, urtümliche Gefühl der Zusammengehörigkeit.
Es spielt keine Rolle, wie wir uns kennen gelernt haben, oder unter welchen Umständen ich hierhergekommen bin. Alles, was in diesem Augenblick zählt, ist, dass wir zusammen sind. Es ist nicht mal wichtig, wie wir das zwischen uns nennen wollen.
Es ist egal, ob ich seine Geliebte, seine Frau, oder gar seine Old Lady bin.
Es ist unwichtig, ob Ace mein Entführer, Beschützer oder sogar Mann ist.
Denn all diese Nichtigkeiten sind bedeutungslos gegen die urgewaltige Anziehung, die zwischen uns herrscht...
Keine Bezeichnung kann das, was da zwischen ihm und mir ist, beschreiben oder erklären.
Wir sind einfach nur zwei Menschen – zwei Seelen, die füreinander bestimmt sind.
In dem Moment, in dem er seine Lippen von den meinen löst, weiß ich, dass ich für immer zu ihm gehöre.
„Ace,... ich..."
Seine Finger streichen sachte über meine Wange.
„Ich weiß Baby, ich spüre es auch!"
Der Knoten in meinem Hals wird immer dicker, mein Puls dröhnt mir in den Ohren und in meinem Bauch zerplatzen hunderte von glühenden Funken.

„Wir stecken so richtig in der Scheiße, oder?“

Ace fängt laut zu lachen an.

„Aye, das tun wir“, er küsst mich auf die Nasenspitze, „und das ist auch gut so!“

Ich nicke leicht. „Ja, das ist es!“

Schweigend sehen wir uns an, der Augenblick zieht sich in die Länge, wird zu einer kostbaren Unendlichkeit.

Fasziniert beobachte ich, wie sich seine Pupillen weiten, Aces Mimik wird ernst und die Muskeln in seinem Körper spannen sich an.

In der einen Sekunde bin ich ihm so nah wie noch nie zuvor – in der anderen habe ich das Gefühl uns trennen Welten.

Mein Dead Rider rollt sich plötzlich von mir runter, wendet mir den Rücken zu und setzt sich an die Bettkannte.

Etwas verunsichert setze ich mich auf und starre auf sein breites Kreuz.

Was hat seinen plötzlichen Stimmungswechsel ausgelöst?

„Ich habe einen Scheißhunger.“

Und ich fühle mich gerade scheiße....

„Was soll das, Ace?“

Innerhalb von zwei Minuten steht er komplett bekleidet vor mir.

„Was? Dass ich Hunger habe? Das passiert in der Früh!“

Na klasse... Jetzt komme ich mir auch noch verarscht vor.

„Du weißt ganz genau, was ich meine!“

In der einen Sekunde ist er der perfekte Mann und in der nächsten ein gigantisches Arschloch.

„Ach ja?“

Ohne mich weiter zu beachten dreht er sich um und macht sich auf den Weg, sein Schlafzimmer zu verlassen – ohne mich.

Wütend sehe ich mich um, greife ohne nachzudenken nach dem nächstbesten Gegenstand in meiner Reichweite und werfe ihn mit all meiner Kraft gegen seinen Hinterkopf.

Das schwarze Blechschild, auf dem ‚Born to ride’ steht, trifft Ace wie geplant und knallt dann laut scheppernd auf den Boden.

„Fuck..., was soll das?“

Blitzschnell dreht er sich zu mir um und sieht mich aufgebracht an.

Oh, oh... Vielleicht hätte ich das lieber doch nicht tun sollen.

Seine kalte, abweisende Art hat mich einfach so verflixt wütend gemacht, dass ich nicht lange nachgedacht, sondern einfach gehandelt habe.

Ich beschließe, mich dumm zu stellen - immerhin hat er das gerade auch getan.

„Was? Dass ich mich von dir nicht wie ein Stück Scheiße behandeln lasse? Das passiert in der Früh!“

Seine Augen verengen sich zu Schlitzen, die Ader auf seiner Stirn pocht leicht und seine Wangenmuskulatur zuckt unheilvoll.

Lieber Gott, steh mir bei...

Wenn ich jetzt laut nach Hilfe schreie, ob jemand zu meiner Rettung kommt?

Seine silbernen Augen fokussieren mich, sein Blick fesselt mich an Ort und Stelle und mal wieder fühle ich mich wie eine kleine Maus, die darauf wartet, dass der große böse Löwe kommt und sie mit einem Happs verschlingt.

Langsam kommt er auf mich zu und atmet geräuschvoll aus.

Eiskalte Angst kriecht an meinem Rückgrat nach oben, ein dünner Schweißfilm bildet sich in meinem Nacken und meine Finger zittern.

Ich versuche cool zu bleiben und mir meine Angst nicht anmerken zu lassen.

Wenn unsere Beziehung eine realistische Chance haben soll, dann muss Ace lernen, dass er mit mir nicht wie mit den vielen Bitches umspringen kann, die er in der Vergangenheit gebumst hat!

Bis jetzt ist es mir gelungen, seinen düsteren Blick standhaft zu erwidern – lange schaffe ich das allerdings nicht mehr.

Wie heißt es so schön? Angriff ist die beste Verteidigung!

„Jetzt hör mir mal gut zu, Mister Präsident. Ich bin keines deiner dummen Flittchen. Wenn du meinst, mich wie Scheiße behandeln zu können, hast du dich geschnitten.

Also erklär mir jetzt bitte, warum du erst so lieb und zärtlich und in der nächsten Sekunde so scheiße zu mir bist!“

Ich sehe, wie sich seine Pupillen vor Überraschung weiten.

Wie er jetzt wohl reagieren wird?

Aces Körper ist so angespannt, dass die Sehnen an seinen Unterarmen deutlich hervortreten – Scheiße, ich bin zu weit gegangen!

„Du willst also wirklich wissen, was los ist? Ja? Du willst also die Wahrheit? Bist du dir sicher, dass du sie hören willst?“

Hmmm..., wenn er mich so fragt.....

Jetzt, wo ich es bis hierher geschafft habe, werde ich nicht einknicken.

„Ja, das will ich!“

Aufgebracht fährt er sich mit den Fingern durch die Haare, dreht sich kurz um und starrt regungslos die Wand an.

Gerade als ich denke, dass nichts mehr kommt, wendet er sich wieder mir zu und sieht mir so tief in die Augen, dass ich das Atmen vergesse.

„Seit ich dich das erste Mal im ‚Maggie's' gesehen habe, kämpfe ich mit mir. Ich versuche, den Drang, dich zu packen und immer und immer wieder zu ficken, so gut es geht zu unterdrücken. Du bist mir unter die Haut gegangen, Amy, du hast mich verhext und völlig aus der Bahn geworfen. Seit ich denken kann, ist mir das Wichtigste im Leben meine Freiheit. Feste Bindungen waren mir immer ein Graus. Doch jetzt, jetzt wo ich dich gefunden habe, sehne ich mich nach etwas Festem. Ich will Stabilität und Beständigkeit."

Er macht eine bedeutungsvolle Pause, ehe er weiterspricht.

„Jede einzelne Bitch, die ich in der Vergangenheit gebumst habe, hätte sich mit Freuden die rechte Hand abgeschnitten, nur damit ich sie zu meiner Old Lady mache, aber du.... dich habe ich jetzt schon zwei Mal gebeten, mein Eigentum zu werden – beide Male hast du mich abgelehnt!"

Ace lehnt sich zu mir vor, sein heißer Atem streift mein Gesicht.

„Nachts gibst du dich mir rückhaltlos hin, in meinen Armen fühlst du dich beschützt und geborgen. Und dennoch bist du nicht in der Lage, dir selbst gegenüber einzugestehen, dass du die meine bist!"

Der vor Wut zitternde Mann, dessen Stimme bei den letzten Worten gefährlich leise geworden ist, presst seine Lippen so fest aufeinander, dass sie ganz weiß werden.

„Das Wissen, dass du dich mir verweigerst, dass du eine Zukunft an meiner Seite ablehnst, treibt mich in den Wahnsinn und raubt mir buchstäblich den Verstand!"

Erst als Ace sich vorbeugt, um mir mit dem Daumen eine Träne von der Haut zu wischen, bemerke ich, dass ich angefangen habe zu weinen.

Heilige Scheiße!

„Hör mir zu, Zuckerpuppe. Ich bin kein sehr geduldiger Mann! Deine Sturheit bringt mich an meine Grenzen und es hilft mir nicht gerade dabei mich zu beherrschen, wenn du mir ein Blechschild an den Kopf wirfst!"

Glucksend entringt sich meiner Kehle ein heiseres Lachen.

Ich schniefe laut und undamenhaft, zu meinem Pech bekomme ich auch noch einen Schluckauf.

Verflixt noch mal, warum heule ich hier eigentlich rum?

Alles, was er gesagt hat, entspricht der Wahrheit.

„Hör mir zu, Baby. Ich weiß, dass du in der letzten Zeit viel Mist erlebt hast..."

Seufzend richtet er sich wieder auf, sucht erneut Abstand zu mir.

Jeder Zentimeter, der uns trennt, fühlt sich an wie eine Meile. Warum zur Hölle kann ich meine Zweifel nicht einfach vergessen und ihm sagen, dass ich seine Lady werde?

Mein Ex ist Vergangenheit.

Selbst wenn Brad wieder anfängt, mich zu verfolgen, bin ich hier bei den Riders so sicher wie nirgends sonst. Eigentlich sollte ich fast Mitleid mit diesem gestörten Idioten haben. Denn wenn Ace erfährt, wer Brad ist und was er getan hat, wird er dafür sorgen, dass er für den Rest seines Lebens seine Mahlzeiten durch einen Schlauch serviert bekommt. Es liegt nicht nur an den schlechten Erfahrungen, die ich bis jetzt gemacht habe, mein Zögern kommt auch daher, dass Ace der Mann ist, der er nun mal ist.

Eiskalt – gnadenlos – unerbittlich!

Ich weiß, dass er diese zwei Mexikaner neulich nachts für mich und meine Sicherheit erschossen hat. Und dennoch verängstigt mich das Wissen, dass Ace nicht zögert, wenn es darum geht, anderen Menschen das Leben zu nehmen.

Dieser Mann beschützt dich, anstatt dich zu verletzen....

Die Stimme meines Unterbewusstseins schleicht sich durch meinen Kopf – sie hat recht.

Der MC ist eine eingeschworene Gemeinschaft. Skorpion, Catcher und Razzor sind mir in dieser kurzen Zeit echt ans Herz gewachsen.

Ellen, Nora und Susan sind faszinierende Frauen, sie sind taffe, starke Persönlichkeiten und lassen sich von ihren Kerlen nicht auf der Nase herumtanzen.

Alle Old Ladys, die ich bisher kennen gelernt habe, lieben ihre Männer und das Leben im Club.

Es wäre toll, zu der Welt der Dead Riders zu gehören, aber das bedeutet auch, eine große Verantwortung zu tragen.

Hier gelten andere Gesetze, es ist eine völlig neue Kultur, in der ich mich zurechtfinden muss. Die vergangene Nacht war wunderschön und es macht mich echt traurig, wie sich der heutige Morgen entwickelt hat.

Langsam steige ich aus dem Bett, Aces Augen gleiten über meine Lippen, hinab zu meinen Brüsten und verweilen einen langen Augenblick auf meiner nackten Scham.

Fluchend wendet er seinen Blick ab, schlüpft in seine schweren schwarzen Stiefel und verlässt ohne ein weiteres Wort seine Wohnung.

Heilige Scheiße!

Die meiste Zeit habe ich keine Ahnung, wie ich mit dem normalen Ace umgehen soll. Aber mit einem wütenden? Mist..., das wird ein verdammt langer Tag!

Unglücklich beginne ich damit, mich anzuziehen, schüttle das Bett auf und gehe ins Badezimmer.

Da ich wirklich nicht weiß, wie ich den restlichen Tag mit meinem Rocker Dämon umgehen soll, lasse ich mir so viel Zeit wie nur irgend möglich. Als ich dann aber doch irgendwann mal fertig bin und mein Magen vor Hunger laut knurrt, sehe ich der unausweichlichen Tatsache ins Auge, dass ich diese Wohnung früher oder später doch mal verlassen muss. Mit ein bisschen Glück regt sich Ace ja in den nächsten Stunden wieder ab. Oder vielleicht hat er so viel Arbeit, dass wir uns gar nicht über den Weg laufen.

Es wäre irgendwie leichter, wenn ich auch etwas zu tun hätte. Ich bin es einfach nicht gewöhnt, keine Arbeit zu haben....

Unter normalen Umständen würde ich Ace jetzt nach dem ‚Maggie's' fragen, so aber spare ich mir das.

Mit der Gesamtsituation unzufrieden ziehe ich die Wohnungstüre hinter mir zu und mache mich auf die Suche nach Ellen.

Ob sie und Slide sich wieder vertragen haben?

17. Kapitel

Ace

Meine Laune ist beschissen. Wer hätte gedacht, dass es so verdammt anstrengend sein kann, einem Mädchen seine Kutte anzuziehen?

Bei Skorpion und Catcher hat das doch auch ganz leicht funktioniert.

Hey, bei meinem Vize hingegen war es damals auch kein Zuckerschlecken, aber fuck, der war selber schuld. Es hatte ja keiner gesagt, dass er seine zukünftige Lady entführen soll.

Am liebsten würde ich Amy vergessen, mir eine der Schlampen nehmen und mich völlig unkompliziert vergnügen – doch das funktioniert nicht.

All die Tussis mit ihren prallen Ärschen, ihren runden Möpsen und vollen Lippen sehen neben meiner Zuckerpuppe wie billige Nutten aus.

Amy hat Klasse und Stil. Sie hat es nicht nötig, halb nackt durch die Gegend zu rennen, alleine ihre Anwesenheit reicht aus, um mich hart werden zu lassen.

„Hey Präs, wo hast du denn deine Kleine gelassen?"

Bis jetzt war ich mich sicher gewesen, dass meine Stimmung nicht noch schlechter werden kann, doch Razzors Frage hat mich eines Besseren belehrt.

„Was geht dich das an?"

„Hey, ruhig Blut. Ich wollte es ja nur wissen."

Fuck!

Dieses anstrengende Miststück hat es echt geschafft, während meiner Abwesenheit den gesamten Club um ihren kleinen Finger zu wickeln.

Vor Zorn bebend drehe ich mich zu ihm um und sehe ihn wütend an.

„Lass sie verdammt noch mal in Ruhe, Bro!"

Razzor sieht mich eine Sekunde lang nachdenklich an, ehe der Wichser doch tatsächlich anfängt zu lachen.

„Ärger im Paradies, was?"

Ohne nachzudenken hole ich aus und ramme ihm meine Faust in den Magen.

What a Fuck!

Heute sollten mich lieber alle in Ruhe lassen.

Vielleicht sollte ich mich ins Büro einsperren und mich gepflegt besaufen?!

Razzor, der Bastard, hält sich keuchend den Bauch und geht in die Knie. Das dämliche Grinsen, das sich auf seinem schmerzverzerrten Gesicht ausbreitet, gibt mir den Rest.

Fluchend drehe ich mich um, kehre allen Anwesenden den Rücken zu und verpisse mich ins Büro.

Scheiß auf alle Frauen, auf Razzor und den ganzen anderen Mist.

Dieser Tag ist für mich gelaufen!

Nachdem ich die Türe hinter mir verschlossen habe, lasse ich mich auf die Couch fallen und schließe meine Augen.

Wie zur Hölle konnte es nur so weit kommen, dass ich mir von einer Frau die Stimmung versauen lasse?

Irgendetwas muss passieren – so kann es nicht weitergehen!

Wenn sie sich nicht bald dazu entscheidet, meine Lady zu werden, laufe ich noch Amok.

Wie sollen mich meine Männer als ihren Präsidenten respektieren, wenn ich an der einfachen Aufgabe, mir eine Old Lady zu nehmen, scheitere? Der Zwischenfall mit Razzor ist das beste Beispiel dafür, dass ich mich zum Clown mache.

Holy Shit!

Nicht zum ersten Mal zweifle ich an meiner Entscheidung. Was ist, wenn Amy einfach nicht das Zeug zur Old Lady hat? Wenn sie nicht aus dem richtigen Holz geschnitzt ist?

Alleine der Gedanke, Amy aufzugeben, lässt mich rot sehen – keine Chance!

Wer zur Hölle bin ich eigentlich, dass ich mich von einem Mädchen verarschen lasse.

Ich bin der Präsident dieses Clubs und ich nehme mir verdammt noch mal, was ich will!

Angespannt atme ich tief durch und überdenke meine Strategie.

Als erstes werde ich ihre Vergangenheit durchleuchten lassen. Es schadet einfach nie, alle Fakten zu kennen....

Amy

Dafür, dass es 10:00 Uhr ist, herrscht im Club schon ein reges Treiben. Zwei der Bitches wischen den Boden, eine füllt die Bar auf und wieder eine andere bringt den Müll raus. Von Ace ist, wie zu erwarten, nichts zu sehen, dafür entdecke ich Razzor direkt vor dem Club im Hof stehen.

In der Sekunde, in der er mich sieht, verziehen sich seine Lippen zu einem breiten Lächeln, der grüne Totenkopf blitzt kurz auf, ehe er wieder in seinem Mund verschwindet.

„Hey Butterfly, na, gut geschlafen?“

Die Art, wie er anzüglich seine Augenbrauen wackeln lässt, entlockt mir ein Lachen. *Dieser Kerl ist echt unglaublich.....*

„Guten Morgen. Sag mal, weißt du, wo die Old Ladys stecken?“

„Vorhin waren Nora und Susan in der Küche."
„Super, Danke."
Gerade als ich mich umdrehen und zur Küche gehen will, legt er mir seine schwere Hand auf die Schulter.
Verwundert sehe ich ihn an. Alle Männer wissen, dass ich zu Ace gehöre, und aus Respekt zu ihm, berühren sie mich nicht. Zwar verstehe ich nicht, was das soll, aber na ja, so sind die Clubregeln eben.
Dass Razzor jetzt gegen diese Regel verstößt, wundert mich schon sehr.
Sein Blick sucht den meinen, er sieht mir tief in die Augen.
„Hör mal, Süße, wenn du meine Hilfe brauchst, oder wenn du Ärger hast, dann sag es. Ich bin für dich da!"
Ach du je.....
Urplötzlich ist die lockere Stimmung verflogen – er meint das wirklich ernst!
Das mag jetzt verrückt klingen. Aber nach dem Streit mit Ace tut es mir unheimlich gut, zu wissen, dass ich nicht ganz alleine dastehe.
„Danke, Razzor. Ich weiß das wirklich zu schätzen."
„Gut!"
Für einen Moment erwidere ich noch seinen Blick, ehe ich tief durchatme und für eine Sekunde meine Augen schließe.
„Ist wirklich alles OK bei dir, Butterfly?"
Seine Sorge rührt mich. Ich hätte wirklich nicht gedacht, dass Razzor so einfühlend sein kann.
„Ja, es ist alles gut."
Ich erkenne an seiner Mimik, dass er an meiner Aussage zweifelt.
„Wirklich. Ich habe nur schrecklichen Hunger."
„Gut. Dann lass uns in die Küche gehen, ich könnte auch einen Happen vertragen."
Welch ein Wunder, diese Kerle scheinen einfach immer Hunger zu haben!
Genauso schnell wie er ernst geworden ist, verwandelt er sich wieder zurück in den sorglosen Rocker, den ich kennen gelernt habe.
In der Küche ist von Nora und Susan nichts zu sehen, wo stecken die beiden?
Gerade als ich den Kühlschrank aufgemacht habe, kommt Ellen mit einer leeren Kaffeekanne in die Küche.
„Guten Morgen, Amy. Skorpion sucht nach dir."
„Skorpion? Warum?"
Razzor schnappt sich eine Semmel aus der Tüte neben dem Kühlschrank und beißt ab, mit vollem Mund mischt er sich in unsere Unterhaltung ein.

„Mädel, du stellst vielleicht Fragen. Falls du es vergessen hast, aber ihr habt da noch eine Partie Billard offen."

Stöhnend verdrehe ich die Augen.

„Echt jetzt?"

Nach dem Ärger mit Ace habe ich eigentlich keine große Lust auf Billard.

„Logo, du hast ja keine Ahnung, wie viele Wetten seit gestern abgeschlossen worden sind. Streng dich ja an, Schmetterling! Ich habe einen Haufen Kohle auf dich gesetzt. Vermassle das nicht!"

Ellen setzt einen neuen Kaffee auf und stellt sich neben mich. An ihrem Hals erkenne ich viele kleine Bissspuren, an ihren Handgelenken zeichnen sich rote Striemen ab – hat Slide sie etwa gefesselt?

Als sie meinen erschrockenen Blick sieht, verziehen sich ihre Lippen zu einem glücklichen Grinsen.

Meine Besorgnis löst sich in Luft auf – wie es scheint, haben sich die beiden wieder vertragen.

„Halt die Klappe, Razzor! Es hilft Amy bestimmt nicht, wenn du sie so unter Druck setzt."

„Was für Druck? Ich sage nur wie's ist!"

„Verschwinde endlich, Amy und ich haben was zu besprechen - Mädchenkram."

Razzor schiebt sich den Rest der Semmel in den Mund und zwinkert mir amüsiert zu. Anscheinend genießt er es, sich mit Ellen zu zoffen.

„Fuck Ellen, hast du deine Tage oder warum bist du so zickig?"

Kaum dass er diesen Satz fertig gesprochen hat, kommt Slide zur Küche herein. Als er hört, was Razzor gerade zu seiner Old Lady gesagt hat, verfinstert sich sein eh schon düsterer Gesichtsausdruck.

Ohne zu zögern holt Slide aus und verpasst seinem Bruder einen harten Schlag auf den Hinterkopf.

„Halt dein Maul, du Idiot! Wenn du meine Lady nicht mit genügend Achtung behandelst, werde ich dir Respekt beibringen müssen!"

Lachend reibt sich Razzor über den Kopf und grinst mich schief an.

„Ich verpiss mich jetzt, ich weiß, wann ich unerwünscht bin ... und nicht vergessen, Butterfly, wir treffen uns in zehn Minuten am Billardtisch."

Slide kommt auf uns zu, schnappt sich Ellen und küsst sie stürmisch.

Zumindest ist bei den beiden wieder alles in Ordnung. Jetzt muss ich nur noch schauen, dass Ace sich auch wieder einkriegt.

Ratternd und scheppernd quetscht die Kaffeemaschine den letzten heißen Tropfen raus. Froh, dass ich endlich an meine morgendliche Dosis Koffein komme, schenke ich mir eine Tasse Kaffee ein und hole mir etwas Käse aus dem Kühlschrank. Ohne auf das knutschende

Pärchen hinter mir zu achten, mache ich mir eine Semmel und setze mich an den riesigen Küchentisch.

Dieser Morgen ist wie ein Tornado über mir hereingebrochen – jetzt brauche ich wirklich zehn Minuten Ruhe....

Schon bei dem Gedanken an das anstehende Billardspiel wird mir schlecht. Das Letzte, was ich heute gebrauchen kann, ist, dass ich verliere und mir den Totenkopf der Dead Riders über den Arsch tätowieren lassen muss.

Aber was soll‘s?

Die Chance, Skorpion zu einem pinken Schmetterling zu verhelfen, ist einfach zu verlockend, um sie mir entgehen zu lassen.

Das zufriedene Strahlen in Ellens Augen ist das gleiche wie das, das ich in Slides Gesicht erkennen kann. Wie sich die beiden wohl geeinigt haben?

Ob Ellen zukünftig auf die Pille verzichtet?

Aces Vize setzt sich ebenfalls zu mir an den Tisch, verschränkt seine muskulösen Arme vor der Brust und sieht mich nachdenklich an.

Trotz der Tatsache, dass ich mittlerweile weiß, dass Slide ein anständiger Kerl ist, schüchtert er mich noch immer ein.

„Es wird nicht mehr lange dauern und Ace wird völlig durchdrehen!“

Neugierig sehe ich ihn an.

„Was meinst du?“

„Hör mal, Amy. Ich kenne Ace besser als jeden anderen Menschen. Er ist wie ein Bruder für mich und ich weiß, dass es ihn fertig macht, dass du nicht seine Kutte trägst. Wenn Razzor nicht aufpasst und er dich weiter anbaggert, wird das ein unschönes Ende nehmen!“

In meinem Kopf beginnt es zu rattern.

„Du verstehst das völlig falsch, Slide. Razzor baggert mich nicht an, er macht doch nur Spaß.“

Ohne es zu wollen muss ich an die Situation denken, in der Razzor mich berührt und mir gesagt hat, dass er immer für mich da ist. Was, wenn Slide tatsächlich recht hat?

„Oh Shit!“

Slide nickt zustimmend.

„Du sagst es. Ich weiß nicht, aus welchen Gründen du Ace zappeln lässt. Aber dir muss klar sein, dass du ein verflucht gefährliches Spiel spielst – ein Spiel, bei dem du die Regeln nicht kennst!“

Ellen funkelt ihren Mann aufgebracht an. Ich hingegen kann ihm seine Worte nicht verübeln....

Plötzlich schmeckt die Semmel bitter, ich würge den letzten Bissen hinunter, stehe auf und spüle mein Geschirr ab.

Gerade als ich alles zurück in den Schrank geräumt habe, kommt auch schon Skorpion zu uns in die Küche.
„Bist du bereit, Butterfly?“
Ich kann immer noch nicht fassen, dass mich dieser gefährliche Rocker Butterfly nennt.
„Die Frage lautet ja wohl eher, ob du bereit bist!“
Er nickt langsam, ballt seine Finger zu einer harten Faust und lässt seine Köchel knacksen.
„Ahhh..., wie ich sehe, verstehen wir uns. Es ist alles bereit, ich bin gekommen, um dich zu holen – nicht dass du kalte Füße kriegst und dich versteckst.“
Ergeben füge ich mich in mein Schicksal, schnappe mir im Vorbeigehen Ellen und ziehe sie hinter mir her. Ich brauche definitiv weiblichen Beistand...
Razzor, Catcher und Susan erwarten mich bereits.
Da wir gestern unterbrochen worden sind, beginnt das Spiel heute von vorne.
„Zeig den Idioten, dass sie keine Chance gegen dich haben!“, flüstert mir Ellen verschwörerisch zu, ehe sie sich neben Susan stellt.
Razzor reicht mir den Queue, mit dem ich am besten zurechtkomme, konzentriert kreide ich die Spitze ein und atme tief durch.
Bis jetzt haben wir noch gar nicht so viel Publikum, von Ace fehlt jede Spur.
Wo er wohl gerade steckt? Was er macht?
Fest entschlossen heute nicht diejenige zu sein, die die Tattoonadel zu spüren bekommt, verbanne ich Ace schnell wieder aus meinem Kopf, konzentriere mich auf das anstehende Spiel und nehme die Position für den ersten Stoß ein.

Ace

Nach einer Stunde Ruhe fühle ich mich endlich etwas besser.
Meinen Kontakt bei den Bullen habe ich bereits auf Amy angesetzt.
Holy Fuck! Ich bin so dermaßen gespannt, was er herausfinden wird.
Meine Instinkte verraten mir, dass ich den Auslöser für unsere Probleme in ihrer Vergangenheit finden werde.
Im Club scheint schon wieder irgendetwas los zu sein. Laute Jubelrufe und derbe Flüche hallen durch die Gänge.
Neugierig stehe ich auf und verlasse das Büro.
Amy hin oder her, es wird Zeit, dass ich mich um die vielen Dinge kümmere, die nur darauf warten, von mir erledigt zu werden....
„Komm schon, Amy, zeig es ihm!“

Catchers lauter Ruf lässt mich stutzen – was zur Hölle treibt dieses vermaledeite Weib denn jetzt schon wieder?
Laut fluchend fahre ich mir mit den Fingern durch die Haare. Meine rechte Schläfe pocht unangenehm, verdammte Kopfschmerzen.
Um die Billardtische haben sich schon wieder allerhand Leute versammelt. Ich bahne mir einen Weg durch die Menge. Als ich Amy entdecke, beugt sie sich gerade über den Billardtisch und visiert die weiße Kugel an.
In dieser Position bietet sie meinen Brüdern einen viel zu verführerischen Anblick auf ihren runden Arsch.
Mit einem gekonnten Stoß knallt die Weiße gegen die Grüne, die daraufhin laut polternd im linken oberen Loch verschwindet.
Erneut hallen laute Jubelrufe durchs Clubhaus.
„Yeah!“ Die eigentlich eher zurückhaltende Susan schiebt sich zwei Finger zwischen die Lippen und stößt einen lauten Pfiff aus.
Das hier ist kein MC, sondern ein Irrenhaus!
Am liebsten würde ich die Sache sofort beenden. Mit aller Kraft widerstehe ich dem Drang, Amy zu packen und für die nächsten zwanzig Jahre in meine Wohnung zu sperren, setze mich an die Bar und behalte meine Zuckerpuppe im Auge.
Tick gesellt sich zu mir, zündet sich eine Kippe an und klopft mir aufmunternd auf die Schulter.
„Schau nicht so wütend, Präs. Slide hat die ganze Zeit ein Auge auf dein Mädchen.“
Ich gebe ein unverständliches Brummen von mir, was Tick wiederum mit einem Lachen kommentiert.
„Dieses Mal ist es echt knapp. Ich bin gespannt, ob Skorpion einen Schmetterling, oder ob deine Kleine das Zeichen der Riders tätowiert bekommt...“
„Fuck! Was?“
„Yep, wusstest du das etwa nicht?“
„Das mit dem Schmetterling für Skorpion war mir klar, aber dass Amy ebenfalls um ein Tattoo spielt, habe ich nicht gewusst.“
Diese Frau treibt mich noch mal in den Wahnsinn!
„Tja, so ist das mit dem Weibern. Mit ihnen ist es verdammt anstrengend, aber ohne sie ist es einfach nur beschissen! Das Los der Männer...“
„So sieht es aus.“
Verdammt! Am liebsten würde ich Amy schütteln und sie fragen, was sie sich dabei gedacht hat. Der primitive Teil von mir kann es hingegen gar nicht erwarten, dass sie verliert und das Zeichen meines Clubs ihre schöne weiße Haut ziert.

Wenn sie schon nicht meine Kutte trägt - dann zumindest unseren Totenkopf.

Gebannt verfolge ich das Spiel, eines muss ich Amy lassen, sie spielt verdammt gut. Das muss sie auch, sonst würde Razzor jetzt nicht mit einem Schmetterling auf dem Arsch durchs Clubhaus laufen.

Mit jedem perfekten Stoß wächst mein Stolz auf sie.

Jil, eine unserer Bitches, stellt sich neben mich, legt ihre Hand auf meinen Oberschenkel und knabbert an meinem Ohr. Sie ist ein gutes, sehr unkompliziertes Mädchen, sie weiß, wie das Leben funktioniert und hat keine hohen Ansprüche. Bevor ich mich für Amy entschieden habe, kam es ziemlich oft vor, dass ich sie gefickt habe.

Vielleicht sollte ich das wieder tun?

Aufreizend presst sie ihre vollen Titten gegen meinen Arm, flüstert mir ins Ohr, dass sie gerne an meinem Schwanz lutschen würde.

Shit!

Ich bin wie jeder Mann, so ein Angebot schießt uns direkt in die Eier und lässt uns binnen Sekunden hart werden. Das Problem an der Sache ist nur, dass ich nicht Jils geübte Lippen an meinen Eiern will, sondern Amys.

In der Sekunde, in der ich Jil wegschicken will, hebt Amy ihren Kopf und sieht mich direkt an. Als sie die Bitch neben mir entdeckt, huscht der Ausdruck purer Wut über ihre Gesichtszüge.

Yeah! Meine Zuckerpuppe ist eifersüchtig!

Kurzerhand beschließe ich, diese Situation zu meinem Vorteil zu nutzen.

Wenn Amy die Exklusivrechte will, muss sie nur endlich zustimmen, meine Old Lady zu werden, doch solange sie das nicht macht, kann ich ficken, lecken und küssen, wen immer ich will...

Ohne den Blickkontakt mit Amy zu unterbrechen schnappe ich Jil und ziehe sie auf meinen Schoß. Die reagiert sofort, schlingt mir ihre Arme um den Nacken und saugt sich an meinem Hals fest.

Ihre vollen Brüste pressen sich gegen meinen Oberkörper, während sie ihren Po über meinem Schritt reibt.

Früher hätte ich nicht mehr gebraucht, um sie zu packen und zu ficken, heute rührt sich zu meinem Unmut nichts in meiner Hose.

Alle meine Sinne sind auf die grünäugige Frau am Billardtisch konzentriert.

Herausfordernd lege ich Jil meinen Arm um die Taille und wickle mir ihre langen blonden Haare um die Finger. Amy reagiert, wie ich es mir gedacht habe, verletzt und stinksauer. Meine Süße liebt es, wenn ich sie beim Sex an den Haaren ziehe, Amy mag es hart und gnadenlos, es muss sie wahnsinnig machen, mich mit einer anderen Frau zu sehen.

Aber vielleicht ist das die Möglichkeit, meine Süße endlich aus der Reserve zu locken. Amy ist eine sehr impulsive, temperamentvolle Frau, es würde mich nicht wundern, wenn sie das Spiel unterbrechen, auf mich zukommen und Jil in kleine Stücke zerreißen würde.

Alleine die Erinnerung daran, wie sie heute Morgen nackt und kämpferisch in meinem Bett gesessen hat, lässt mich hart werden.

Verdammt! Dieses Mädchen hat mir ein Schild an den Kopf geworfen – sie hat mich herausgefordert und mehr Mut bewiesen als die meisten Männer, die ich kenne.

Skorpion wirft mir einen finsteren Blick zu, versenkt eine seiner Kugeln und verpatzt den nächsten Stoß.

Amy muss jetzt nur noch die gelbe Eins und die Schwarze einlochen, dann geht sie als Siegerin hervor.

Einerseits will ich sie wirklich siegen sehen, andererseits kann ich es kaum erwarten, sie von hinten zu ficken und dabei das Tattoo unseres MCs vor Augen zu haben!

Kopfschüttelnd wendet Amy den Blick von mir ab, Ellen kommt auf sie zu, flüstert ihr etwas ins Ohr und wirft mir dabei einen tödlichen Blick zu.

Jils Hand schiebt sich unter meine Kutte – am liebsten würde ich sie von mir stoßen, zu Amy gehen und sie vor allen Anwesenden mitten auf dem grünen Stoff des Billardtischs zum Schreien bringen.

Ich widerstehe dem Drang und ziehe meinen Plan eiskalt durch.

Meine Süße atmet tief durch, nimmt ihre Stellung ein und konzentriert sich auf den Stoß. Wenn sie den jetzt nicht versaut, stehen die Chancen, dass sie gewinnt, wirklich gut.

In dem Augenblick, in dem die Queuespitze auf die Weiße trifft, hebt sie ihren Blick und sieht, wie Jil mir einen Kuss gibt.

Verletzt zuckt sie zusammen, die Weiße gerät aus der Bahn und verfehlt ihr Ziel um ein paar Zentimeter.

Ein lautes Raunen geht durch die Zuschauer, Ellen zeigt mir ihren Mittelfinger, sie hat meine Taktik schon längst durchschaut.

Skorpion nutzt Amys Patzer, drei geschickte Spielzüge später geht er als Gewinner heraus...

Meine Süße beweist Größe, dreht sich zu Skorpion um und gratuliert ihm, ehe sie den Queue mit einer bemerkenswerten Ruhe zurück an seinen Platz räumt und sich, ohne mich eines weiteren Blickes zu würdigen, durch die Menge schiebt.

Fluchend schiebe ich Jil von mir, stehe auf und eile ihr hinterher.

Immer zwei Stufen auf einmal nehmend rennt sie die Treppe in den ersten Stock rauf, ich versuche sie einzuholen, aber sie ist zu schnell.

Meine Rufe ignorierend schmeißt sie mir meine eigene Wohnungstüre vor der Nase zu, ehe sie von innen zusperrt. Die Frau hat vielleicht Nerven!

Wütend schlage ich mit der flachen Hand gegen das Holz.

„Mach diese verdammte Türe auf!"

Meine Stimme dröhnt durch das Clubhaus, es ist mir völlig egal, was meine Brüder von mir denken, alles was ich will ist, diese störrische Frau in meine Arme zu ziehen - sie zu küssen und zu schmecken, sie zu halten und zu besitzen...

Amys Antwort kommt prompt, klar und deutlich.

„Fick dich, Ace!"

„Mach sofort auf. Glaubst du wirklich, dass ich mich von einer Türe davon abhalten lasse, meine Frau zu bumsen?"

„Ich bin nicht deine Frau, du Arschloch!"

Ok.... jetzt reicht es....

Ich bin ja für vieles bekannt, aber ganz bestimmt nicht für meine Geduld!

Das Pochen, das immer lauter in meinen Ohren dröhnt, verrät mir, dass ich ganz kurz davor bin, die Kontrolle zu verlieren.

Entschlossen, mir von meiner Zuckerpuppe nicht länger auf der Nase herumtanzen zu lassen, gehe ich einen Schritt zurück und trete mehrmals mit meinem schweren Stiefel gegen das Holz direkt neben dem Schloss.

Erst höre ich ein lautes Krachen, dann das Geräusch von splitterndem Holz und einen harten Tritt später knallt die Türe mit Schwung gegen die Wand meines Flurs.

Jetzt kann sie was erleben....

Mit geballten Fäusten stürme ich in die Wohnung, suche alles nach ihr ab und finde sie schlussendlich im Badezimmer, wo sie ihre Sachen packt.

Bis vor einer Sekunde habe ich wirklich gehofft, dass ich genug Kraft habe, um mich zu kontrollieren, aber der Anblick, den sie mit bietet, macht diese Hoffnung zunichte.

Mit tränenüberströmtem Gesicht stopft sie alles in ihren abgewetzten schwarzen Rucksack.

„Was zur Hölle machst du da, Weib?"

Ihr leises Schluchzen lässt mein Herz bluten.

„Ich packe und verschwinde von hier!"

„Und unsere Abmachung?"

Fuck, ich bin wirklich ein erbärmliches Arschloch...

Ihre Hände stoppen in der Bewegung. Sie atmet schluchzend ein und drückt den Rücken durch.

„Es ist mir egal, ob ihr mich putzen, kochen oder sonst was lasst, von mir aus arbeite ich auch in einem eurer Strip-Clubs, aber ich werde keine weitere Sekunde in deiner Nähe sein! Ich werde meinen Vater nicht im Stich lassen, aber ich weigere mich, meine Zeit mit dir Arschloch zu verbringen!"

Jetzt sieht sich mir direkt in die Augen.

„Verpiss dich, Ace. Geh zu deiner kleinen Schlampe runter und mach sie zu deiner Old Lady, sie wird es sicherlich kaum erwarten können, zukünftig nur noch deinen Schwanz lutschen zu müssen!"

Alleine der Gedanke, dass sie sich in einem unserer Clubs vor den Augen anderer Männer auszieht, lässt mich leise knurren.

Wenn mein Baby wirklich glaubt, dass ich sie gehen lasse, kennt sie mich aber schlecht.

Sie gehört zu mir, sie ist mein Eigentum, meine Zukunft und meine einzige Hoffnung auf Glück... Ich kann und werde sie nicht freigeben – niemals!

Tief durchatmend schließe ich meine Augen, versuche mich an all die Gründe zu erinnern, wegen denen ich mich beruhigen sollte, und scheitere kläglich.

Scheiß auf richtig oder falsch - auf gut oder schlecht - auf sanft oder hart....

Alles woran ich denken kann, ist, diese Frau in meine Arme zu ziehen.

Ich will ihr die salzigen Tränen von den Wangen küssen, sie erst hart und gnadenlos ficken, nur um sie anschließend sanft und zärtlich zu lieben.

Und dann, wenn sie zitternd und zutiefst befriedigt in meinen Armen liegt, will ich sie beschützend halten und ihr leise ins Ohr flüstern, dass ich sie mehr als das Leben liebe!

Ich weiß selber nicht genau, wann mir das klar geworden ist, aber es ist so, ich liebe dieses störrische, verrückte und unkontrollierbare Weibsbild.

Wahrscheinlich tue ich das schon seit ich sie das erste Mal im ‚Maggie's' gesehen habe. Alleine das Wissen, dass ich gerade kurz davor bin, sie für immer zu verlieren, lässt mich rot sehen....

Holy Fuck!

In meinem bisherigen Leben habe ich schon so viele Schlachten geschlagen, Leben genommen und Kriege gewonnen, dass ich jetzt bei dieser Frau nicht scheitern werde.

Ihre heftige Reaktion auf Jil ist der beste Beweis dafür, dass ich ihr nicht egal bin. Ich bedeute ihr etwas. Jetzt muss es mir nur noch gelingen, dass sie endlich zu mir und zu unserer gemeinsamen Zukunft ja sagt.

18. Kapitel

Amy

Wut ist nicht annähernd die richtig Beschreibung für das, was ich gerade empfinde!

Mir ist klar, dass der Morgen nicht perfekt gelaufen ist, aber dass Ace gleich so weit geht, hätte ich nicht gedacht.

Himmel und Hölle ... wie konnte er nur?

Die letzte Nacht war wirklich wunderschön – sie war geradezu perfekt.

Und auch wenn es mir noch immer schwer fällt, den Präsidenten der Dead Riders einzuschätzen, war ich mir doch sicher, dass er auch die Verbindung zwischen uns gespürt haben muss.

Aber das war wohl eine Fehleinschätzung meinerseits.

Wann zur Hölle kapiere ich endlich, dass man sich auf Männer einfach nicht verlassen kann? Mein Vater und Brad sind nun wirklich die besten Beispiele dafür.

Wütend auf mich, Ace und den Rest der Welt packe ich meine Sachen fertig, ignoriere den vor Wut zitternden Rocker neben mir und schluchze laut.

Verflixt noch mal, warum kann ich einfach nicht aufhören zu heulen?

Ich habe gesagt, was ich sagen wollte, ich habe alles gegeben und alles riskiert – jetzt liegt es an Ace zu entscheiden, wie es weitergehen soll.

Doch völlig egal wie es weitergeht, als erstes muss ich zu meinem Wort stehen und mir den rosafarbenen Totenkopf auf den Rücken stechen lassen.

Aces unkontrollierte Wut erfüllt den kleinen Raum, lässt meine Instinkte Alarm schlagen. Dank seiner angespannten Körperhaltung und dem verräterischen Zucken in seinen Unterarmen weiß ich, dass es nicht mehr lange dauert bis er durchdreht.

Ängstlich ziehe ich die Kordel meines Rucksacks zu und presse mich neben Ace durch die Türe.

Ich muss hier raus, am besten verstecke ich mich bei Ellen oder Razzor bis er sich wieder einigermaßen beruhigt hat.

Die vielen Messer und Dolche im Wohnzimmerschrank fallen mir wieder ein, vielleicht sollte ich mir da einen rausnehmen, nur so zur Sicherheit?!

Aber was würde mir das nützen?

Ich wäre niemals in der Lage, ihn gegen Ace einzusetzen.

So sehr er mich auch mit seinem Verhalten verletzt hat, ich bin einfach nicht in der Lage, meine Gefühle für ihn auszuschalten.

Auf wackeligen Beinen gehe ich den Flur entlang. Als mein Blick ins Schlafzimmer und auf das Bett fällt, in dem wir uns letzte Nacht geliebt haben, steigen mir erneut Tränen in die Augen.
So langsam glaube ich wirklich, dass sich das Schicksal gegen mich verschworen hat.
Ich muss irgendetwas Schreckliches in meinem letzten Leben getan haben, irgendeine Tat, für dich ich selbst im jetzigen noch büßen muss.
Die Wohnungstüre hängt schief in den Angeln, um das Schloss herum ist das Holz gesplittert.
Mir hätte klar sein müssen, dass mir eine lächerliche Türe keinen Schutz vor diesem Rocker Dämon bietet.
Gerade als ich die Wohnung verlassen will, höre ich dumpfe Schritte hinter mir. Noch bevor ich anfangen kann zu laufen, schlingt sich ein muskulöser Arm um meine Körpermitte.
Schwungvoll werde ich hochgehoben, meine Fußsohlen verlieren den Kontakt zum Boden. Mein Rucksack fällt mit einem lauten *Plumps* auf den Boden. Wie eine Puppe wirft er mich über seine Schultern, schleppt mich ins Schlafzimmer und wirft mich auf das Bett, das mich vor wenigen Sekunden an die letzte Nacht erinnert hat.
„Lass mich sofort los!“
„Vergiss es, Zuckerpuppe!“
Seine silbernen Augen sind beinahe schwarz, seine Lippen hat er zu einem dünnen Strich zusammengepresst.
„Ich will nicht mit dir schlafen, ich werde mich dir nicht hingeben.“
„Das werden wir ja sehen!“
Mit schnellen ruckartigen Bewegungen zieht er sich aus, kickt seine schweren Stiefel quer durchs Zimmer und steigt aus seiner Hose.
Was soll das werden? Will er mich vergewaltigen?
Angst breitet sich in mir aus, ich robbe ans Kopfende des Bettes, schlinge mir die Arme um die Knie und mache mich so klein wie möglich.
Habe ich es mit meiner großen Klappe zu weit getrieben?
„Bitte Ace, lass mich einfach gehen.“
Groß und kraftvoll steht er vor mir. Trotz der Tatsache, dass er komplett nackt ist, strahlt er so viel Dominanz aus, dass mir das Atmen schwerfällt.
Seine Augen ruhen auf mir, seine Wangenmuskulatur zuckt leicht.
Ich bin verloren.....
„Dich gehen lassen? Ich soll dich gehen lassen? Fuck Baby! Hast du denn nichts begriffen? Verstehst du nicht, in welcher Lage du dich befindest?“
Oh doch, das verstehe ich sehr wohl, in einer aussichtslosen.

„Bitte Ace.“ Ich schlucke schwer. „Tu das nicht!“
Seine Augen verengen sich zu schmalen Schlitzen.
„Was soll ich nicht tun? Mir nehmen was mir gehört? Dich berühren, küssen und in dich eindringen? Bullshit Amy! Das ist doch alles ein großer Haufen Scheiße! Ich habe dir etwas Anständiges, etwas Ehrenvolles angeboten, doch du hast mich abgewiesen. Was erwartest du also von mir? Soll ich mich in einen Priester verwandeln? In einen verfickten Heiligen? Ich habe dir alles, was ich einer Frau zu bieten habe, angeboten, doch du wolltest es nicht. Und dann, wenn ich mir nehme, was sich mir bietet, verwandelst du dich in eine eifersüchtige Furie.“
Seine Worte schneiden mir wie spitze Scherben in die Seele.
Alleine das Wissen, dass er die Wahrheit spricht, schmerzt mehr als jeder Schlag, den er mir hätte verpassen können.
„Zur Hölle, Weib!“ Aufgebracht fährt er sich mit den Fingern durch seine langen schwarzen Haare.
„Was erwartest du von mir? Du weißt, wer oder was ich bin!“
„Ja, das weiß ich.“
Ohne mich aus den Augen zu lassen, nickt er leicht.
„Du weißt, was ich will!“
Dieses Mal bin ich diejenige, die nickt.
„Ja das weiß ich...“
„Die Dinge haben sich geändert. Zukünftig werde ich dich nicht mehr fragen, ich werde mir einfach nehmen, was ich will ...“
Mit bebender Unterlippe sehe ich ihn an.
„Und was willst du, Ace? Die kleine Bitch, die unten auf dich wartet? Dann geh und nimm sie dir!“
„Verdammte Scheiße, Amy!“
Sein lautes Brüllen lässt mich verängstigt zusammenzucken.
Mal wieder verfluche ich mich für mein vorlautes Mundwerk. *Ich muss echt noch lernen im richtigen Moment die Klappe zu halten...* noch bevor ich diesen Gedanken zu Ende gedacht habe, werde ich plötzlich von harten Muskeln, weicher Haut und purer Kraft aufs Bett gepresst.
Sein heißer Atem streift mein Gesicht, sein Blick bohrt sich in den meinen.
Aces unverkennbarer Geruch steigt mir in die Nase betäubt meine Sinne.
Trotz meiner Angst und der Wut, die durch meine Venen rauscht, kann ich nicht verhindern, dass mein Körper instinktiv auf diesen Mann reagiert.

Dieser Rocker ist mein Kryptonit, mein Heroin und zugleich mein Antibiotikum - er ist meine Droge und zugleich meine rettende Medizin...

Lieber Gott, hilf mir, dass ich zukünftig genug Kraft habe, um diesem Mann zu widerstehen!

Grob und brutal presst er seine Lippen auf die meinen, dringt mit seiner Zunge tief in mich ein, raubt mir die Luft zum Atmen.

Hilflos liege ich unter ihm, werde von seinem Gewicht tief in die Matratze gedrückt. Ich versuche, meine Lippen zusammenzupressen, stemme mich mit meinen Händen gegen seine Schultern und beiße ihm mit aller Kraft in die Lippe.

Der metallische Geschmack von Blut breitet sich in meinem Mund aus, doch Ace gibt nicht nach, er lässt nicht locker, nimmt sich, was er will.

Seine Hände krallen sich in meinen Pullover und zerreißen ihn. Die kühle Luft, die über meinen entblößten Oberkörper streicht und mich erzittern lässt, steht in starkem Kontrast zu Aces glühendem Körper.

Seine Berührungen sind nicht bittend oder zärtlich, sondern grob und fordernd. Mein Rocker Dämon nimmt sich, was er will – mich.

Als ich bemerke, dass es ihm gefällt, mit mir zu kämpfen, stelle ich meine Gegenwehr ein und bleibe reglos unter ihm liegen.

Er bemerkt meine Veränderung, sofort werden seine Berührungen zärtlicher, seine Lippen verschlingen mich nicht mehr, sondern sie verführen mich zu einem sinnlichen Tanz.

Zu meiner Schande muss ich zugeben, dass es mir verdammt schwerfällt, passiv zu bleiben. Am liebsten würde ich meine Fingernägel in seiner Haut vergraben und das leidenschaftliche Spiel seiner Zunge erwidern.

Seine Lippen geben die meinen frei, seine Zunge umschmeichelt mein Ohrläppchen ehe er es sachte in seinen Mund saugt.

Ein heißer Schauer lässt mich erbeben, aus meiner Kehle löst sich ein verräterisches Seufzen. Mit rauer, leiser Stimme flüstert er mir ins Ohr, dass er mich niemals gehen lassen wird, dass ich zu ihm gehöre und dass er für mich gegen den Rest der Welt kämpfen würde.

Aces betörendes Geflüster hallt in meinem Herzen wider.

Seine Finger umfassen mein Kinn, erneut tackert er seine vollen Lippen auf meinen Mund.

„Ich brauche dich Baby!“

In einem verboten sinnlichen Rhythmus reibt er seinen harten Schwanz zwischen meinen Beinen auf und ab. Und trotz des Stoffs meiner Jeans, der sich noch immer zwischen uns befindet, reagiert mein Unterleib mit purer Lust.

Heiße Feuchtigkeit benetzt meine Schamlippen, ein köstliches Pochen hallt in meinem Kitzler nach.
„Ace, so geht das nicht. Du kannst mich nicht jedes Mal verführen, wenn wir uns streiten."
„Wir haben nicht gestritten, du hast gezickt!"
„Wie bitte?"
„Sieh der Realität ins Auge, Baby."
„Blödes Arschlo....."
Noch bevor ich es aussprechen kann, legt er mir seine große Hand auf den Mund, erstickt so die Worte.
„Baby! Wenn du nicht bäuchlings über meinen Knien hängen und von mir den Arsch versohlt kriegen willst, bist du jetzt verdammt noch mal still!"
Herausfordernd sieht er mich an, öffnet mit den Fingern der anderen Hand meine Jeans, zieht sie nach unten und schiebt seine Finger unter meinen Slip.
Als er spürt, wie feucht und bereit ich für ihn bin, knurrt er animalisch.
„Das reinste Paradies..."
Langsam dringt er mit zwei seiner Finger tief in mich ein, krümmt sie leicht und touchiert so meinen G-Punkt.
Oh mein Gott....
Seine große Hand, die noch immer auf meinem Mund liegt, erstickt mein Stöhnen.
Hilflos schiebe ich mein Becken vor, komme ihm willig entgegen.
Seine silbernen Augen fixieren die meinen, fasziniert beobachte ich ihn dabei, wie er seine Finger aus mir zurückzieht, sie an seine Lippen hält und das Aroma meiner Lust inhaliert. Nachdem er das getan hat, schiebt er sich die zwei Finger in den Mund und lutscht meinen Saft ab.
Ich kann nicht fassen, dass er das gerade echt getan hat....
„Absolut köstlich. Von dem süßen Geschmack deiner Pussy werde ich nie genug bekommen."
Erneut gleitet seine Hand zwischen meine Schenkel. Besitzergreifend umfasst er meinen Venushügel, sein Daumen massiert meinen Kitzler.
Mittlerweile denke ich gar nicht mehr daran, mich gegen ihn zu wehren – Ace hat mal wieder gewonnen!
„Wenn ich meine Hand wegnehme, versprichst du mir dann, artig zu sein?"
Ich nicke langsam. Kaum dass er meinen Mund freigegeben hat, schnappe ich nach Luft.
Geschickt zieht er mich aus, wirft all meine Klamotten vom Bett.
Nackt und entblößt liege ich vor ihm, gierig verschlingt er meine Körpermitte mit seinem Blick. Bestimmend spreizt er meine Beine

immer weiter, so dass seinen Augen nicht die geringste Kleinigkeit verborgen bleibt.

Gekonnt wühlen sich seine Finger durch meine Scheide, dringen in mich ein, massieren meine Lustperle.

Vor Lust trunken beobachte ich meinen Rocker dabei, wie er seinen Kopf senkt und sich vorbeugt. Quälend langsam streicht seine Zungenspitze über meine empfindliche Klitoris. Züngelnd verwöhnt er meine Spalte, seine Finger ficken mich immer schneller, meine Augen fallen zu.

„Jaaaaaaa.....“

Mein lauter Schrei hallt durch die Stille seiner Wohnung.

Wellen der Lust bauen sich in mir auf, jeder Zentimeter meiner Haut glüht und prickelt. Meine Nervenbahnen fangen Feuer, ich verliere den Bezug zur Realität.

Oh Gott, mein Orgasmus ist so nah – zum Greifen nah.

Gerade als ich denke, dass er mich über die Klippe der Erlösung schicken wird, stoppt er sein verlockendes Zungenspiel.

Frustriert keuchend reibe ich mich schamlos an ihm, doch mein Dämon kennt kein Erbarmen.

Ich öffne meine Augen, sehe ihn an.

Sein eindringlicher Blick ruht auf meinem Gesicht.

„Spürst du das? Diese kaum auszuhaltende Lust? Die Gier, die dich zu verschlingen droht? Die Anspannung, die von dir Besitz ergreift?“

Ich lecke mir über die trockenen Lippen. „Ja, ich spüre sie.“

„Gut! Dann weißt du jetzt, wie ich mich fühle, seit ich dich das erste Mal gesehen habe.“

Wie meint er das? Warum macht er nicht weiter?

Er kann mich doch nicht so kurz vorm Höhepunkt hängenlassen...

„Du bist meine Frau, wir gehören zusammen und es ist vorherbestimmt, dass du meine Frau wirst und ich dein Mann. Aber du bist einfach so verdammt stur! Verdammt, Baby! Ich halte das nicht länger aus!“

So fühlt er?

„Sag es, sag, dass du meine Lady wirst - schenk dich mir! Ich muss wissen, dass ich das elementare Recht habe, dich zu beschützen!“

Der Moment ist so intim, seine Augen bohren sich in die meinen - jetzt ist nicht der passende Zeitpunkt für Ausflüchte.

Langsam atme ich so tief es geht ein, fülle meine Lungenflügel mit Sauerstoff und schließe für einen kurzen Augenblick die Augen.

Alleine die Vorstellung, dass ich mir wegen meiner verkorksten Vergangenheit meine Zukunft versaue, macht mich unfassbar traurig.

Es gibt Situationen im Leben, in denen muss man all seinen Mut zusammenkratzen und den Sprung ins Ungewisse wagen. Für mich ist diese Situation ganz genau jetzt gekommen!
„Ich habe Angst, Ace."
Seine Lippen berühren die meinen.
„Wovor fürchtest du dich, Baby?"
„Davor, dich zu enttäuschen, davor, dem Clubleben nicht gewachsen zu sein, davor, dass du dich irrst und wir nicht füreinander bestimmt sind."
Ich höre wie er zischend ausatmet.
„Öffne deine Augen und sieh mich an."
Zärtlich umfasst er meine Schultern, zieht mich an seine Brust und schlingt seine Arme fest um mich. Schweigend liegen wir uns in den Armen, das rhythmische Klopfen seines Herzens beruhigt mich.
„Es ist völlig normal, dass du unsicher bist. Es werden zukünftig noch viele Augenblicke kommen, die nicht leicht für dich sein werden. Aber ich verspreche dir, dass ich immer hinter dir stehen und dir den Rücken freihalten werde. Ich werde immer für dich da sein und dich mit meinem Leben beschützen!"
Er spricht seine Worte ruhig, langsam und bedacht, und ich glaube ihm jedes Wort.
Schutzsuchend presse ich mich fester an ihn, reibe meine Nasenspitze an seiner warmen Haut und schnuppere an ihm.
Die tiefe Bedeutung dieses Augenblicks lässt mich erschaudern.
Ich schlucke schwer, sammle all meinen Mut und küsse ihn auf den Hals.
Als ich mich langsam von ihm löse, gibt er mich nur widerwillig frei.
Konzentriert versuche ich die Tatsache zu ignorieren, dass wir uns beide völlig nackt gegenübersitzen.
„Frag mich noch mal!"
Ace versteht sofort.
„Wenn ich das tue und du mich erneut ablehnst, Gnade dir Gott!"
Meine Lippen verziehen sich zu einem kleinen Lächeln.
Ohne mich aus den Augen zu lassen, schüttelt er den Kopf, wirft einen flehenden Blick gen Himmel und sieht mich direkt an.
Oh oh... jetzt wird es ernst...
„Ich biete dir alles was ich habe, meinen Schutz, mein Herz und meine Seele. Ich schenke dir mein Leben. Erweise mir die Ehre, dein Mann zu sein - werde meine Old Lady und schenke mir die Chance auf Glück!"
Woooowwww....
Seine Wortwahl hat mich völlig aus der Bahn geworfen. Wer hätte gedacht, dass der Präsident der Dead Riders so poetisch sein kann?!

„Ich... oh mein Gott... Ace...."

Erwartungsvoll heben sich seine Augenbrauen, auf seiner Stirn bildet sich eine tiefe Falte.

„Alles was ich von dir hören will, ist, wie du sagst, dass du meine Old Lady wirst!"

Nervös lecke ich mir über die Lippe – jetzt gibt es kein Zurück mehr.

„Ich will deine Old Lady sein, Ace!"

Kaum dass ich diese Worte ausgesprochen habe, blähen sich seine Nasenflügel, seine Kieferpartie spannt sich an, seine Augen glühen teuflisch.

Alles an diesem Mann wirkt hart, einschüchternd und tödlich.

Umso erstaunter bin ich, dass seine Lippen mich zu einem zartschmelzenden Kuss verführen

Der erste Kuss als Old Lady....

Gierig schlinge ich meine Arme um seinen Hals und ziehe ihn erneut auf mich.

„Jetzt, wo wir das endgültig geklärt haben, schuldest du mir noch einen Orgasmus!"

Dank seines tiefen Lachens bebt sein Brustkorb.

„Oh Baby, ich werde dafür sorgen, dass du das komplette Clubhaus zusammenschreist!"

Bestimmend zieht er mich nach unten, umfasst meine Scham und schiebt seine Finger in mich. Seine Zähne knabbern an meiner Brustwarze, sein heißer Atem liebkost meine Haut.

Ace verführt mich nicht, er verschlingt mich. Endlich spüre ich die dicke Spitze seiner Eichel an meinem Eingang. Bestimmend fesselt er meinen Blick an den seinen und schiebt sich immer tiefer in mich.

Das köstliche Gefühl der Dehnung, seine Haut, die über meine reibt, seine Hände, die sich besitzergreifend um meine Taille schlingen   ich bin verloren!

Wimmernd presse ich mich ihm entgegen.

Mit jedem Zentimeter, den er mich mehr ausfüllt, mit jedem geteilten Atemzug und jedem sanften Kuss werde ich mehr zu der seinen.

Dieser Mann ist mein Schicksal!

Endlich rammt er sich mit einer kraftvollen Bewegung seiner Hüfte bis zum Anschlag in mich. Ace hat sein Wort gehalten, mein lauter Schrei durchbricht die Stille.

Erst bewegt er sich quälend langsam, dann immer schneller und schneller. Das klatschende Geräusch unserer aufeinandertreffenden Körper vermischt sich mit seinem Knurren.

„Mehr! Ich will mehr, Ace!"

Brummend gräbt er seine Finger tiefer in mein Fleisch, ehe er mich gnadenlos nimmt.

Verschwitzt und atemlos reibe ich mich an ihm, spanne meinen Unterleib an, beobachte wie in Trance das verführerische Spiel seiner Muskeln.

„Fuck Amy, ich schwöre dir, du bist manchmal ziemlich verrückt. Aber sobald ich meinen Schwanz in dir habe, ist mir das ziemlich egal!“

Sein betörender Rhythmus löscht die Realität aus – alles was jetzt noch zählt sind er und ich und das Wissen, dass ich für immer zu ihm gehören werde.

Keuchend vergrabe ich meine Finger in seinen Armen, suche nach Halt, während ich mich in meiner Lust verliere....

Zuckend, bebend und laut schreiend stürze ich über die Klippe der Ekstase.

Aces animalisches Stöhnen wird immer lauter, sein gebrülltes *Fuck* hallt genau wie mein Schrei durch seine Wohnung, ehe er sich heiß und pumpend in mich ergießt.

Ich spüre, wie sich eine angenehme Mattigkeit in mir ausbreitet, meine Sinne scheinen zu schweben, vor meinen Augen tanzen schwarze Punkte.

Die Konturen von Aces Wohnung verschwimmen vor meinen Augen, werden unscharf.

Leise seufzend schließe ich meine Augen und falle in ein bittersüßes schwarzes Nichts....

19. Kapitel

Ace

Sie ist mein – sie ist mein – sie ist mein – sie ist mein – sie ist mein!

Das Wissen, dass diese faszinierende Frau endlich zugestimmt hat mein Eigentum zu werden, macht mich zum glücklichsten Mann auf dieser Welt.

Falls ihr Vater es tatsächlich geschafft hat, sich vor den Mexikanern zu verstecken und noch lebt, hat Amy ab heute nichts mehr mit diesem Wichser zu schaffen.

Sie ist jetzt meine Old Lady, sie ist Eigentum des Clubs und somit für die restliche Welt unantastbar!

Verdammt! Ich habe die Hälfte der Mexikaner innerhalb von 24 Stunden ausgeschaltet, ich habe ein Exempel statuiert und mit dieser Tat ein Zeichen gesetzt. Jeder, vom kleinsten Kriminellen bis zum bedeutenden Bandenchef, weiß, dass er erst an mir vorbei muss, bevor er an Amy rankommt.

Fuck! Ich habe so viel Blut vergossen, dass es sich bis nach Kanada rumgesprochen hat.

Eines steht fest, wenn sie jetzt noch meine Kutte trägt, wird sie zu 100% sicher sein.

Zutiefst entspannt atme ich tief durch und öffne meine Augen. Liebevoll hauche ich ihr einen leichten Kuss auf die Nasenspitze und streiche eine verirrte Haarsträhne aus ihrem Gesicht.

Behutsam streiche ich mit meiner Hand über ihren Bauch

Eine leichte Gänsehaut breitet sich auf ihren Armen und ihren Brüsten aus.

Mit geschlossenen Augen und einem zutiefst entspannten Gesichtsausdruck liegt sie unter mir, ein primitiver männlicher Stolz ergreift von mir Besitz

Sie ist mein... für immer mein....

„Das war unglaublich, Baby."

Vorsichtig rolle ich mich von ihr runter und stütze mich auf meinem Ellenbogen auf.

Als sie sich daraufhin immer noch nicht bewegt, breitet sich ein ungutes Gefühl in mir aus.

„Baby?" Prüfend fahre ich mit meiner Hand über ihre Stirn, sie fühlt sich eiskalt an.

Noch immer bewegt sie sich nicht. Erschrocken richte ich mich auf, lege zwei Finger an ihren Hals und taste nach ihrem Puls – er ist da, aber nur schwach.

„Fuck! Fuck! Fuck!“
Wie zur Hölle konnte ich nicht bemerken, dass meine Frau nach dem Sex in Ohnmacht gefallen ist?
Um sie aus ihrer Bewusstlosigkeit aufzuwecken, schlage ich ihr ein paar Mal leicht auf die Wange.
„Baby, wach auf!“ Sie reagiert immer noch nicht.
Was ist nur los mit ihr?
Langsam breitet sich Panik in mir aus.
Hilflos sehe ich auf meine Süße herab, stehe auf und eile ins Badezimmer.
Mit einem feuchten kühlen Handtuch kehre ich zurück zu ihr und lege es ihr auf die Stirn.
„Amy.“
Besorgt umfasse ich ihre Schultern und schüttle sie leicht.
Gerade als ich nach einem Arzt rufen will, sehe ich, wie sich ihre Augenlider flatternd öffnen. Gott sei Dank!
Zutiefst erleichtert setze ich mich neben sie auf das Bett, fühle erneut ihren Puls und stelle erleichtert fest, dass er schon wieder etwas kräftiger ist.
„Ace?“
Katzengrün und wunderschön sehen mich ihre Augen an.
„Ich bin bei dir.“
Verwirrt sieht sie mich an, tastet mit den Fingern nach dem kühlen Handtuch auf ihrer Stirn.
„Du bist ohnmächtig geworden.“
„Oh....“
„Fuck Baby, du hast keine Ahnung, wie du mich gerade erschreckt hast!“
Mit zitternden Fingern wirft sie das Handtuch auf den Boden und richtet sich langsam auf.
„Wie fühlst du dich?“
Kraftlos lehnt sie sich an mich.
„Klingt es total verrückt, wenn ich mich einfach fantastisch fühle?“
„Fuck Baby. Ja, das tut es!“
Vorsichtig lehne ich mich etwas zurück, so dass ich meiner Old Lady ins Gesicht sehen kann.
„Und dir fehlt wirklich nichts?“
„Mir geht es wirklich gut, sehr gut sogar. Ich würde sagen, das war der fantastischste Orgasmus, den sich eine Frau nur wünschen kann!“
Verwundert schüttle ich den Kopf, küsse sie zärtlich auf die Stirn und lege mich mit ihr im Arm zurück aufs Bett.
„Fuck Baby! Mit dir an meiner Seite wird mir nie langweilig werden...“

Beschützend ziehe ich sie an meine Brust und lasse sie nicht mehr aus den Augen. Auch wenn sie mir noch so oft versichert, dass es ihr gut geht, mache ich mir gerade echt Sorgen um sie.

Seufzend verschlingt sie ihre Finger mit den meinen. Durch die Fenster scheint helles Tageslicht, im Hof herrscht reges Treiben.

Mit einem zufriedenen Grinsen sieht sie zu mir herauf.

Womit zum Teufel habe ich diese Frau nur verdient?

„Das will ich jetzt jeden Tag!"

„Vergiss es, Zuckerpuppe. Das machen meine Nerven nicht mit!"

Das leise Kichern, das sich aus ihrem Mund löst, lässt mein schwarzes Herz schneller schlagen.

Ich bin ein verfluchter Glückspilz. Das Schicksal muss einen verdammten Fehler gemacht haben, als es mir diese Frau ins Bett gelegt hat. Doch jetzt, wo ich sie erst mal hier habe, werde ich sie nie wieder freigeben!

Amy

Seit ich nach dem Sex in Ohnmacht gefallen bin, lässt mich mein großer böser Rocker für keine Sekunde aus den Augen.

Ich kann verstehen, dass er sich Sorgen macht. Aber es geht mir wirklich gut, sehr gut sogar, um genau zu sein.

Nach einer gemeinsamen Dusche ziehen wir uns an und begutachten die völlig zerstörte Wohnungstüre.

So sehr ich es auch versuche, ich kann das Lachen, das in meinem Hals aufsteigt, einfach nicht unterdrücken.

„Das hast du wirklich sehr gut hinbekommen, Herr Präsident!"

„Ich?" Gespielt unschuldig sieht er mich an. „Das, meine Süße, geht auf dein Konto!"

„Oh nein, du hast diese Türe eingetreten und nicht ich."

„Stimmt, aber nur weil du mich dazu gebracht hast!"

„Hättest du deine Finger von der kleinen Schlampe gelassen, wäre es gar nicht so weit gekommen!"

Ace sieht mich aus zusammengekniffenen Augen an, ehe er irgendetwas von verrückten Weibern murmelt, mich packt und stürmisch küsst.

Seine Zunge dringt in mich ein, wühlt sich durch meinen Mund und duelliert sich mit der meinen. Wenn er so weitermacht, verliere ich gleich wieder das Bewusstsein.

Erst als wir beide völlig atemlos sind, gibt er mich wieder frei. Vor meinen Augen dreht sich alles. Auf wackeligen Beinen lehne ich mich an die Wand neben der Türe.

Ace beobachtet mich besorgt.
„Geht es dir wirklich gut?“
„Ja, es ist alles ok.“
Zweifelnd sieht er mir tief in die Augen, ehe er den Blick abwendet, den Kopf schüttelt und die total schiefe Türe endgültig aus den Scharnieren hebt.
Heute ist ein wirklich verrückter Tag.
Erst haben wir uns nach dem Aufwachen so sehr gestritten, dass ich ihm ein Schild an den Kopf geworfen habe. Dann erklärt mir Slide, dass Razzor auf mich steht und dann verliere ich wegen Ace und der blöden Bitch das Billardspiel. Und als ob das alles noch nicht genug wäre, tritt Ace vor lauter Wut die Türe ein, verführt mich und sorgt dafür, dass ich zustimme, seine Old Lady zu werden. Doch das ist alles noch nicht genug, denn zum krönenden Abschluss falle ich während des Höhepunkts in Ohnmacht und muss mich jetzt auch noch tätowieren lassen...
In Anbetracht der Tatsache, dass wir jetzt erst frühen Nachmittag haben, bin ich wirklich gespannt, was heute noch so alles passieren wird?!
Nachdem Ace die Türe im Flur abgestellt hat, schnappt er sich meine Hand. Zusammen steigen wir die Stufen runter.
„Ich muss mich noch um ein paar Angelegenheiten kümmern. Kommst du klar, Baby?“
In seinen silbernen Augen schimmert noch immer seine Besorgnis.
„Klar, ich werde mal sehen, was die Ladys so alles treiben. Vielleicht schaue ich auch, ob ich Nora mit den Kindern helfen kann.“
„Klingt gut. Wir sehen uns dann später, Zuckerpuppe.“
Frech zwinkert er mir zu, verpasst meinem Po einen harten Klaps und geht Richtung Werkstatt.
Kaum dass Ace aus meiner Sichtweite verschwunden ist, erscheinen Ellen und Skorpion neben mir.
„Hey Süße“, Ellen drückt mich freundschaftlich an sich.
Skorpion hingegen sieht mich prüfend an.
„Hör mal, Schmetterling, ich weiß, was unser Präs getan hat. Das mit dem Tattoo musst du nicht machen.“
„Doch das muss ich! Wettschulden sind Ehrenschulden. Ich bin nicht wie mein Vater, ich stehe zu meinem Wort.“
Jedes Wort, das ich gesagt habe, meine ich zu 100% und dennoch habe ich panische Angst vor den Schmerzen. Alleine die Vorstellung, dass diese surrende Maschine immer und immer wieder in meine Haut sticht, lässt mich erschaudern.

„Das respektiere ich, Amy. Aber wenn ich Nora mit einem anderen Typen gesehen hätte, hätte ich ihn mit dem scheiß Queue erschlagen. Das Spiel wäre mir drecksegal gewesen!“

Typisch Rocker - knallhart und kampfbereit. Das Bild, das seine Worte in mir heraufbeschwören, passt nur zu gut zu ihm.

Slide kommt aus der Küche, stellt sich hinter Ellen und zieht sie an sich. Es ist schön zu sehen, dass sich die beiden wieder vertragen haben.

„Jetzt wird es ernst. Tick wartet schon auf dich, Amy.“

Ellen rammt ihrem Mann den Ellenbogen in die Rippen, ehe sie ihn aufgebracht ansieht.

„Du bist echt schrecklich. Hör auf, Amy so unter Druck zu setzen. Sie wird sich schon noch diesen dämlichen Totenkopf machen lassen.“

Oh Mist...

Meine Angst verdrängend sehe ich sie an.

„Komm schon, du musst mir die Hand halten.“

Mit Ellen an meiner Seite gehe ich den dunklen Flur Richtung Tattoo-Zimmer entlang.

Tick sitzt auf dem schwarzen Hocker, vor ihm liegt ein Mann, den ich noch nie zuvor im Clubhaus gesehen habe. Da er keine Kutte trägt, kann er nur ein Hangaround sein. Wie erstarrt beobachte ich die Nadel dabei, wie sie unerbittlich in die Wade des Typen sticht. Immer wieder wischt Tick mit einem weißen Tuch darüber, entfernt die überschüssige Tinte und etwas Blut.

Tick versteht sein Handwerk wirklich. Der Kopf des Drachen, den er gerade für alle Ewigkeit auf dem Körper des Hangarounds verewigt, sieht fantastisch aus.

Wenn ich es mir aussuchen könnte, würde ich mir viel lieber eine Rosenblüte oder einen filigranen Schmetterling anstatt des Totenkopfs stechen lassen, aber da besteht wohl kaum Verhandlungsspielraum.

„Hi Ladys, wartet noch kurz, ich brauche hier noch ein paar Minuten.“

Das mulmige Gefühl in meinem Bauch wird immer schlimmer, hoffentlich stehe ich das durch. Warum zur Hölle habe ich mich nur auf so einen Einsatz eingelassen?

„Noch kannst du einen Rückzieher machen...“

Kopfschüttelnd sehe ich Ellen an.

„Oh nein, ich werde das durchziehen. Außerdem wird das Tattoo perfekt zu meiner Kutte passen.“

Ihr lauter Freudenschrei lässt Tick überrascht aufsehen.

„Du hast ja gesagt?“

Ich nicke.

„Oh, wie geil. Jetzt gehörst du endgültig zur Familie. Ich freue mich sehr für euch, Amy!“

Glücklich, dass sie mir so eine gute Freundin geworden ist, ziehe ich sie in meine Arme.
„Ist bei dir und Slide auch wieder alles ok?"
Ihre Wagen färben sich rot. Automatisch fällt mein Blick auf die Fesselmale an ihren Handgelenken.
„Ja, so wie ich das sehe, wird es bald einen kleinen Rocker mehr auf dieser Welt geben."
„Slide hat also die Pillendiskussion gewonnen?"
„Oh ja, er hat die komplette Pillenpackung im Klo runtergespült, mich ans Bett gefesselt und mir die ganze Nacht bewiesen, wie verdammt potent er ist."
„Ich weiß, ich bin komplett bescheuert, aber ich finde das schrecklich romantisch!"
„Ach Süße, das solltest du auch, sonst wärest du hier komplett fehl am Platz."
Der Hangaround, der bis eben auf Ticks Liege gelegen hat, steht auf, zwinkert uns zu und macht mir Platz – *Scheiße*!
„Ich fahre den Fluchtwagen!"
Ellens Angebot klingt ziemlich verlockend.
„Nein danke, ich ziehe das jetzt durch. Was glaubst du, wie Ace reagieren wird, wenn er das Zeichen der Dead Riders an meinem Steißbein entdecken wird?"
Tick bereitet alles für mich vor. Mal wieder bin ich von der Sauberkeit und der Hygiene in diesem Raum überrascht.
„Oh Amy, er wird völlig durchdrehen und dich für den Rest deines Lebens nur noch von hinten bumsen."
Mit einem nervösen Prickeln im Bauch lege ich mich bäuchlings auf die Liege, ergreife Ellens Hand und bete still zu Gott, dass es nicht ganz so weh tut wie ich es mir vorstelle.
„Bleib cool, die ersten Minuten sind die Hölle, danach wird der Schmerz weniger."
Überrascht sehe ich sie an. „Du hast ein Tattoo?"
Ohne mir zu antworten, zieht sie ihren Pulli hoch und zeigt mir ihren Bauch. Links neben dem Nabel windet sich eine wunderschöne rote Blüte bis zu ihren Hüftknochen.
„Das sieht mega scharf aus."
Mit den Schultern zuckend, zieht sie ihren Pulli wieder nach unten.
„Du wirst sehen, das wird deines auch!"
Ich spüre, wie Tick meinen Rücken mit Desinfektionsmittel einsprüht und mit einem Tuch darüberwischt.
„Bist du dir sicher, Amy?"
„Ja, Tick!"

„Okidoki... Du darfst nicht zucken und dich nicht bewegen. Wenn du eine Pause brauchst sag Bescheid.“

Der Kloß in meiner Kehle ist mittlerweile so groß, dass ich als Antwort nur nicke.

Das laute Surren der Maschine erfüllt den Raum. Ultranervös sehe ich zu Ellen, die mir nur beruhigend zulächelt.

„Denk einfach an deinen Kerl und seine Reaktion.“

Mit wild klopfendem Herzen befolge ich ihren Rat. Trotz der höllischen Schmerzen kann ich es gar nicht erwarten, von Ace über die Couch gebeugt gefickt zu werden – das ist eine meiner Lieblingsstellungen.

20. Kapitel

Ace

Razzor, Catcher, Slide und Skorpion sitzen mit mir zusammen am Besprechungstisch.

Catcher hat in den vergangenen zwei Stunden die sicherste Route rausgesucht, auf der wir die Waffen und die Munition verschiffen können.

"Passt bei Evan genau auf. Ich traue diesem russischen Hurensohn nicht über den Weg!"

Mein Vize grunzt zustimmend.

„Wenn er Zicken macht, knallt ihn ab!"

Catcher lässt seine Fingerknöchel knacken. „Ich kann es kaum erwarten, endlich aufzubrechen. Susan hat zurzeit höllische Stimmungsschwankungen."

Skorpion lacht laut auf. „Das klingt, als ob sie einen Braten in der Röhre hat."

Catcher wird aschfahl.

„Scheiße, Bruder, an diese Möglichkeit habe ich ja noch gar nicht gedacht."

Skorpion schnalzt laut mit der Zunge.

„Das geht schneller als du denkst, Bro. Sieh mich an, ich habe drei Jungs und kann es kaum erwarten, Nora erneut zu schwängern – dieser Scheiß macht echt süchtig!"

Catcher setzt sich etwas aufrechter hin und streicht mit seiner Hand gedankenverloren über das raue Leder seine Kutte.

„Fuck Leute! Ihr wisst, was ich meine. Jeder von uns braucht hin und wieder ein paar Tage ohne Lady."

Zustimmendes Gemurmel wird laut.

„Razzor, du begleitest Catcher, nehmt euch noch zwei Prospects mit."

Slide zündet sich mit seinem Zippo eine Kippe an und ergreift das Wort.

„Jetzt wo die Überfahrt geregelt ist, lasst uns über die Mexikaner reden. Ramon, der neue Kopf der Maisfresser, hat sich mit uns in Verbindung gesetzt. Er will ein Friedensabkommen!"

Die Entwicklung mit den Bohnenfressern ist perfekt. Es hat nicht geschadet, ihr Blut zu vergießen. Ramon ist ein vernünftiger Mann, er weiß, dass es sinnlos ist, sich mit den Dead Riders anzulegen.

„Hat er Bedingungen gestellt?"

Catchers Frage ist berechtigt, die Antwort auf sie darf diesen Raum jedoch niemals verlassen. Amy würde mir nie verzeihen, dass ich ihren Vater einfach so für ihre Sicherheit geopfert habe.

Ich atme tief durch und gebe Slide nickend zu verstehen, dass er die Jungs einweihen kann.

„Die Mexikaner wollen die Garantie, dass wir keine Rache üben, wenn sie Amys Vater töten."

Razzor verdreht stöhnend die Augen.

Jeder weiß, dass uns unsere Familie heilig ist. Niemand darf ungestraft Hand an sie legen. Doch bei Billy werden wir eine Ausnahme machen – der Penner hat es nicht anders verdient.

Skorpion spricht aus, was sich alle denken. „Das ist nur fair!"

Erleichtert darüber, dass meine Brüder über diese Sache genauso denken wie ich, sehe ich jedem von ihnen in die Augen.

„Dann soll es so sein! Ich will euch nur darum bitten, Amy davon nichts zu erzählen. Aus einem mir unerfindlichen Grund hängt sie noch immer an ihrem Vater. "

Slide atmet den Rauch seiner Zigarette durch die Nase aus.

„Frauen sind da viel sentimentaler als wir. Seit Ellen meine Lady ist, weiß ich erst, was im Kopf einer Frau so alles los ist... echt gruselig!"

Erschöpft spreche ich das letzte Thema an, was geklärt werden muss.

Nach dem anstrengenden Tag brauch ich dringend die feuchte Pussy meiner Zuckerpuppe und ein kaltes Bier.

„Kommen wir zum letzten Punkt auf der Liste. Das ‚Maggie's' ist soweit vorbereitet. Ende nächster Woche können wir die Kneipe als ‚Rider's' neu eröffnen. Die erste Lieferung Waffen ist bereits dort deponiert, das Geschäft kann also wie geplant anlaufen."

„Das ist super, Präs!"

Skorpion, der zukünftig den Waffenhandel in SeaTac übernehmen wird, hat bereits die ersten Bestellungen reinbekommen.

„Gibt es noch etwas, was geklärt werden muss?"

Niemand meldet sich zu Wort.

„Super, dann lasst uns diese Sitzung beenden!"

Nach einem kurzen Besuch in der Werkstatt weiß ich, dass die Reparaturaufträge so gut wie alle abgearbeitet sind. Trotz der ganzen Komplikationen der letzten Tage liegen wir sehr gut in der Zeit.

Auf dem Hof spielen Ryan und sein kleiner Bruder Mason Fangen, beide haben kleine Spielzeugrevolver in der Hand und tragen Miniaturausgaben der Kutte ihres Vaters.

Sie lachen laut, quietschen und haben Spaß.

Auch wenn ich es nicht gedacht hätte, aber ich liebe es, wenn die Jungs meiner Brüder im Club sind. Es hat etwas Entspannendes, das unschuldige Spiel der Kinder zu beobachten.

Skorpion ist ein toller Vater, mit seinen drei Kidies und seiner Lady hat er alle Hände voll zu tun, und dennoch gelingt es ihm, die Familie und das Leben im Clubhaus unter einen Hut zu bekommen.

Wenn Skorpion recht behält, und das tut er meistens, dann wird Susan Catcher ebenfalls zum Vater machen. So wie ich das sehe, ist die nächste Generation der Dead Riders schon so gut wie gesichert.

„So wie du meine Jungs beobachtest, könnte man glatt denken, dass du ebenfalls Lust auf Nachwuchs hast."

Skorpions Stimme reißt mich aus meinen Überlegungen.

Instinktiv stelle ich mir meine Lady mit einem geschwollenen Bauch vor. Alleine die Vorstellung, dass sie mein Kind unter ihrem Herzen trägt, lässt mich hart werden.

„Ach Bro, bevor es soweit ist, muss sich meine Lady erst mal an das Leben im Club gewöhnen."

Belustigt schnalzt er mit der Zunge, geht in die Knie und fängt Mason, der sich ihm schwungvoll in die Arme wirft.

„Daddy, hast du es gesehen? Ich bin so schnell gerannt, dass mich Ryan nicht erwischt hat."

Noch bevor es mir gelungen ist das Bild von meiner schwangeren Lady aus dem Kopf zu bekommen, sehe ich Nora mit ihrem jüngsten Spross Owen im Arm auf uns zukommen.

„Hey Ace, bist du auf der Suche nach Amy?"

„Bis jetzt war ich das nicht, aber wenn ich dich so grinsen sehe, sollte ich mich vielleicht auf die Suche nach ihr machen."

Jetzt lacht sie laut. „Oh ja, das solltest du!"

Skorpion sieht seine Frau fragend an, doch anstatt zu verraten, was sie weiß, zuckt sie nur mit den Schultern.

„Keine Chance, Männer, ich werde Ace seine Überraschung nicht verderben."

Ohne Zeit zu verlieren drehe ich mich um und eile ins Clubhaus. So wie ich Amy kenne, hat sie bestimmt schon wieder etwas ausgeheckt.

Da ich sie weder in der Küche noch im Club sehe, mache ich mich auf den Weg und suche meine Wohnung nach ihr ab.

Scheiße, ich muss mich noch um eine neue Türe kümmern....

Gerade als ich wieder nach unten gehen und meine Suche fortsetzen möchte, klingelt mein Mobiltelefon.

Die Nummer auf dem Display verrät mir, dass der Anrufer Elijah, mein Kontakt bei der Polizei ist. Dass er jetzt erst anruft, ist für mich ein klares Zeichen dafür, dass er fündig geworden ist.

Gespannt, was er mir zu sagen hat, nehme ich das Gespräch an.
„Elijah....“
„Hi Ace, sollen wir uns treffen oder willst du es am Telefon erfahren?“
Auch wenn Elijah ein Cop ist, den ich respektiere, versuche ich, die Treffen zwischen uns möglichst minimal zu halten.“
„Sag es einfach.“
„Dir wird nicht gefallen, was ich herausgefunden habe.“
Eine ungute Vorahnung macht sich in mir breit, automatisch spannt sich mein Körper an.
„Davon bin ich ausgegangen Elijah. Die Frage ist nur, wie schlimm es ist ...“
Der Cop am anderen Ende der Leitung flucht leise, ehe er spricht.
„Hör zu, Ace. Die Frau, Amelie Worner, hat vor drei Jahren ein Kontaktverbot gegen einen gewissen Brad Scales erwirkt. Damals wurde vermehrt die Polizei gerufen. Die meisten Vorfälle haben sich in einer Kneipe namens ‚Maggie's' zugetragen, dort kam es dann auch zum großen Knall ... Die Kleine lag sechs Wochen im Harborview Medical Center in Seattle, ehe sie endlich das Kontaktverbot gegen diesen Wichser erwirkt hat.“
Innerlich vor Wut und Zorn rasend, lehne ich mich mit geschlossenen Augen an die Wohnzimmertüre, atme tief ein und versuche die Blutgier, die sich in mir ausbreitet, zu verarbeiten.
Da ich nichts sage, spricht Elijah nach einer kurzen Pause weiter.
„In den Akten sind unzählige Vermerke und Hinweise darauf, dass sich dieser Brad nicht an das Kontaktverbot hält, die Verfügung, die das Gericht gegen ihn erlassen hat, interessiert diesen Typen einen Scheiß! Ich habe bereits die Krankenakte angefordert. Ace, ich werde sie dir zusammen mit den Polizeiberichten zuschicken.“
Zur Hölle!
Elijah kann sich seine Polizeiberichte sparen. Alles was brauche ist der vollständige Name dieses Mannes, mit dem ermittle ich die Adresse, fahre vorbei und breche ihm ganz langsam sämtliche Knochen. Ich werde ihm seinen Schwanz abschneiden und in seinen Rachen stopfen bis er daran erstickt, und kurz bevor das immer lauter werdende Röcheln, das er von sich geben wird, für immer verstummt, werde ich ihm ins Ohr flüstern, dass das die Rache für all die Angst und die Scherzen ist, die er meiner Frau zugefügt hat...
„Wie war noch mal sein Name?“
„Der Wichser heißt Brad Scales!“
„Ich schulde dir etwas, Elijah.“
Ohne mich zu verabschieden lege ich auf.

Meine Instinkte haben mich also nicht getäuscht. Die Vermutung, dass der Grund für Amys Zögern in ihrer Vergangenheit liegt, war richtig.

Das Schicksal hat es mit meiner Zuckerpuppe bisher nicht besonders gut gemeint. Erst der viel zu frühe Tod ihrer Mutter, dann ihr spielsüchtiger Vater und als Krönung zu der ganzen Scheiße ein brutaler Kerl, der sie schlägt und misshandelt.

Jetzt, wo ich weiß, was Amy schon alles durchgemacht hat, wächst mein Respekt vor ihr ins Unermessliche. Es mag sein, dass sie bisher in ihrem Leben immer alleine und auf sich gestellt war, doch damit ist zum Glück Schluss. Zukünftig wird der komplette MC für sie da sein. Man kann über uns Rocker sagen, was immer man will, aber wenn es um unsere Old Ladys geht, verstehen wir keinen Spaß.

Dieser Brad sollte die letzten Stunden genießen, die ihm auf dieser Welt noch bleiben – seine Zeit ist gezählt.

Als erstes werde ich sehen, wo zur Hölle meine Lady steckt, dann werde ich mir einen Prospect suchen, der sich um meine Türe kümmert und anschließend setze ich Catcher auf die Adresse dieses Brads an. In spätestens vier Stunden werde ich mich auf mein Bike schwingen und dafür sorgen, dass das Unrecht, das Amy angetan worden ist, gerächt wird!

In dem Augenblick, in dem ich das Telefon zurück in meine Hosentasche schiebe und die Wohnung verlassen will, sehe ich meine Lady den Flur entlang auf mich zukommen.

Mit großen Schritten gehe ich ihr entgegen, schlinge meine Arme um ihre Schultern und ziehe sie zu mir heran. Jetzt, wo ich von den Schatten ihrer Vergangenheit weiß, wird mein Beschützerinstinkt übergroß.

Bei meinem Leben - ich werde nicht zulassen, dass ihr jemals wieder weh getan wird!

In der Sekunde, in der sie ihre weichen Lippen auf meinen Mund presst, bin ich verloren.

All meine Wut auf ihren Ex, meine Sorge um sie und meine Besitzgier vermischen sich zu einem teuflischen Tornado.

Gierig schiebe ich ihr meine Zunge in den Mund, koste sie - schmecke sie - verschlinge sie. Ihr süßer Geruch steigt mir in die Nase, während sich ihr kleiner, schmaler Körper gegen den meinen presst.

Meine Gefühle für sie wachsen mit jedem Atemzug, wenn das so weitergeht, werde ich noch verrückt.

Wie zur Hölle soll ich jemals genug von ihr bekommen?

Jede ihrer Berührungen und jeder süße Kuss von ihr machen mich nur noch hungriger.

Wenn sie nicht bei mir ist, komme ich mir vor wie ein Fisch auf dem Trockenen.

„Ace...“
Mit erregter Stimme flüstert sie meinen Namen.
Hart und geschwollen presst sich mein Schwanz gegen den unnachgiebigen Stoff meiner Jeans - ich muss sie ficken – jetzt!
Bestimmend schlinge ich ihr meinen Arm um die Taille und will sie hochheben, doch ihr gezischtes „Autsch ...“ lässt mich innehalten.
„Was ist los, Baby? Habe ich dir wehgetan?“
Ihr schmerzverzerrtes Gesicht verzieht sich zu einem kläglichen Lächeln.
„Nein, du nicht, aber Tick!“
„Tick?“ Fuck! Was zur Hölle hat er mit Amy zu schaffen?
„Ja... na ja...“
Noras Worte über Amy und die angebliche Überraschung kommen mir wieder in den Sinn.
In meinem Kopf beginnt es zu rattern – das Billardspiel, der Wetteinsatz, das rosa Clubzeichen...
Fluchend packe ich sie an den Schultern, drehe sie um und beuge sie vor. Nach Halt suchend stützt sie sich mit den Händen an der Wand ab, während ich ihr den Stoff ihres Shirts nach oben ziehe.
„Ach du heilige Scheiße!“
Das unter einer dünnen, durchsichtigen Folie verborgene Tattoo ist das schärfste, was ich jemals gesehen habe.
Der brennende Totenkopf, der von zwei engelsgleichen Flügeln eingerahmt wird, strahlt mir in Pink entgegen, der blutige Dolch, der in dem Schädel steckt, ist schwarz.
Vorsichtig streiche ich über ihre Wirbelsäule, stoppe erst kurz vor der noch wunden Haut. „Oh Baby, ich liebe es.....“
Ihr glückliches Lachen ist Musik in meinen Ohren.
„Das will ich auch hoffen, schließlich habe ich nur wegen dir verloren!“
„Oh nein, meine Süße. Du hast wegen deiner mangelnden Konzentrationsfähigkeit verloren.“
Aufgebracht windet sie sich aus meinem Griff, dreht sich zu mir um und funkelt mich aufgebracht an.
„Oh nein, Ace. Ich habe verloren wegen der Bitch, die auf deinem Schoß gesessen hat.“
Mit ausgestrecktem Zeigefinger geht sie auf mich los – piekst mich mit ihrem Fingernagel schmerzhaft zwischen die Rippen.
„Ich sage dir eines, Mister Präsident. Jetzt, wo ich deine Lady bin, habe ich die verdammten Exklusivrechte an dir! Ich bin die einzige Frau, die auf deinem Schoß sitzt, die du anfasst und die dich anfassen darf. Wenn

ich dich also noch ein einziges Mal mit einer anderen Tussi sehe, Gnade dir Gott!“

Das gefährliche Glitzern in ihren Augen, verrät mir, dass ich lieber auf sie hören sollte. In dieser Hinsicht scheint meine Zuckerpuppe keinen Spaß zu verstehen.

Das Wissen, dass das Zeichen der Dead Riders die Rückseite meiner Frau ziert, in Kombination mit ihrem ausgeprägten Besitzdenken, macht mich zum glücklichsten Rider der Welt.

„Hey hey, Baby. Reg dich nicht so auf, ich gehöre ganz dir!“

Ihre Reaktion kommt prompt. „Gut!“ Mit einem herrischen Nicken und einer königlichen Körperhaltung geht sie an mir vorbei Richtung Schlafzimmer.

Hilflos gegen das dümmliche Grinsen, das sich auf meinen Lippen ausbreitet, beobachte ich meine Lady dabei, wie sie sich während des Gehens Stück für Stück auszieht.

Nackt und wunderschön lehnt sie sich gegen den Türrahmen des Schlafzimmers.

„Na, wo bleibt mein Rocker? Angst, dass du der Herausforderung nicht gewachsen bist?“

Holy Fuck – diese Frau ist mein Untergang!

Knurrend folge ich ihr, reiße mir die Klamotten vom Leib und ziehe sie in meine Arme.

21. Kapitel

Amy

Seine Zunge zeichnet die Konturen meiner Lippen nach, ehe sie sachte in mich eindringt.

Unfähig ihm zu widerstehen, gebe ich mich dem Kuss hin, sauge sein herbes Aroma in mich ein, sehne mich nach mehr.

Dieser Mann gehört nur mir...

Ace lässt sich Zeit, intensiviert den Kuss mit jedem Zungenschlag etwas mehr.

Verzweifelt kralle ich mich an seinen muskulösen Armen fest.

Zwischen meinen Schenkeln pulsiert es erregt, meine Nerven stehen in Flammen und meine Sinne prickeln vor Lust.

Immer leidenschaftlicher duelliere ich mich mit ihm.

Unser Kuss ist nicht sanft und unschuldig, er ist wie ein Wirbelsturm: unkontrollierbar, allumfassend und verschlingend.

Erst als ich stöhnend nach Luft schnappe, geben seine Hände mein Gesicht frei.

Der eindringliche Blick seiner silbernen Augen bohrt sich tief in mein Herz.

Seiner Finger streichen sachte über meinen Bauch, lassen mich erschaudern, ehe sie tiefer gleiten und besitzergreifend meinen Venushügel umfassen.

Ace senkt seinen Kopf, leckt mit seiner rauen Zungenspitze über meine empfindliche Brustwarze. Saugend zieht er sie tief in seinen heißen Mund, knabbert leicht an ihr, ehe er mich seine scharfen Zähne spüren lässt.

Der scharfe Schmerz lässt mich leise aufschreien, ehe er wie ein Blitz direkt in meinen Kitzler schießt.

Ich will mehr, so viel mehr...

Lusttrunken fahre ich mit meinen Fingern durch die weichen Strähnen seiner Haare und presse seinen Kopf fester gegen meine Brust.

Meine Erregung wächst von Sekunde zu Sekunde.

Erst als meine Knie zittern, mein Atem stoßweise kommt und meine Sinne verrücktspielen, schlingt er seine Arme um mich und trägt mich zu seinem Bett.

Kaum berührt mein Bauch die Matratze, ist er auch schon über mir. Ich spüre, wie er groß und beeindruckend über mir aufragt.

Sanft streichen seine Finger über meine Schulter, hinab zu meinem Po, bis sie die weichen Falten meiner Scheide erkunden.

Stöhnend presse ich meinen Unterleib seiner geschickten Hand entgegen.
Meine Pussy reagiert mit purer Lust und wird immer nasser.
Keuchend schließe ich meine Augen, verliere mich in meiner Lust.
Mein Dämon massiert meinen Kitzler, dringt mit einem Finger in mich ein, touchiert meinen G-Punkt.
„Von deinen süßen Schreien werde ich niemals genug bekommen.“
Zuckend und pulsierend zieht sich mein Unterleib zusammen, ich kralle meine Finger in das Kissen, stöhne laut.
Aces Körper presst sich auf mich.
In dieser Position kann ich jeden seiner Muskeln spüren.
Willig spreize ich meine Beine noch etwas mehr. Ace versteht sofort und reibt mit seinem harten Schwanz über meine weiche Mitte. Seine dicke Eichel badet regelrecht in meiner Feuchtigkeit. Ich spüre, wie sich sein Körper immer mehr anspannt.
Ein wildes Geräusch löst sich aus seiner Kehle, während er zwei seiner Finger bis zum Anschlag in mich rammt.
Der Atem meines Rockers kommt immer abgehackter, er ist kurz davor die Beherrschung zu verlieren.
„Fuck Baby! Du bist so heiß und eng!“
Kaum dass er mir seine Finger entzieht, spüre ich das unangenehme Gefühl der Leere in mir.
„Bitte Ace, nimm mich... fick mich, benutze mich. Mein Körper gehört dir...“
„Bist du des Wahnsinns, Frau? Du hast nicht die geringste Ahnung, was deine unbedachten Worte in mir auslösen!“
Vielleicht hat er recht und ich weiß nicht, was ich fordere, was ich allerdings ganz bestimmt weiß, ist, das ich alles von ihm will – einfach alles.....
Seine rechte Hand umschließt meinen Nacken, seine linke wühlt sich durch die weichen Falten meiner Muschi.
Ihm hilflos ausgeliefert drehe ich meinen Kopf auf die Seite und beobachte ihn dabei, wie er versucht seine Selbstbeherrschung aufrechtzuerhalten. Sein animalischer Blick ruht auf meinem Gesicht, er beobachtet mich und jede meiner Regungen ganz genau.
Ich sehe den Kampf in seinen wunderschönen Augen, spüre regelrecht, wie er mit sich selber ringt.
Ich begehre diesen Mann so sehr, dass ich kurz vor dem Durchdrehen bin.
Der Sturm, der in den Tiefen seiner silbernen Augen wütet, raubt mir den Atem.

Sein Daumen reibt über meine Perle, seine Finger schieben sich immer und immer wieder in mich.

Stöhnend ergebe ich mich der Lust, die durch meine Adern rauscht.

Erregt drücke ich meinen Rücken durch und komme ihm so noch etwas weiter entgegen

Ich bin verloren...

„Du bist meine Lady, du gehörst nur mir!"

„Ja, das tue ich!"

„Bei allen Heiligen... es gibt nichts Geileres, als dich nackt und schutzlos unter mir liegen zu haben."

Erneut fährt er mit seinen Fingern durch meine Pospalte, dringt mit seinem Zeigefinger in meine dunkle Grotte ein.

„Oh Baby, ich will dich auf alle nur erdenklichen Arten ficken."

Das ungewohnte Gefühl der Penetrierung sorgt dafür, dass ich mich automatisch verspanne.

„*Schhhh,* Zuckerpuppe, entspann dich, überlass dich mir."

Zitternd atme ich tief ein und tue was er sagt. Sein dicker Schwanz reibt über meinen empfindlichen Kitzler, ehe die Eichel in mich eindringt.

Sein Glied in meiner Muschi und sein Finger in meinem Po lassen mich beinahe kommen. Ace brummt laut, atmet hörbar ein, schiebt seinen Finger noch etwas tiefer in mich.

„Du bringst eine Seite in mir zum Vorschein, von der ich nicht wusste, dass sie überhaupt existiert!"

Keuchend presse ich mein Gesicht tiefer in die Matratze, vor meinen geschlossenen Augen tanzen bunte Punkte.

Ein dünner Schweißfilm bedeckt meine Haut, mein Atem kommt rau und laut.

Langsam entzieht er mir seinen Finger, alleine dadurch wäre ich schon beinahe gekommen.

Endlich umfasst er mit seinen großen Händen bestimmend meine Taille, hebt mich etwas an und schiebt sein hartes, verdammt dickes Glied ein paar Zentimeter tiefer in mich.

Ohhhhh.....

In dieser Stellung fühlt er sich noch viel dicker und größer an.

Meine Atmung kommt vollständig zum Erliegen.

Das laute Pochen meines Herzschlags wummert durch meine Venen, während ich mich in der Intensität dieses Augenblicks verliere.

Ich spüre, wie er seine Finger tief und schmerzhaft in mein Fleisch gräbt und weiß, dass er mich gleich so richtig rannehmen wird.

„Ich spüre, wie deine Pussy versucht, mich tiefer reinzuziehen. Du kannst es gar nicht erwarten, von mir hart gefickt zu werden.

Ace hat recht, wenn ich ihn nicht bald tiefer in mir spüre, drehe ich durch.

„Stütz dich am Kopfende des Bettes ab."

Mit letzter Kraft schiebe ich meine Arme nach oben und tue was er sagt.

Ich höre, wie er leise etwas flüstert, doch durch das Rauschen in meinen Ohren kann ich ihn nicht verstehen.

Kreisend zieht er sich aus mir zurück, reibt mit der Spitze seiner Eichel über meine Rosette, ehe er sein Glied wieder vor meiner Scheide in Position bringt.

In der einen Sekunde habe ich noch das Gefühl, dass ich sterbe, wenn er nicht endlich in mich eindringt. In der nächsten rammt er sich so tief in mich, dass ich mit dem Kopf gegen die Wand geknallt wäre, wenn er mich nicht festgehalten hätte. Hart, unfassbar dick und groß dehnt er mich so sehr, dass ein bitterer Schmerz durch meinen Unterleib zuckt. Mein lauter Schrei hallt von den Wänden wieder, während er sich immer und immer wieder in mir vergräbt.

Hart – unfassbar tief und gnadenlos fickt er mich mit all seiner Kraft. Sein Griff ist so fest, dass ich morgen mit Sicherheit blaue Flecken an der Stelle bekommen werde. Mein Unterleib pocht heftig. Immer und immer wieder schiebt er sich in mich, fickt mich, benutzt mich.

Pure, reine Lust durchströmt meine Adern. Tief in meinem Bauch baut sich ein immer stärker werdender Druck auf, ehe ich mich schreiend in meiner Lust verliere.

Der Orgasmus, der über mich hereinbricht, ist so stark, dass ich für einen kurzen Augenblick befürchte, wieder ohnmächtig zu werden.

Zitternd und verschwitzt liege ich unter meinem Mann, sein Glied dringt ein letztes Mal tief in mich ein, ehe er laut brüllend seinen Samen in mich pumpt.

Ace

Der Körper meiner Frau ist das reinste Paradies ...

Für Kerle wie mich gibt es keinen Gott, keinen Garten Eden und keine Erlösung.

Wir haben uns für die Schattenseite des Lebens entschieden.

Wenn wir Erlösung wollen müssen wir sie uns hier auf Erden suchen, denn eine andere wird es für uns nicht geben!

Amy ist meine Chance auf Glück, nur bei ihr verspüre ich Frieden.

Zutiefst befriedigt sinke ich auf ihr zusammen, achte jedoch darauf, nicht auf ihr Tattoo zu kommen, inhaliere ihren köstlichen Geruch und knabbere an ihrem Hals

Langsam rolle ich mich von ihr herunter, ziehe sie in meine Arme und betrachte voller Besitzerstolz ihren verschwitzten, leicht zitternden Körper.

Das war der grandioseste Fick meines Lebens.

Amys enge Möse, ihre süßen Schreie und das Zeichen der Dead Riders, das ihr Steißbein ziert – absolut perfekt.

Seufzend dreht sie sich auf die Seite, so dass sie sich in meine Armbeuge kuscheln kann, und zuckt dabei leicht zusammen.

Besorgt sehe ich sie an. Streiche ihr die Haare aus dem Nacken und umfasse ihn mit meinen Fingern.

Sie ist so zart und schutzlos - eine falsche Bewegung und schon habe ich ihr das Genick gebrochen....

„Geht es dir gut, Baby?"

Ihre vollen Lippen verziehen sich zu einem breiten Grinsen.

„Alles bestens, ich bin nur etwas wund."

„Sehr schön, so wirst du bei jedem Schritt an mich denken."

Sie gibt ein leises Schnauben von sich.

„Das tue ich sowieso, Ace."

Ihre Worte klingen zu schön um wahr zu sein.

„Ehrlich?"

Sie nickt leicht, ihre Wangen werden rot.

Nicht in der Lage meinen Hunger nach ihr zu zügeln, beuge ich mich vor und küsse sie sanft.

Schweigend sehen wir uns an, unsere Herzen schlagen im gleichen Takt.

In meinem bisherigen Leben habe ich mir nicht viel gewünscht – es war mir einerlei wie viel Zeit ich auf dieser Welt habe, alles wofür ich gelebt habe, war der Club.

Doch jetzt habe ich endlich einen Grund zu leben, jetzt sehne ich mich nach mehr, so viel mehr...

Als ich bemerke, dass sie friert, richte ich mich auf und ziehe die Decke über unsere ineinander verschlungenen Körper.

Diese Frau ist das Kostbarste was ich jemals besessen habe, daher werde ich alles in meiner Macht Stehende tun, um sie zu beschützen.

So wie ich Catcher kenne, wird er in Windeseile die Adresse von ihrem Ex herausbekommen.

„Ich muss später noch mal für ein paar Stunden weg."

„Wohin?"

„Etwas erledigen, es wird nicht lange dauern."

Ich werde deinen Ex suchen, finden und von der Nasenspitze bis zum Sack aufschlitzen...

Verlegen knabbert sie auf ihrer Unterlippe herum, ehe sie tief einatmet und mir direkt in die Augen sieht.

„Da gibt es noch etwas, worum ich dich bitten wollte."

Das Zittern in ihrer Stimme verrät mir, dass ihr diese Sache wichtig ist.

„Und um was?"

„Wenn du das nächste Mal zum ‚Maggie's' fährst, nimm mich bitte mit. Ich würde mir gerne noch ein paar Kleinigkeiten von zu Hause holen, Bilder und solche Sachen."

An sich ist ihre Bitte kein Thema. Dass sie die Wohnung über der Kneipe immer noch als ihr Zuhause betitelt, geht mir hingegen gegen den Strich.

„Du bist jetzt hier zu Hause Baby."

Ihr Versuch mich anzulächeln scheitert kläglich.

„Das weiß ich, Ace, aber daran muss ich mich eben erst noch gewöhnen."

Das mit dem Gewöhnen erfordert Zeit und diese Zeit erfordert wiederum Geduld und bei allem was mir recht ist, ich bin kein besonders geduldiger Mann.

„Das verstehe ich, Zuckerpuppe."

Das Grün ihrer Augen funkelt mich amüsiert an.

„Sicher?"

„Aye, sicher."

Stürmisch legt sie sich auf mich, küsst mich stürmisch und steigt dann aus dem Bett.

„Was zur Hölle machst du da, Baby?"

„Aufstehen, was sonst. Wenn du später noch weg musst, können wir ja jetzt noch schnell was zusammen essen. Ich sterbe fast vor Hunger, das Frühstück ist schon eine Ewigkeit her..."

Entspannt beobachte ich sie dabei, wie sie sich etwas anzieht, ehe ich ebenfalls aus dem Bett steige und meine Klamotten zusammensammle.

Ich weiß nicht, was die Zukunft für uns bereithält, aber ich weiß, dass mir mit dieser Frau an meiner Seite niemals langweilig werden wird....

Amy

Nachdem ich den Kühlschrank durchsucht habe, beschließe ich, dass ich uns Sandwiches mache. Gut zehn Minuten später sind die Putensteaks gebraten, der Salat ist gewaschen und die Zwiebeln bereits in dünne Ringe geschnitten.

Ace unterhält sich leise mit Catcher, als ich unser Essen fertig habe, stelle ich es auf den Tisch und setze mich.

Was auch immer die beiden besprechen, an ihrem finsteren Gesichtsausdruck erkenne ich, dass sie nicht gestört werden wollen.
Gerade als ich in mein Sandwich beißen will, stürmt Slide in die Küche.
„Hier bist du, Präs.... Ich konnte dich an deinem Handy nicht erreichen."
Seine Erleichterung darüber, dass er Ace gefunden hat, ist ihm deutlich anzusehen.
„Mein Handy liegt im Büro. Was ist denn los?"
„Razzor ist gerade noch mal raus zur Kneipe gefahren, um etwas zu erledigen. Als er ankam, stand das komplette Haus in Flammen. Die Feuerwehr ist bereits alarmiert, aber ich denke, wir sollten unbedingt hinfahren."
Mein erschrockener Aufschrei sorgt dafür, dass Slide entschuldigend zu mir rüber sieht.
Das ‚Maggie's' brennt, diese Information bringt meine Welt ins Wanken.
Ich weiß, dass es idiotisch ist, um etwas zu trauern, was längst nicht mehr mir gehört, aber seit wann haben Emotionen etwas mit Logik zu tun?
Dieses Haus war mein Leben, meine Zuhause und meine Arbeit. Jahrelang hat es nichts anders für mich gegeben und jetzt wird es zu Schutt und Asche zerfallen.
„Gibt es Anzeichen für Brandstiftung?"
Aces Frage lässt mich zusammenzucken.
Warum sollte jemand das ‚Maggie's' anzünden?
Slide schüttelt den Kopf.
„Keine Ahnung, Ace. Lass uns abwarten, was die Feuerwehr zur Brandursache sagen wird."
Tranen laufen mir über die Wangen. Das war es dann wohl mit den Bildern und den anderen Dingen, die ich noch holen wollte. Alles was ich jemals besessen habe ist in Flammen aufgegangen....
Catcher sieht erst mich und dann Ace an.
„Denkst du es waren die Maisfresser?"
Catchers Schlussfolgerung ist logisch. Da mein Vater auch bei den Mexikanern Schulden gemacht hat, ist es nur verständlich, dass sie wütend sind.
Zu meiner Verwunderung schüttelt Ace verneinend den Kopf.
„Nein, das denke ich nicht. Wir haben eine Vereinbarung getroffen. Ramon ist nicht so dumm, diese zu brechen!"

Eine Vereinbarung? Wer ist Ramon? So langsam verstehe ich wirklich gar nichts mehr... Angewidert sehe ich auf das Sandwich, das auf meinem Teller liegt – der Appetit ist mir vergangen.

„Macht euch auf den Weg." Ace sieht mich an, ehe er weiterspricht. „Ich komme gleich nach."

Nachdem Slide und Catcher gegangen sind, breche ich endgültig in Tränen aus.

Ohne ein Wort zusagen, kommt der Präsident der Dead Riders auf mich zu und zieht mich beschützend in seine starken Arme.

Nach Trost suchend klammere ich mich an ihm fest. Meine Tränen tropfen auf das abgewetzte Leder seiner Kutte, laufen über das Pik-Ass-Patch, ehe sie schlussendlich langsam trocknen.

Zärtlich streichelt er mir über den Rücken, flüstert mir leise zu, dass alles gut ist, dass ich bei ihm in Sicherheit bin und dass er mich beschützt.

Ace denkt wohl, dass ich aus Angst weine, in Wirklichkeit aber weine ich wegen des Verlustes all der kostbaren Erinnerungen, die gerade 20 Meilen von hier verbrennen. Ich weine aus Trauer und aus Wut – warum musste mein Vater alles, was ich jemals besessen habe, mit seiner verdammten Spielerei riskieren und verlieren?

Langsam beruhige ich mich wieder etwas, atme tief durch und schniefe leise.

„Hör mal, Baby, ich muss da hin. Soll ich Ellen oder Nora holen?"

Ich löse mich aus seiner Umarmung und sehe ich flehend an.

„Nimm mich mit, Ace. Bitte. Das Haus, das da brennt, war mein Zuhause. Ich muss es mit eigenen Augen sehen!"

Seine Reaktion kommt prompt.

„Nein, das kommt nicht in Frage. Das ist zu gefährlich!"

Fest entschlossen mich durchzusetzen, küsse ich ihn sanft auf den Mund, ergreife seine Hand und verschlinge meine Finger mit den seinen.

„Bitte, Ace! Wenn ich in deiner Nähe bleibe, ist es doch gar nicht gefährlich."

Seine Augen blitzen mich aufgebracht an.

Jeder Zentimeter seines Körpers ist angespannt, es ist ihm klar anzusehen, wie sehr ihm die Vorstellung widerstrebt, mich mitzunehmen.

„Bitte..."

Laut fluchend schließt er seine Augen, schüttelt den Kopf und schimpft irgendetwas über sture Frauen und weich werdende Rocker...

Gerade als ich denke, dass er hart bleiben und mich nicht mitnehmen wird, sieht er mich streng an.

„Ok. Aber du musst mir schwören, dass du keine Dummheiten machst und immer in meiner Nähe bleibst! Ich denke nicht, dass es die Mexikaner waren, aber wer weiß, mit wem sich dein nichtsnutziger Vater noch so alles angelegt hat.“

Ace hat recht, ich habe keine Ahnung, wie tief mein Vater mittlerweile in der Scheiße steckt.

„Ich danke dir!“

Er schüttelt genervt den Kopf.

„Fuck! Mein Instinkt verrät mir, dass ich diese Entscheidung noch bereuen werde.“

Blitzschnell ergreift er meine Hand und zieht mich aus dem Club zu seinem Bike. Nachdem er mir seinen Helm aufgesetzt hat, schwingt er sich aufs Bike und wartet, bis ich mich hinter ihn gesetzt habe.

In der Sekunde, in der ich meine Arme um seine Mitte schlinge, startet er die Maschine und gibt Gas.

Das letzte Mal als ich hinter dem Rocker Dämon auf diesem Bike gesessen habe, bin ich in eine ungewisse Zukunft gefahren – dieses Mal fahre ich zu meiner zerstörten Vergangenheit!

Schnell, aggressiv und selbstsicher lenkt Ace uns durch den dichten Verkehr. Die Straßenverkehrsordnung scheint ganz offensichtlich für Dead Riders nicht zu gelten.

Wie schon bei unserer ersten gemeinsamen Fahrt spüre ich, wie er regelrecht mit dem Motorrad verschmilzt. Er wird eins mit seiner Maschine, er liebt das Fahren.

Meile für Meile kommen wir SeaTac und somit auch dem ‚Maggie’s‘ näher.

Ob wirklich alles abgebrannt ist? Vielleicht konnte die Feuerwehr ja auch das Schlimmste verhindern?

Wenige Minuten später zerfällt meine Hoffnung im wahrsten Sinne des Wortes zu Asche.

Ich weiß nicht, wie lange das Feuer gewütet hat, aber es hat ausgereicht, um alles, für das ich Jahre lang gekämpft habe, zu zerstören. Das alte Holzhaus, in dem ich aufgewachsen bin, ist nicht mehr zu erkennen. Hier und da stiebt noch ein letzter Funke in die Luft. Heißer Wasserdampf, Rauch und ein bestialischer Gestank liegen in der Luft.

Das rotblaue Licht der beiden Einsatzwagen der Feuerwehr reflektiert auf den an der Seite stehenden Bikes der Riders.

Wie unter Schock sehe ich zu, wie die Feuerwehrmänner der Rüstgruppe ihre Schläuche wieder einrollen – ihre Arbeit ist getan.

Razzor, Catcher und Slide stehen neben dem Kommandanten des Löschtrupps, Slide überreicht dem Mann ein dickes Bündel Dollarscheine.

Was zur Hölle läuft hier?
Ace bemerkt meinen fragenden Blick, beugt sich zu mir herab und flüstert mir leise ins Ohr, dass im Keller der Kneipe Waffen gelagert waren.
Dieses Bündel Scheine soll also dafür sorgen, dass die Feuerwehr die verkohlten Waffenreste nicht der Polizei meldet.
Heilige Scheiße, in was für einer Welt bin ich nur gelandet?
„Bleib hier stehen und beweg dich nicht vom Fleck!“
Zitternd beobachte ich den Mann, dem ich erst heute Morgen versprochen habe, seine Lady zu sein, dabei, wie er zu seinen Männern geht.
Ganz im Gegensatz zu mir ist er die Ruhe selbst.
Was wohl alles passieren muss, damit auch der Präsident der Dead Riders mal die Nerven verliert? Ein brennendes Haus, zerstörte Waffen und Schweigegeld für die Feuerwehr reichen dafür ganz offensichtlich nicht aus....

22. Kapitel

Ace

Verfluchte Scheiße!

Seit einer geraumen Zeit passiert jeden Tag irgendetwas Unvorhersehbares.

Nach einem kurzen Wortwechsel mit dem Einsatzleiter der Feuerwehr weiß ich, dass dieser Brand gelegt wurde. Dank der 1000 Dollar, die sich jetzt in der Innentasche der feuerfesten Jacke des Mannes befinden, wird die Polizei nichts von dem abgebrannten Waffenlager im Keller der Kneipe erfahren.

Die zuständigen Polizeiermittler werden nur über die Brandstiftung in Kenntnis gesetzt.

Aber selbst das ist schon beschissen genug.

Der MC vermeidet so gut es geht jeglichen Kontakt zu den Bullen.

Prüfend werfe ich einen Blick über die Schulter. Amy steht noch immer neben meinem Bike - zumindest hört sie dieses eine Mal auf mich.

Catcher sieht mich aufgebracht an.

„Was zur Hölle hast du dir dabei gedacht, sie hierher zu bringen?“

„Sie wollte es so!“

Selbst in meinen Ohren klingen meine Worte absolut lächerlich. Seit wann schere ich mich um das, was eine Frau will? Ganz einfach! Seit mir Amy über den Weg gelaufen ist....

„Fuck, Präs....“

Slide lacht kurz auf.

„Unser Anführer scheint weich zu werden.“

„Verdammt! Das Geschwafel von euch Vollidioten habe ich gerade noch gebraucht!“

Razzor zündet sich eine Kippe an, schnalzt laut mit der Zunge und lässt seinen Blick über das abgebrannte Gebäude schweifen.

„Wer auch immer für diese Scheiße verantwortlich ist, er hat ganze Arbeit geleistet!“

Slide lässt den Deckel seines Zippos immer und immer wieder auf- und zuklappen, ein klares Anzeichen dafür, dass er ziemlich verärgert ist.

„Den Verlust der Knarren können wir verkraften. Aber wir werden uns ein neues Waffenlager suchen müssen!“

Hört denn dieser ganze Mist nie auf....

„Yep, das sehe ich auch so!“

„Als erstes müssen wir herausfinden, wer das Feuer gelegt hat. Und ob er damit uns oder Amys Vater treffen wollte.“

Razzor schnippt seine Kippe zur Seite.
„Ich werde mich mit Ramon in Verbindung setzen und herausfinden, ob die Mexikaner etwas wissen.“
Ich nicke zustimmend.
„Schick auch gleich ein paar Prospects her, sie sollen die Brandstelle nach allen Waffenresten absuchen. Wenn die Cops hier in ein paar Stunden eintreffen, darf nichts mehr auf unser Waffenlager hindeuten!“
„Wird gemacht, Boss.“
In meinem Kopf überschlagen sich die Probleme. Da die neue Lieferung der AKs nächste Woche eintreffen wird, benötigen wir schnellstens ein neues Außenlager.
Es ist ein Ding der Unmöglichkeit, dass die Käufer zu uns ins Clubhaus kommen. Da könnten wir uns auch gleich ein Banner mit der Aufschrift *‚Illegaler Waffenhandel'* ans Eingangstor hängen.
Das Letzte, was ich gebrauchen kann, ist, dass sich das FBI an unsere Fersen heftet. Diese Pisser wieder loszuwerden ist jedes Mal aufs Neue ein Drahtseilakt.
Nachdem hier alles geklärt ist, überlasse ich den Rest meinen Brüdern und gehe zurück zu Amy. Zitternd, völlig verweint und nervlich absolut am Ende lehnt sie an meinem Bike und sieht mich an.
Es tut mir wahnsinnig leid für sie, dass sie nun schon wieder einen Schicksalsschlag erlitten hat.
„Fuck, Baby!“
Langsam ziehe ich sie in meine Arme und streiche ihr beruhigend über den Kopf.
Für Amy wird es schwer damit klarzukommen, dass ihr Elternhaus abgebrannt ist, aber meiner Lady ist stark, sie wird das verkraften.
„Lass uns von hier verschwinden.“
„Bring mich heim, Ace!“
Dieser Tag war einerseits völlig beschissen und andererseits mega geil. Endlich hat meine Zuckerpuppe erkannt, dass sie für immer zu mir gehört.
Zukünftig wird sie also nicht nur das Zeichen der Dead Riders auf ihrem Rücken, sondern auch noch meine Kutte tragen.
Bei allem was mir heilig ist!
Von mir aus könnte die ganze Welt in Flammen aufgehen, wenn ich nur nach jedem langen Tag diese vier Worte aus dem Mund meiner Frau höre!

Amy

Nach Schutz suchend lehne ich mich an den breiten Rücken meines Rockers. Ich habe keine Ahnung, was ich fühlen oder denken soll. Der Anblick des völlig zerstörten Hauses hat mich so richtig aus der Bahn geworfen. Es war gut, dass ich mitgefahren bin, ich musste es mit eigenen Augen sehen, nur so kann ich diese Sache verarbeiten.

So fest ich kann klammere ich mich an Ace fest.

Er ist mein Fels in der Brandung, solange ich ihn bei mir habe, wird alles gut. Langsam legt sich die Dämmerung auf die Straßen, die Sonne verschwindet hinter dicken schwarzen Wolken, es sieht nach Regen aus.

Mir ist kalt, doch diese Kälte hat nichts mit den immer niedriger werdenden Temperaturen zu tun, sondern sie kommt von innen.

Kurve für Kurve – Meile für Meile nähern wir uns dem Clubhaus.

Ich bin so in meine Gedanken versunken, dass ich nicht wirklich auf meine Umgebung achte. Erst ein lauter Knall, dann reißt mich das Schlingern des Motorrads aus meiner Schockstarre.

Was passiert hier?

„Ace!"

Entsetzt sehe ich, wie sich ein immer größer werdender Blutfleck auf Aces Schulter ausbreitet. Schlagartig wird mir alles klar – er muss getroffen worden sein!

Plötzlich geht alles ganz schnell. Erneut höre ich einen lauten Knall, dieses Mal bin ich mir sicher, dass er von einem Schuss stammt. Angst breitet sich in mir aus, ich bekomme Panik.

Die Maschine dreht sich, kippt zu Seite und schlittert über die Straße. Unsere Beine sind zwischen dem Asphalt und dem Eisen des Bikes gefangen.

Ich spüre, wie der raue Straßenbelag über meine Haut kratzt, aber ich spüre merkwürdigerweise keinen Schmerz.

Alles, worauf ich achten kann ist, dass Ace sich nicht mehr bewegt. Seine Augen sind geschlossen, der Blutfleck auf seiner Kutte wird immer größer.

Oh mein Gott!

Kaum dass die Maschine endlich liegen bleibt, ziehe ich mein Bein unter ihr raus und versuche aufzustehen. Der Stoff meiner Hose ist zerfetzt, mein Schuh ist verschwunden und ich blute stark.

Doch im Gegensatz zu Ace bin ich zu meinem großen Glück nicht schwer verletzt. Mein linker Unterschenkel weist eine riesige Wunde auf, aber ich kann stehen und laufen, was bedeutet, dass mein Bein nicht gebrochen ist.

„Ace!" Erneut rufe ich seinen Namen, doch er reagiert nicht.

Lieber Gott hilf mir...

„Ace!“

Mit aller Kraft versuche ich, das Motorrad so beiseite zu ziehen, dass ich sein Bein befreien kann. Wer hätte gedacht, dass diese Maschine so verdammt schwer ist?!

Endlich gelingt es mir, seinen Fuß zu befreien.

Aces hoher, fester Stiefel scheint verhindert zu haben, dass sein Bein zerquetscht wurde.

Seine Jeans ist durchlöchert und voller Blut. Kleine Kieselsteine und Dreck kleben in den Schürfwunden an seinem Bein.

So wie ich das sehe, ist die Schusswunde an seiner Schulter viel schlimmer. Es muss mir irgendwie gelingen, die Blutung zu stillen. Da wir es noch nicht ganz bis nach Tacoma geschafft haben, ist weit und breit kein Haus zu sehen - es ist niemand da, der uns helfen kann.

So schnell ich kann, ziehe ich ihm seine Kutte aus, es muss mir irgendwie gelingen, die Blutung zu stoppen.

Panisch drücke ich meine Hände so fest ich kann auf das Loch in seinem Körper. Tränen der Verzweiflung rinnen mir über das Gesicht.

Wenn mir nicht bald etwas einfällt, wie ich ihn retten kann, wird er hier mitten auf der Straße verbluten.

Scheiße – Scheiße – Scheiße!

Ich weiß nicht, was ich tun soll.

Am liebsten würde ich all seine Taschen nach seinem Handy absuchen, aber dann kann ich nicht mehr auf die Wunde drücken und er verliert wieder mehr Blut.

Andererseits weiß ich nicht, wie lange ich hier sitze, bis jemand zufällig vorbeikommt.

Mir ist klar das Catcher und Razzor früher oder später hier vorbeifahren werden, aber ich weiß nicht wann. Was wenn es da für Ace bereits zu spät ist?

Ich habe keine Ahnung, wie lange es dauert, bis ein Mensch verblutet ist, aber ich weiß, dass ich Ace nicht sterben lassen werde!

„Ace! Ace, hörst du mich!“

Als er keine Reaktion zeigt, entscheide ich mich dazu nach seinem Telefon zu suchen.

Ich muss Hilfe rufen....

Mit zitternden und blutverschmierten Fingern werde ich in seiner rechten Hosentasche fündig.

Vor lauter Panik fällt mir diese verdammte Notfallnummer nicht ein....

Fluchend und schimpfend gehe ich die Kontaktliste durch, bis ich endlich Catchers Namen finde. Nachdem ich auf das Anrufzeichen gedrückt habe, wählt es endlich.

Es kommt mir wie eine Ewigkeit vor bis er endlich den Anruf annimmt, dabei hat es nur drei Mal geläutet.
„Catcher, du musst uns helfen! Wir hatten einen Unfall, es wurde auf uns geschossen. Ace wurde getroffen... da ist so viel Blut.... so, so schrecklich viel Blut!“
Mir ist es ein Rätsel, wie er mein schluchzendes Gestotter verstehen kann, aber er kapiert sofort, was los ist. Noch bevor ich weiterreden kann, höre ich, wie er laut nach Razzor ruft, ehe er mit mir spricht.
„Beruhig dich, Amy. Wo genau seid ihr?“
„Kurz vor Tacoma!“
Ich höre sein lautes Fluchen.
„Wir kommen so schnell wir können. Du musst so fest du kannst auf das Einschussloch drücken! Verstehst du das, Amy?“
Erst nachdem ich genickt habe, wird mir klar, dass er mich ja nicht sehen kann.
„Ja, mache ich. Catcher, du musst einen Arzt rufen!“
„Ich kümmere mich um alles.“
Schluchzend presse ich meine rechte Hand erneut auf die Wunde.
„Wo ist der Schütze, Amy?“
Oh Gott! In all meiner Panik habe ich an den gar nicht mehr gedacht. Entsetzt sehe ich mich um, kann aber niemanden entdecken.
„Ich... Ich... weiß es nicht...“
„Wir sind auf dem Weg!“
Nach diesem Satz ist die Leitung tot, Catcher hat aufgelegt.
Eine eiskalte Angst ergreift von mir Besitz. Was, wenn der Verrückte, der auf uns geschossen hat, noch in der Nähe ist. Was, wenn er jetzt kommt, um zu Ende zu bringen, was er angefangen hat?
Während ich mich mit meinem ganzen Gewicht auf Aces Rücken lehne, behalte ich ununterbrochen die Umgebung im Blick.
Panisch sehe ich auf meinen Rocker Dämonen runter.
„Bitte Ace, du musst aufwachen, ich brauche dich!“
Gerade als ich meinen Blick wieder auf die Umgebung richten will, sehe ich, wie seine Augenlider zucken.
„Baby?“
Sein raues, sehr leises Flüstern erfüllt mich mit neuer Hoffnung.
„Oh Gott, Ace...“
Als er sich aufrichten will, drücke ich ihn wieder runter auf den Boden.
„Bleib liegen! Du wurdest angeschossen und dann hatten wir einen Unfall.“
Sein schmerzverzerrtes Stöhnen lässt mein Herz bluten.
„Baby, du musst Slide anrufen.“
„Ich hab bereits Catcher informiert. Hilfe ist auf dem Weg.“

Entsetzt stelle ich fest, dass sein Atem rasselnd kommt.

Erneut fallen seine Augen zu, er ist wieder ohnmächtig geworden.

Lieber Gott, lass ihn nicht sterben!

In der einen Sekunde knie ich schluchzend neben dem Mann, der sich in mein Herz geschlichen hat und bete zu Gott, dass Ace diese Scheiße hier überleben wird. In der nächsten höre ich, wie eine mir bekannte Männerstimme meinen Namen flüstert.

Entsetzt hebe ich den Kopf und sehe ausgerechnet in die eiskalten blauen Augen meines Exfreunds...

„Brad?"

Fassungslos sehe ich auf die schwarze Waffe, die er in seiner rechten Hand hält.

Er hat auf uns geschossen – er wollte uns umbringen!

„So sieht man sich wieder, Amy!"

Wie kann er nur so gelassen sein, während der Mann, den er angeschossen hat, auf dem Boden liegt und langsam verblutet?

Mir war schon immer bewusst, dass Brad ein ernstes psychisches Problem hat, aber mir wird erst jetzt klar, wie gestört er in Wirklichkeit ist.

„Warum hast du das getan? Wie konntest du nur auf uns schießen?"

Seine Augen verengen sich zu schmalen Schlitzen.

„Wenn du das wirklich fragen musst, hast du nichts begriffen, Amy."

Als ich endlich das laute Dröhnen der sich uns nähernden Motorräder höre, breche ich erneut in Tränen aus.

Ich habe keine Ahnung, wie Catcher und seine Brüder es schaffen wollen, Brad zu entwaffnen, aber ich bin mir sicher, dass sie es schaffen werden...

„Hörst du das, Brad? Die Riders kommen und wenn sie sehen, dass du auf ihren Präsidenten geschossen hast, werden sie dich erschießen. Also steck die Waffe weg und verschwinde ..."

Um ehrlich zu sein, will ich, dass Aces Brüder meinen Ex abknallen. Aber ich habe fürchterliche Angst, dass Brad jetzt in Panik gerät und Ace, mich, oder einen von Aces Männern erschießt.

Ich kenne Catcher und die anderen Jungs, sie werden Brad jagen und ausschalten, es wird keinen Ort auf dieser Welt geben, an dem er vor ihnen sicher sein wird.

„Du hast recht, ich werde gehen, aber du wirst mit mir kommen! Ich habe es endgültig satt, mich von dir verarschen zu lassen!"

„Lieber sterbe ich, als mit dir mitzugehen!"

Ohne zu zögern hebt er den Arm und richtet seine Waffe auf mich.

„Bist du dir da sicher, Kleines?"

Heilige Scheiße! Wenn er mich das so fragt, bin ich mir ganz und gar nicht sicher.....

„Wenn du nicht willst, dass ich dir eine Kugel in deinen hübschen Kopf jage, stehst du jetzt auf und kommst mit mir mit!“

Ängstlich sehe ich in die Richtung, aus der die Riders kommen. Als sie sehen, dass Brad mir eine Waffe an den Kopf hält, bremsen sie ab und bleiben stehen.

Hilflos sehe ich Ace an, nehme meine Hände von der Schusswunde und stehe auf wackeligen Beinen auf.

Kaum dass ich stehe, steigt mein Ex über Ace drüber, packt mich am Hals und schiebt mich so vor sich, dass mein Körper zu seinem Schutzschild wird.

Die harte Mündung seiner Waffe presst sich gegen meine Schläfe, mein Herz beginnt vor Angst zu rasen!

Rückwärts zieht er mich mit sich über das Feld bis hinter eine Baumgruppe.

Auf einer kleinen Straße steht sein roter Pick-up.

„Bitte Brad, tu das nicht!“

Sein kaltes Lachen lässt mich erschaudern.

„Hast du das etwa auch zu deinem Rocker gesagt, als er dich das erste Mal gefickt hat?“

Und da ist er auch schon, der Grund für diese Tat – er ist mal wieder eifersüchtig.

Brad konnte es noch nie haben, wenn ich mich auch nur mit einem anderen Mann unterhalten habe. Das Wissen, dass ich nun zu Ace gehöre, muss ihn fast umgebracht und zu dieser verrückten Aktion verleitet haben.

„Brad, wir haben vor drei Jahren Schluss gemacht. Es spielt also keine Rolle, was ich zu wem sage.“

Wütend schlägt er mir mit dem Griff der Waffe auf den Hinterkopf.

„Du hast Schluss gemacht, du kleine Schlampe. Für mich war es nie vorbei.“

Eine bittere Übelkeit steigt mit in den Hals, lässt mich würgen.

Ohne auf meine Gegenwehr zu achten, schubst er mich auf die Rückbank des Pick-ups.

Als ich nach ihm trete, flucht er laut, holt erneut mit der Waffe aus und schlägt mir dieses Mal direkt auf die Schläfe.

Der starke Schmerz, der daraufhin durch meinen Kopf zuckt, raubt mir den Atem, meine Umgebung verschwimmt und ich sinke kraftlos in mich zusammen. Dunkelheit breitet sich vor meinen Augen aus, ich höre, wie er die Wagentüre zuschlägt, ehe ich das Bewusstsein verliere. Mein letzter Gedanke ist, dass ich heute nun schon zum zweiten Mal ohnmächtig werde und dass mir der Grund für das erste Mal deutlich besser gefallen hat....

23. Kapitel

Slide

Verfickte Scheiße!

Selbst wenn die Kacke so richtig am Dampfen ist, kennt das Schicksal keine Gnade.

Erst brennt die Kneipe und somit unser neues Waffenlager samt Ware ab, und dann schießt irgend so ein Wichser auf unseren Präsidenten und entführt seine Lady.

Was zur Hölle ist in der letzten Zeit nur los?

Sobald wir das hier einigermaßen überstanden haben, brauche ich dringend etwas Normalität.

Fuck! Nächsten Monat werde ich neununddreißig, so langsam werde ich echt zu alt für diesen Scheiß...

Nachdem Catcher und Razzor die Sanitäter gerufen haben, wurde Ace so schnell wie möglich ins Northwest Hospital in Seattle gebracht. Keine dreißig Minuten später ist Elijah, unser Kontaktmann bei der Polizei, vor dem Clubhaus aufgetaucht und hat mir eine höchst beunruhigende Geschichte erzählt.

Wenn ich dem Bullen Glauben schenken darf, und das tue ich, dann bin ich mir ziemlich sicher, dass dieser Anschlag nicht wie zuerst vermutet dem Club, sondern Amy gegolten hat.

Laut Elijah hat sie ein paar dunkle Geheimnisse, die nur darauf gewartet haben an die Oberfläche zu kommen. Ihr Exfreund Brad Scales ist ein richtiger Wichser.

Alleine die Tatsache, dass der Schütze Ace am Leben gelassen und Amy entführt hat, untermauert meinen Verdacht.

Wenn dieser Anschlag dem Club gegolten hätte, dann wäre Amy nicht entführt worden – dann hätte der Schütze Ace das komplette Magazin verpasst.

Was für eine Scheiße!

Unser Präsident ist ein verdammt zäher Kerl. Das war nicht das erste Mal, dass jemand versucht hat ihn umzubringen und es wird auch nicht das letzte Mal gewesen sein.

Es braucht mehr als eine Kugel um Ace ins Land der Toten zu befördern.

Während die Ärzte alles in ihrer Macht Stehende tun, um ihn wieder zusammenzuflicken, liegt es jetzt an mir, Amy ausfindig zu machen.

Ich werde erst ruhen, wenn sie sich wieder in der Sicherheit des Clubs aufhält und wenn ich das Arschloch, das auf Ace geschossen hat, gefunden habe.

Das Letzte, was ich gebrauchen kann, ist, dass Ace nach der Not-OP aufwacht und erfährt, dass seine Old Lady noch immer in der Gewalt dieses Wahnsinnigen ist.

Es wird nicht leicht, sie ausfindig zu machen, doch dank Elijah habe ich bereits eine heiße Spur: Brad Scales

Catcher und Razzor stehen blutverschmiert vor mir, in ihren Augen sehe ich pure Mordslust und ich weiß, dass sie nicht zögern würden, wenn ich sie darum bitte mit mir durch die Hölle zu gehen.

Jeder Dead Rider ist bereit für seine Brüder sein Leben zu lassen. Ace hat sich dazu entschieden, Amy zu seinem Eigentum zu erwählen, sie ist jetzt ein fester Teil unserer Familie und wir werden alles in unserer Macht Stehende tun, um sie zu finden und zu retten.

Tick kommt zu uns ins Büro, seine Miene verrät mir, dass es ihm nicht gelungen ist, ihr Handy zu orten.

„Sorry Leute, das Signal ist tot."

Laut fluchend tritt Catcher so hart gegen einen der Stühle, dass er laut krachend gegen die Wand fliegt und dort in seine Einzelteile zerbricht.

Tick sieht mich fragend an.

„Hast du schon etwas von Skorpion gehört?"

Ich schüttle verneinend den Kopf.

Kurz nachdem Elijah hier war, habe ich Skorpion mit zwei der Prospects zu Brad Scales Adresse geschickt. Die Wahrscheinlichkeit, dass er Amy zu sich nach Hause gebracht hat, ist zwar sehr gering, aber man kann ja nie wissen...

Ein Mann, der so naiv ist und sich mit den Dead Riders anlegt, kann durchaus so dumm sein, sich bei sich zu Hause zu verstecken.

„Wir müssen seine Familie überprüfen. Ich will alles wissen – einfach alles! Vielleicht gibt es eine Hütte im Wald, oder ein Haus am See. Wir müssen jede Lokalität checken.... Allein der Gedanke, dass dieser Wichser eine unserer Frauen in seiner Gewalt hat, lässt mich würgen. Hört mir zu, Brüder: Ich kann und werde Ace nicht gegenübertreten und ihm sagen, dass es uns nicht gelungen ist, seine Lady zu retten!"

Zustimmendes Gemurmel wird laut, Razzor beginnt unruhig auf und ab zu laufen und Tick setzt sich an meinem Schreibtisch an den Computer.

Elijah hat bereits eine Fahndung für den roten Pick-up von Brad Scales rausgegeben, doch bisher ohne Erfolg.

Mit jeder Stunde, die vergeht, wächst die Wahrscheinlichkeit, dass Amy diese Sache nicht überleben wird, um ein Vielfaches.

Fluchend zünde ich mir eine Kippe an und inhaliere die Mischung aus verbranntem Tabak und Nikotin.

Der Rauch füllt meine Lungen, langsam lasse ich ihn durch die Nase wieder entweichen.
Das Vibrieren meines Handys kündigt einen eingehenden Anruf an.
Schnell ziehe ich es aus der Tasche. Auf dem Display steht Skorpions Name.
Oh Gott, ich kann nur hoffen, dass er gute Nachrichten hat. Wenn wir nicht bald vorankommen, drehe ich noch durch.
Ich habe kein Problem damit loszuziehen und den Typen kalt zu machen. Aber diese ewige Warterei macht mich noch ganz wahnsinnig.
Ungeduldig nehme ich den Anruf an.
„Was gibt's, Bro?"
„Das Haus ist leer. Wir haben alles durchsucht, aber bis auf ein paar Fotos, auf denen Ace und Amy zu sehen sind, haben wir nichts gefunden. Die Prospects machen sich jetzt daran die Nachbarn zu befragen, vielleicht wissen die etwas."
Verflucht... es wäre wirklich zu schön gewesen, diesen Wichser bei sich zu Hause anzutreffen.
„Was für Fotos?"
Skorpion atmet zischend aus.
„Echt heftiger Scheiß! Dank dieser Bilder besteht kein Zweifel mehr daran, dass dieser Brad Amy entführt und Ace angeschossen hat."
Zumindest wissen wir jetzt mit Sicherheit, hinter wem wir her sind.
„Alles klar, Bro, halt mich auf dem Laufenden."
„Mache ich. Ich melde mich, sobald wir etwas Neues herausgefunden haben."
Ohne wertvolle Zeit für irgendwelche Abschiedsworte zu verschwenden, unterbreche ich die Verbindung und stecke das Mobiltelefon zurück in meine Tasche.
„Es gibt Neuigkeiten. Wir können ab jetzt sicher sein, dass Scales hinter diesem Anschlag steckt, allerdings sind wir, seinen Aufenthaltsort betreffend, nicht weitergekommen."
Razzor schnalzt laut mit der Zunge.
„Na, das ist ja schon mal etwas. Jetzt müssen wir ihn nur noch finden und töten!"
Catcher geht auf Razzor zu, klopft ihm leicht auf die Schulter und sieht mich eindringlich an.
„Das werden wir, alles eine Frage der Zeit."
„Ganz genau das ist ja das Problem - wer weiß, wie viel Zeit Amy noch hat?"
Razzor sieht uns beide wütend an und stürmt aus dem Büro.
Catcher knurrt leise, lehnt sich neben mir an die Wand und sieht Razzor nachdenklich hinterher.

„Scheiße, Slide.... Ich frage mich, wie lange es dauern wird, bis Ace herausfindet, dass Razzor scharf auf seine Old Lady ist.“

Ace ist wie jeder normale Mann verdammt besitzergreifend. Es dauert lange, bis sich ein Rider auf nur eine einzige Frau einlässt, aber wenn er sich dann entschieden hat, ist seine Wahl endgültig.

Es hat noch nie ein gutes Ende genommen wenn ein Rider auf die Old Lady einer seiner Brüder scharf war, vor allem dann nicht, wenn es um die Frau des Clubpräsidenten ging....

„Wenn Razzor nicht aufpasst, wird er der Nächste sein, der sich eine Kugel einfängt, aber unser Präs wird nicht so nachsichtig sein und ihn am Leben lassen.“

„Das sehe ich auch so, Bro. Aber um dieses Problem kümmern wir uns, wenn wir Amy gefunden haben.“

Catcher lässt seine Fingerknöchel knacken, ehe er sich von mir abwendet.

„Hör zu, ich werde kurz nach Susan sehen und mir etwas Frisches anziehen. Gib mir Bescheid, wenn wir mehr wissen.“

„Das werde ich. Wenn du Ellen siehst, schick sie zu mir.“

Mit einem Nicken öffnet er die Türe und verschwindet im dunklen Flur.

Tick, der die ganze Zeit schweigend vor dem PC gesessen hat, schiebt seinen Stuhl zurück und steht auf. Nachdem er ein Blatt aus dem Drucker genommen hat kommt er auf mich zu.

„Ich glaube, ich habe das was, Slide.“

Auf dem Papier ist das unscharfe Foto von einem Haus zu erkennen, darunter steht eine Adresse.

„Was ist das?“

„Scales Schwester hat auf Twitter ein Bild von diesem Haus gepostet. Es befindet sich am südlichen Ufer des Lake Wood.“

Überrascht sehe ich ihn an.

„Shit, das ist das perfekte Versteck. Wie bist du so schnell an die Adresse gekommen?“

Tick schnalzt mit der Zunge.

„Google Earth. Mit diesem ganzen neumodischen Kram gibt es quasi keine Privatsphäre mehr. Dank des Internet kann jeder alles über jeden herausfinden.“

Für mich wird es immer ein Rätsel bleiben, warum manche Menschen ihre komplette freie Zeit vor dem Computer sitzen. In meinen Augen gibt es nichts Besseres als ein Bike und meine Lady - beides in Kombination ist das absolute Paradies....

„Was eine Scheiße! Ich weiß schon, warum ich von diesem ganzen Mist nichts halte.“

Tick lacht laut, im Gegensatz zu mir liebt er das Internet.
Seite an Seite verlassen wir das Büro. Es wird Zeit, ein paar Männer zusammenzutrommeln und zu diesem Haus zu fahren. Mein Gefühl verrät mir, dass es nicht mehr lange dauern wird, bis wir Amy finden werden.
Die Frage ist nur, in welchem Zustand sie sich bei unserem Eintreffen befindet....
Ich kann nur hoffen, dass sie diese ganze Scheiße überlebt. Ace würde den Tod dieses Mädchens nicht verkraften.

Amy

Der unverkennbare Geschmack von Blut liegt auf meiner Zunge.
Mein Mund fühlt sich so an, als hätte ich eine Hand voll rostiger Nägel gelutscht und runtergeschluckt.
Meine Kehle ist rau und trocken, mein Kopf pocht höllisch.
Ich fühle mich, als wäre ich frontal gegen einen Laster gerannt.
Mein Verstand beginnt langsam seine Arbeit aufzunehmen, wirre Erinnerungsfetzen blitzen auf, ehe sie wie Sternschnuppen verglühen und im dunklen Nichts verschwinden.
Was zur Hölle ist nur passiert?
Das ‚Maggie`s' ist abgebrannt ...
Ace wurde angeschossen....
Wir hatten einen Motorradunfall und dann stand da plötzlich Brad....
Panisch reiße ich meine Augenlider auf, das viel zu helle Licht einer Lampe blendet mich so sehr, dass ich automatisch meinen Arm über das Gesicht lege.
Wenige Atemzüge später richte ich mich langsam auf und öffne erneut meine Augen.
Die starken Kopfschmerzen lassen mich würgen.
Prüfend taste ich mit den Fingerspitzen über meinen Kopf, ich spüre eine große Beule. Als meine Finger über meine Schläfe streichen, zucke ich zusammen – fuck, tut das weh.
An meinen Händen und meinen Klamotten klebt das Blut des Mannes, den ich von ganzem Herzen liebe – Ace!
Wo bin ich?
Das moosgrüne Sofa, auf dem ich liege, habe ich noch nie zuvor gesehen. Neugierig lasse ich meinen Blick über die dunkle Holzvertäfelung an der Decke gleiten. Draußen vor dem Fenster ist es dunkel, wie spät es wohl ist?
Auf wackeligen Beinen stehe ich auf, vor meinen Augen tanzen dunkle Punkte, mein Gleichgewichtssinn spielt mir Streiche.

Ich muss hier weg.... ich muss wissen, was mit Ace ist!

Ich habe keine Ahnung, wie ich hierhergekommen bin, aber ich erinnere mich daran, dass mich Brad gegen meinen Willen in seinen Pick-up geschubst hat, ehe er mich mit seiner Waffe k.o. schlug.

Mit aller Willenskraft gelingt es mir endlich, einen Fuß vor den anderen zu setzen. Langsam, viel zu langsam, nähere ich mich dem Fenster.

Zu meiner großen Erleichterung befinde ich mich im Erdgeschoss und nicht im ersten Stock. Ich bin gar nicht erst so dumm und versuche durch die Türe zu flüchten. So wie ich Brad kenne, ist er irgendwo in meiner Nähe. Die einzige Chance, die ich habe, ist dieses Fenster. Es muss mir gelingen, so schnell wie möglich zu entkommen....

Mit zitternden Fingern fasse ich nach dem Griff des Fensters und versuche es zu öffnen, vergebens. Der Griff bewegt sich keinen Millimeter – es muss abgesperrt sein.

Angst und Panik breiten sich in mir aus, mein viel zu schneller Herzschlag dröhnt in meinen Ohren, während ich mich hektisch umsehe. Ich weiß nicht, wo Brad steckt, aber ich weiß, dass ich mich beeilen muss, um von hier zu verschwinden.

Als mein Blick auf einen steinernen Aschenbecher fällt, reagiere ich blitzschnell.

Kurzerhand schnappe ich ihn mir, hebe den Arm und werfe mit dem Ding das Fenster ein.

Mit einem lauten Klirren zerspringt die Scheibe in tausend Teile. Spitze Glassplitter fliegen durch die Luft, zerschneiden mir die Hände und die Arme. Doch zu meiner großen Verwunderung spüre ich keinen Schmerz. Paralysiert beobachte ich, wie mein eigenes Blut auf den Boden tropft, ein leichter Schwindel ergreift von mir Besitz, doch ich ignoriere ihn so gut ich kann.

Mit einem hölzernen Bilderrahmen stoße ich die restlichen Scherben, die noch im Fensterrahmen stecken, auf die Seite, so dass ich nach draußen klettern kann, ohne mich aufzuspießen. Gerade als ich durch das Fenster steigen will, höre ich, wie Brad in das Zimmer stürmt.

Ohne einen Blick über meine Schulter zu werfen, klettere ich nach draußen. Trotz der Tatsache, dass wir uns im Erdgeschoss befinden, geht es ziemlich weit nach unten. Was ich in meiner Panik nicht gesehen habe, ist, dass sich das Haus direkt an einem steilen Abhang befindet.

Verfluchte Scheiße!

Was soll ich denn jetzt nur tun?

Entweder entscheide ich mich für einen Sturz in die dunkle Tiefe, oder ich zögere noch eine Sekunde länger und lasse zu, dass Brad mich zurück ins Haus zerrt ...

Lieber breche ich mir bei dem Versuch, vor meinem psychopathischen Ex zu flüchten sämtliche Knochen, als dass ich auch nur eine Sekunde länger in seiner Nähe bleibe.

Bittere Angst breitet sich in mit aus, verzweifelt stoße ich mich vom Holzrahmen ab und springe in die dunkle Tiefe.

Die eiskalte Nachtluft lässt mich erbeben. Meine Füße schlagen auf dem Boden auf, der intensive Schmerz, der durch mein rechtes Bein zuckt, raubt mir den Atem. Ich stolpere, Gras, Erde und kleine Steine graben sich in meine Handflächen, während ich unkontrolliert immer weiter nach unten rutsche.

Verzweifelt versuche ich, mich etwas abzubremsen. Ein kleiner Stock schlägt mir ins Gesicht, während ich mir an irgendetwas Hartem das Knie aufschlage.

Endlich gelingt es mir, mich an einem Strauch festzuhalten.

Brads wütender, lauter Schrei durchbricht die Stille.

Unsicher wie es jetzt weitergehen soll, sehe ich den Berg nach oben und stelle fest, dass mein Ex ebenfalls gerade dabei ist, den Hang nach unten zu laufen. Im Gegensatz zu mir stellt er sich nicht so ungeschickt an. Während ich gerutscht und gestolpert bin, läuft er regelrecht den Abhang hinunter.

Entsetzt sehe ich, wie der Abstand zwischen uns immer geringer wird. Alle Schmerzen und meine Angst ignorierend rapple ich mich auf und beginne zu rennen.

Ich habe keine Ahnung, wo ich hin muss, oder in welche Himmelsrichtung ich laufe – alles was ich weiß, ist, dass ich mich auf gar keinen Fall von Brad erwischen lassen darf.

Ich kenne ihn und ich weiß, wie er tickt....

Wenn er mich erwischt, wird er mich vor lauter Wut umbringen.

Mein Ex hat ohne zu zögern auf Ace geschossen, er ist also ganz offensichtlich mehr als bereit einen Menschen umzubringen und ich bin wirklich noch nicht bereit zu sterben.

Keuchend renne ich Richtung Wald, es war keine bewusste Entscheidung, eher eine instinktive. Doch jetzt, wo ich die ersten Bäume erreiche, frage ich mich, ob es so gut war, diesen Weg zu nehmen.

In jedem Horrorfilm sterben die Menschen, die sich im Wald versteckt haben, auf grausamste Art und Weise.

Die schwarzen Schatten der Äste huschen wie Gespenster über den laubbedeckten Boden. Der modrige Geruch von Blättern, Moos und Feuchtigkeit schlägt mir entgegen.

Mittlerweile ist das Seitenstechen so schlimm geworden, dass ich kaum noch Luft bekomme. Ich klinge wie eine in die Jahre gekommene Dampflok. Ich zwinge mich ruhiger zu atmen, wie soll ich Brad jemals entkommen, wenn man mein Keuchen durch den ganzen Wald hören kann?

Schneller und schneller renne ich über Äste und aus dem Boden ragende Wurzeln.

„Amy, bleib sofort stehen!"

Brads wütende Stimme hallt durch den unheimlich stillen Wald.

„Scheiße!"

Das laute Rumpeln in Kombination mit Brads Fluch verrät mir, dass er ebenfalls gestolpert ist.

Ich schlucke hart, verstecke mich hinter einem dicken Baumstamm und beuge mich nach vorne, so dass ich etwas leichter atmen kann.

„Komm schon, Kleines, das hat doch alles keinen Sinn!"

Mir ist klar, was er da versucht. Am Anfang unserer Beziehung bin ich noch auf diese Masche hereingefallen, jetzt weiß ich, dass er versucht, ruhig und freundlich zu klingen, um mich zu beruhigen, doch sobald er mich erwischt hat, wird er mir die Seele aus dem Leib prügeln.

In spätestens fünf Minuten bröckelt seine aufgesetzte Fassade und zum Vorschein kommt sein wahres Gesicht: aggressiv, eiskalt und unberechenbar.

Nachdem ich ein paar Mal tief durchgeatmet habe, schleiche ich langsam weiter. Es muss mir irgendwie gelingen von hier zu verschwinden. Ich brauche ein Telefon, ich muss die Polizei rufen und herausfinden, ob Ace noch lebt.

Alleine der Gedanke, dass ich den Mann, in den ich mich verliebt habe, verlieren könnte, löst einen so unbeschreiblich schlimmen Schmerz aus, dass mein Herz beinahe daran zu zerbrechen droht.

Immer und immer wieder rede ich mir ein, dass eine verdammte Kugel nicht ausreicht, um einen Dead Rider zu töten. Verfluchte Scheiße, Ace ist der Rocker Dämon. Sein Körper ist trainiert und muskulös. Er ist ein gesunder Mann, er muss das überleben... er kann nicht einfach sterben und mich alleine lassen!

Jedes Mal, wenn es mir gelungen ist, mich etwas zu beruhigen, muss ich an das viele Blut denken, das unaufhörlich aus der Schusswunde an seinem Rücken gelaufen ist.

Nachdem ich mehrere Minuten lang nach links gerannt bin, erreiche ich das Ufer eines Sees.

Prüfend werfe ich einen Blick über meine Schulter, zu meiner grenzenlosen Erleichterung ist von Brad weit und breit nichts zu sehen.

Stoisch renne ich weiter, wenn ich das hier überleben will, kann ich es mir nicht leisten, jetzt aufzugeben.

Völlig orientierungslos irre ich am Rand des Sees lang, längst habe ich jedes Zeitgefühl verloren. Das aschfahle Licht des runden Mondes spiegelt sich auf der krausen Wasseroberfläche.

Gerade als ich das Gefühl habe, mich endgültig in der Wildnis verirrt zu haben, sehe ich ein grelles Licht. Erleichtert bleibe ich stehen und lausche in die Stille.

Der Ruf eines Kauzes vermischt sich mit dem lauten Klopfen meines Herzens.

Erneut sehe ich zwei Lichter, anscheinend hat sich das Schicksal endlich mal dazu durchgerungen, mir etwas Glück zuteilwerden zu lassen.

So schnell ich kann renne ich durch den dichten Wald Richtung Straße.

Wenn es mir jetzt noch gelingt ein Auto anzuhalten, habe ich es so gut wie geschafft.

Tränen der Erleichterung brennen mir in den Augen, doch ich erlaube mir nicht schwach zu werden - ich bin noch lange nicht in Sicherheit.

Ich stehe völlig durchgefroren, verdreckt und mit dem getrockneten Blut meines Rockers bedeckt am Waldrand und hoffe, dass ein Auto anhält, um mich in Sicherheit zu bringen.

Verdammt, was für eine verrückte Situation!

So beschissen diese Nacht auch sein mag, etwas Positives hat sie trotzdem, denn sie hat mir gezeigt, dass ich aufhören sollte, meinem eigenen Glück im Wege zu stehen.

Ace ist das Beste, was mir jemals passiert ist.

Ich sollte endlich aufhören zu zögern oder mir den Kopf zu zerbrechen.

Anstatt mir andauernd Sorgen zu machen, sollte ich das Leben und den Augenblick genießen. Ich habe keine Ahnung, wie es meinem Rocker Dämon geht, aber ich werde nicht zulassen, dass er mir jetzt wegstirbt, wo ich endlich erkannt habe, dass ich ihn liebe und dass wir zusammengehören.

24. Kapitel

Slide

Konzentriert und angespannt steige ich über die eingetretene Türe. Die alten Scharniere des Hauses haben den harten Tritt nicht überlebt und sind auseinandergefallen. Jetzt liegt die komplett zerstörte Haustüre auf dem Boden und knarzt unter den Sohlen unserer schweren Stiefel. Trotz der Tatsache, dass im Haus Licht brennt, ist es verdächtig still.

Nachdem wir die Türe eingetreten hatten, war ich davon ausgegangen, dass uns ein wütender, mit einer Schrottflinte bewaffneter Hausbesitzer entgegenstürmen würde. Doch Fehlanzeige, hier ist niemand. Mit der Waffe im Anschlag werfe ich Tick einen Blick zu. Catcher und Razzor halten ebenfalls ihre Waffen in den Händen, sie werden uns den Rücken decken. Es wird noch eine Weile dauern, bis Skorpion und die Prospects eintreffen – so wie ich das sehe, werden sie, ganz genau wie wir, zu spät kommen.

Meine Intuition verrät mir, dass wir hier genau richtig sind – meine Instinkte sagen mir, dass wir Amy hier nicht finden werden – wird kommen zu spät...

Hinter dem Haus steht ein roter Pick-up, in dessen Zündschloss der Schlüssel steckt. Catcher sichert die erste Etage, während Razzor im Keller verschwindet. Tick und ich checken erst das Wohnzimmer und die Küche ab, ehe ich den Raum ganz hinten betrete.

Kaum dass ich die Türe geöffnet habe, bläst mir ein eiskalter Wind entgegen. Der Stoff der Vorhänge bläht sich im Wind, auf dem Boden sind unzählige Scherben verteilt.

Ich schiebe mir zwei Finger zwischen die Lippen und stoße einen lauten Pfiff aus, damit meine Brüder wissen, dass ich fündig geworden bin.

Holy Fuck! Ich würde mein Bike darauf verwetten, dass Amy durch genau dieses Fenster geflüchtet ist und spüre zunächst Erleichterung.

Aber dann braut sich eine grenzenlose Wut in meinem Inneren zusammen. Alleine die Vorstellung, was Aces Lady in diesem Augenblick für eine Angst haben muss, lässt mich rot sehen.

In unserer Welt gehört Gewalt fast schon zum Alltag. Eine Tatsache, die ich akzeptiere, aber wenn es um unsere Ladys geht, ist das etwas völlig anderes.

Die Sicherheit unserer Mädchen steht für uns an erster Stelle, ich werde erst Ruhe geben, wenn Amy wieder in unserer Obhut ist. Ace ist nicht nur mein Präsident, sondern auch mein bester Freund, es versteht sich also ganz von selbst, dass ich einfach alles, absolut alles tun werde, um seine Frau zu retten.

Ellen ist nicht nur meine Old Lady, sie ist meine Liebe – sie ist mein Leben.

Wenn sie sich jetzt an Amys Stelle befinden würde, wüsste ich nicht, wie ich damit umgehen sollte. Wahrscheinlich würde ich jeden Mann von hier bis Kanada abknallen, ich würde ein gewaltiges Blutbad anrichten, und das solange bis ich sie gefunden und in Sicherheit gebracht hätte.

So wie ich Ace kenne, unterscheiden wir uns in dieser Hinsicht nicht im Geringsten. Vielleicht ist es ganz gut, dass er außer Gefecht gesetzt ist.

Tick stürmt zu mir ins Zimmer, mit einer schnellen Handbewegung deute ich auf das Fenster. Der derbe Schwall Flüche, den er von sich gibt, stimmt mit meinen Gedanken überein.

Was auch immer hier vorgefallen ist, das viele Blut, das am Fensterrahmen klebt, bedeutet nichts Gutes.

Razzor stürzt ins Zimmer, durchquert den Raum und springt mit gezogener Waffe durch das Fenster.

„Die Jugend und ihr ungezähmtes Temperament!“

Tick schüttelt nur den Kopf, während Catcher ebenfalls aus dem Fenster springt.

„Warte du hier, falls Scales zurückkommt.“

„Mach ich Boss!“

Prüfend sehe ich ihn an. „Aber lass ihn gefälligst am Leben! Das Vorrecht, ihm die Kehle aufzuschneiden, liegt bei Ace.“

Ohne auf die unter meinen Stiefeln zerbrechenden Scherben zu achten, folge ich mit einem kraftvollen Sprung nach draußen meinen Männern in die Dunkelheit der Nacht.

Das, was ich gerade zu Tick gesagt habe, ist mein absoluter Ernst, doch das bedeutet nicht, dass ich diesem Wichser nicht sämtliche Knochen brechen werde....

Fest entschlossen Aces Lady zu finden, mache ich mich auf die Jagd nach dem Arschloch aus ihrer Vergangenheit.

Bei Gott! Wenn der MC mit dem Mistkerl fertig ist, wird nichts mehr übrig bleiben, womit die Bullen seine Überreste identifizieren können!

Amy

Jedes noch so leise Knacksen, jeder kleine Schatten, jedes unheimliche Rascheln lässt mich glauben, dass Brad mich doch noch gefunden hat.

Mein Adrenalinspiegel hat mittlerweile einen ungesunden Stand erreicht, mein Kreislauf spielt mir Streiche.

Eine so schreckliche Angst, wie ich sie noch nie empfunden habe, lähmt mich beinahe. Wenn es meinem Ex tatsächlich noch gelingt mich zu finden, wird er mich töten. Ich kenne ihn, ich weiß, wie er tickt und was in seinem kranken Hirn vorgeht.

Eher wird er mich umbringen, als dass er zulassen wird, dass ich mit einem anderen Mann glücklich werde...

Erst als meine Zähne laut aufeinander schlagen, bemerke ich, wie sehr ich zittere. Während des Laufs durch den Wald war ich zumindest in Bewegung, doch jetzt, wo ich hier im Dunkeln an der Straße stehe, überkommt mich eine unfassbare Erschöpfung.

Der Schmerz in meinem Kopf ist mittlerweile so stark, dass ich mich kaum noch auf den Beinen halten kann.

Es fühlt sich so an, als würde mir jemand ein Messer durch die Schläfe in den Kopf drücken.

Lieber Gott, hilf mir....

Die körperliche Erschöpfung und die Sorge um Ace rauben mir die letzten Kraftreserven.

Was ist, wenn kein Auto mehr vorbeifährt, oder wenn mich keiner mitnimmt?

Erschöpft schließe ich meine Augen und lasse meinen Tränen freien Lauf.

Mein Verstand spielt mir einen makabren Streich, anders kann ich mir nicht erklären, warum ich auf einmal das dunkle Bollern von mehreren Motorrädern höre.

Selbst wenn der Club nach mir sucht, werden sie mich hier niemals finden....

Wankend sinke ich auf die Knie und öffne langsam meine Augen. Drei viel zu grelle Lichtkegel biegen um eine Kurve, fressen sich durch den leichten Nebel, der sich immer dichter auf die Landschaft und die Straße legt.

Was... das kann nicht sein....

Endlich realisiere ich, dass ich mir das Geräusch der Motoren nicht nur eingebildet habe.

Ich habe keine Ahnung, wo die drei Rider auf einmal herkommen – es grenzt an ein Wunder.

Es dauert einen Augenblick bis mir bewusst wird, dass sie mich so am Straßenrand zusammengekauert nicht finden können. Mit allerletzter Kraft richte ich mich auf und gehe einen Schritt nach vorne, so dass ich vom Licht ihrer Scheinwerfer eingehüllt werde.

Sofort verringern sie ihre Geschwindigkeit, das erste Bike hält mit quietschenden Reifen direkt neben mir an. In der Sekunde, in der ich in Skorpions vertraute Augen sehe, geben meine Beine vor Erleichterung einfach nach. Kraftlos sinke ich auf den feuchten Boden – ich bin gerettet!

Wer hätte gedacht, dass ich mich eines Tages darüber freuen würde, verletzt und einsam am Waldrand auf drei der gefährlichsten Männer des Landes zu treffen?

Das Schicksal nimmt manchmal schon merkwürdige Wege...

„Verfickte Kacke! Amy? Bist du es?"

Skorpion steigt von seinem Bike, zieht sich den Helm ab und kniet sich neben mir auf den Asphalt.

Erleichtert, dass ich jetzt in Sicherheit bin, schlinge ich ihm die Arme um den Nacken und kralle mich an ihm fest.

„Bitte bring mich hier weg... bring mich zu Ace!"

Sein dunkler Blick gleitet über meinen Körper, bleibt an dem getrockneten Blut an meinen Fingern hängen.

„Geht es dir gut? Bist du verletzt?"

Ich schüttle den Kopf. „Um ehrlich zu sein habe ich keine Ahnung, wie es mir geht."

„*Schhhh,* alles wird gut, kleiner Schmetterling."

Erstaunlich zärtlich streicht er mir beruhigend über den Rücken, zieht mich fester an seine Brust und steht mit mir im Arm auf.

„Ruf Slide an, sag ihm, dass wir Amy gefunden haben!"

Einer der Prospects, keine Ahnung wie er heißt, zückt sofort sein Handy.

„Wo ist Scales?"

Jetzt wo ich mich in der Sicherheit von Skorpions Armen befinde, fühle ich mich sicher und beschützt.

Komischerweise muss ich ausgerechnet jetzt an Aces Worte denken.

Der Club ist ab jetzt deine Familie, dein Leben und dein Zuhause....

Zum ersten Mal spüre ich bis in den hintersten Winkel meines Herzens, dass seine Worte der Wahrheit entsprechen.

„Wo ist er, Butterfly?"

„Irgendwo im Wald, er sucht mich, aber ich konnte ihm entkommen."

Skorpion ist ein furchteinflößender Mann, die vielen Tattoos, die sein Gesicht und seinen Kopf zieren, sprechen ihre eigene Sprache.

Ohne mich abzusetzen dreht er sich zu den Prospects um.

„Sucht den Wald nach ihm ab, ich bringe sie zu Slide und komme dann zurück."

Nachdem sie mit ihren Motorrädern an den Straßenrand gefahren sind, steigen sie ab und ziehen ihre Helme ab. Routiniert ziehen sie ihre Waffen, checken die Munition und lassen den Schlitten einmal vor und zurück gleiten. Als sie sich vergewissert haben, dass mit ihren Pistolen alles okay ist, sehen sie ein letztes Mal kurz in unsere Richtung, ehe sie entschlossen in den Wald laufen.

Wo auch immer Brad gerade steckt, ab jetzt bin nicht mehr ich die Gejagte, sondern er.

„Geht es dir gut? Kannst du stehen?"

„Was ist mit Ace? Wie geht es ihm und wo ist er?"

Skorpions Körper spannt sich an, seine Lippen werden zu einem dünnen Strich.

„Meine letzte Information ist, dass er operiert wurde. Anscheinend hat die Kugel einen Muskel verletzt."

Oh mein Gott, was hat das zu bedeuten?

Seine Worte lösen eine entsetzliche Kälte in mir aus, eine Kälte, die nichts mit den eisigen Temperaturen der Nacht zu tun hat.

„Ist das etwas Schlimmes?"

Langsam stellt er mich ab, als meine Füße den Boden berühren komme ich kurz ins Wanken, aber Skorpion hält mich schützend fest.

„Das kann ich dir nicht sagen. Er hat viel Blut verloren..."

„Bring mich zu ihm."

Seine Wangenmuskulatur zuckt angespannt.

„Das kann ich nicht. Ich werde dich zu Slide bringen, er wird sich um dich kümmern."

Verdammt! Am liebsten hätte ich Skorpion angeschrien und ihn dazu gezwungen, mich sofort zu Ace zu bringen, aber ich weiß, dass das keinen Sinn macht. Jetzt wo Ace im Krankenhaus liegt, ist Slide der Boss.

Seine Befehle müssen ausgeführt werden. Und wenn Slide sagt, dass Skorpion mich zu ihm bringen soll, dann wird das auch so gemacht.

Bei den Riders gibt es keinen blinden Gehorsam, sehr wohl aber eine strenge Hierarchie.

Nachdem er mir seinen Helm aufgesetzt und ihn fürsorglich geschlossen hat, setzt er sich auf sein Bike und wartet darauf, dass ich es ihm gleich tue.

Seufzend steige ich auf, schlinge ihm meine Arme um die Taille und halte mich an seinem muskulösen Körper fest.

Das raue Leder seiner Kutte kratzt über meine Wange, dieses Gefühl erinnert mich an Ace – Gott, wie sehr ich mich nach seiner Nähe verzehre.

Es ist mir völlig egal, was Slide sagt oder nicht sagt. Wenn er mich nicht sofort zu meinem Rocker Dämon bringt, drehe ich durch.

Ich muss einfach in seiner Nähe sein. Ich will aus dem Mund eines Arztes hören, dass er wieder gesund wird, ich muss mich mit eigenen Augen davon überzeugen, dass Ace gut versorgt wird. Nachdem Skorpion den Motor mit einem kräftigen Tritt gestartet hat, spüre ich das Vibrieren des Motors zwischen meinen Beinen. Mit einem schnellen Ruck setzt sich das Bike in Bewegung und bahnt sich einen Weg durch den immer dichter werdenden Nebel.

Die kühle, feuchte Luft legt sich auf mein Gesicht, der kalte Fahrtwind lässt mich erbeben. Im Gegensatz zu Skorpion trage ich keine warme Lederjacke, sondern nur einen völlig verdreckten, durchnässten Pullover. Wo die Jacke geblieben ist, mit der ich das Clubhaus verlassen habe, weiß ich nicht. Wahrscheinlich hat Brad sie mir ausgezogen, während ich bewusstlos gewesen bin.

Slide

Ohne Unterlass suchen wir den Wald nach Amy ab - doch es kommt der Suche nach der berühmten Nadel im Heuhaufen gleich.

Nach einer knappen Stunde klingelt mein Telefon, die Nachricht, dass Skorpion Amy gefunden hat, ist die beste des Tages. Sofort breche ich die Suche ab, trommle meine Männer zusammen und gehe zurück zum Haus.

Kaum dass wir ankommen sehe ich auch schon Skorpion vor dem Haus von seinem Motorrad steigen. Vorsichtig hilft er Amy vom Bike, schlingt ihr seinen Arm um die Taille und führt sie in meine Richtung. Razzor stürmt auf die beiden zu, nimmt Skorpion Amy ab und trägt sie in das Innere des Hauses.

„Wo hast du sie gefunden?"

Skorpion zieht eine Zigarettenschachtel aus der Innentasche seiner Lederjacke. Er nimmt sich eine Kippe raus und zündet sie sich an, ehe er mir auch eine anbietet. Dankbar nehme ich sein Angebot an.

„Die Frage ist wohl eher, wie sie mich gefunden hat. Sie ist mir auf der Straße direkt vors Bike gelaufen."

Schweigend ziehe ich den nächsten Zug tief in meine Lungenflügel.

Skorpion deutet mit seinem Kopf in die Richtung, in die Razzor verschwunden ist.

„Das wird noch zu einem echten Problem!"

„Aye, das wird es...."

Catcher gesellt sich zu uns.

„Die Prospects haben nichts gefunden, ich habe sie zurück zum Club geschickt."

Verdammte Scheiße!

Wo zur Hölle steckt dieser Wichser nur?

„Wir müssen diesen Scales finden, bevor er noch mehr Schaden anrichten kann."

„Das ist leichter gesagt als getan. Wenn ich in seiner Haut stecken würde, würde ich in den nächsten Flieger steigen und mich am anderen Ende der Welt verstecken."

Catcher hat Recht, es wird nicht leicht das Arschloch aufzuspüren, aber verdammte Scheiße... Wir sind die Dead Riders, jeder, der auf einen von uns schießt, oder eine von unseren Frauen entführt, bezahlt dafür mit seinem Leben!

So ist es, so war es und so wird es auch immer sein.....

Amy

Mit jeder Minute, die ich hier noch länger sitze, verliere ich kostbare Zeit.

Jetzt wo mich die Riders gefunden haben, verstehe ich nicht, warum wir noch hier am Haus bleiben? Was soll das? Alles was ich will ist, zu Ace ins Krankenhaus zu fahren!

Razzor steht vor mir und funkelt mich wütend an, seine Körperhaltung ist angespannt, er ist alles andere als glücklich darüber, dass ich seinen Vorschlag, mich erst ins Clubhaus anstatt direkt ins Krankenhaus zu bringen, idiotisch finde.

„Hör mir zu, Butterfly. Wenn ich dich so ins Northwest Hospital bringe, werden die sofort die Bullen rufen und die werden uns Fragen stellen, auf die wir ihnen keine Antworten geben können."

Wütend stehe ich auf, nur um mich eine Sekunde später wieder hinzusetzen.

Wenn er es so formuliert, muss ich ihm wohl oder übel Recht geben.

Zwar hatte ich noch keine Möglichkeit in den Spiegel zu schauen, aber ich kann mir gut vorstellen, wie ich aussehe. Alleine die Tatsache, dass Aces Blut noch immer an meinen Händen klebt, spricht für seine Argumentation.

„OK. Dann bring mich erst zum Club. Ich gehe schnell duschen und zieh mir etwas Sauberes an und dann fährst du mich sofort zu Ace. Verstanden?"

Razzor verdreht genervt die Augen, legt den Kopf schief und klemmt den grünen Totenkopf seines Piercings zwischen seine Lippen.

„Um ehrlich zu sein würde ich mich wohler fühlen, wenn dich vorher noch schnell unser Doc durchchecken würde."

Verflixt noch mal, warum muss dieser Rocker nur so verdammt stur sein?

„Dafür habe ich noch genug Zeit, wenn ich mich persönlich davon überzeugen konnte, dass es Ace den Umständen entsprechend gut geht. Außerdem brauche ich keinen Arzt, ich fühle mich prima."

Seine Augenbrauen ziehen sich drohend zusammen.

„Prima also?"

Erschöpft atme ich tief durch und sehe Razzor direkt in die Augen.

„Hör zu, alles was ich will ist zu Ace. Ich tue was immer du sagst, aber bitte bring mich zu ihm!"

Seine Mimik verändert sich. Irgendwie kommt es mir so vor als würden ihn meine Worte verletzen.

„OK, Kleines, du hast gewonnen. Sobald du wieder aussiehst wie ein normaler Mensch bringe ich dich zu ihm."

Langsam stehe ich auf, gehe auf ihn zu und schlinge ihm meine Arme um den Nacken. Nachdem ich ihn kurz gedrückt habe, löse ich mich etwas von ihm und erwidere seinen eindringlichen Blick.

„Ich danke dir, Razzor. Ich danke dir dafür, dass du mich gesucht hast. Ich weiß wirklich zu schätzen, was ihr alle für mich macht."

Die Stimmung zwischen uns verändert sich. Besitzergreifend legt er seine rechte Hand auf meine Taille, ehe er mit den Fingern seiner linken zärtlich über mein Gesicht streicht.

Razzor beugt sich zu mir herab, sein warmer Atem streift über meine Stirn.

„Ich würde noch viel mehr für dich tun..."

Seine Worte hängen bedeutungsvoll zwischen uns, ich schlucke hart, mein Herz pocht wie verrückt.

Seine grauen Augen bohren sich in die meinen, während mein Herz wie wild gegen meine Brust schlägt.

Ich erkenne, was er vorhat, doch ich schaffe es einfach nicht, meinen Blick abzuwenden.

Die ganzen Ereignisse dieses Tages waren einfach zu viel – ich bin wie gelähmt.

Seine Lippen kommen den meinen immer näher, der vertraute Geruch von Leder, Benzin und Schießpulver benebelt meine Sinne.

„Razzor, tu das nicht...."

Meine geflüsterten Worte entlocken ihm ein unwilliges Knurren.

„Und warum nicht, kleiner Schmetterling?"

Tja, dafür gibt es mindestens 1000 Gründe....

„Ich bin Aces Old Lady. Mich zu küssen ist ein Fehler..."

Noch bevor ich meinen Satz zu Ende sprechen kann, höre ich Slides wütende Stimme.

„... es ist ein Fehler, den du mit deinem Leben bezahlen wirst, Razzor!"

Razzor schließt seine Augen, ehe er mich widerwillig loslässt und ich wie vom Blitz getroffen nach hinten stolpere. Als er sie einen Atemzug später wieder öffnet, sehe ich so viel unterdrückte Wut in seinem Blick, dass ich für einen kurzen Moment Angst vor ihm habe.

Heilige Scheiße... Dieser Tag wird irgendwie immer komplizierter!

Fluchend dreht Razzor sich um und schlägt mit der Faust so hart gegen die Wand, dass die Haut auf seinen Knöcheln aufplatzt und einen tiefen blutigen Abdruck hinterlässt.

Ohne mich oder Slide eines weiteren Blickes zu würdigen, verlässt er das Haus. Wenige Augenblicke später höre ich das laute Brummen seiner Maschine – er ist weg.

„Großer Gott, was zur Hölle war das denn?"

Slide sieht mich prüfend an. Erst als er sich sicher ist, das ich diesen Kuss nicht herausgefordert habe, wendet er seinen Blick ab.

„Was auch immer zwischen dir und Razzor läuft, es muss sofort aufhören!"

„Wie bitte?"

Spinnen denn jetzt alle hier?

Zwischen mir und Razzor läuft gar nichts. Alles was ich will ist zu Ace – warum versteht das denn keiner?

„Hör mir zu, Amy. Du bist neu in unserer Welt, also werde ich es dir erklären. Wenn Ace mitbekommt, dass Razzor seine Old Lady anmacht, wird er ihn grün und blau prügeln. Das ist zwar unschön, aber nicht schlimm. Doch wenn unser Präsident herausbekommt, dass einer seiner Brüder seine Frau küssen wollte, oder sogar geküsst hat, dann wird er ihn ohne zu zögern umlegen."

Genervt hebe ich meine Hand und unterbreche ihn so.

„Hör mal, Slide, ich mag Razzor, er ist toll – aber lieben tue ich nur Ace. Alles was ich will ist zu meinem Mann. Das Letzte was ich will, ist jemand anderen zu küssen oder irgendwelche Probleme zu machen... Ich habe es Razzor gesagt und ich sage es dir erneut. Ich will zu Ace. Wenn ich nicht bald weiß, wie es ihm geht, verliere ich noch den Verstand!"

Catcher kommt zu uns ins Haus, sein Blick huscht zwischen mir und Slide hin und her.

„Alles klar bei euch beiden? Was ist denn mit Razzor los."

Slide fährt sich aufgebracht durch seine blonden Haare. Das Blau seiner Augen wirkt tief wie das Meer. Nach einem letzten prüfenden Blick packt er mich am Arm und hilft mir beim Aufstehen.

„Wir verschwinden von hier. Zünd die Hütte an und dann nichts wie weg!“

Catcher nickt zustimmend.

„Ich fahre mit Amy schon mal vor. Kommt ihr alleine klar?“

„Logo Mann, wenn wir hier fertig sind, ist von dem Haus nichts mehr übrig.“

Am liebsten würde ich die beiden fragen, warum sie das schöne Haus abbrennen wollen, aber ich spare es mir. Im Grunde genommen ist mir die Antwort völlig egal.

Alles was mich interessiert ist, von hier zu verschwinden.

„Komm schon Amy, ich bringe dich zum Club und anschließend zu Ace.“ Er hilft mir in meine warme Lederjacke, die er wohl im Haus gefunden hat.

Erschöpft folge ich Slide zu seinem Bike, setze mich hinter ihn auf den Sitz und halte mich an ihm fest. Noch bevor wir losgefahren sind, erfüllt der beißende Geruch von Benzin die Luft.

25. Kapitel

Ace

Holy Fuck! Ich kann mich nicht daran erinnern, mich jemals so beschissen gefühlt zu haben. Eine OP in diesem Krankenhaus und ich fühle mich dem Tod näher denn je.

Warum zur Hölle haben mich meine Brüder hierhergebracht?

Unser guter alter Club-Doc, ein kaltes Bier oder eine Flasche Jacky hätten es mit Sicherheit auch getan.

Dieses nervtötende Piepen und Rauschen der vielen Geräte, die neben mir stehen, raubt mir noch den letzten Nerv.

Fluchend reiße ich mit einem kraftvollen Ruck die vielen Schläuche, die in meiner Haut stecken und an meiner Nase kleben ab und stehe auf.

Jetzt piepen die Geräte nicht nur, oh nein, sie blinken hektisch und machen einen schrecklichen Lärm.

Dank Loco, dem Prospect, der vor meiner Türe Wache steht, weiß ich, dass Amy *mittlerweile* wieder in Sicherheit ist.

Eine Information, die ich gerne höre, das Einzige, was mich an diesem Satz stört, ist das *mittlerweile*, denn das bedeutet, dass sie für einen gewissen Zeitraum nicht in Sicherheit gewesen ist.

Was zur Hölle....

Alles woran ich mich erinnern kann, ist, dass ich angeschossen wurde und wir einen Motorradunfall hatten.

Ich habe keine Ahnung, woher die Kugel kam, oder wer der Schütze war.

Aber ich bin fest entschlossen es herauszufinden.

Als Erstes werde ich meinen Vize fragen, was es mit dem *mittlerweile* auf sich hat, dann werde ich meine Frau küssen und dann, tja, dann geht es auf die Jagd.

Ich weiß nicht, wer so dumm ist und sich mit mir anlegt, aber ich weiß, dass ich denjenigen finden und ausschalten werde!

Das luftige mintgrüne Krankenhausnachthemd, das zu allem Übel auch noch hinten offen ist, ist leider das einzige Kleidungsstück weit und breit.

Gerade als ich zur Türe gehen und dem Prospect auftragen will, dass er mir sofort was zum Anziehen bringen soll, stürmen eine Handvoll Kittelträger in den Raum. Als sie mich mitten im Zimmer stehen sehen, stoppen sie abrupt.

„Was machen Sie denn da? Sie gehören sofort zurück ins Bett!"

Die kleine, ziemlich dicke grauhaarige Schwester, die mich rückwärts Richtung Bett schiebt, sieht mich aufgebracht an.

„Was ist mit Ihrer Infusion passiert? Sie bluten ja alles voll."

Der eher unterernährte Pfleger, der entsetzt auf die immer größer werdende Blutlache auf dem Boden starrt, sieht so aus, als würde er jede Sekunde die Flucht ergreifen. Im Gegensatz zu der in die Jahre gekommene Schwester weiß er ganz genau, mit wem er es zu tun hat.

„Dann verbinden Sie es, damit ich von hier verschwinden kann!"

„Verschwinden?"

Der entsetzte Ausruf kam aus dem Mund der viel zu jung aussehenden Ärztin.

„Yep, verschwinden! Hier halte ich es keine Minute länger aus."

Den Haufen Idioten ignorierend rufe ich Loco zu mir und schicke ihn los, um mir etwas Anständiges zum Anziehen zu besorgen.

Was zum Teufel hat sich Slide dabei gedacht, mich hierher zu bringen?

„Sie müssen sich wirklich wieder setzen."

Fluchend gebe ich nach und setze mich auf die Kante des Bettes.

„Jetzt verbinden Sie mir den Arm."

Die Ärztin sieht mich wütend an, verschränkt die Arme vor der Brust und legt den Kopf schief - süß ist sie ja....

„Es ist mir völlig egal, ob Sie der gefürchtetste Biker-King der USA sind, ich habe zwei Stunden lang im OP gestanden, um Sie wieder zusammenzuflicken und ich habe keine Lust, dass sie mit Ihrem sturen Kleinkindverhalten die frischen Nähte wieder aufreißen!"

Respekt! Der Kleinen ist es tatsächlich gelungen, dass ich mich für einen kurzen Augenblick wie ein fünfjähriger Junge fühle.

Amüsiert zwinkere ich ihr zu und beobachte ungeduldig, wie der Pfleger mit zitternden Fingern einen weißen Verband an meinem Arm anlegt.

Prüfend rolle ich meine Schultern nach hinten und zucke zusammen.

Fuck, das schmerzt ja bestialisch.

„Himmel nochmal, haben Sie mir nicht zugehört?"

Langsam stehe ich auf, stelle mich direkt vor sie hin und starre sie an.

Ich höre, wie die Tür aufgeht, wende meinen Blick ab und sehe Amy auf mich zustürzen.

Schlagartig ist alles andere unwichtig. Vergessen ist die zickige Ärztin, der Schmerz in meiner Schulter und der vor Angst schlotternde Pfleger.

Mit großen Schritten eile ich ihr entgegen und ziehe sie in meine Arme.

„Oh Gott, Ace, ich habe mir solche Sorgen um dich gemacht."

Es fühlt sich so verdammt gut an, ihren kleinen Körper an dem meinen zu spüren.

Schniefend und schluchzend presst sie ihr Gesicht gegen meine Brust. Ihre feuchten Haare kitzeln mich in der Nase, ihr süßer Duft steigt mir in die Nase. Süchtig nach ihrer Nähe vergrabe ich meine Nase an ihrem Hals, inhaliere ihr Aroma, küsse sie sanft auf die Stirn.

„Ist ja schon gut, Zuckerpuppe. Beruhige dich, mir geht es gut."

Sie löst sich etwas von mir, hebt ihren Kopf und sieht mich an.

Ihre katzenhaften grünen Augen sehen viel zu groß aus, ihre Haut ist aschfahl und auf ihrer linken Gesichtshälfte prangt ein dunkelblauer Bluterguss.

Vorsichtig umfasse ich ihr Kinn, drehe ihren Kopf so, dass ich mir die Verletzung genauer ansehen kann. Ihre Augenbraue ist aufgeplatzt, an ihrem Kinn sehe ich eine Schramme und auf ihrer rechten Wange einen blutigen Kratzer.

„Wer war das?"

Als Amy mir nicht antwortet, sehe ich fragend zu Slide, der neben der Türe an der Wand lehnt.

Erneut beginnt meine Süße zu weinen, ihr ganzer Körper bebt, während sie sich schutzsuchend an mir festkrallt.

Der Schmerz in meiner Schulter wird immer schlimmer, doch das ist mir egal. Meine Lady braucht mich jetzt, alles andere ist unwichtig,

Mein Vize kommt langsam auf mich zu, er sieht genauso beschissen aus, wie ich mich fühle.

„Fuck! Würde mir jetzt endlich mal jemand sagen, was hier los ist?"

Slide sieht mich kurz an, ehe er mit einem lauten *„raus hier!"* das Krankenhauspersonal aus dem Zimmer jagt.

Mittlerweile hat auch die Ärztin begriffen, dass ich mich nicht zurück ins Bett legen werde. Mit einem vernichtenden Blick verpisst sie sich, so dass Slide mich endlich auf den neuesten Stand der Lage bringen kann.

Nachdem die Krankenschwester die Türe hinter sich geschlossen hat, führe ich Amy Richtung Bett, setze mich auf die harte Matratze und ziehe sie auf meinen Schoss.

„An was erinnerst du dich, Ace?"

Wütend sehe ich Slide an.

„Ich habe jetzt wirklich keinen Nerv für diese Scheiße. Hör auf mir blöde Fragen zu stellen und sag, was los ist!"

Amy scheint sich endlich etwas zu beruhigen. Liebevoll streiche ich ihr über den Rücken und ziehe sie noch etwas fester an mich.

„Der Wichser, der dich angeschossen hat, war niemand anders als Brad Scales, der Ex deiner Lady."

Als Amy den Namen hört, zuckt sie verängstigt zusammen.

Merkwürdigerweise überrascht mich diese Information nicht im Geringsten.

„So etwas habe ich mir fast gedacht."

Slide schnappt sich den Stuhl, zieht ihn zu sich und setzt sich verkehrt herum drauf.

„Nachdem du dein Bike geschrottet hast..." Er macht eine kurze Pause und sieht kurz zu Amy, ehe er weiterspricht „... hat Scales Amy entführt. Wir haben sie erst vor einer Stunde wiedergefunden."

Der unendliche Hass, der sich in meinem Inneren ausbreitet, ist so stark, dass er mir die Luft zum Atmen nimmt.

„Sag mir, dass ihr diesen Wichser erwischt habt!"

Slide sieht mich entschuldigend an.

„Er konnte uns entwischen."

Mir war klar, dass dieser Kerl eine Gefahr darstellt, ich habe gewusst dass er Amy nicht so einfach aufgeben wird – schließlich würde ich das auch nicht tun!

„Wie lange hatte er sie in seiner Gewalt?"

Alleine das Wissen, dass sie diesem Arschloch schutzlos ausgeliefert war, lässt mich erschaudern.

Meine Fantasie quält mich.

Was ist, wenn er sie missbraucht und vergewaltigt hat?

Ich zwinge mich dazu weiter zu atmen, es erfordert meine komplette Selbstbeherrschung, dass ich weiterhin auf dem Bett sitzen bleibe und nicht die komplette Zimmereinrichtung zertrümmere.

Slide schweigt, ich befürchte das Schlimmste.

„Wie lange?"

„Nicht ganz sechs Stunden..."

Angespannt schließe ich meine Augen, nur die Tatsache, dass sie sicher und geborgen auf meinem Schoß sitzt und ihr gleichmäßiger Atem meinen Hals streift, lässt mich ruhig bleiben.

„Wie zum Teufel konnte das passieren?"

Noch bevor Slide mir antworten kann, meldet sich Amy zu Wort.

„Bitte Ace, mach ihnen keinen Vorwurf. Catcher und Razzor konnten nichts tun. Sie konnten nicht verhindern, dass er mich mitnimmt. Sie mussten sich um dich kümmern."

Was meint sie damit? So langsam verstehe ich gar nichts mehr.

„Die beiden waren dabei, als du entführt wurdest?"

Das wird ja immer besser....

Aus ihrer Kehle löst sich ein Schluchzen, sie schnieft laut, ehe sie mir antwortet.

„Nach dem Unfall hast du wahnsinnig viel Blut verloren, ich wusste nicht, was ich tun sollte, also habe ich mit deinem Handy Catcher angerufen. Er und Razzor sind so schnell es geht gekommen, aber noch bevor sie es bis zu uns geschafft hatten, war Brad plötzlich da. Er hat mir eine Waffe an den Kopf gehalten und mich mit sich gezerrt. Die beiden mussten sich um dich kümmern, du wärst sonst verblutet. Außerdem hätte Brad sie erschossen, wenn sie versucht hätten, mich zu befreien."

Fuck – Fuck – Fuck – Fuck!

Erneut beginnt sie zu weinen. „Ich hatte solche Angst um dich..." Ihre geflüsterten Worte lassen mein Herz schneller schlagen.

Diese verrückte, tapfere Frau wurde von ihrem brutalen Exfreund entführt und sie hatte Angst um mich?

Was denkt sie sich eigentlich?

Alles was für mich zählt - alles was wichtig ist, ist, dass es ihr gut geht und dass sie in Sicherheit ist.

Das Letzte was ich will ist, dass sie sich um mich Sorgen macht.

Liebevoll küsse ich sie auf die Stirn.

„Es geht mir gut, Baby!"

Es klopft zwei Mal kurz, ehe Loco den Raum betritt.

Über seinem rechten Arm hängt meine Kutte, auf seinem Rücken trägt er einen Rucksack.

„Die Krankenschwester hat mir deine Kutte gegeben, die restlichen deiner Sachen sind in der Tonne gelandet. Catcher und Razzor sind auf dem Weg hierher, sie scheinen neue Informationen über den Aufenthaltsort von Scales herausgefunden zu haben."

Die beiden kommen mir gerade recht. Es ist mir völlig egal, wie Amy darüber denkt, aber sie werden mir Rede und Antwort stehen müssen.

Amy

Erleichtert, dass es meinem Rocker Dämon gut geht, reibe ich mit meiner Nase ein letztes Mal über seinen Hals und inhaliere seinen unverkennbaren Geruch, ehe ich auf wackeligen Beinen von seinem Schoß klettere und mich neben ihm auf das Bett setze, damit er sich was anziehen kann.

Ich kann verstehen, dass Ace auf Brad wütend ist, ich kann sogar verstehen, wenn er auf mich wütend ist, immerhin liegt es an meiner Vergangenheit, dass er angeschossen worden ist.

Aber dass er auf Catcher und Razzor sauer ist, verstehe ich nicht. Die beiden konnten nicht verhindern, dass Brad mich mitnimmt. Sie haben sich richtig verhalten und ihn gerettet – etwas anders hätte ich auch gar nicht gewollt.

Lieber sterbe ich, als dass ich zulasse, dass Ace etwas passiert.

Ich liebe diesen Mann. Ich liebe seine raue Seite, sein Machogehabe und sogar die kaltblütige Facette seines Charakters.

Das Pochen hinter meinen Schläfen wird immer stärker.

Erschöpft beobachte ich Ace dabei wie er sich das hellgrüne Krankenhausnachthemd auszieht. Seine Bewegungen sind vorsichtig, auch wenn er versucht, es sich nicht anmerken zu lassen, er scheint ziemlich starke Schmerzen zu haben.

Nackt steht er vor mir, kramt in dem Rucksack herum, den Loco dabei hatte und holt seine Sachen heraus.

Langsam lasse ich meinen Blick über seinen trainierten Körper gleiten. Da es ein glatter Durchschuss war, klebt auf beiden Seiten seines Oberkörpers ein großes weißes Pflaster. Bei dem auf der Rückseite sehe ich etwas Blut, hoffentlich ist die Naht nicht aufgegangen. Automatisch wächst meine Sorge wieder.

Ich kann mir nicht vorstellen, dass die Ärzte es für gut heißen, dass er gehen will.

Ohne lange darüber nachzudenken strecke ich meine Hand nach ihm aus, und berühre ihn am Arm. Unsere Blicke treffen sich. Unsicher lecke ich mir über die Unterlippe.

„Ich glaube nicht, dass es gut für dich ist, wenn du das Krankenhaus jetzt schon verlässt. Du wurdest angeschossen und hast viel Blut verloren. Vielleicht sollten wir mit den Ärzten reden und sie fragen, wie lange du noch hierbleiben musst."

Ich muss gar nicht erst auf seine Antwort warten, seine Mimik verrät mir deutlich. wie er meine Idee findet – Scheiße!

Slide gibt ein ersticktes Lachen von sich, was Ace mit einem düsteren Blick quittiert.

Nachdem er seinen Vize zum Schweigen gebracht hat, sieht er mich an.

„Hör mal, Baby. Das ist nicht meine erste Schusswunde und es wird auch nicht die letzte sein. Krankenhäuser sind zum Sterben da und ich habe nicht vor zu krepieren."

Warum verwundert mich seine Ansicht nicht?

„Krankenhäuser sind nicht zum Sterben da, sie verhindern, dass man stirbt. Überleg es dir doch bitte nochmal."

Ohne mich eines Blickes zu würdigen, steigt er in seine Jeans und flucht leise.

Auf seiner Stirn breiten sich Schweißperlen aus, er hat höllische Schmerzen.

Verfluchter Sturkopf....

Flehend sehe ich Slide an, doch der schüttelt nur den Kopf und zwinkert mir zu.

Nachdem er sich in seinen schwarzen Hoodie gequält hat, zieht er sich seine Kutte an.

„Bitte Ace! Bleib zumindest noch diese Nacht."

„Halt die Klappe, Amy. Ich habe keine Zeit um hier herumzuliegen. Irgendwo da draußen rennt Scales durch die Gegend und es liegt an mir ihn zu finden und zu töten. Jede Sekunde, die dieser Kerl länger lebt, ist eine zu viel. Er verdient die Luft die er atmet nicht!“

Kaum dass er das ausgesprochen hat, öffnet sich die gläserne Türe. Catcher, dicht gefolgt von Razzor, betritt das Zimmer.

Eigentlich ist der Raum ziemlich groß. Aber jetzt, wo sich vier breitschultrige Rocker darin aufhalten, wirkt er viel zu klein.

Unsicher sehe ich Razzor an, seine dunklen Augen ruhen auf mir. Sein Blick bohrt sich regelrecht in den meinen.

Oh Mist... Ich habe keine Ahnung, wie ich zukünftig mit ihm umgehen soll?!

Das Letzte was ich will ist, für noch mehr Ärger zu sorgen.

Mein Vater schuldet dem Club 250000 Dollar. Für meine Sicherheit haben die Dead Riders sich mit den Mexikanern angelegt und jetzt wurde Ace auch noch wegen mir angeschossen. So langsam glaube ich, dass ich dem MC nur Ärger bringe....

Slides warnende Worte kommen mir wieder in den Sinn, ich erschaudere.

Razzor ist ein toller Kerl, die Frau, die irgendwann mal seine Old Lady werden darf, kann sich glücklich schätzen. Aber mein Herz gehört Ace, und daran wird sich auch niemals wieder etwas ändern.

Ich wende meinen Blick ab, Razzor nicht - er beobachtet mich weiterhin.

Slide sieht erst zu mir und dann zu Razzor. Verdammte Scheiße!

Kaum dass Ace fertig angezogen ist, überreicht Catcher ihm seine Waffe, ein langes Messer, das in einer braunen ziemlich abgewetzten Lederscheide steckt und sein Mobiltelefon.

Nicht fähig, mich auch nur eine Sekunde länger von ihm fernzuhalten, lehne ich mich an seine Seite. Automatisch schlingt er seinen Arm um meine Taille und zieht mich fester an sich.

Bestimmend legt er mir seinen Zeigefinger unters Kinn, hebt meinen Kopf an und sieht mir tief in die Augen.

„Hör auf dir Sorgen zu machen, Baby, alles ist gut.“

Ohne auf die anderen Rücksicht zu nehmen, beugt er sich zu mir hinunter und presst seine Lippen auf die meinen. Erst sachte, dann immer fordernder erobert er meinen Mund. Seine Zunge berührt die meine, duelliert sich mit ihr, liebkost sie.

Am Anfang zögere ich etwas, ich komme mir komisch vor, Ace so leidenschaftlich zu küssen, während die anderen uns beobachten. Doch wie immer, wenn mich mein Dämon küsst, verliere ich nach wenigen Zungenschlägen den Bezug zur Realität.

Vergessen sind all meine Sorgen, Slide und Catcher, ja selbst Razzors wütender Blick, der meine Haut beinahe versengt, ist plötzlich unwichtig.

Alles was zählt, sind er und ich und die Liebe, die ich für ihn empfinde.

Seufzend kralle ich mich in seinen Haaren fest, verliere mich in unserer Leidenschaft küsse ihn stürmisch.

Ich habe keine Ahnung, wie lange wir so eng umschlungen mitten im Raum stehen. Erst als ein lautes Pfeifen die Stille durchbricht, erinnere ich mich daran, dass wir nicht alleine sind. Catchers Stimme dringt zu meinem benebelten Verstand durch.

„Hey Leute, nehmt euch ein Zimmer!"

Knurrend presst mein Dämon seinen Mund ein letztes Mal fest auf den meinen, ehe er mich widerwillig freigibt.

„Das *ist* mein Zimmer, du Penner. Also, wenn es dir nicht passt, dass ich meine Frau..."

Bei den Worten ‚meine Frau' wirft er Razzor einen warnenden Blick zu. „,... küsse, wann und wo ich will, dann verpiss dich!"

Catcher lacht laut auf.

„Dir geht es ja schon wieder viel zu gut, Präs."

Aces dunkles Lachen löst ein angenehmes Prickeln in meinem Unterleib aus.

„So ist es, Bro. Glaube mir, ich will verdammt sein, wenn es anders wäre!"

Zutiefst erregt und schrecklich verwirrt lehne ich mich an Aces Brust, verstecke mein Gesicht an seiner Halsbeuge und höre den Männern dabei zu, wie sie sich gegenseitig ärgern. Wenn ich Aces Verhalten richtig deute - und viel Spielraum ist da nicht - dann hat er längst bemerkt, dass zwischen Razzor und mir etwas nicht stimmt.

„Lasst uns von hier verschwinden."

Slide steht auf und geht voraus, Catcher folgt ihm, dann gehen Ace und ich. Nach uns macht sich auch Razzor auf den Weg zur Türe.

Loco zwinkert mir freundlich zu, es scheint ihn nicht gestört zu haben, vor der Türe zu warten.

Die schweren Stiefel der Rocker treffen auf den ockerfarbenen Linoleumboden des Flurs. Das laute Hallen ihrer Schritte erfüllt die leeren Korridore. Als wir am Schwesternzimmer vorbeigehen, versucht niemand uns aufzuhalten. So wie ich das sehe, sind alle froh, wenn Ace und seine Männer von hier verschwinden.

Die kleine weiße Uhr mit den roten Ziffern, die neben der Türe an der Wand hängt, verrät mir, dass es 4:37 Uhr am Morgen ist, was auch erklärt, warum wir niemandem über den Weg laufen.

Direkt vor dem Eingang des Krankenhauses stehen drei Motorräder. Loco, der mit einem dunkelblauen Van gekommen ist, öffnet mir die Türe, ehe er hinten einsteigt.

Ace setzt sich auf den Fahrersitz, der im Zündschloss steckende Schlüssel funkelt leicht im dämmrigen Licht.

Am liebsten würde ich Ace darum bitten, nicht selber zu fahren. Auch wenn er es sich nicht anmerken lässt, bin ich sicher, dass er starke Schmerzen hat.

Gerade als ich meinen Mund öffne und etwas sagen will, sieht er mich herausfordernd an und schüttelt leicht den Kopf. Seufzend schließe ich den Mund wieder und schlucke meine Worte herunter. So wie ich das sehe, macht es überhaut keinen Sinn, dem Präsidenten der Dead Riders etwas vorschreiben zu wollen – er macht ja sowieso was er will...

Ace

Noch bevor ich den Club wirklich betreten habe, bricht tosender Applaus aus. Laute Pfiffe, Schreie und Jubelrufe erfüllen die Luft.

Wie nicht anders zu erwarten, haben fast alle meiner Brüder auf meine Rückkehr gewartet – sie wussten ganz genau, dass mich nichts und niemand im Krankenhaus halten kann.

Tick kommt auf mich zu, er zieht mich kurz in seine Arme. Seine Reaktion ist der beste Beweis dafür, dass er sich Sorgen gemacht hat.

„Dein Bike steht schon in der Werkstatt. Mach dir keine Sorgen, in spätestens einer Woche ist es wie neu!“

„Das beruhigt mich.“

Er nickt mir kurz zu, ehe er Amy ansieht.

„Wie geht es dir, Mädchen?“

„Jetzt wo Ace wieder bei mir ist, geht es mir gut.“

Mit einem zaghaften Lächeln sieht sie zu mir auf, mein Herz steht still.

Nicht zum ersten Mal stelle ich mir die Frage, womit zur Hölle ich diese perfekte Frau verdient habe.

Catcher und Slide tauchen neben uns auf, von Razzor fehlt jede Spur.

Es hat nur einen Blick auf meinem Bruder gebraucht, um zu wissen, dass er begehrt, was mir gehört.

Verflucht! Ich kann es ihm nicht mal übel nehmen, Amy ist der wahr gewordene Traum eines jeden Mannes.

Was ich ihm jedoch nicht durchgehen lassen kann, sind die Blicke, mit denen er sie regelrecht verschlingt.

Amy gehört zu mir, sie ist meine Old Lady, sie ist mein Eigentum.

Wenn diese Nacht vorüber ist, werde ich ihn zur Seite nehmen und ein ernstes Wort mit ihm reden.

Razzor ist ein guter Mann, ein zuverlässiger Bruder und ein loyaler Dead Rider. Es würde mir schwerfallen, ihn in ein anderes Chapter zu schicken, aber wenn es sein muss, werde ich es tun.

Meine Süße lehnt ihren Kopf an meine Schulter, das leichte Zittern, das ihren Körper durchschüttelt, verrät mir, dass sie mit ihren Kräften am Ende ist.

„Lasst uns für heute Schluss machen. Es war für alle ein langer Tag und der morgige wird nicht leichter werden."

Catcher nickt zustimmend, er ist bestimmt froh, wenn er zu Susan ins Bett steigen kann.

„Morgen werden wir Scales ausfindig machen. Es gibt keinen Ort, an dem er sich vor uns verstecken kann."

Slide hat Recht, wir werden erst ruhen, wenn das Herz dieses Bastards zu schlagen aufgehört hat.

Skorpion und Nora bahnen sich einen Weg durch die Menge. Freundschaftlich zieht Nora Amy in ihre Arme. Ich kann nicht verstehen, was Skorpions Lady meiner Süßen ins Ohr flüstert, aber ich bin erleichtert, dass sich die Ladys so gut verstehen.

Nachdem ich Skorpion auf den neuesten Stand der Dinge gebracht habe, schnappe ich mir meine Zuckerpuppe und führe sie die Treppe nach oben.

Gerade als ich meine Wohnungstüre hinter uns schließen will, taucht unser Club-Doc auf.

„Hey Präs, ich habe da etwas für dich."

Er reicht mir eine weiße Tüte, in der sich mehrere Tabletten befinden.

„Danke Doc."

„Maximal zwei am Tag."

Mit diesen Worten dreht er sich um und verschwindet in der Menge.

Ohne Zeit zu verlieren, schlucke ich gleich eine von ihnen runter, die Schmerzen in meiner Schulter werden mit jeder Bewegung schlimmer.

Als ich im Schlafzimmer ankomme, steht meine Lady nur noch in ihren sexy Dessous vor mir. Schweigend kommt sie auf mich zu, geht vor mir auf die Knie und zieht mir die Stiefel aus. Nachdem sie beide zur Seite gestellt hat, sieht sie zu mir auf. In ihrem Blick liegt so viel Vertrauen und Liebe, dass mein Herz wie wild zu schlagen anfängt.

Diese Frau gehört für immer mir!

Liebevoll streiche ich mit meiner Hand über ihren Kopf, sie schmiegt sich an mein Bein – wir genießen den Moment der Zweisamkeit.

Ihre Geste sagt mir mehr als tausend Worte.

Meine Zuckerpuppe unterwirft sich mir, fügt sich meinem Willen, begibt sich in meine Obhut. Zärtlich fahre ich mit meinen Fingern durch die seidigen Strähnen ihrer Haare.

Ich beobachte sie dabei, wie sie erst die Schnalle meines Gürtels öffnet, ehe sie den Knopf durch das Loch schiebt und den Schlitten des Reißverschlusses nach unten zieht.

Ohne ein Wort zu sagen zieht sie mir Jeans und Shorts aus.

Erneut sieht sie zu mir nach oben. In ihrem Blick spiegelt sich ein göttlicher Mix aus Begierde und Unsicherheit.

Bei Gott, am liebsten würde ich sie jetzt so lange ficken bis sie heiser um Gnade fleht, doch ich unterdrücke meine Gier nach ihr. Es war für uns beide ein verdammt langer Tag, meine Süße braucht jetzt ihre Ruhe und meine Schulter muss ebenfalls geschont werden.

„Küss mich, Zuckerpuppe."

Schwer atmend beobachte ich meine Lady dabei, wie sie sich anmutig erhebt. Verloren treibe ich in den dunklen Tiefen ihrer jadegrünen Augen, ehe ich sie ungestüm packe und meinen Mund auf den ihren tackere.

Erst wild und gierig, dann immer zärtlicher treffen unsere Zungen aufeinander. Meine Zunge wühlt sich durch ihren Mund, entlockt ihr ein leises Stöhnen, das mir direkt in die Eier schießt.

Heilige Mutter Gottes...

Ein Kuss von dieser Frau und ich vergesse einfach alles um mich herum.

Erst als wir beide völlig außer Atem sind, gebe ich sie wieder frei.

Ich lasse meine Finger durch die weichen Strähnen ihrer Haare gleiten, knabbere sanft an ihrem Ohr, schnuppere an ihr.

So sehr ich es auch versuche, aber ich schaffe es einfach nicht, diese eine Frage aus meinem Kopf zu bekommen. Immer und immer drängt sie sich in den Vordergrund.

Seit ich denken kann, bin ich ein Mann, der einfach ausspricht, was gesagt werden muss. Doch jetzt, in diesem Fall, weiß ich nicht was ich tun soll. Laut Slide war Amy ihrem Ex sechs Stunden lang ausgeliefert.

Dieser elendige Scheißkerl hätte in dieser Zeit alles Mögliche mit ihr anstellen können.

Was ist, wenn er sie tatsächlich vergewaltigt hat?

Würde sie dann jetzt so seelenruhig in meinen Armen liegen? Fuck!

Ich habe keine Ahnung!

Alles was ich weiß ist, dass ich herausfinden muss, was passiert ist. Ich weiß nicht, wie ich reagiere, wenn ich es weiß, aber diese Ungewissheit frisst sich durch meinen Verstand wie Säure.

„Hör mal, Baby...."

Seufzend öffnet sie ihre Augen und sieht mich an.

Das Vertrauen in ihren Augen beschämt mich – ich habe es nicht verdient.

Anstatt sie zu beschützen habe ich mich anschießen lassen.
Ich bin wie ein Loser bewusstlos auf der Straße gelegen, nicht in der Lage, meine eigene Lady vor einer Entführung zu bewahren.
Grenzenlose Wut baut sich in mir auf, meine Schulter schmerzt höllisch und in meinem Kopf pocht es unangenehm.
Fest entschlossen jetzt nicht zu kneifen, atme ich tief durch und rede weiter.
„... ich muss wissen, was in der Zeit, während du in Scales Gewalt warst, passiert ist. Alleine das Wissen, dass er dich verletzt hat, macht mich so unsagbar wütend, dass ich es gar nicht in Worte fassen kann. Wenn er dich auch noch vergewaltigt hat, könnte ich mir das nie verzeihen!"
Eine einsame Träne rinnt über das wunderschöne Gesicht meiner Frau.
In diesem Augenblick komme ich mir vor wie der größte Versager auf diesem Planeten und nicht wie der Präsident des gefürchtetsten Motorcycle-Clubs des Landes.
Sanft umfasst sie mit ihren Händen mein Gesicht, stellt sich auf die Zehenspitzen und küsst mich so federleicht auf den Mund, dass ich ihre Lippen kaum auf den meinen spüre. Mein Herz zieht sich vor Kummer und Schmerz zusammen – was auch immer sie mir jetzt sagen wird, ich muss für uns beide stark sein.
„Ich will, dass du mir jetzt genau zuhörst."
Sie küsst mich erneut, dieses Mal etwas fester.
„Weder du noch deine Brüder hätten das, was geschehen ist, verhindern können. Brad ist ein psychopatisches Arschloch. Niemand kann ihn stoppen...."
Der Tod kann es!
Ich spreche meinen Gedanken nicht laut aus.
„... Nachdem du angeschossen worden bist, hat er mich zu seinem Auto gezerrt. Er hat mich k.o. geschlagen und ich bin erst in diesem Haus am See wieder aufgewacht. Als ich zu mir gekommen bin, lag ich alleine in einem Zimmer. Ich wusste, dass ich so schnell es geht fliehen musste, also habe ich eine Scheibe eingeschlagen und bin in den Wald gerannt."
Während sie redet beginnt sie zu zittern, pure Mordlust flutet meine Venen.
„Brad hat mich verfolgt, für einen Moment dachte ich wirklich, dass ich in diesem Wald sterben werde. Doch dann war da diese Straße und wie durch ein Wunder sind deine Brüder aufgetaucht. Skorpion hat mich gerettet. Er hat die beiden Prospects in den Wald geschickt, um Brad zu suchen, doch sie haben ihn nicht gefunden."
Amy schluckt schwer, sie leckt sich nervös über die Lippen.

„Außer dass er mich niedergeschlagen und entführt hat, hat er mir dieses Mal nichts getan.“

Ihre Worte lösen eine Welle der Erleichterung in mir aus, doch die hält nicht lange an.

Es dauert eine Sekunde bis mein Hirn versteht, was sie mir gerade verraten hat: Er hat ihr dieses Mal nichts getan. In der Vergangenheit hat sich das allerdings anders verhalten.

Vor Wut und Schmerz beginnen meine Arme zu zittern, vor meinen Augen tanzen blutrote Punkte und ich weiß, dass ich erst ruhen werde, wenn ich Brad Scales sehr langsam und grausam umgebracht habe.

Dieser Planet ist nicht groß genug für ihn und mich – völlig egal, wo er sich verstecken wird, ich werde ihn finden und töten.

Doch jetzt werde ich meine Old Lady ins Bett bringen, ich werde sie in die Arme nehmen und ihr die Geborgenheit schenken, die sie nach diesem beschissenen Tag braucht.

Ich ziehe sie in meine Arme, küsse sie auf den Scheitel und flüstere ihr leise ins Ohr, dass ich eher mein Leben geben werde, als dass ich zulasse, dass ihr jemals wieder Leid angetan wird!

26. Kapitel

Slide

Erschöpft und müde steige ich zu meiner Lady ins Bett.

Verschlafen öffnet Ellen ihre Augen, breitet ihre Arme aus und heißt mich willkommen.

Ihr kleiner weicher Körper umfängt den meinen, ihre Beine schlingen sich um meine Taille, ihre weichen Falten streichen über mein hartes Glied.

Zwischen uns braucht es keine Worte, meine Lady muss nur einen Blick auf mich werfen und schon weiß sie, wie es tief in mir aussieht.

Diese Frau ist für mich bestimmt, sie ist meine Seelenverwandte, das Gegenstück zu meinem Herzen, sie ist die Luft, die ich atme – der Grund aus dem ich lebe...

Alleine das Wissen, dass sie für immer mir gehört, beruhigt die Dämonen tief in meinem Inneren. Bevor ich Ellen für mich beansprucht habe, war ich ein Getriebener, ich war ein Killer auf der Suche nach dem nächsten Opfer.

Meine Brüder nannten mich nur den Rocker Devil, meine Stimmung war immer teuflisch.

Alles was ich wollte war töten, ich wollte das Blut meiner Feinde vergießen, die Rache war alles, was mich angetrieben hatte. Doch dann traf ich unverhofft auf sie - ich sah in ihre Augen und wusste, dass sie der Grund ist, aus dem ich überhaupt existiere.

Vielleicht war es nicht richtig, sie einfach zu entführen – doch ich konnte keine Sekunde länger ohne sie sein - Sie ist mein Herzschlag....

Im Gegensatz zu Amys Exfreund habe ich Ellen nicht entführt, um ihr zu schaden, ich habe sie mir genommen, damit sie mich retten kann.

Das mag jetzt alles völlig verrückt klingen, aber alleine die Tatsache, dass sie jetzt weich und anschmiegsam unter mir liegt und ihre Beine vertrauensvoll für mich gespreizt hat, ist doch der beste Beweis dafür, dass ich alle richtig gemacht habe.

Das Leben, für das ich mich entschieden habe, ist dunkel und gefährlich.

Bei uns läuft vieles anders als in der restlichen Welt. Hier muss ein Mann für sein Überleben kämpfen, er muss sich nehmen was er will und beschützen was ihm gehört.

Heute Nacht hat ein Außenstehender eine Lady unseres Clubs bedroht. Er hat auf meinen Präsidenten geschossen und somit unseren Club angegriffen.

Die nächsten Stunden werde ich meine Frau lieben als gäbe es keim Morgen mehr. Ich werde sie verwöhnen, unterwerfen und zum Schreien bringen.

Alleine das Wissen, dass ich in wenigen Augenblicken in sie eindringen werde, lässt mich ruhig bleiben.

Jede Zelle meines Körpers ist angespannt, meine Muskeln zucken ungeduldig, während mein Schwanz so hart ist, dass es beinahe schmerzt.

Ellen ist mein Eigentum, sie ist meine Erlösung...

In meinem Leben habe ich auf vieles verzichten müssen, doch seit ich sie an meiner Seite habe, bin ich der glücklichste Mann auf diesem Planeten.

Knurrend beuge ich mich zu ihr hinab, presse meine Lippen auf die ihren und stehle ihr den Atem.

Liebevoll streichen ihre Hände über meinen Nacken, ehe sie ihre Fingernägel tief in meine Haut gräbt. Der sinnliche Schmerz lässt mich beinahe kommen. Um Kontrolle ringend löse ich meinen Mund von dem ihren, sehe ihr tief in die Augen und lasse meine Eichel durch die glitschigen Schamlippen ihrer Pussy gleiten.

Ihr Körper ist nass und bereit, sie sehnt sich nach dem was jetzt kommt ganz genauso sehr wie ich. Doch dieses Mal ist es nicht nur das Aufeinandertreffen zweier Körper, dieses Mal ist es anders....

Heute Nacht werde ich sie ficken, sie nehmen und meinen Samen so tief in ihre Gebärmutter spritzen, dass sie einfach schwanger werden muss. Seit Monaten wünsche ich mir ein Kind mit ihr. Als ich herausgefunden habe, dass Ellen hinter meinem Rücken heimlich weiter die Pille genommen hat, hat sich das angefühlt, als hätte sie mir ein Messer in den Rücken gestoßen.

Doch jetzt, wo sie endlich eingewilligt hat, mein Kind zu empfangen - es unter ihrem Herzen auszutragen, ist sie endgültig die meine geworden.

Es gibt nichts Intimeres, nichts Kostbareres und nichts Schöneres, als mit der Frau, die man mehr liebt als das eigene Leben, ein Kind zu zeugen.

Ohne ihren Blick wieder freizugeben, dringe ich mit einem harten Stoß tief in sie ein. Selbst nach all der Zeit ist sie noch immer unfassbar eng. Ich spüre, wie ihre inneren Scheidenwände zucken und sich weiten. Es dauert immer ein paar Herzschläge lang, bis sie sich an meine Größe gewöhnt hat und mich problemlos in sich aufnehmen kann.

„Mehr... bitte mehr!“

Ihr geflehtes Flüstern lässt meine Selbstbeherrschung bröckeln.

Langsam ziehe ich mich aus ihr heraus, nur um mich einen Atemzug später wieder tief in ihr zu versenken.
Kreisend schiebe ich mich tief in ihre feuchte Mitte, ihre Augen schließen sich, meine Sinne spielen verrückt.
Immer und immer wieder dringe ich in sie ein. Die Finger meiner rechten Hand umfassen ihre Brust. Geschickt klemme ich das rosa Fleisch ihrer Brustwarze zwischen Daumen und Zeigefinger und zwirble es.
Keuchend presst sie ihren Unterleib meinen Stößen entgegen, ich verliere mich in dem wilden Rhythmus unserer Lust. Schreiend rekelt sie sich unter mir, ihre Beine fangen an zu zittern, ihr Körper wird von einem leichten Schweißfilm überzogen. Aus Erfahrung weiß ich, dass es nicht mehr lange dauern wird, bis sich meine Lady in ihrem Höhepunkt verliert.
Ein heißer Schauer rieselt über mein Rückgrat, schießt mir direkt in die Eier. Puckernd ziehen sie sich zusammen, mein Glied wird noch härter, die Eichel schwillt an.
Fuck! Für diesen Augenblick würde ich sterben...
Besitzergreifend vergrabe ich meine Hände an beiden Seiten in ihrer Taille, halte sie fest, stoße mit all meiner Kraft in sie.
Ellens Stöhnen wird immer lauter, ihre Finger graben sich in meine Arme, während sie ihre Augen ein Stückchen öffnet und mich unter gesenkten Lidern ansieht.
Braves Mädchen. Sie weiß ganz genau, dass ich will, dass sie mich ansieht, während sie kommt.
Bei allen Höllen, es gibt nichts Besseres als den entrückten Ausdruck in ihren Augen, wenn sie laut schreiend kommt.
Schneller und schneller pumpe ich mich in sie. Mein Unterbewusstsein mahnt mich leise, dass ich sie nicht so fest halten soll, doch die Warnung kommt zu spät.
Meine Selbstbeherrschung ist quasi nicht mehr existent, meine Urinstinkte haben die Kontrolle übernommen. Ellens Orgasmus erreicht seinen Höhepunkt.
Angespannt schließe ich meine Augen, atme tief durch und stoße ein letztes Mal so tief in sie, dass ich das Gefühl habe, mich in ihr aufzulösen.
Brüllend werfe ich meinen Kopf in den Nacken, ziehe sie noch fester auf mein pulsierendes Glied und spritze meinen Samen Schub für Schub in ihre zuckende Muschi.
Die Kontraktionen in ihrem Inneren melken mich regelrecht und ich weiß instinktiv, dass mein sehnsüchtigster Wunsch in Erfüllung gehen

wird. Ich spüre bis in den hintersten Winkel meines Herzens, dass sie nach dieser Nacht mein Kind in sich tragen wird.

Pures, unverfälschtes Glück rauscht durch meine Venen.

Diese Frau ist das Kostbarste was ich jemals besessen habe – sie werde ich nie wieder frei geben!

Atemlos sehe ich auf sie herab, das selige Lächeln, das sich auf ihre wundgeküssten Lippen gelegt hat, bringt mein Herz zum Stolpern.

Vorsichtig ziehe ich mich aus ihr zurück, löse meine Finger von ihrer Hüfte und betrachte mit einem gewissen männlichen Stolz die dunklen Abdrücke, die sich bereits auf ihrer Haut abzeichnen.

Beschimpft mich als pervers, aber ich liebe es, wenn ihr Körper meine Zeichen trägt!

Stöhnend rolle ich mich neben sie, ziehe sie an meine Brust und küsse sie in den Nacken.

„Ich liebe dich, Baby!“

Meine Süße schnurrt leise, presst ihren runden Po gegen meinen Schritt, schnappt sich meine Hand und drückt einen feuchten Kuss in die Mitte meiner Handfläche.

„Ich liebe dich mehr ...“

Ihre Stimme ist mittlerweile so leise, dass ich sie kaum noch verstehen kann.

Einen Wimpernschlag später ist sie eingeschlafen.

Zufrieden ziehe ich die Decke über uns, lege meine Hand auf ihren noch flachen Bauch uns liebkose die zarte Haut.

In den kommenden Wochen wird sich ihr Körper verändern, ihr Bauch wird anschwellen und unser Kind wird unter meinem Schutz heranwachsen.

Doch bevor ich mich auf die Zukunft konzentrieren kann, muss ich morgen meinem Präsidenten zur Seite stehen.

Der heutige Tag fordert Vergeltung. Als Vizepräsident ist es meine Aufgabe, den Club zu schützen und ganz genau das werde ich tun. Die Riders werden morgen auf die Jagd gehen, wir werden dieses Scales finden, töten und vom Erdboden verschwinden lassen.

Amy ist eine tolle Frau, sie ist meiner Süßen eine gute Freundin geworden und was noch viel wichtiger ist, sie ist Clubeigentum.

Wir werden ein Exempel statuieren, wir werden keine Gnade kennen – es soll sich herumsprechen, was passiert, wenn man sich mit den Dead Riders anlegt!

Ace

Amys Schlaf ist unruhig, sie dreht sich immer wieder von links nach rechts, schluchzt leise und ruft heiser meinen Namen. Sie hat Angst, sie schreit nach mir, damit ich sie beschütze, aber ganz genau das habe ich nicht getan.

Fluchend fahre ich mir mit der Hand durch die Haare, stehe auf und stelle mich vor das Fenster. Während der Mond langsam im Westen verschwindet, beginnt die aufgehende Sonne im Osten ihre Reise.

Der stechende Schmerz in meiner Schulter ist einem unangenehmen, dumpfen Pochen gewichen.

Ich bin ein Mensch, der sich sehr schnell regeneriert, in spätestens einer Woche werde ich wieder ganz der Alte sein.

Doch was ist mit Amy? Wann wird sie das Erlebte verkraftet haben?

Wann kann sie im Dunkeln durch die Straßen laufen, ohne panisch über ihre Schulter zu blicken?

Fuck – Fuck – Fuck – Fuck!

Trotz der frühen Stunde brennt in der Werkstatt bereits Licht, so wie ich das sehe, will sich einer der Anwärter Pluspunkte sichern, indem er mein Bike in Höchstgeschwindigkeit repariert – mir soll's recht sein.

„Ace? Ace..."

Amys Flüstern reißt mich aus meinen Gedanken, schnell gehe ich zurück zum Bett, sie schläft immer noch.

Langsam, darauf bedacht, meine Schulter nicht mehr zu belasten als nötig, lege ich mich zurück ins Bett, ziehe sie in meine Arme und küsse sie sachte auf den Mund.

Ich habe keine Ahnung, wann ich damit angefangen habe, diese Frau mehr als alles andere auf dieser Welt zu lieben, doch jetzt, wo es so ist, will ich nichts daran ändern.

Seufzend schließe ich meine Augen und genieße die Stille.

In wenigen Stunden wird es blutig, ein paar Stunden Schlaf zusätzlich können da mit Sicherheit nicht schaden.

Amy

Keine Ahnung, wie viele Stunden ich geschlafen habe, aber ich fühle mich, als hätte mich jemand in tausend Teile zerlegt und anschließend wieder falsch zusammengebaut.

In meinem Kopf dröhnt ein lautes Pochen, mein Hals ist trocken und mir ist so heiß, dass ich glaube zu verbrennen.

Meine Beine fühlen sich an wie aus Beton, der Motorradunfall und der anschließende Lauf durch den nächtlichen Wald haben ihnen nicht gerade gut getan.

Vorsichtig drehe ich mich auf die Seite. Ace hat sich so nah an mich gedrückt, dass ich kaum noch Luft bekomme.

Für gewöhnlich wacht Ace vor mir auf, dieses Mal bin ich es, die das Vergnügen hat, ihn beim Schlafen zu beobachten.

Doch selbst jetzt wirkt er angespannt. Auf seiner Stirn haben sich zwei tiefe Falten gebildet, seine Lippen sind zu einem dünnen Strich zusammengepresst – ob er Schmerzen hat?

Jeder normale Mensch hätte noch mindestens eine Woche lang im Krankenhaus gelegen, aber nicht so mein Rocker Dämon....

Trotz der höllischen Kopfschmerzen wollte ich letzte Nacht mit ihm schlafen, ich wollte mich als die seine fühlen, unter seinem starken Körper begraben werden und spüren, dass ich zu ihm gehöre. Aber er hat mich abgewiesen.

Die logische Seite meines Verstands weiß, dass Ace Schmerzen hatte, und das letzte Nacht einfach zu viel passiert ist. Immerhin kam er gerade frisch aus dem Krankenhaus - wir waren beide völlig erschöpft....

Doch mein Herz fühlt sich an wie aus Blei.

Seine Abweisung macht mir zu schaffen. Das und seine Frage, ob Brad mich vergewaltigt hat, machen mir Sorgen. Was ist, wenn er mir nicht glaubt, wenn er denkt, dass Brad mich genommen hat und er sich jetzt vor mir ekelt.

Bin ich in seinen Augen beschädigte Ware?

Schluss damit!

Mit aller Kraft reiße ich mich zusammen, verdränge die unerfreulichen Gedanken und küsse ihn leicht auf die Stirn.

Ich mache mir bestimmt zu viele Sorgen. Zwischen ihm und mir ist alles okay.

Oh Gott! Ich bin so ein Idiot!

Ich liege hier und rede mir ein, dass er mich abgewiesen hat, dabei wurde er erst angeschossen und dann operiert. Natürlich hat er da keine Lust auf Sex – oder?

Das Chaos in meinem Kopf wird immer größer. Müde schließe ich meine Augen, kuschle mich noch fester an ihn und inhaliere seinen Geruch.

Alles was zählt ist, dass er wieder gesund wird, dass es ihm gut geht und dass ich ihn über alles liebe.

Der gestrige Tag hat bei uns allen Spuren hinterlassen, jetzt liegt es an uns, wie wir mit dem Erlebten zurechtkommen.

Brad hat in meinem Leben schon so viel kaputt gemacht, ich werde nicht zulassen, dass die Fehler aus meiner Vergangenheit einen Schatten auf Ace und meine Zukunft werfen.

Ich muss dringend pinkeln. Vorsichtig versuche ich mich aus seiner Umarmung zu lösen, der Versuch bleibt erfolglos. Wann immer ich ein paar Zentimeter von ihm weggerutscht bin, zieht er mich zurück an seine Brust. Die dicken Muskeln in seinen Armen spannen sich an, werden hart.

Seufzend ergebe ich mich meinem Schicksal, hauche ihm unzählige Küsse auf den Unterarm, die Stirn, die Nase und den Hals.

Der Bartschatten auf seinem Gesicht lässt ihn dunkel und verwegen aussehen – Hot as Hell.

Mit meiner Fingerspitze streiche ich über die dunklen Stoppeln an seinem Kiefer, aus seiner Kehle löst sich ein leises Knurren.

Er verändert seine Position, seine Arme pressen mich noch fester an seinen heißen Körper.

„Hey Baby.“ Seine vom Schlaf raue Stimme lässt mich erschaudern.

Unter halb geschlossenen Augen sieht er mich eindringlich an.

„Wie geht es dir, Kleines?“

Eine gute Frage, auf die ich definitiv keine Antwort weiß.

Die Sache mit Brad beschäftigt mich nicht halb so viel wie meine Angst, dass zwischen Ace und mir nicht mehr alles ok ist.

Die Angst ihn zu verlieren ist schlimmer als alles, was ich je in meinem Leben gefühlt habe.

„Wenn du mich jetzt küsst, geht es mir gut!“

Seine Mundwinkel zucken amüsiert.

„Ich denke, das lässt sich einrichten!“

Und dann küsst er mich, doch es ist kein harmloser Guten-Morgen-Kuss. Ace verschlingt mich, er frisst mich regelrecht auf. Meine Sinne spielen verrückt, mein Herz verweigert seinen Dienst und meine Synapsen gehen offline.

Glücklich halte ich mich an ihm fest, komme ihm entgegen und duelliere mich mit seiner Zunge. Wenige Minuten später bin ich völlig atemlos, zwischen meinen Schenkeln hat sich ein sehnsüchtiges Pochen ausgebreitet, mein Höschen ist feucht.

Knurrend gibt er mich frei, sieht mir in die Augen und grinst mich frech an.

„Fuck, Baby!“

Genussvoll lecke ich mir die Lippen.

„Du sagst es...“

Sanft küsse ich ihn erneut, verführe ihn, lade ihn ein, mich zu nehmen. Doch anstatt darauf einzugehen löst er sich von mir, zwinkert mir frech zu und steigt aus dem Bett.

Das war dann die zweite Abfuhr....

Niedergeschlagen lasse ich meinen Blick über seinen knackigen Hintern gleiten. Bei jeder Bewegung zeichnen sich seine Muskelstränge unter seiner Haut ab.

Trotz der Schusswunde an seiner Schulter bewegt er sich geschmeidig und kraftvoll.

Wenige Augenblicke später ist er fertig angezogen.

Nachdem er sich seine Kutte übergezogen und sich die Waffe hinten in den Hosenbund gesteckt hat, beugt er sich zu mir nach unten, küsst mich sanft und weicht mir lachend aus, als ich ihn zurück ins Bett ziehen will.

„Hör mal, Baby, ich habe heute wirklich viel zu tun. Aber ich kann verstehen, wenn du noch liegen bleiben und dich ausruhen möchtest. Die letzte Nacht ist an keinem von uns spurlos vorbeigegangen."

Ach, was er nicht sagt.

„Im Gegensatz zu dir wurde ich aber nicht angeschossen. Also würde ich sagen, bist du derjenige, der sich heute noch schonen sollte. Außerdem solltest du deine Wunde von einem Arzt anschauen lassen, nicht dass sie sich entzündet."

Kopfschüttelnd dreht er sich um und verlässt genervt das Schlafzimmer.

Na klasse, anscheinend wird es zur Gewohnheit, dass wir uns morgens streiten....

Nachdenklich drücke ich mein Gesicht in sein noch warmes Kopfkissen, inhaliere seinen Geruch und schlinge meine Arme darum.

Was zur Hölle ist nur los mit ihm?

Wahrscheinlich hat er von dem ganzen Ärger, den ich ihm einbringe, so langsam die Schnauze voll, und auch wenn mir bei dem Gedanken, ihn zu verlieren, Tränen in die Augen steigen, kann ich ihn verstehen. Bis jetzt habe ich dem MC nur Probleme beschert.

Die Aussicht, den ganzen Tag alleine in Aces Wohnung zu verbringen, ist ziemlich düster.

Schlecht gelaunt steige ich aus dem Bett tapse ins Badezimmer und steige unter die Dusch. Zuerst drehe ich das Wasser auf heiß, erst als ich mich fühle wie ein Hummer, der bei lebendigem Leib gekocht wird, schiebe ich den Temperaturregler auf kalt. Als das eiskalte Wasser über meine dampfende Haut läuft, quietsche ich erschrocken auf – jetzt bin ich definitiv wach.

So schnell es geht wasche ich mir die Haare, seife mich ein und spüle das Shampoo wieder ab.

Nachdem ich mich abgetrocknet habe, stelle ich mich vor den großen Spiegel im Schlafzimmer und betrachte das Tattoo über meinem Po.

Tick hat ganze Arbeit geleistet, es scheint schon so gut wie verheilt zu sein, und das, obwohl ich mich in den letzten 24 Stunden nicht wirklich darum gekümmert habe und es auch kein einziges Mal, wie von Tick empfohlen, mit der Wundsalbe eingecremt habe.

Zumindest eine Sache weniger, um die ich mir Sorgen machen muss....

Ich brauche jetzt dringend einen großen Kaffee und ein Gespräch mit Ellen.

Vielleicht kann sie mir sagen, was los ist, oder wie ich mit Aces merkwürdigem Verhalten umgehen soll. Schließlich hat sie ihr ganzes Leben lang unter Rockern gelebt. Wenn sie nicht weiß, wie diese Kerle ticken, dann weiß es keiner.

27. Kapitel

Ace

Die first Nine sitzen mit mir am Tisch.

Catcher, Tick und Skorpion haben die ganze Nacht damit verbracht, nach Spuren von Scales zu suchen. Und so wie es aussieht, sind sie tatsächlich fündig geworden.

Nachdem sie die Prospects losgeschickt haben, um sämtliche Motels im Umkreis von 30 Meilen zu checken, hat sich Skorpion vor dem Haus von Scales Schwester auf die Lauer gelegt, und *bämmm*, das Arschloch hat tatsächlich bei ihr Unterschlupf gesucht.

Fuck, dieser Idiot ist so dämlich, dass es fast schon weh tut.

Wenn hinter mir ein kompletter MC her wäre, würde ich mich niemals bei meiner Familie verstecken, ich für meinen Teil würde einfach alles tun, um die Menschen, die ich liebe, da rauszuhalten, doch nicht so Scales.

Der Hurensohn denkt nur an sich und daran, wie er seine Haut retten kann.

Trotz der unglaublichen Wut und der Rachegelüste, die mein Denken bestimmen, bin ich nicht bereit, eine junge Frau und ihre drei unschuldigen Kinder mit in diese Sache hineinzuziehen.

Seit ich denken kann, beschützt der MC die Menschen in unserem Revier und das werden wir auch weiterhin tun. Jetzt liegt es allerdings an uns, den Bastard aus dem Haus zu locken und unauffällig einzukassieren.

Sein Tod wird laut und qualvoll sein, ich werde mir Zeit lassen, ich werde ihn für das, was er meiner Lady in der Vergangenheit angetan hat, leiden lassen.

Doch sobald sein Herz zu schlagen aufgehört hat, wird alles ganz schnell gehen. Nachdem Skorpion mit ihm fertig ist, wird nichts mehr übrig sein, das auf seine Existenz hinweisen wird, Scales Überreste werden nie gefunden werden, er wird für immer vom Erdboden verschwunden und hoffentlich auch bald vergessen sein.

„Loco behält das Haus im Auge. Er meldet sich, sobald die Frau und die Kinder das Haus verlassen haben..."

Catcher holt kurz Luft, sieht mich zögernd an, ehe er weiterspricht.

„... Vielleicht wäre es besser, wenn du hier im Club bleibst, Präs, vertrau uns, wir werden das regeln!"

Wütend springe ich von meinem Stuhl auf, so dass er laut krachend nach hinten umfällt. Schlagartig wird es so still, dass man eine Nadel auf

den Boden fallen hören könnte. Nur das laute Pochen meines Herzschlags dröhnt in meinen Ohren.
„Halt`s Maul, Bro - Scales gehört mir! Er hat meine Old Lady entführt, er hat auf mich geschossen und er wird durch meine Hand sterben! Das Letzte, was dieser Bastard sehen wird, werden meine Hände sein, die sich um seinen Hals schließen. Stelle dir vor, er hätte Susan entführt. Würdest du dann auch denken, dass es besser wäre, wenn du hierbleibst?"
Slide räuspert sich leise, ehe er laut zu lachen anfängt. Skorpion zündet sich eine Kippe an und die Anwärter, die an der Wand lehnen und zuhören dürfen, wirken eingeschüchtert.
Catcher verschränkt die Arme vor der Brust,
„Touché, Bruder, du hast das Kommando!"
Zufrieden sehe ich ihn an, lege den Kopf schief und setze mich auf den Tisch.
„Es ist mir egal, wie wir es anstellen werden, oder was nötig ist, um diesen Scales zu erwischen. Aber wenn dieser Tag vorbei ist, ist der Typ Geschichte...."
„Yeah, Präs!"
Catcher steht auf, kommt auf mich zu und zieht mich in eine brüderliche Umarmung.
Skorpion steht ebenfalls auf, schnappt sich die große schwarze Holzkiste, die im Eck auf dem Boden gestanden und nur auf ihren Einsatz gewartet hat. Mit einem lauten Krachen hebelt er mit seinem Messer den Deckel auf und lässt ihn auf den Boden fallen.
Zum Vorschein kommen die AKs der neuen Lieferung, Stangenmagazine und weitere Gewehre.
„Bedient euch, Brüder, zögert nicht und steckt ein, was euch zusagt. Diese Runde geht auf mich!"
Alle bis auf Razzor nehmen mein Angebot dankend an. Als ich zehn Minuten später die Aufgaben verteilt und informiert habe, dass wir uns in einer halben Stunde zur Abfahrt treffen, steht er ohne ein Wort auf und verlässt das Büro.
Sein Verhalten irritiert mich, es geht mir auf den Sack und verdirbt mir die Laune.
Ich habe keine Ahnung, was mit ihm los ist, aber ich weiß, dass ich ihm sein Verhalten nicht länger durchgehen lassen kann.
Slide stellt sich neben mich, die Finger seiner rechten Hand lassen den Deckel seines Zippos immer wieder auf- und zuschnappen.
„Das wirst du klären müssen."
Fluchend zünde ich mir eine Kippe an und genehmige mir einen tiefen Zug.

„Ach, was du nicht sagst."
In einvernehmlichem Schweigen stehen wir nebeneinander. Durch die offene Türe höre ich Ellens und Noras Stimmen, Amys Lachen hallt durch den Club und ich frage mich, was die drei Mädels schon wieder aushecken.
„Wie hat sie das alles überstanden?"
Tief durchatmend zucke ich mit den Schultern.
„Um ehrlich zu sein habe ich keine Ahnung, Bro. Sie träumt und schläft sehr unruhig. Aber ich denke, dass sie das weckstecken wird. In ihrer Vergangenheit hat sie weit mehr einstecken müssen als in der letzten Nacht."
Mein Vize schnalzt laut mit der Zunge.
„Es ist wirklich gut, dass du sie für dich beansprucht hast. Wir beschützen, was uns gehört, als deine Lady wird es ihr gut gehen."
Ganz genau dasselbe habe ich bis vor Kurzem auch gedacht, doch wenn ich bedenke, was in letzter Zeit so alles passiert ist, zweifle ich langsam daran...
„Es wird verdammt noch mal Zeit, dass wir den Club wieder in ruhigeres Fahrwasser bekommen. Ich werde langsam zu alt für diesen Scheiß!"
„Yep, das geht mir auch so. Alles was ich will ist, an meinem Bike rumschrauben, meine Lady ficken und einen Haufen Kinder zeugen."
Amüsiert sehe ich ihn an.
„Ernsthaft?" Meine Nachfrage lässt ihn die Augenbrauen hochziehen.
„Ja, Mann. Was gibt es Besseres? Vergiss für einen Augenblick die ganzen Pussys, die Bitches und das alles.... Was bleibt dir dann noch? Ich will etwas hinterlassen. Ellen ist alles was ich habe, und verdammt will ich sein, wenn ich nicht mindestens ein Dutzend Kinder hinterlasse, wenn ich abtrete."
Hustend verschlucke ich mich am Rauch meiner Zigarette.
„Ein Dutzend? Fuck Alter, dann fang mal an..."
Fürsorglich schlägt er mir so hart auf den Rücken, dass die Schusswunde an meiner Schulter wieder zu schmerzen beginnt - *Arschloch...*
„Was denkst du von mir, Ace? Ich habe längst angefangen!"
Während sich das Büro leert und sich meine Brüder für die bevorstehende Racheaktion fertig machen, denke ich über die Worte meines Freundes nach.
Ein Dutzend Kinder klingen für mich zwar nach purem Stress, aber so ein oder zwei Jungs könnte ich mir auch ganz gut vorstellen.
Aber bevor ich mir Gedanken über die Familienplanung mache, geht es jetzt erst mal ans Eingemachte. Wenn alles so läuft, wie ich es mir vorstelle, liegt heute Abend eine Pik-Ass Karte mehr in der Schachtel in

meinem Wohnzimmerschrank. Mit dem Tod dieses Mannes gehe ich einen weiteren Schritt Richtung Abgrund. Für meine Seele ist es eh längst zu spät, gerettet zu werden. Amy ist mein Paradies auf Erden, mit dem anschließenden Höllenfeuer habe ich mich längst abgefunden.

„Lass uns zu unseren Ladys gehen, bevor wir aufbrechen."

Ich folge Slide durch den Gang und entdecke Tick an der Bar. Skorpion steht mit seiner Lady und seinen drei Jungs im Hof. Während er seinen Jüngsten im Arm hält verpasst er seiner Frau einen leidenschaftlichen Kuss.

Nicht zum ersten Mal fällt mir auf, wie verdammt glücklich er im Beisein seiner Familie aussieht...

Vielleicht hat Slide ja Recht und es wird Zeit, sich an die Familienplanung zu machen.

Was Amy wohl über Kinder denkt?

Holy Shit! Ich habe keine Ahnung!

Wenn der heutige Tag vorbei ist, werde ich das herausfinden...

Wir finden Ellen und Amy in der Küche, wo sie kichernd vor der Kaffeemaschine stehen.

„... ja manchmal habe ich auch das Gefühl, dass wir es hier mit einem wilden Haufen kleiner Jungs zu tun haben...."

„Stören wir euch, Ladys?"

Slide sieht Ellen herausfordernd an, diese errötet sofort. Amy hingegen meidet meinen Blick.

„Nein, gar nicht, wir haben uns nur gerade über... ähm, na ja... euch unterhalten."

„Und ich dachte schon über einen Haufen kleiner wilder Jungs."

Falls überhaupt möglich, errötet Ellen noch mehr.

„Stimmt."

Slide knurrt laut, packt sich seine Süße und schmeißt sie sich kurzerhand über die Schulter.

„Ich habe hier noch schnell etwas zu erledigen. Wir treffen uns in zwanzig Minuten bei den Maschinen, Präs."

Amy sieht den beiden lachend hinterher. Noch bevor die Küchentüre hinter ihnen ins Schloss fällt, beobachte ich, wie die Hand meines Vizes laut klatschend auf den Po seiner Old Lady schlägt. Diese quiekt laut auf und prügelt auf seinen Rücken ein.

„Das hier ist kein MC, sondern ein verdammtes Irrenhaus!"

Kichernd sieht meine Zuckerpuppe endlich zu mir.

„Nein Ace, das hier ist eine Familie."

Ihre Worte berühren mich – sie hat Recht. Der MC ist alles was ich habe, er ist mein Leben.

Nicht in der Lage ihr zu widerstehen, schlinge ich ihr meine Arme um die Mitte, ziehe sie, ohne ihren Blick freizugeben, an mich heran und reibe mit meiner Nasenspitze über die ihre.

Verfluchte Scheiße, wegen dieser Frau werde ich noch zum Softie....

Amy küsst mich so stürmisch, dass wir ein paar Schritte nach hinten taumeln. Ich finde mein Gleichgewicht wieder, hebe sie auf den Küchentisch und zwänge mich zwischen ihre Beine. Rücksichtslos erobere ich ihren Mund, schiebe meine Zunge zwischen ihre Lippen, sauge ihren Atem in mich auf.

Krachend schlagen unsere Zähne aufeinander, ihre Finger ziehen an meinen Haaren, der leichte Schmerz lässt mich sofort hart werden.

Besitzergreifend schiebt sie ihre kleine Hand in meine Hose, umfasst mein Glied und packt fest zu. Stöhnend reibe ich mich an ihren Fingern, genieße das Gefühl ihrer scharfen Fingernägel, die sich in meine Haut graben.

„Fick mich Ace – jetzt!"

Schneller und schneller reiben ihre Finger über die komplette Länge meines Glieds.

Das Pochen in meinen Hoden, das Ziehen in meinen Beinen und ihre geflehte Bitte bringen mich um den Verstand.

Wie zur Hölle soll ich da logisch denken und mich auf den Tod ihres Exfreunds fokussieren, wenn ich wie ein unreifer Teenager mitten in der Küche in ihrer Hand komme.

Fluchend reiße ich mich zusammen, weiche einen Schritt zurück und schaffe so etwas Abstand zwischen uns.

„Fuck, Zuckerpuppe!"

Das herausfordernde Glitzern in ihren Augen bringt das Fass zum Überlaufen.

„... du hast es so gewollt!"

Rücksichtslos zerreiße ich ihr Oberteil, streife es ab und umfasse ihre festen Brüste.

Nachdem ich beide Nippel einmal gekostet habe, ziehe ich ihr schnellstmöglich die Hose aus und spreize erneut ihre Beine.

Mit meinem Daumen streiche ich durch das weiche Fleisch ihrer rosafarbenen Falten. Hart und geschwollen wartet ihr Kitzler nur darauf, endlich von mir berührt zu werden.

Nichts bleibt meinem eindringlichen Blick verborgen. Angespannt beobachte ich, wie zwei meiner Finger in sie eindringen – was für ein Anblick!

Leise seufzend schließt sie ihre Augen, öffnet ihre Schenkel etwas weiter und gibt sich mir hin.

Tief und tiefer schiebe ich mich meine Finger in sie, dehne sie, bereite sie für mich vor.

Der süße, moschusartige Geruch ihrer Erregung steigt mir in die Nase, benebelt meine Sinne.

Das leise, schmatzende Geräusch, als ich ihr meine Finger wieder entziehe, raubt mir die letzte Selbstbeherrschung. So schnell ich kann öffne ich meinen Gürtel, hole meinen Schwanz raus und streiche mit meiner Eichel ein paar Mal durch ihre Spalte. Erst als meine Beine vor Anspannung zu zittern beginnen, gebe ich meiner Begierde nach und bringe mich vor ihrer Möse in Position.

„Nimm mich, Ace. Lass mich spüren, dass ich zu dir gehöre!"

Langsam schiebe ich meine Finger unter ihre Haare, umfasse bestimmend ihren Nacken und versiegle ihren Mund. Im selben Augenblick ramme ich mich tief in sie.

Zufrieden verschlucke ich ihren lauten Lustschrei, reibe mich an den pulsierenden Innenseiten ihrer Scheide und verliere mich in unserer Lust.

In der Vergangenheit habe ich weiß Gott viele Bitches gebumst, doch keine hat sich so fantastisch angefühlt wie meine Lady. Nur Amy schafft es jedes Mal aufs Neue, mich alles andere vergessen zu lassen, ihr Körper ist meine Bestimmung!

Bei jeder anderen Frau wäre es mir völlig egal, dass wir uns mitten in der Küche befinden. Doch nicht so bei meiner Lady. Sie will ich für mich alleine, keiner darf sehen oder gar berühren, was mir gehört. Ich hoffe, dass niemand überraschend reinkommt.

Seufzend beißt sie sich, in dem schon jetzt zum Scheitern verurteilten Versuch, leise zu sein, auf die Lippen.

Der Rhythmus, in dem unsere Körper aufeinander treffen, ist absolut göttlich.

Ich verändere meinen Winkel, touchiere bei jedem Vorstoß ihren inneren Punkt. Zufrieden stelle ich fest, wie sich jeder noch so kleine Muskel in ihrem Körper anspannt. Ihre Schreie werden lauter, ihre Augen rollen zurück und ihre Finger krallen sich in meine Arme. Stöhnend kommt sie auf dem alten Holztisch mitten in der Clubküche.

Heilige Scheiße!

Ich werde nie wieder an diesem Tisch sitzen und essen können ohne einen Steifen zu bekommen....

Ein heißer Schauer nach dem anderen rieselt über meinen Rücken. Meine Eier ziehen sich zusammen, werden prall und beginnen wie wild zu prickeln.

Tief und tiefer schiebe ich mich in ihren zuckenden Unterleib, in dem Augenblick, in dem sie heiser meinen Namen flüstert, verliere ich die Kontrolle.

Laut stöhnend lasse ich sie jeden harten Millimeter meines Gliedes spüren. Puckernd schießen meine Hoden ihren Samen los, den ich so tief wie möglich in sie pumpe.

Atemlos breche ich auf ihr zusammen, pures Glück überschwemmt meine Venen.

Diese Frau ist mein Lebenselixier – ohne sie bin ich verloren!

Es dauert einen Moment bis ich endlich wieder bei Atem bin.

Das selige Lächeln, das sich auf ihren Lippen ausbreitet, lässt mich schwindelig werden.

„Das war ja mal nicht schlecht, Präsident.“

„Nicht schlecht?“

Ich fühle mich völlig ausgelaugt, vor meinen Augen tanzen Sterne und sie nennt das *nicht schlecht*?!

Kopfschüttelnd richte ich mich auf, sehe gespielt finster auf sie herab.

Keck zwinkert sie mir zu, steht auf und klaubt ihre zerstörten Kleidungsstücke auf.

Nachdem ich meine Hose hochgezogen und den Gürtel geschlossen habe, kommt sie auf mich zu. Ihre Zunge leckt über mein Ohr, ehe sie mir sanft in den Hals beißt.

„Jetzt mach du mal dein böses Rocker-Ding und heute Nacht werden wir sehen, ob du das noch besser kannst.“

Mir klappt der Kiefer nach unten, ich bin sprachlos.

Was zur Hölle denkt sich dieses kleine Miststück eigentlich?

Mit wiegenden Hüften und ohne einen Blick zurück verlässt sie die Küche und lässt mich perplex zurück. Vor einer Minute lag sie noch völlig erledigt unter mir und jetzt dieser Abgang?

Ich fülle meine Lungen mit frischem Sauerstoff, ziehe meine Kutte zurecht und gehe zum Kühlschrank.

Nachdem ich einen halben Liter Milch direkt aus der Packung getrunken habe, mache ich mich auf den Weg zu meinem Bike.

Die nächsten Stunden werden alles andere als leicht. Heute Nacht, wenn ich zu Amy ins Bett steige, wird alles erledigt sein. Ich werde mich zwischen ihre Beine knien, mein Blick über ihre feuchte Pussy gleiten lassen und mich mit einem harten Stoß tief in sie versenken.

Bei Gott und allen Höllen...

Ich werde sie so lange ficken, bis sie keinen Schritt mehr laufen kann, dann werden wir ja sehen, ob sie danach immer noch so mutig ist, mich herauszufordern....

Amy

Ich schaffe es gerade so lange mein Lachen zu unterdrücken, bis ich ums Hauseck abgebogen bin. Dann bricht es so laut aus mir heraus, dass mich Catcher mit einem neugierigen Blick mustert. Razzor hingegen lässt seine Augen skeptisch über mein Erscheinungsbild gleiten. Mir ist durchaus klar, wie ich gerade aussehe – frisch durchgebumst. Meine Hose sitzt leicht schief, meinen zerrissenen Pullover halte ich notdürftig mit meinen Fingern zusammen und an meine Haare will ich gar nicht erst denken.

Die Spitzen meines BHs lugen leicht hervor, doch das ist mir egal.

Jetzt in diesem Augenblick schafft es nichts, meine gute Laune zu verderben.

Die Angst, dass Ace mich nicht mehr begehrt, hat sich in Luft aufgelöst, und Ellens Tipp, dass ich Ace ganz genau da packen soll, wo es ihn am meisten stört, nämlich an seinem männlichen Stolz, war Gold wert.

Alleine der Blick, den er mir zugeworfen hat, als ich ihm gesagt habe, dass er es ja heute Abend noch mal und dann besser machen kann, war urkomisch.

Wer hätte gedacht, dass ich meinen Rocker Dämon jemals sprachlos sehen würde.

Trotz der Tatsache, dass mich Catcher und Razzor völlig verständnislos ansehen, bin ich ziemlich stolz, dass ich es geschafft habe, einen perfekten Abgang hinzulegen.

Tief durchatmend drehe ich mich um und husche in Aces Wohnung, ich brauche ein neues Oberteil...

Anschließend treffe ich mich mit Ellen und den anderen Old Ladys. So lustig das eben in der Küche auch war, der heutige Tag ist alles andere als komisch.

Ace und seine Männer machen sich in wenigen Augenblicken auf die Jagd nach Brad. Mir ist klar, dass sie in der Überzahl und kampferprobt sind. Doch Brad hat einen entscheidenden Vorteil auf seiner Seite – er hat nichts mehr zu verlieren!

Was auch immer heute passieren mag, es muss sich einfach alles zum Guten wenden.

Das Schicksal schuldet mir etwas.

Brad Scales ist mir völlig egal, das Einzige, was für mich zählt ist, dass keinem Dead Rider etwas passiert.

28. Kapitel

Ace

Das harte Metall der Waffe, die hinten in meinem Hosenbund steckt, verdeutlicht mir, dass es jetzt verdammt ernst wird.

Die Frau und die Kinder haben das Haus verlassen, Scales ist alleine, jetzt ist er fällig.

Catcher und Slide gehen voraus, treten die Türe ein und stürmen das Haus.

Loco sitzt am Steuer des laufenden Transporters.

Sobald wir den Wichser haben, müssen wir schnellstens von hier verschwinden. Das Letzte, was ich gebrauchen kann, ist, dass ein besorgter Nachbar die Bullen ruft.

Noch bevor ich mich in der Küche umgesehen habe, kommt Skorpion mit Scales am Arm auf mich zu.

Holy Shit! Endlich ist der Zeitpunkt der Rache gekommen.

Soweit ich weiß haben sich die Mexikaner bereits um Amys Vater gekümmert, wenn jetzt noch Scales stirbt, sind die Männer, die meiner Zuckerpuppe in der Vergangenheit Schaden zugefügt haben, endlich beseitigt.

Scales ist kleiner als ich dachte, er geht mir gerade einmal bis zur Schulter.

Ohne zu Zögern gehe ich auf ihn zu und ramme ihm meine Faust in den Magen. Zwei harte Schläge in den Bauchraum später bin ich mir sicher, dass er mindestens drei gebrochene Rippen hat. Sein Schmerzensschrei wird von Skorpions Hand, die auf seinem Mund liegt erstickt – sein Leiden hat begonnen.

„Pack ihn in den Transporter und dann lass uns von hier verschwinden."

„Wird erledigt, Präs."

Keine zwei Minuten später folge ich auf meinem Bike sitzend Loco und dem Transporter zur verlassenen Lagerhalle am Stadtrand.

Heilige Scheiße! Meine Wut auf diesen Bastard ist so groß, dass er, wenn es mir nicht bald gelingt, mich zu beruhigen, viel schneller sterben wird, als er es verdient hat.

Die Sonne steht am höchsten Punkt, es müsste so um die 13:00 Uhr sein. Wir liegen gut in der Zeit. Wenn alles wie geplant läuft, sind wir um spätestens sechs Uhr zurück am Club.

Kaum dass der Transporter zum Stehen gekommen ist, springt Loco aus der Fahrerkabine und öffnet die seitliche Schiebetüre.

Scales liegt verschwitzt und vor Schmerzen stöhnend auf der dreckigen Ladefläche.

Razzor brummt zufrieden, ich kann ihn verstehen.

Catcher packt Scales am linken Fuß und zieht ihn aus dem Wagen, so dass er unsanft mit dem Rücken auf die Straße knallt.

Sein lauter Schrei verhallt ungehört, niemand interessiert sich für das Leid dieses Mannes. Für gewöhnlich bin ich kein Mann, der mit seinen Opfern spielt, ich bevorzuge die schnelle und saubere Methode. Doch nicht so in diesem Fall....

Skorpion stellt sich neben mich und sieht angewidert auf Scales herab.

„Es ist kaum zu fassen, dass dieses Häufchen Elend unserem Schmetterling so viel Leid zugefügt hat."

Razzor holt aus und tritt ihm mit der Stiefelspitze in den Unterleib, ehe er mich direkt ansieht.

„Lasst ihn uns aufhängen und ausbluten wie ein Schwein."

Wenn überhaupt möglich, wird Scales noch blasser, als er es dank der Schmerzen, die er leidet, eh schon ist.

Loco grinst zufrieden, ihm gefällt Razzors Vorschlag offensichtlich. Dieser Prospect überrascht mich immer wieder. Es dauert noch vier Monate, dann hat er sich ein Jahr lang bewiesen. So wie ich ihn einschätze, wird er ein zuverlässiger Member und eine Bereicherung für den MC sein.

„Tragt ihn rein und zieht ihn aus!"

„Nein. Nein. Bitte lasst mich laufen."

Scales jämmerliches Flehen macht mich rasend vor Wut.

„Du erwartest also wirklich, dass wir Gnade walten lassen? Ausgerechnet du, der bei Amy keine Gnade gekannt hat?"

Ich schüttle angewidert den Kopf, gehe neben ihm in die Hocke und sehe ihm tief in die Augen.

„Für das, was du getan hast, hätte ich dich so oder so getötet. Aber dank deiner beschissenen Aktion letzte Nacht, werde ich mir dabei Zeit lassen."

Gerade als ich wieder aufstehe, hustet er laut, dreht sich auf die Seite und übergibt sich.

„Was für eine Sauerei!"

Es erstaunt mich nicht im Geringsten, dass Scales jetzt, wo er mal der Schwächere ist, sich vor Angst in die Hosen pisst und kotzt.

Die meisten Männer, die ihre Frauen misshandeln, sind feige kleine Pisser, die in meiner Welt keine Stunde überleben würden.

Gnadenlos schleift Skorpion Amys Ex an seinen Armen hinter sich her, mitten auf dem Parkplatz verliert Scales einen Schuh. Loco hebt ihn auf, er weiß, dass wir keine Fehler machen dürfen. Wenn wir mit Scales fertig sind, müssen wir alle Beweise vernichten.

Amy

„Ist das normal? Ich meine, unsere Männer sind jetzt schon seit vier Stunden weg?"

Ellen sieht von der Zeitschrift, die sie gerade liest, auf. Susan steht in der Küche und backt einen Kuchen, mir ist aufgefallen, dass sie eigentlich immer etwas kocht oder backt, wenn sie nervös ist. Nora hingegen bringt gerade Owen ins Bett, während sich ihre zwei großen Söhne Ryan und Mason im Hauptraum an den Flipperautomaten austoben.

„Hör mal, Amy. Das hier ist kein normaler Auftrag, diese Sache mit deinem Ex ist etwas Persönliches."

„Das weiß ich, aber warum dauert das so lange?"

Als unsere Männer auf ihre Bikes gestiegen und losgefahren sind, war ich noch ziemlich entspannt, mittlerweile bin ich ein zitterndes Nervenbündel. Was wenn etwas schief gelaufen ist? Oder wenn Brad erneut auf Ace oder einen anderen der Dead Riders geschossen hat? Ich könnte mir nie verzeihen, wenn einem von ihnen etwas passiert ist.

Ellen sieht mich prüfend an, wahrscheinlich überlegt sie gerade, wie sehr sie ins Detail gehen kann, ohne dass ich die Nerven verliere.

„Dein Exfreund hat den schlimmsten Fehler gemacht, den ein Mann nur machen kann. Er hat sich mit den Dead Riders angelegt. Ich weiß nicht, ob du es schon bemerkt hast, aber die Riders beschützen ihre Frauen. Ace ist der Präsident des Clubs. Bevor er mit dir aufgetaucht ist, habe ich ihn nie mit einer Frau gesehen. Natürlich hat er die Bitches gefickt, aber das war etwas anderes. Du bist die erste Frau, die er wirklich ansieht, dich hat er für sich beansprucht und sich somit angreifbar gemacht.

Verstehst du das, Amy? Du bist Aces Schwachpunkt und dein idiotischer Ex hat es gewagt, dich zu entführen. Dass Ace dich nicht beschützen konnte, hat ihn hart getroffen!"

Ich beginne ungeduldig auf und ab zu laufen.

„Ellen! Hör auf mir Dinge zu sagen, die ich schon lange weiß. Und beantworte mir endlich meine Frage. Warum dauert das so lange?"

Nachdenklich legt sie ihren Kopf schief und mustert mich eindringlich.

„Willst du das denn auch wirklich wissen, Amy?"

Verdammt noch mal! Rede ich etwa chinesisch?

Warum spricht sie es nicht einfach aus?

So schlimm kann es doch nicht sein. Oder?
„Ja, verdammt. Sonst würde ich doch gar nicht fragen!"
„Also schön..."
Jetzt legt sie ihre Zeitung endgültig weg und setzt sich aufrecht hin. Susan schiebt den Kuchen ins Rohr und sieht Ellen wütend an, ehe sie die Küche verlässt.
Was auch immer ich gleich von Ellen erfahren werde, Susan will es offensichtlich nicht wissen.
„Scales ist für unsere Männer nicht einfach nur irgendein normaler Auftrag. Das mit ihm nehmen sie persönlich..." *Ein Auftrag? Sind die Riders etwa Auftragskiller?* „...Sie werden sich Zeit mit ihm lassen, ihm sämtliche Knochen brechen und ihn so lange leiden lassen wie nur irgendwie möglich."
Oh verdammt!
Um ehrlich zu sein, weiß ich nicht, was mich mehr schockiert. Aus Ellens Mund zu hören, was ich eh schon befürchtet habe, oder ihr gelangweilter Tonfall. Slides Lady ist so entspannt, als würden wir uns über das Wetter und nicht über die Tatsache unterhalten, dass unsere Männer einen Menschen stundenlang foltern, ehe sie ihn schlussendlich doch aufs Qualvollste umbringen.
Obwohl ich mir sicher war, dass mir Brads Schicksal völlig gleichgültig ist, beginnen meine Knie zu zittern. Mir wird schlecht und in meinen Ohren pocht es.
„Atme tief durch und beruhige dich. Du hast mich gefragt und ich habe es dir gesagt. Ehrlich Amy, du solltest dich langsam an das Leben im Club gewöhnen – hier gelten andere Gesetze."
Angespannt lecke ich mir die Lippen.
„Ich weiß, Ellen, es ist nur etwas viel auf einmal...."
Völlig gelassen zuckt sie mit den Schultern.
„Du liebst den Mann, also lernst du auch den Club zu lieben, so ist das nun mal!"
Ich nicke mechanisch.
„Geht es dir auch wirklich gut, Amy?"
Ich schlucke die aufsteigende Übelkeit runter.
„Ja, alles bestens."
Ich setze ein klägliches Lächeln auf und sehe aus dem Fenster.
Es geht mir bestens ... Es geht mir bestens.... Es geht mir bestens....
Wie ein Mantra wiederhole ich innerlich diese vier Worte, während mir meine Fantasie gruselige Kurzfilme zeigt. Auf dem einen liegt Brad mit abgeschnittenen Fingern auf dem Boden, auf dem anderen wird er so lange verprügelt bis er schließlich tot umfällt.
Ich würge leicht, stehe auf und eile auf die Toilette.

Scheiße, bin ich dumm... Brad hat mich weiß Gott wie oft verprügelt und vergewaltigt. Er hat mich misshandelt und getreten. Warum zur Hölle macht es mir dann jetzt zu schaffen, dass er endlich das abbekommt, was er verdient?

Erneut kommen mir Ellens Worte in den Sinn:

„Du liebst den Mann, also lernst du auch den Club zu lieben, so ist das nun mal!“

Dass ich Ace liebe steht völlig außer Frage, und der Club? Der ist wie eine Familie für mich geworden. Ich hätte einfach nicht fragen sollen... Zukünftig werde ich es wie Susan machen und jedes Mal, wenn die Kacke am Dampfen ist, irgendetwas backen und die Augen vor der Realität verschließen.

Und wer weiß? Vielleicht werde ich mit der Zeit so hart wie Ellen?

Ace

Es ist geschafft!

Bis auf die vielen Blutspritzer auf meiner Kutte ist von Scales nichts mehr übrig.

Dank Skorpion und Loco wird die Polizei nicht mal mehr einen Finger von diesem Wichser finden.

Erleichtert darüber, dass der Tag hinter mir liegt, fahre ich auf das Clubgelände und parke mein Motorrad. Nachdem ich den Motor ausgeschaltet habe, bleibe ich noch einen Moment sitzen, schließe meine Augen und versuche, die Dämonen, die tief in meinem Inneren wüten, zurück an die Kette zulegen – vergebens.

Ein letztes Mal erinnere ich mich an den Augenblick, in dem Scales seinen letzten Atemzug getan hat.

Dieser Mann wird meiner Süßen nie wieder Leid zufügen.

Scales ist die letzte Stunden durch die Hölle gegangen, ganz genau so wie er es auch verdient hat.

Reines Adrenalin rast durch meine Venen - ich brauche jetzt einen harten Fick und eine Flasche Whisky, um wieder runterzukommen.

Doch bevor ich meiner Lady über den Weg laufe, muss ich mir das Blut aus dem Gesicht wischen, so kann ich ihr nicht gegenübertreten.

Slide und meine Jungs müssten jeden Augenblick nachkommen.

Ich war der Erste, der vom Lagerhaus losgefahren ist.

Um so wenig Aufsehen wie möglich zu erregen, sind wir nicht wie üblich in Formation gefahren, sondern jeder für sich und auf verschiedenen Wegen. Ich glaube zwar nicht, dass uns die Polizei wegen

Scales Ärger machen wird, aber sicher ist sicher. Es reicht schon, dass wir wegen der abgebrannten Kneipe die Ermittler am Sack haben.

Noch bevor ich das Clubhaus betreten habe, kommt mir Amy entgegen. Das freudige Lächeln, mit dem sich mich begrüßt, rutscht ihr von den Lippen, als sie das viele Blut sieht, das an mir klebt.

Erschrocken stürzt sie mir entgegen.

Na, zumindest rennt sie nicht vor mir davon...

„Ist dir was passiert? Bist du verletzt?“

Schnell fange ich ihre Hände ein, ehe sie mich nach Verletzungen abtasten kann. Es reicht, dass ich mit Blut besudelt bin, ihre kleinen Finger sollen sauber bleiben.

„Beruhig dich, Baby, es ist alles OK. Das ist nicht mein Blut.

Prüfend sehe ich sie an, wie sie wohl reagieren wird?

Ich erkenne in ihren Augen den Moment, in dem sie realisiert, wessen Blut es ist.

„Ohhh...“

Yep, jetzt hat sie es verstanden.

Vorsichtig geht sie einen Schritt zurück.

„Hör mal, Zuckerpuppe, ich muss aus ganz offensichtlichen Gründen schnellstens unter die Dusche.“

Sie nickt schweigend.

Holy Fuck! Die letzten zehn Lebensminuten ihres Exfreunds haben eine ziemliche Sauerei hinterlassen.

Nicht sicher, was sie gerade denkt, packe ich sie am Arm und schiebe sie vor mir her die Treppe nach oben.

In meiner Wohnung angekommen, ziehe ich mich aus und schmeiße die blutigen Sachen auf einen Haufen.

Was für ein anstrengender Tag....

Amy steht neben mir, ihr Blick ruht auf der Schusswunde an meiner Schulter. Dank der Tabletten, die mir unser Doc gegeben hat, bin ich so gut wie schmerzfrei, diese Medikamente sind ein echtes Teufelszeug!

Sich räuspernd hebt sie ihren Kopf und sieht mir tief in die Augen.

„Ich weiß, dass die Frage überflüssig ist, aber ich muss es einfach aus deinem Mund hören. Ist Brad tot?“

Eindringlich sehe ich sie an.

Was in ihrem hübschen Kopf wohl gerade vorgehen mag?

Ohne auf die roten Spuren auf meinen Händen zu achten, lege ich meiner Lady zwei meiner Finger unters Kinn und stelle mich so nah vor sie, dass ich ihren süßen, sauberen Geruch inhalieren kann.

Ich verkörpere den Tod und sie das Leben....

„Ja, das ist er. Er wird dir nie wieder zu nahe kommen, er kann dich nicht mehr verletzen!“

Das trockene Schluchzen, das sich ihrer Kehle entringt, lässt meinen Puls in die Höhe schnellen.

Keine Ahnung, womit ich gerechnet habe, aber ganz sicher nicht damit, dass sie sich vorbeugt und mir einen süßen Kuss auf die Lippen presst. Bevor ich diesen erwidern kann, löst sie sich wieder von mir, sieht mir in die Augen und flüstert leise „Danke!“.

Bei allen Heiligen!

Ich hatte eigentlich vor erst zu duschen, ich wollte meiner Zuckerpuppe wirklich die Zeit geben, sich an den Gedanken zu gewöhnen, dass ich ihren Ex umgebracht habe. Doch auch ich bin nur ein Mann. Die letzten Stunden haben meine Urinstinkte aufgeheizt. Sie jetzt so nah vor mir stehen zu haben, mit ihrem Geschmack auf meinen Lippen, ist einfach zu viel für mich. Ohne weiter darüber nachzudenken, hebe ich sie in meine Arme, trage sie ins Badezimmer und steige mit ihr unter die Dusche.

Es ist mir völlig egal, dass sie noch komplett bekleidet ist – alles was ich will ist ihre Zunge in meinem Mund und ihre Haut auf der meinen.

Ich habe keine Ahnung, was die Zukunft für uns bereithält, aber eines weiß ich ganz genau, ich werde diese Frau niemals wieder gehen lassen!!

Sie ist mein Atem, mein Leben, mein Paradies - ich bin durchaus bereit, noch hunderte von Männer zu töten, nur um sie zu besitzen....

Das heiße Wasser, das auf uns niederprasselt hüllt uns in seinen Dampf ein, scheidet uns von der restlichen Welt ab.

So schnell es geht ziehe ich sie aus.

Ungeduldig vergrabe ich meine Finger in ihren Haaren, reibe mich an ihr, beiße ihr gierig in den Hals.

Jetzt, wo alle Schatten ihrer Vergangenheit ausgelöscht wurden, können wir endlich in dic Zukunft blicken.

Als Präsident der Riders werde ich dafür sorgen, dass in nächster Zeit mehr Ruhe einkehrt, ich werde mir Slides Vorschlag zu Herzen nehmen und meiner Lady ein Baby machen. Wir werden glücklich sein – ich werde sie für immer lieben!

Amy

Ergeben lehne ich meinen Kopf an die Fliesen der Dusche, genieße das Gefühl seines harten Körpers auf dem meinen.

Bevor ich Ace getroffen habe, dachte ich, dass wahre Liebe nur in Märchen und Disneyfilmen vorkommt. Aber mein Rocker Dämon hat mich etwas anderes gelehrt...

Ace hat mir gezeigt, dass Liebe nicht immer rosa sein und nach Rosen duften muss. Liebe kann auch nach Schießpulver riechen und verdammt blutig sein.

Es kommt nicht darauf an, dass alles glitzert und schön ist – sondern darauf, dass es echt ist...

Bonusmaterial

2 Wochen später

Amy

Angespannt lehne ich an der Theke und beobachte, wie sich Ace und Razzor tödliche Blicke zuwerfen.

Ich habe keine Ahnung, wie es mir gelingen soll, die Anspannung, die in der Luft liegt, etwas zu mildern, verdammt....

Ein Grund, warum ich mich bei den Dead Riders so verdammt wohl fühle, ist die Tatsache, dass die Männer und Frauen, die diesen Club ausmachen, zusammenhalten wie Pech und Schwefel, sie sind wie eine große Patchwork-Familie.

Wie in jeder anderen Familie gibt es auch hier immer wieder mal Streit.

Wir Frauen zicken uns dann ziemlich lautstark an, ehe wir uns ein paar Stunden später heulend in den Armen liegen und uns entschuldigen. Bei den Männern sieht das anders aus, sie stellen sich mitten in den Hof, schlagen wild auf sich ein und erst wenn die Streithähne blutig und völlig erschöpft auf dem Boden liegen, fangen sie wie Verrückte an zu lachen, stehen auf, reichen sich die Hände und besaufen sich sinnlos.

In meinen Augen sind beide Lösungen völlig ok.

Das Problem ist nur, dass Ace und Razzor sich weder wie Mädchen anzicken noch sich gegenseitig die Nasen brechen. Die meiste Zeit gehen sie sich aus dem Weg, und wenn das nicht möglich ist, starren sie sich mit einem eiskalten Blick an.

Instinktiv weiß ich, dass ich irgendetwas unternehmen sollte.

Wenn das zwischen den beiden so weitergeht, wird die Sache eskalieren und einer von den beiden wird das Zeitliche segnen.

Alleine das Wissen, dass die Kacke nur wegen mir am Dampfen ist, ärgert mich maßlos.

Hilfesuchend sehe ich zu Ellen, die auf Slides Schoß sitzt und an einem Glas Orangensaft nippt. Wenn ich Slides Hand, die besitzergreifend und schützend auf Ellens Bauch ruht, richtig deute, werden uns die beiden schon bald tolle Neuigkeiten verkünden.

Frustriert schnappe ich mir die Tequilaflasche und gönne mir einen großen Schluck.

Das angenehme Brennen in meinem Hals verleiht mir neuen Mut.

Wenn diese zwei Idioten zu blöd sind sich auszusprechen, werde ich das jetzt in die Hand nehmen.

Schluck für Schluck sorge ich dafür, dass der klare Inhalt der Flasche stetig weniger wird.

Tief durchatmend sammle ich all meinen Mut und gehe auf Razzor zu.

Wie immer, wenn er mich sieht, bekommt sein Blick diesen verlangenden Ausdruck. Der neongrüne Totenkopf, der wie so oft zwischen seinen Lippen steckt, leuchtet im fahlen Licht.

„Hey, Butterfly."

Ich spüre Aces wütenden Blick in meinem Nacken, mutig ignoriere ich ihn. Mir ist klar, dass er mir für das, was ich jetzt gleich tun werde, später den Kopf abreißen wird.

„Können wir reden?"

Razzor sieht mich prüfend an, legt mir seinen Arm um die Schultern und führt mich nach draußen in den Hof.

Erst als wir an einer etwas abseits stehenden Bank ankommen, löst er sich von mir und wartet, bis ich mich gesetzt habe. Groß und beeindruckend steht er vor mir.

Ich habe keine Ahnung, wie ich das, was ich fühle, in Worte fassen soll, aber es muss mir irgendwie gelingen, Ace und ihn wieder zu versöhnen.

Beide Männer sind mir unglaublich wichtig, ich ertrage es nicht, wenn sie sich wegen mir hassen.

Nervös lecke ich mir die Lippen, hebe meinen Kopf und sehe ihn direkt an.

„Um ehrlich zu sein habe ich keine Ahnung, wo ich anfangen soll. Also hole ich etwas weiter aus."

Razzor nickt ernst.

„Das Gefühl der Einsamkeit war mein ganzes Leben lang immer mein Begleiter. An manchen Tagen war es so schlimm, dass ich mit dem Gedanken gespielt habe mich umzubringen..."

Alleine die Erinnerung an dieses furchtbare Gefühl treibt mir bittere Tränen in die Augen.

„Nacht für Nacht habe ich in meinem Bett gelegen und habe mir eine Familie und Freunde gewünscht. Und so unfassbar das ist, aber mein Wunsch ist dank Ace, dir und den Dead Riders in Erfüllung gegangen. Du bist mir unfassbar wichtig, Razzor. Du hast mir geholfen hier anzukommen, hast mich beschützt und mir Rückendeckung gegeben."

Ich schüttle amüsiert den Kopf, ehe ich weiterspreche.

„Um ehrlich zu sein, kann ich es immer noch nicht fassen, dass du dir wegen mir wirklich einen rosafarbenen Schmetterling auf den Po hast tätowieren lassen."

Er schnalzt laut mit der Zunge, beugt sich zu mir herab und streicht mit seinem Finger sachte über meine Wange.

„Für dich würde ich noch viel mehr tun, Amy. Aber das weißt du ja längst!“

„Ja, das weiß ich, und ganz genau das ist das Problem. Du bedeutest mir sehr viel, Razzor. Ich liebe dich, aber nur als Freund. Du bist ein wundervoller Mann, alle Frauen auf diesem verdammten Planeten sollten sich darum streiten, deine Old Lady werden zu dürfen.“

Er flucht laut, seine Hände ballen sich zu Fäusten, sein rechtes Auge zuckt leicht.

„All diese Frauen interessieren mich nicht, die einzige Frau, die ich will, bist du, Amy!“

Seine Worte klingen mehr nach dem Knurren eines wilden Tieres als nach der Stimme eines Mannes.

Verfluchter Mist!

Dieses Gespräch gestaltet sich schwieriger als ich dachte. Vorsichtig werfe ich einen Blick an Razzor vorbei. Ace steht keine fünf Meter von uns entfernt mitten auf dem Hof. Catcher steht neben ihm, hält ihn zurück.

Es wird nicht mehr lange dauern bis Ace endgültig die Kontrolle verliert und Razzor eine Ladung Kugeln verpasst.

Unsicher, was ich jetzt sagen soll, schlucke ich schwer.

„Du bist mein Freund Razzor - mehr kann aus uns niemals werden. Ich bin Aces Old Lady. Ich liebe ihn mehr als alles andere auf dieser Welt! Das musst du endlich verstehen.“

Von der einen Sekunde auf die andere erkenne ich meinen Freund nicht wieder.

Razzors Gesicht ist wutverzerrt, seine Nasenflügel blähen sich und seine Augen wirken schwarz.

Jeder Muskel seines Körpers ist angespannt, unsicher erwidere ich seinen Blick.

„Du machst gerade einen großen Fehler, Amy.“

„Es tut mir leid Razzor.“

Gerade als ich denke, dass er mich packen und mir weh tun wird, schüttelt er frustriert den Kopf, dreht sich auf dem Absatz um und stürmt zu seinem Bike.

Zitternd beobachte ich ihn dabei, wie er sich seinen Helm aufsetzt, mit einem kraftvollen Tritt den Motor startet und mit quietschenden Reifen vom Hof fährt.

Tränen laufen mir über die Wangen, mein Herz schmerzt.

Soviel zu meiner genialen Idee, die Sache ein für alle Mal aus der Welt zu schaffen.

Auf wackeligen Knien stehe ich auf, wische mir mit den Handrücken die Tränen aus dem Gesicht und gehe zu Ace.

„Verdammt, Zuckerpuppe, was sollte das?“

Es scheint nicht nur Razzor wütend auf mich zu sein, auch Catcher und Ace funkeln mich aufgebracht an – ganz klasse....

„Ich wollte doch einfach nur, dass ihr euch endlich wieder versteht. Dass dieser blöde Streit aufhört und dass Razzor kapiert, dass seine Gefühle nicht erwidert werden...“ Catchers gemurmeltes „Weiber“ entlockt mir ein Lächeln.

„Oh, Baby.“ Ace streichelt mir zärtlich über den Kopf, nimmt mich in die Arme und drückt mich fest an sich.

„Dein Plan scheint nicht funktioniert zu haben.“

Ace und sein unglaubliches Talent, das Offensichtliche auszusprechen.

„Danke für den Hinweis, das ist mir auch schon aufgefallen.“

Sein Brustkorb bebt dank seines Lachens.

„Komm Baby, ich bringe dich ins Bett.“

Das hungrige Funkeln in seinen Augen verrät mir, dass er nicht ans Schlafen denkt.

„Und was ist mit Razzor?“

Genervt schüttelt er den Kopf, küsst mich sachte auf den Mund und verschränkt seine Finger mit den meinen.

„Hör mir zu, Baby. Der einzige Grund, dass Razzor noch lebt, ist, dass ich ihn respektiere. Er muss seinen Kopf endlich frei bekommen und seine Scheiße auf die Reihe kriegen. Du gehörst zu mir, du bist meine Old Lady – das sollte er endlich akzeptieren. Vielleicht hilft es ihm, ein paar Tage auf seinem Bike durchs Land zu ziehen. Wenn er wieder zurückkommt, muss diese Scheiße vorbei sein.....“

In seiner Stimme hallt eine deutliche Drohung mit. Ich traue mich gar nicht erst zu fragen, was passiert, wenn Razzor zurückkommt und die Scheiße, wie Ace es nennt, nicht vorbei ist.

Es kostet mich nicht viel Fantasie, mir vorzustellen, was Ace dann mit Razzor anstellt.

Ein unangenehmer Schauer lässt mich erzittern.

Widerstandslos lasse ich mich von Ace zurück ins Clubhaus führen, die Treppe rauf bis in unsere Wohnung.

Mit geschickten Fingern zieht er mich aus, seine Lippen tackern sich auf die meinen. Es dauert nur wenige Herzschläge lang bis mein Verstand offline geht und ich mich nur noch aufs Fühlen konzentriere.

Es fühlt sich so unfassbar gut an zu lieben und geliebt zu werden....

Mein letzter Gedanke, bevor ich im Strudel der Lust versinke, ist mehr ein Flehen, das ich still ins Universum schicke.

Liebes Schicksal, kümmere dich gut um meinen Freund Razzor, sorge für ihn und schenke ihm inneren Frieden....

Ich habe keine Ahnung, wohin Razzor aufgebrochen ist, oder was sein Ziel ist, aber ich hoffe, das Schicksal erbarmt sich seiner und stellt ihm die richtige Frau in den Weg.

Buchempfehlung

Erotische Romane von Bärbel Muschiol

„Rockerclub“

Klappentext:
Hart und dominant, die Welt der Biker ist von Gewalt geprägt, ihre Auseinandersetzungen mit der Russenmafia sind nichts für schwache Nerven. Aber Darmian, Snake und die anderen Clubbrüder der Dead Angels haben auch eine ganz andere, eine weiche und beschützende Seite, nämlich dann, wenn es um ihre Rockerfamilie und ihre Ladys geht. Bärbel Muschiols Rocker-Geschichten machen süchtig, das sind erotische Lovestorys einer ganz besonderen Art knallhart und verdammt sexy!

+++ ***Exklusives Bonus-Material zu den wichtigsten Protagonisten, alle Fans der Serie kommen hier voll auf ihre Kosten!*** +++

Taschenbuch ISBN: 978-3-95573-311-7
eBook ISBN: 978-3-95573-319-3

„Vampire Lover – Herrscher der Schatten“

Klappentext:
In einer Zeit, in der Vampire über die Welt herrschen, passiert das Unglaubliche. Das erste Mal fühlt sich Darkon, der Anführer der Vampire, zu einer Frau wirklich hingezogen. Alyssa ist die von der Vorsehung bestimmte Braut der Schatten, doch diese kleine sexy Menschenfrau ist zunächst gar nicht geneigt, sich Darkon zu unterwerfen ... Ein großes Abenteuer beginnt, spannend, gefährlich und vor allem verdammt sexy! Bärbel Muschiols Geschichten um Darkon und Alyssa, die schon so viele Leser in ihren Bann gezogen haben, gibt es nun e ndlich als Gesamtausgabe.

+++ ***Exklusives Bonusmaterial: 2 Jahre später ein Blick in die Zukunft von Darkon und Alyssa - Alle Fans der Serie kommen hier voll auf ihre Kosten!***+++

Taschenbuch ISBN: 978-3-95573-318-6
eBook ISBN: 978-3-95573-314-8

„Biker Club"

Klappentext:

Die junge und attraktive Maja ist hin- und hergerissen. Es ist eine ausgemachte Sache, dass sie die Lady von Logan, dem Anführer des Bikerclubs Dead Bastards, werden soll. Von dem dominanten Biker fühlt sie sich auch angezogen, aber andererseits ist er furchteinflößend und der brutalste aller Dead Bastards. Heimlich trifft sich Maja mit Jack, Mitglied eines anderen Bikerclubs. Die verbotenen Treffen sind ein Spiel mit dem Feuer das schiefgeht, denn Logan kommt dahinter ... Dies ist der Beginn eines großen Abenteuers spannend, hart und vor allem verdammt sexy!

Taschenbuch ISBN: 978-3-95573-366-7
eBook ISBN: 978-3-95573-365-0

Klarant Verlag

Lernen Sie die Titel des Klarant Verlages kennen und besuchen Sie uns im Internet unter:

www.klarant.de

Sie können dort Näheres über unsere Autoren erfahren, viele weitere interessante Bücher und eBooks finden und Leseproben herunterladen.

Mit dem kostenlosen Newsletter unter

www.liebe-lesen.de

erhalten Sie aktuelle Informationen rund um das Verlagsprogramm, wie beispielsweise spannende Neuerscheinungen und Gewinnspiele.